澄青春

容三惠 著

河南文艺出版社
·郑州·

图书在版编目(CIP)数据

望青春/容三惠著. —郑州:河南文艺出版社,2017.9

ISBN 978-7-5559-0169-3

Ⅰ.①望… Ⅱ.①容… Ⅲ.①长篇小说-中国-当代 Ⅳ.①I247.5

中国版本图书馆 CIP 数据核字(2017)第 164803 号

出版发行 河南文艺出版社
本社地址 郑州市鑫苑路 18 号 11 栋
邮政编码 450011
售书热线 0371-65379196
承印单位 河南瑞之光印刷股份有限公司
经销单位 新华书店
开 本 700 毫米×1000 毫米 1/16
印 张 21
字 数 271 000
版 次 2017 年 9 月第 1 版
印 次 2017 年 9 月第 1 次印刷
定 价 32.00 元

印厂地址 河南省武陟县产业集聚区东区(詹店镇)泰安路
邮政编码 454950 电话 0391-2527860

目　录

引凤

没有走出学校大门时，我从来不考虑外面的事情，终日便是吃饭、学习和休息，课本是我形影不离的伴侣，习惯了这种单调有规律的校园生活。当完成学业融入社会这个大舞台时，我感到有一种无形的压力向我袭来，面临的将是就业、成家、买房等一系列大问题，像一座座大山堵在我必走的大道上，等待着我一步一步去翻越。对我这个贫民后代来说，在一穷二白的基础上独自去闯关，去承担，是何等的艰难啊！感谢上帝，我的运气还不错，毕业不久被分配到本省城一家S公司。我在这家公司里，其实就是个跑腿打杂的廉价劳力，办个琐碎事什么的。渐渐地，当初我那远大的理想和抱负，像扎破的车轮在慢慢撒气，感到灰心失望，处境不佳。但我热爱城市，因为就业机会多，可以使我们农家孩子得以生存，而且它比家乡美丽可爱，生活方便。

在本省城东郊，我和同事合租一间简易的小平房。原来这里是一个私营造纸厂，现在已经搬迁了，留下一间一间的职工宿舍，都对外租出去了，我们租的那间房是原来的传达室。我抬头望望那灰蒙蒙的墙壁，伤痕累累，黑一块，白一块，灰一块，感到很不舒服。紧靠两边的墙壁各放一张骨瘦如柴的小木床，坐上去“叽哇”响，像谁踩着了猫尾巴，当它趋于平静时，我身子稍微一动，它又欢叫起来。这是早该扔掉的破烂，却来侍候我们贫民后代，但一想到房租便宜，也是我们理想的选择。我把紧靠床位的墙壁上贴上一层白纸，像破衣烂衫上补了一块新补丁，有了点醒目干净的地方，这赢得了同事对我的表扬。同事比我大两岁，身子单薄瘦弱，小眼睛，尖下颏，一头黄茸毛，像黄土地上生长的营养不良的小黄草，一看便知也是贫家子弟。我们是一同被招进公司的，有缘相聚在一起。同事望着我贴好的墙壁说，不错，像围裙似的，弄不脏咱的衣被就行了。又抬头望望锈迹斑斑的窗栏，窗外天高地阔，阳光灿烂，时值春天，给人暖融融的感觉，说比住北京的地下室强多了，能见见红太阳，这就是最大的享受。我指着窗口下那张没皮的老桌子说，还好，有张破桌子，能放放台灯摆摆书，有个看书学习的地方。我想在校十多年养成的看书习惯不易一下子改掉，有张书桌是必要的，破货也不赖，只要它有利用价值就行，否则，我们还得铺张浪费呢。让我感到最高兴的是桌子上有一部旧电话机，可能是房东保留着它，便于询问这里的房租情况吧。不管为何，有了它，我就可以经常和家人通通电话，即使我付费，也心甘情愿。我家就住在村委会旁边，以前父亲常去村委会给我往学校打电话，现在我这里有电话就方便了。安好住处，我先给父亲打了电话，告诉他我的电话号码，以后打这个电话，他的儿子就能接到。

有天下午，老天哭丧着脸想流泪，但也没有挤出泪来。我拖着疲惫的身躯下班回到居室，刚把身子撂在床上，桌上的电话就高歌起来，再加上小木床的“叽哇”声，屋里热闹起来。这会儿我一点也不感到寂寞了，只想安静地喘喘气，休息一会儿，它们都叫唤起来了。我懒洋洋地抓起话筒，听到里面的声音是乡下老父亲打来的，老人家为我做的贡献太大了，我不敢慢待，慌忙折身坐起来，耳朵吻着话筒洗耳恭听。他说，天龙啊，家里供你上大学不容易，把粮食牲畜都卖了，爹娘在窑场下苦力挣点钱都给你了，还欠着外债，已经弄得倾家荡产了，以后谈恋爱的事，别再指望家里了，我是无能为力了。

我知道爹娘都一把年纪了，在当地窑场挣几个血汗钱不容易，都给我花了。父亲说的是实情，只是觉得他为我考虑婚事有点早，我刚有个干活的地方，还顾不上自己吃喝呢，拿什么养女人？现在的一些女人钱迷心窍，贪图享受，见了“钱”老板，浑身都软了，卖弄美色，卑躬屈膝，像白骨精勾引唐僧般的柔情蜜意，但“钱”老板并非唐僧般思想坚定，便一拍即合立马亲密无间。大多是老牛吃嫩草，她们也心甘情愿。可我是个穷光蛋，怎能和她们拉近距离？我说，爹，不急，还早着呢。

不早了，和你一般大的毛孩办喜事了，我是刚从他家回来。老爹说。

我知道在乡下谈婚论嫁早，一般十七八岁就恋爱了，二十岁左右就结婚了，爹是受人家感染了，看人家娶儿媳妇，他着急了，可在城里大龄青年多得很，有的三十多岁还没结婚呢，五十多岁还更换老婆找小妞呢，当然这是钱烧的，也可以说用钱买的，一家愿打，一家愿挨，女方不是嫁人而是嫁钱呢。我才二十四五岁，正是创业的好时候，离三十岁还有几年呢。我的主意是找对象不能凑合，这不像在商店里买东西，因为急需随便买一个先用着，等以后有机会再换换。可老婆不是随便更换的，一旦娶到家里，就终身相伴了。如果想换就要破财倒运了，若有了孩子，孩子就是直接受害者，要么没爹，要么没娘，难有幸福可言，关键是每人的精神伤害是无法弥补的，所以我拿定主意要找自己喜欢的，起码看着不反感的姑娘。如果对方温柔善良、善解人意就更好了。我知道有幸娶到好老婆，那是男人的福分，就会潇洒地度人生，不白活一回。如果娶个恶婆娘，男人会减寿的，即使不患病，也叫你气个半死，没有高兴的时候，活得窝囊。但好与坏在婚前是无法验证的，只好碰运气了。我愿自己有好运，装作很随意地说，爹，别急，这事可遇不可求，慢慢来。

老爹似乎在吼，你不急我急，年龄越大越花钱，你要把这事放在心上，这是重要任务。

我明白爹的意思是花钱花怕了，他多年的血汗被我吸干了，为求学，我像个吸血虫，如今报不了恩，不能再搞剥削了，可我挣的钱还不够自己花呢，一旦找个女孩，不花钱，人家也不愿跟我呀。我笑笑说，爹，我真想单身一辈子，吃吃喝喝、自由自在，无牵无挂多舒服。

父亲不乐意地说，这叫不负责任，自私，只图自己享乐，都像你这样想，地球上就没人了，祖祖辈辈都是这样过来的，传宗接代，延续生命，这是社会责任，是人生义务。

我觉得爹认字不多，说的话还挺在理，刚才好像是他来了灵感，说话还文绉绉的，像个文化人似的，安慰他说，爹，好，听您的，您不用为我操心了。要说谈恋爱是两个人的事，您还真帮不上忙。

浑小子，还给我耍嘴皮，我是说没经费支援你了，你自己想办法，最好在城里找一个家庭条件好的有钱的姑娘。

我皱着眉头苦苦地笑笑，明白父亲是不想再为我操心了，可我一无所有，人家姑娘谁愿意上钩？我说，爹，您别光想美事了，咱家的条件就那样，人家条件好的能看上我吗？

这难说，有些姑娘不讲家，只讲人。你长得像军官样，说不定有好姑娘看上你。爹紧接着对我说。

我知道老爹的意思，是在提醒我把此事放在心上，让我不花钱找个好对象。我也承认有好姑娘不看重钱财，可少啊！我哪有福分遇到“她”？我不想跟爹多说了，嘿嘿笑笑说，这事，我知道了，您放心吧。便把话筒摁在电话机上。我沮丧地猛然仰面躺下，小木床晃悠悠地又“叽哇”起来了，声音由强变弱，“哼哼唧唧”像受了欺负似的满腹怨言。我全然不顾，只是望着天花板发愣怔，思想却飞扬起来，想到自己身处的环境，虽然常接触几个年轻女子，但都已婚，咱总不能插足吧。再说，人家一个比一个时髦，都妖精样，谁能看上我这个乡味十足的穷小子？还不花钱？即使花钱，人家也不一定看上我。父母不嫌儿丑，我长得真像军官样吗？我顺手掏出衣兜里的黑钱夹，内里镶嵌着一块亮晶晶的玻璃镜。我对着镜片照起来，四方脸，赤红色，双眼皮，大眼睛，也很有精神，虽然五官没有什么突出的特征，比如黑痣、胎记什么的，但还算端正，看着顺眼。只是身材不足一米七，仅这一点就被人家列入三等残废了。人家条件好的姑娘，都是按条件招驸马哩，家庭、学历、身高等都高标准严要求。可我呢，哪方面突出？禁不住暗自发笑，做梦娶公主想得美，连姑娘都接触不到跟谁谈？可婚姻是人生中的一件大事，一般限定在三五年之间，有幸遇到好姑娘算自己幸运，遇不到就可能倒霉败运，如果超出这个时限没找上，以后的婚姻可能更差劲。所以应不失时机，提前谈也不错。也许老爹说得对，年龄越大越花钱，那些老板找小妞，哪个不是钱砸出来的？基于自身条件，既少花钱，又想找到满意的对象，谈何容易？面对陌生的环境，陌生的人际关系，陌生的人流，到哪里去找姑娘群体？

我开始观察城市的环境及不同场所，一切为找对象服务。一个个城市像一个个高矮胖瘦、大小不同的人体，五脏俱全，都有高楼、大街、医院、商店、学校等，供市民生活所需。不同的是大城市地盘大、楼高、马路宽、名气大。小城市相对小一些，但也有优势，人少、空气好、交通方便。我想想只有在公共场所，才能接触到年轻姑娘。凡是我走过的地方，就留心观察，比如在大街上、车站、商店等，见了不少长相一般的女孩，却没有一个让我心动的，当时就想如果碰到中意女孩，我只管向人家表白，取得联系，如果人家怀疑我精神上有毛病，然后再证明并非如此。经过一段观察令人失望。我又想到了舞厅，那是男女相互交流的场所，是找对象的好地方。但舞厅的女孩大多是开放型的，听说在那样的环境里，女人不风骚，档次不够高，男女一风骚，便是高尚情操。我有点顾虑，找对象还是不想要开放型的，但目标难寻。又一想，只要看着顺眼，像我这样的条件，人家不嫌我穷就行了，要紧的是先寻好目标，然后帮人家改变环境。

那是20世纪80年代末，南方开放得很火爆，内地也紧跟步伐。大街小巷几乎处处可见大小舞厅，还有广场附近的露天舞厅。这些舞厅有的是会议室改装，有的是仓库改装，有的就在露天广场一角，简单装修一下，安点红红绿绿的灯光，再装上音响，周围放一些简易的凳子就行了。有的单位开舞厅，工会还鼓励员工跳舞，说是娱乐、减肥、锻炼身体，也是增进同事之间友谊的活动场所。一般大街上以营利为目的的舞厅，装修要复杂一些，档次高一些，门头上要悬挂忽明忽暗的霓虹灯，舞厅里的舞池周围摆着简易的茶座，跳舞者跳累了就坐在一起喝茶、聊天。服务台上摆一排排热水瓶，茶水随便喝，其他食品和饮料另收费，一般都不破费。进舞厅男宾要票，女宾不要票，一般每张舞票都在5元以下，如果买月票更便宜。跳舞时间在早上和晚上，当时跳舞是一件很时髦的娱乐方式。无论单位和个人有贵客来，为表示热情招待，吃过晚饭都要到舞厅唱歌跳舞。舞厅里不限年龄，谁都可以跳，但多半是中青年男女。里面的光线昏暗，彩灯闪烁，悦耳动听的音乐不停地回荡。还有显示歌词的屏幕，有乐意唱歌者，可以点歌一展歌喉。一对对男女半推半就拥入舞池，随着音乐节奏翩翩起舞。有的精神饱满昂首挺胸跳快步，有的和颜悦色跳慢步，有的柔情似蜜窃窃私语，有的与女友谈情说爱，时不时还做个亲昵的小动作。从他们喜悦的表情中，可以看出跳舞带来的快乐。

半年后的某天晚上，公司里有个应酬，通知我陪客人到舞厅跳舞。我吃过晚饭洗漱一番，对着镜子照照面容，看到脸上的毛孔有了色素沉淀，赤红色的皮肤干巴巴的。我掩耳盗铃地避开了自己的脸，从来不抹润肤霜的我，随手拿起盆架上同事的润肤霜，看看牌子是“大宝 SOD 蜜”，又看看功效：

美白补水，长久保湿，滋润肌肤，这不正适合我干燥的皮肤吗？ 我慌忙拧开盖，当即闻到淡淡的很舒心的馨香味，用力一挤“扑哧”挤出一手心白糊膏，双掌对搓涂在脸上，立刻像地皮上下了一层白霜。 我暗自发笑，这是占人家的便宜占大了，结果适得其反了，只好又用湿毛巾将满脸白霜擦去。 此时我想起了出差时，看到火车上的女孩在洗漱台旁洗漱化妆时的情景，她们在脸上拍水，上乳液，将眼霜小心翼翼地涂在眼周，用食指绕着眼周反复画圈，之后双手在双颊上噼噼啪啪地拍打，接下来很认真地描眉、化妆、涂口红……哪怕是豆腐渣工程，也要把表面文章做足。 我没有她们的耐心和富余时间，只是重新在脸上抹点大宝，顿时觉得皮肤润白富有弹性和光泽，很舒服。 心说同事啊同事，你不要吝啬这点润肤霜，今天你帮了我的忙，明天我一定加倍赔偿。 此时，我恍然大悟，感到同事比我的情商高，平时注重仪表，原来也是为了招蜂引蝶啊！ 我又整整发型，对着乌黑的发丝喷洒隆力奇定型保湿啫喱水，立刻，头发上便散发出浓浓的薄荷香味。 平时那乱糟糟干巴巴的发丝定了型，显得黑亮湿润有型。 然后我又换上白衬衣，扎上花领带，穿上深蓝色西装，像大闺女上轿似的打扮一番，确实增添了几分气质，人模狗样的，比平时帅气多了。 我想起了人们常说的一句话：三分长相，七分打扮。 这话不假，同样一个人，你只要精心打扮一番就出彩，看看那些演员，老、中、青、少年的模样都是打扮出来的。 我同客人一起去荷花舞厅。 这家舞厅在一条背街上，有点隐蔽，但很有名气，来跳舞的人很多，据说这里的女孩很开放。 我来这里目的不是跳舞，而是打着陪客人的旗号寻恋爱目标呢。 我无心观赏舞厅里的温馨美景，只是把目光洒在服务小姐身上。 在闪烁的若明若暗的霓虹灯下，一个个服务小姐身材苗条，穿着低领袒胸的服装，有意炫耀优质的皮肤和女性的特点，是不可多得的画家笔下的美模。 我感到一阵阵惊喜，庆幸来到了一块风水宝地，易寻满意猎物。 心说这里太好了，难道世上的美女都集中到这里了？ 她们温柔多情的言行很暖人。 我明白她们都比较浪漫、开放，只要你有钞票，她们就乐意上钩，并非是男女比例失调，而是人家就是做这门生意发家致富的。 虽然我对她们鄙视，但想想自己的处境和现在的新潮女孩，老老实实等待优秀贞洁的美女出现，恐怕比去西天取经还难，只能过单身汉日子了。 回想上初中时，就有同学谈情说爱了，上高中就有人私下给他们配对成双了，只是逢场作戏，都没有当真事，说散就散了，上大学谈恋爱家长老师都不管了，有谈成的，后来就结婚成家了，也有各奔东西的。 在这里可能女人的思想比男人还开放，将性行为看得很淡。 我陪客人坐在舞池边的茶座旁，一会儿两位有身份的客人都被小姐邀请去跳舞了。 他们好像是久经锻炼的跳舞高手，虽然都中年了，但都精神焕发，舞姿老练，笑容满面，和小姐跳得自然合拍。 平时我发现单位领导办事，首先就是请上司或客商吃喝玩乐，然后赠送礼品使人家高兴了，事就好办了。 我猜想这两位客人，可能是有权的官员，领导私下点拨我别死心眼儿，要见机行事。 我明白其意，我的任务是陪他们步入舞厅，要给人家行动自由。 我只需给舞厅老板交代一下，回来买单就行了，后面的事就不用我管了。

正当我沉浸在丰富的联想之中时，有位身穿紫罗兰旗袍的姑娘，丰乳、肥臀、蛇腰，裸露着洁白的胳臂和隐约可见的双腿，使人感到文静高雅，亭亭玉立，犹如含香蕴玉，婀娜多姿，飘然而至。 我觉得她的装束有别于其他姑娘，没有丝毫的放荡之举，这给我很好的第一印象。 她彬彬有礼地打个手势邀我跳舞，也正合我意。 我们双双拥入颇大的椭圆形舞池里。

在闪烁的霓虹灯下，随着“咚嚓嚓、咚嚓嚓”的舞曲，一对对男女旋风般地跳着舞。 我和那女孩边跳舞边畅谈，很快就拉近了情感距离。 她渐渐在我心中完美起来，我怕她从我手中溜走，就不愿再和别的姑娘跳舞了，想紧紧抓住她。 我喜欢她扁平的后脑勺，衬得头形左右宽而圆，前额饱满。 我还喜欢她蓬松的波浪式的披肩发，用红手绢扎在脑后特别好看。 弯弯曲曲的刘海儿垂在额前，像一条条黑色的皱丝带，显得格外精神洋气。 我还喜欢她那双水灵灵亮晶晶的大眼睛瞧我一眼，富有磁石般的吸引力，使我失魂落魄。我还喜欢她那自然红润肉嘟嘟的樱桃口，想让人吞吃它。我曾听母亲说过，男人嘴大吞猪羊，女人嘴大吃麦糠，找女人不要找高颧骨尖下颏的瘦弱女子，那是寡相，命苦，可这位姑娘是一副标准的福相啊！她也看破了我的心思，觉得我很喜欢她，就时时处处迎合我，顺从我，似乎对我也很感兴趣。她和我的身材一样高，舞跳得很美，这不难想象是久经锻炼的结果，可以说是她带着我跳的。我的舞还是在学校学的，跳得半生不熟，说也怪，在她的带动下，我渐入佳境，跳着跳着竟然应对自如了，想起来同学说过的一句话，爱情的力量是强大的。这话真的应验了，这是我第一眼看上的女孩，似乎有一种说不清道不明的无形的吸引力，大有相见恨晚一见钟情的感觉。当我想对她的身份再深入探索时，她很聪明，没有正面回答，只是说，我是这个城里的一颗微尘，轻飘飘，没有家，没有着落，随风飘零……最后她还说，我们只要生活在同一个城市里，如果有缘分，应该还会见面的。听着她朦胧的文绉绉的语言，我怎么也不相信她是个才疏学浅的姑娘。

我知道这是一个风花雪月的场所，如果没有自我约束，就很容易放荡不羁。我被她的外表和语言紧紧地吸引着，她是我理想中的天使了，正因为有这种情绪，促使我对她格外亲近，我不想询问她的过去，只想拯救她的未来，我觉得是真心爱上她了。我轻声问，小姐，你叫什么名字？

她含羞微笑柔声说，你不必这么叫，就叫我青叶，是我妈起的。因为我妈爱着急上火，常常摘俺家屋后那片竹林里的竹芽熬茶败火。我妈说她喜欢青色，无论走到哪里，只要看到青色心里就凉丝丝的，很舒服。你觉得我的名字好吗？

好，我也很喜欢。我的嘴巴贴近她的耳朵亲切地连声喊，青叶、青叶。

她龇牙一笑，鼻子眼都笑开花了，逗人喜爱。然后问，你叫什么名字？

杨——天——龙。我故意拉长声音说得很慢，而且提高了音量。尽管我的声音在提高，也压不住“咚嚓嚓”的舞曲声，还有点歌人的唱歌声，因此只有我们二人能听到相互交谈声。

青叶带着羞涩之意笑嘻嘻地说，你的名字真好。

我笑了，问她好在哪里？

她说，听着你的名字，就会想到天上的龙，龙腾虎跃，真龙天子，帝王名啊！ 将来准是个大人物。

我们俩跳着慢四步，像在左右晃悠，一手搭肩，一手抱腰，时而面对面，多半是我的嘴巴贴近她的耳朵很亲密地交谈着。 我的心思不是用在跳舞上，而是想给她多说说话，探出一些个人信息。 我高兴地说，青叶，你的想象力太丰富了，我哪有那尊贵的命啊！ 可能是父母望子成龙，给我起了这个名字。

你一言我一语，越说越投机，想到哪里说到哪里，不管说的是否废话，双方都乐意听，我觉得这就是投缘吧。 我们边跳边愉快交谈，跳到深夜舞曲将尽时，我抬腕看表已经十二点多了，舞厅里的人渐渐稀少。 我心急想吃热豆腐，想紧紧抓住她和她畅谈，不愿分开，便悄悄向她提出了暧昧要求，她竟然含情脉脉地答应了。 这让我十分惊喜，她也一定是看上我了，我要不失时机紧紧地抓住她，以便今后加强联系，相互了解，把她作为恋爱目标。

她带我来到一间单人房，走到门口“啪嚓”摁一下开关，霎时房顶中央的吸顶灯透过白色暗花玻璃罩，释放出亮光，光线柔和而明亮。 我看到房间中央，横卧着一张席梦思双人床，白墙壁白地砖白被褥成为这间房里的主色，周围摆着淡黄色沙发、桌椅、电视等。 我是第一次步入这样的场景，在幽静的氛围中，我感到这里宽敞温馨舒适，心里也免不了紧张兴奋。 我们洗漱完毕，都赤裸裸地躺在床上，既舒展又惬意。 她拉拉被子轻轻为我覆盖，我顺势抱紧了她。 我觉得她善解人意，是我从未遇到过的好女孩，完全抛开了“轻浮”之言，认为这叫情投意合，两相情愿。 如果是我不喜欢的姑娘，她这种举止就另当别论了。 男人的话狗皮袜子没反正，怎么说怎么有理。她浑圆的身躯冰清玉洁，充满生机活力和洋溢着青春气息。 我抚摸着她那细嫩、光滑、洁白得像绸缎一般的肌肤，还释放着草莓沐浴液香味，好，真好，这个好是从手上传到心里去的。我紧贴着她的前胸，那丰满的乳房像暄腾腾的圆馒头上安一个红甜枣，觉得它弹软，光滑，带着体温，像混合着奶味和芝麻香味似的，麻醉着我吸引着我。我想抚摸它、吞吃它，感到很可爱。我们相依相偎，柔情蜜意，让我陶醉，紧接着我如饥似渴地切入主题，如火山爆发般地向她侵袭。那一刻我好像掉入了万丈深渊，在深谷里拼命挣扎，充满热血的心潮在汹涌澎湃，并将内心所有的沮丧、压抑、郁闷、晦气全部都排泄出来了，内心是多么的狂喜，如一个胜利的勇士占领了一个又一个高地，向全世界人民宣布我胜利了，解放了，自由了。在我疯狂之时，并没有不顾及她，而是时时刻刻察言观色，唯恐惹她不高兴。她在我身下显得是那么欢欣鼓舞，那么甜蜜幸福，那么温顺可爱，扭曲的肢体如决堤的浪头一波未平一波又起，温柔的双手在我身上不停地抚摸着，整个身躯像辽阔的大草原，在我的狂风暴雨扫荡下，每一根小草都仿佛在颤动。她也在努力迎合我，倾心献计。我想她一定心态很好，也非常爱我。当我们失去理智后情感都归于平静时，她像我五脏六腑的某部分，不可分割了，让我着迷心醉。不料，她却一扭脸像生气的样子给我个脊背。我想考验她是否真的生气了，也翻身这样对她。我听见她轻轻的叹息声，过了一会儿，翻身伏在我肩膀上亲昵地说，天龙，你今年多大了？

二十五。我不假思索地回答。

你是刚毕业的大学生吧？

是。我觉得这是我骄傲的资本，是我的优势，除了这，我一无所有。

你会爱我吗？

我心里一颤，也翻过身来，高兴地将她拥在怀里，连声说，青叶、青叶、青叶，我一辈子都喊不烦，你是天底下最好的姑娘，我是真心爱你的。我对她不由自主有一种亲近感，这种感觉可能来源于色迷心窍，或她的容貌，或她温顺善良的个性，我说不清。我只想拥有她，用最大爱的力量紧紧拴住她，拴她一辈子。我激动、兴奋、情不自禁地说，青叶，嫁给我吧，我一百个愿意。

她摇摇头说，不可能，男人大多口是心非，像我们这样低贱的身份，谁会爱呀，只要走出这个屋，就如同陌路人了。不过我也不会把你的话当真，不会强求你什么，也不会拖累你。她说着，两行热泪已挂在两腮上，进而滴在我粗壮的赤红色胳臂上。她是多么想找一个懂事明理的大学生作为终身依靠啊！

我觉得她的泪水暖融融的，像虫子爬似的痒痒，见她落泪，我很心疼。我伸手给她抹抹面颊上晶莹的泪珠，明白了她的心思，她是想寻到一个靠得住的知冷知热的好男人吧。我也想到她一个女孩在这座城市里孤孤单单无依无靠，如果有人欺负她，也没有人保护她，不觉对她饱含怜悯之情。她若成了我的女友，我决不会让她受一点委屈。于是我很认真地说，真的，我很爱你，今生今世永不辜负你。

她破涕而笑，并没有把我的话当真，只是想不知有多少男人在此时此刻都会这么说。

虽然我们是第一次见面，接触的时间短暂，她的话语也不多，但她的言行举止，音容笑貌，牢牢地装在我大脑里，我总觉她是真心喜欢我。我是深深地爱上她了，使我明白了只可意会不可言传的一见钟情的含义。

事后，我像一头死心眼儿的驴，处处都想围着她转，时时刻刻都想着她，发誓我这辈子竭尽全力使她幸福，把她牢牢拴在自己身边，尽快让她脱离那种场所。有天晚上，我又去荷花舞厅找青叶，还特意为她唱了一首歌：一朵花儿开就有一朵花儿败，满山的鲜花只有你最可爱，你是我的玫瑰，你是我的花，你是我的爱人，你是我的牵挂，你是我的爱人，是我一生永远的玫瑰花。这是庞龙的歌，借来对青叶表达心意。

青叶已经明白了我的心意，对我笑笑说，谢谢！

这两个字让我高兴得三天三夜没睡眠，比看见爹娘、发了大财还高兴。

我想蹦想跳想欢唱，走起路来腿脚轻松，说话爽快，办事利索，心情格外舒畅，感谢领导让我陪客人去舞厅，有幸和青叶相识相聚。我的兴奋，却惹恼了同事。夜里，我在床上想青叶的时候，隔一会儿，就不由自主地翻翻身，有时还捶捶被，那床就“叽叽哇哇”地叫唤起来，夜深人静，断断续续的“叽哇”声很响。同事不耐烦地说，你是怎么啦？一会儿一“叽哇”，一会儿一“叽哇”，还叫人睡吗？

我说，睡不着。

睡不着别叫床犯神经啊！他的口气饱含着极其不满的情绪。

我是个大活人，不能不叫动吧！我不乐意地说着，又不由得动动身子，那床又发出轻微的叫声。

三个晚上都这样，有病去找医生啊！同伴对我极其不满，愤怒地说。

我说，我没病。想说要有病就是相思病，觉得不妥，事没成之前不能炫耀，否则，不但泄密还受人嫉妒呢！他不懂我的心思，这是我心中的秘密，也是美事，难得遇上意中人，人逢喜事精神爽嘛，所以我对同事的发火一点也不生气。

你是严重的失眠症，这不正传染我吗？

我心说，想得美，传染你，我自己乐。

他接着说，你赶快服点安眠药，老实会儿，不然，我头要爆炸了，休息不好头疼，晕头鸭子样，你还叫人活不叫？

我看不清同伴的嘴脸，他一定是眉头紧锁，气得五官挪位，一副丑陋不堪的怒容。我连忙说行行行，明天晚上我吃安眠药。我说了这话，才停止了同事娘们儿似的抱怨。

我们躺在床上，你一言我一语，斗了一会儿嘴，更没有睡意了。我看看窗口，外面亮着淡黄色的月光，洒进窗口下的桌面上，照出一片亮光，使屋里有微弱的暗光。我从小就喜欢月光，常和村里的小伙伴一起在月光下跳绳、捉迷藏等，有一次在月光下去村南坑里洗澡，被父亲拉出来狠狠揍了一顿，过去的事情只能留在记忆里，一去不复返了。人生每个阶段都有不同的事情要做，似乎不容你悠闲地玩耍。我还听到窗外蟋蟀断断续续的叫声，这叫声也是影响睡眠的因素，但同事无法管束它，我要跟他辩驳，还得争吵，少说为好。我蒙蒙眬眬看到对面床上的同事愤怒地裹着被子翻动，他也弄得床“叽叽哇哇”响，给我个脊背面向墙壁了。往往自己的错难找，别人的错易寻。我猜想他肯定怒不可遏，对我极其反感，甚至想一脚把我踹出这个小屋。我收敛了举动，摆出个固定动作，甚至大气都不敢出了，唯恐影响同事休息。但我灵魂出窍，恨不能扎上翅膀唱着小曲飞到青叶身边。心说，青叶你想我吗？钟情于我吗？若如此，愿她自重，谁都知道爱是自私的，爱一个人就想占为己有，不想让别人碰她一指头。可青叶处在那样的环境中，等于处在大染缸里，是难以清白的，只想让她的心思全放在我身上。

翌日吃过早饭，同事上班了，我也正准备走出蜗居，突然电话响了，又是老爹打来的，他对我说，儿呀，你二姑来咱家了，说你表弟找到对象了，他真精真能啊！在外打工谈的，没花一分钱，把人家领到家了，人家啥都不要，跟着你表弟到家不走了。你二姑高兴得合不拢嘴，直夸儿子有本事。

我明白老爹的意思，无非是提醒我学表弟，不花钱找上好媳妇。我胸有成竹地说，爹，您放心吧，您儿也不是笨蛋，当不了单身汉。说这话时，我心里想着青叶，有了恋爱目标，说话就有底气了。如果我竭尽全力把她追到手，就了结了爹娘的心愿。

天龙啊，早晚都是这回事，最好还是早点谈，早点让爹娘安心。

我想到这事似乎成了父母的心病，我不急，您二老急什么？即使急，也不能催恁紧呀！其实单身是轻松自由幸福的，没有杂事缠绕，想干什么干什么，无人埋怨。可结了婚，生孩子，养孩子，面对双方亲朋好友的应酬，工作、家庭中一切是是非非都来了，忙得焦头烂额，疲惫不堪，负担沉重。我说，爹，那不是一件东西，说抓就抓到手了，也不像是到商店买商品，马上就能买到，再顺利也得有个过程吧，心急吃不了热豆腐。我知道父母一辈子为儿女付出、操心，自从儿女降生，就给其吃喝穿戴，有病送医院，接送上学，供学费，待走出校门长大成人，又为儿子娶妻抱子发愁。

经父亲这么一催促，我又加紧对青叶的进攻了。当天上午，我骑着自行车去上班，在路上拐个弯，又去找青叶了。舞厅是早晚开门，其余时间服务小姐就是宾馆的服务员。我到宾馆里找到了青叶，我们一同出来走到大街旁边的树荫下站着。这时的太阳已冉冉升起，像个小火球似的挂在东方，放射出万道金光，照射着万物大地，为它们增光添彩。路边翠绿的树叶像沉睡了一夜，被阳光叫醒了，格外精神抖擞。大街上的大小车辆披着一身阳光来往穿梭，人行道上骑自行车的很多人沐浴在阳光里匆匆忙忙去上班，谁也不注意谁。我扶着自行车把站着，怀着喜悦的心情微笑着说，青叶，中午下班我请你吃饭，行吗？这时候，我觉得人家就是上帝，简直是要给人家烧香磕头，因为你有求于人家嘛。

她却面无表情低下头柔声说，不用了。

我捉摸不透她的心思，只顾自己高兴，将自行车往她身边推推贴近她，悄声说，青叶，你知道吗，近日来，我天天想你念你更想见到你，吃不香，睡不着，真正理解了一日不见如隔三秋的含义，真的离不开你了，爱你胜似爹娘。我只想逗她乐，只想让她成为我的老婆，为了达到目的，我说话也不讲方式了。

青叶果然“吞儿”笑了，瞟我一眼低下头说，呵呵，又是一个情场高手，爱情骗子，一见到中意女孩，就说胜似父母，拿父母当帽子的色狼多了，我可不是迷途的小羊羔。她侃侃而谈，出口成章，让我惊讶。

我也毫不示弱，不能败于她手下，另外，还自信自己的文字水平，我说，青叶，你怎能这样说呢？你不能把天下的男人都一网打尽，你错解了我对你的一片最真诚最痴情海枯石烂不变心的爱情。我是不怕考验的，可以对天对地对神灵发誓，如果我的心能扒出来，就扒给你看看，你叫我怎么做都行，可以用行动来验证。我像雇员见了老板，像大臣见了皇帝那样软弱有礼，卑躬屈膝。

她苦涩地笑笑说，你别开玩笑了，这样的话，我听多了，除了我自己，不会相信任何人。

我的心一下子凉了，脸猛然阴沉下来。我是热脸贴在凉屁股上，这极大地打击了我的自信，瞬间我的美好愿望像肥皂沫似的在破灭。说心里话，我很喜欢她，再次恳求她说，青叶，请你要相信我，我绝不是负心汉，给我表现机会，看我的行动，好不好？

她犹豫片刻说，谢谢！不必了。对不起，现在我很忙，还是再见吧！说着，她转身走了。

我看着她离去的背影，觉得美好希望变成了沮丧失望，如当头被浇一盆冷水，浇得我透心凉，这打击来得太突然了。我又三天三夜没睡眠，精神沮丧、消沉，心碎了。我想到老爹说过我大哥的婚事，大哥是大伯家的儿子，三十多岁没找到对象，在武汉工作的大姑，为他着急，她叫大哥在她家住一段时间，为他物色到一个女孩。大姑奋勇当红娘，为他们创造恋爱机会，大姑为大哥和女孩各买一张座位相邻的电影票。大哥憨厚老实，有点木讷。大姑怕人家女孩见了不满意，在大哥临去电影院时，大姑交代他见了姑娘热情点，还给他几十元恋爱经费。可大哥见了女孩不知道说什么好，也不知道给人家买包瓜子、买瓶饮料行点小贿，也不知道送朵小花、小礼品什么的表达爱意，也不知道对人家温柔体贴关心照顾，拉近点情感距离。他忘记了打着看电影的招牌目的是干什么的，从电影开始到结束，他一共给人家说了一句话，说你是菊花吧？姑娘说，是。然后两个人的中心主题弄成了看电影。看完电影大哥回家，大姑就急忙问他见到姑娘没有？怎么样？他说，见了，行。说话时脸上一点表情都没有。那姑娘是姑父老家来的打工妹，多少与姑父家还有点沾亲带故。第二天，大姑就慌忙去征求姑娘的意见，不料，姑娘木着脸睁大眼睛看看大姑，又垂首轻轻摇摇头，低声说，不行，太笨了，我不愿意。大姑满腔热忱地想当个成功的红娘，不料被姑娘用几个字打发了。

大姑没有埋怨姑娘，只是觉得大哥脑子有点笨。后来大姑又为大哥介绍了两个打工妹，都没成功，心想现在的姑娘思想开放得很，人家都不愿找老实巴交的对象，她也灰心丧气了。再后来大姑又心生一计，掏钱为大哥买了个四川妞，现在全家人的日子过得还算不错。我心里清楚，老爹催我快找对象，是怕我步大哥的后尘，怕花钱，可哪儿有天上掉馅饼的事呢？但我还是有自信的，至少不像大哥那样憨，在失望中有一种隐约的感觉，青叶的话不像是真心话，总觉得她很喜欢我，不然她怎么会无私献身呢？怎么怕我不是真心爱她呢？所以我仍不死心。

三天后的晚上，我又去荷花舞厅约青叶跳舞，她说，对不起，改天吧，今晚有急事。说着她低头从精致的黑色小挎包里掏出一封信递给我说，天龙，给，你看看这信就明白了。

我慌忙接着折叠好的一页信纸，字面朝里，背面朝外，如获至宝，紧紧攥在手里，无心跳舞了，便从舞厅里跑出来，不管她写的什么内容，我都如获至宝。慌忙骑着自行车飞速回到住室，迫不及待地打开那张信纸，坐在床上读起来。我的目光像钉子一样盯住了信笺内容：

天龙，感谢你对我的尊重和一片真情表露，给我了极大的温暖和安慰，现在像你这样的人不多了。

天龙，不是我对你冷漠无情，是你不了解我的处境和身份。我家住山西煤矿区内，到处是黑压压的煤矿，天黑地黑人也黑，我就是在这样的黑环境里长大的。我有三个哥哥，我最小。因为家中贫寒，三个哥哥早早辍学当了煤矿工人。因为在国营矿区干活工资低，为多挣几个钱养家糊口，大哥、二哥都到私人煤矿去干了，但私矿安全性差，常有塌方事故发生，厄运也就相继来了，人们把大哥的尸体抬回了家，我看他浑身上下就像涂了一层黑漆，比黑人还黑。我妈怀着悲痛的心情，花费了一天时间将刚满二十二岁的大哥的尸体擦干净，叫人将他埋在了不远处的山坡上。大哥走后的第二年，人们又把二哥的尸体抬回家，那年二哥才二十岁。我妈由于过度悲伤，躺在床上起不来了。我和父亲又花费了一天时间将二哥七窍里的煤粉一点一点擦干净。父亲说让他干干净净地上路，也许是他最大的心愿，因为常年身上都没有干净过。母亲说让他兄弟俩挨着躺在山坡上，好有个照应。这之后母亲再也不让三哥下煤矿了。他十七岁就进城打工了，靠他微薄的收入来养家。父母偏爱我，供我读书，我上完高中也走了出来，来到这座城市里，我觉得如同天堂一般，可这里举目无亲，我感到孤独无助。我一没技术，二没特长，就成了这里的坐台小姐。

天龙，我觉得你与众不同，你的言行给了我深刻的理解和信任。说心里话，在我认识的人中，你是最优秀的，让我在迷茫中看到了希望，在冷漠中看到了温暖，我低贱的身份真的是配不上你。如果你真的爱我，你就用望远镜将我拉近，就用放大镜将我放大，相信我们会有机会见面的。

我觉得青叶不但字写得好，而且文字水平也高，这也是我喜欢的。我看了她的信感到震撼，但我不恨青叶，她是迫于生计和无奈。

翌日上午，我又去找青叶，把她叫到无人的地方说，青叶，我不在乎你的过去，我只想给你美好的未来，我们生生死死永远在一起。我要用真情去换取她的信任。

她被我的痴情感动，高兴地说，好，咱们永远在一起。当即同意和我建立恋爱关系，我觉得自己是世界上最幸福的人。

不久我们就办理了结婚手续。那天青叶来到我与同事合租的房子里，同事回老家了，我们的幸福机会又来了，烈火与干柴燃烧了一阵后，我说，青叶，一会儿咱去逛商场，我给你买几套服装。

青叶瞧着我龇牙笑笑说，不去，不买，我有衣服，有钱留着自己花吧。

我看她刚进屋时，上身穿着枣红色翻毛皮衣，是收身卡腰的新款式，盆形似的外翻领，远看像围一条围巾，如洋味十足的贵族小姐。我猜测至少也得一千多块，相当于我两个月的工资了。下身穿着黑色高弹紧身裤，那也是加厚的高档面料，可以遮风挡寒。足蹬高跟鳄鱼牌黑皮鞋，走起路来“嘎嘎”响，声音悦耳动听，富有节奏。身材似标准模特样，叫人喜爱。我猜测她确实有钱，不管是否有钱，我娶了她，就应该以实际行动给人家表表爱心，可青叶什么都不要，我只好把自己积攒的工资交给了她，她随手又递到我手里说，你放着，我什么都不要，和你结婚就不是图钱呢，是图心呢。

我暗自高兴，不靠爹娘，独自完成一桩人生大喜事，也了却了父母的心愿。我始终认为青叶是心地善良懂事明理的好姑娘，抬头睁大眼睛扫视一下屋里的环境，禁不住说，青叶，对不起，我会尽力改变现状的。

青叶也有自己的想法，人往往都是没有什么需要什么，穷时，盼望有钱，真正满足了需求，钱多了，也就不珍贵了。她记得有一次去广州，在火车站候车室里和一位相貌俊俏、身材高挑的女子坐在一起，那女子穿着华丽服饰，大腿压着二腿，手指缝里夹着烟卷，不停地一口一口地抽，像是烟瘾很大。她面无表情，根本不顾及这里是否有禁止吸烟的规定，青叶好奇地问，你还会抽烟呀？

那女子目光无神，木着脸说，不会，是为了解闷。

青叶看到她脖颈上戴着粗金链，手指上箍着肥大的金戒指，悄声问她，看你像个贵人，也有不愉快的事？

那女子禁不住滔滔不绝地倾诉起来，抒发心中的郁闷，一吐为快。她说她十七岁就去了广州打工，在一家大酒店里遇到一位香港老板。老板出手大方，给她买套大房子，还和她办了结婚手续，深爱着她。她十八岁就生了孩子，是个女孩，老板叫她辞去工作，在那套房子里养孩子，每月给她两万块钱，就很难再见老板的影子了。老板也偶尔回去一趟，他的手机就不停地响，大多是女孩打来的。那女子觉得她如同保姆，他们之间没有了情感，想离婚找个合适的人家过日子。青叶心想她是不缺钱了，但对那些环卫工、建筑工、勤杂工等来说，每月有人给两万块钱的工钱，是何等的满足和幸福？

因为他们需要钱，知道干那些苦脏累险难的活是什么滋味，有多么辛苦。可那位女子有了钱需要的是恩恩爱爱知冷知热的夫妻情感，也正如青叶想的，只要和一个贴心贴肺的男人过日子就知足了。我猜测青叶也不缺钱，所以她不讲我是否有钱，而看重我对她的一片真情。她看到我居住的条件那么差，说天龙，咱该有自己的家，不能和同事住一起呀！她有意试探我的想法。

我俩躺在床上耳鬓厮磨，高兴头上一提房子的事，使我转喜为忧。我囊中羞涩，要买房是痴心妄想，难为情地说，咱先租房住吧，一居室的，或两居室的都行。要买房，我真的很困难。

青叶微笑着翻身伏在我身边，两肘支在床上，两手托腮，睁大眼睛瞧着我，口气很轻松地说，咱买房，买三居室的。

顿时我傻眼了，心说，天呀！得十几万哪！谁上哪儿弄去？总不能抢银行吧？我靠工资不吃不喝十年、二十年也难凑够啊！于是我开玩笑说，你撕巴撕巴吃了我吧。

她也笑了，说你撕巴撕巴吃我嘛。明天，你去咨询一下，看哪里的地理位置好，价格合适，要八十到一百平方米的吧！钱，你不用发愁，我包了。

听她这么说，我十分惊喜，天爷呀！她咋那么多钱？我明白她钱的来源，此时的心情，我无法形容，是悲是喜说不清，我说，青叶，咱先买套二手房吧，便宜，等我奋斗几年再买新房。

青叶说，我是想买新开发区的房子，因为那里的配套设施、物业管理、环境规划等比较规范，出入方便，住着舒心。

我亲昵地一下子将青叶揽在怀里，乐呵呵地说，行，听你的。你买房，将来我给你买车。我虽然这么说，但底气不足，有一种骗人的感觉，因为对前程感到很渺茫。我在青叶面前很没面子，很自卑，感到自身没有什么价值，结婚买房似乎是约定俗成的男方的事，青叶却全部承担了。

那个新小区的房子，据说是南方一个大房地产开发商开发的，是省城最早的一个小区，也是楼房最好规划最合理的一个新小区。当时一般职工都还住着单位福利房，这里的房子多半是长期做生意的人来买，或单位来这里给职工租房。不久，我们在这里买了一套三号楼三楼百十平方米的住房，距大门近，出入方便，青叶很满意。那一排排崭新的多层灰色住宅楼，不但环境优美，而且空气新鲜。正如青叶所言，那里的一切都很规范。在马路对面是一个三百多亩地的公园，里面有竹林、游乐园、天桥、游船等，尤其走在平坦的花岗岩路面上很舒服。公园大门口是一个硕大的平坦的水泥地坪广场，里面经常摆着很多地摊，有卖粉浆、凉粉、热豆腐、烤肉串等各种本地特色小吃，还有小百货商店、书报亭等，像一个热闹的大市场，吃的喝的玩的用的样样俱全。公园免费对外开放，人们随意进进出出。我们闲暇时常去那里散步，观赏美景，呼吸新鲜空气，利用各种健身器材做健身锻炼。

老爹高兴坏了，直夸我有能耐找个好媳妇。我庆幸自己长一双慧眼把人看得很准。青叶的确是个贤惠善良、孝敬公婆的好媳妇。她很听我的话，也到我所在的公司上班了，我们夫唱妇随，互相关心，过着甜蜜幸福的生活。

一年后，青叶为我生了个白胖小子，她休完产假，就把儿子送进了托儿所，这样我们就轻松多了。

我们小区有个很有名气的托儿所，受到大家的拥护和赞扬，解决了双职工的后顾之忧，也算是小区为这里的居民办的大好事。年轻夫妇本来工资都低，有了孩子便成了负担。如果再找保姆看孩子就有双重包袱，难以养活。小区有了托儿所，适当交点费用，所余还能维持正常的生活。托儿所的条件也不差，里面的院落很大，四周是红砖瓦房，四合院内都是整洁的水泥地坪，院中心有一个圆形大花池，里面有菊花、海棠、蜡梅、牡丹等各种花草，释放着浓郁的花草香味，弥漫整个大院，沁人心脾。这里还有卫生所，每天上午八点至九点对每个幼儿巡查诊断，发现幼儿啼哭，或有异常情况，立即治疗。还有里面的餐厅也不错，经常变着花样调剂幼师和幼儿的生活。走廊里放着幼儿的各种玩具和座椅，每个房间有两张床位，供幼师和幼儿休息。 因托儿所床位有限，主要收养本小区的幼儿。 幼师对幼儿认真负责，科学喂养，每天幼儿吃喝什么都是提前安排好的，就像学校老师排好的课程表一样，是有规律的。 所长是责任心很强的中年女子，省医大毕业，因热爱幼儿工作，自愿开办托儿所，整天学习幼儿知识，天天不离托儿所，负责监督管理。 她说她天性喜欢孩子，和孩子待在一起就开心快乐，觉得孩子都和她心灵相通，乐意听她的话。 她也乐意逗孩子玩，有孩子哭闹时，一见到她立马不哭，而且咧着嘴眯眼笑，小胳膊还向她挥舞着想叫她抱似的，好像天生都跟她有缘，这也让她很高兴。 这里一般接受的幼儿是半岁以上，也就是母亲过了产假，孩子就可以入托。 有半托，就是早上送，晚上接。 有全托，就是白天晚上都在托儿所，周日家长可以看孩子。 一般孩子长到三岁就可以到幼儿园了。 凡是在托儿所长大的孩子，懂事、听话、不爱哭闹，进入幼儿园后学习成绩都很好。 我的儿子是半托，早晚由青叶接送。 青叶说托儿所办得真好，叫我们自己带孩子还不如人家呢。 我说，当然了，人家是专业的，那所长是学医的，还懂营养学。 后来，在家里特别忙的时候，青叶就给儿子办了全托。

孝心

两年后，我母亲患胆结石肚子疼，在家吃药轻轻重重不见好转，我和青叶让她来城里看病，医生说必须做手术。瘦弱的母亲住院做了手术，躺在病床上不能动弹，手臂上扎着吊针，输液架上挂着吊瓶。我默默地坐在床边的小木椅上，守在母亲身边，瞧着她眼窝塌陷，微闭双目，面色苍白，粗糙松弛的脸皮和饱经风霜的皱纹，让我感到心疼可怜，那是她多年来为儿女操劳奉献的印证，也是她埋在内心酸甜苦辣的反映。虽然她的美貌已渐渐消失，但我觉得不丑。因为她那份爱心和亲情时刻在我心中涌动，她为我付出了百分之百无私的爱心，我却没有万分之一的回报，这是上天赐给我的报答机会。我发誓：母亲，儿子一定会竭尽全力尽孝心。在我的记忆里，父母一直在贫困中艰难度日，家里靠养猪养羊换点零花钱，记得爷爷奶奶都是因患病无钱医治去世了。我有一个姐姐大我五岁，她性格执拗，十八岁就出去打工了。

后来因姐的婚事，母亲和她断了亲情。我有个三岁多的小妹因腋下长个大疙瘩发高烧，无钱治病夭折了。我父亲因上山采药草不慎从山上摔下来，左腿骨折，落下腿瘸的毛病。后来，母亲又怀孕过两次，她都悄悄堕胎了，当第二次人流时，大出血，差点要了她的命。她对我说，儿啊！家里就养你姐俩就行了，多了养不活。在那多子多孙年代里，我很敬佩母亲的想法。因为越穷越生，越生父母越遭罪，但父母老了也未必享福。事实证明，有很多人家，因为兄弟姐妹多，老人老了轮流赡养，结果老人得到的不是孝顺享福，而是连一个自己固定的安稳窝都没有，还要看媳妇或女婿的脸色，更有甚者，争着不赡养，比着坏，使老人很凄惨，最后含恨离世。国家实行计划生育政策是一大英明决策。独生子女避免了很多家庭矛盾，是是非非，绝对不说老人偏心眼儿，绝对不记恨老人的过错，绝对不因养老问题儿女产生意见分歧。父母也因为少养孩子减轻了家庭负担，有利身体健康，有利干事业，对国对家对个人都有利。人生就那么几十年，一晃就过了，谁不想在有生之年活得轻松愉快些。计划生育使国家的人口降下来，国富了民强了，人们都过上舒心的好日子了，我是热烈拥护。

现在母亲病倒了，这是我该表现该孝敬的时候了。我能理解谁家的儿女跟谁家的父母亲近，我怕青叶侍候不好我母亲，就跟她商量，我准备请假日夜守在母亲身边。可青叶说，你不如我，我方便些，你只管上班，我保证像对我亲娘一样善待婆婆。我没有想到青叶会这么说，不由得对她肃然起敬，恩爱有加。谁都知道婆媳没有血缘关系，青叶却自告奋勇侍候婆婆，我很感动。我说，你还要早晚接送孩子，忙不过来。青叶说，把孩子全托吧，这样我就有时间了。我说，好吧。

白衣护士穿着平底方口黑绒鞋，迈着轻盈的脚步，手持吊瓶，一阵风似的在病房内外飘来飘去，忙着为我母亲扎针输液。青叶请假一直守护在我母亲身边，看着不能动弹的母亲，就想着如何处理好她的吃喝拉撒问题。吃喝照顾寻医取药叫护士都好说，跑跑腿，动动嘴，买买喂喂，也累不着，可难就难在拉撒怎么处理上。她在默默地绞尽脑汁想办法。护士在床中央铺了一层赤红色加厚塑料单，裹住母亲身下的棉褥。青叶马上想到那不透气的光秃秃的塑料单，直接贴着母亲的身子，肯定不舒服。如果出汗、尿湿的话，麻烦就更大了。她叫我从家里拿一床超薄的踏花被，垫在母亲身下，刚垫好，不料，母亲大便失禁，“扑哧”拉了一片稀大便，一会儿散发出浓烈的酸臭味。这难闻的气味可能是因母亲消化不良肠胃不好导致的。青叶慌忙拿着手纸为母亲擦大便，那白玉般的手指捏着手纸轻轻慢慢小心翼翼地擦，唯恐触动母亲的身体引发伤口疼痛。她把脏手纸装在塑料袋里，然后再撕一片片手纸折叠起来继续擦。她不厌其烦地擦着，还发现母亲不停地拉着，觉得这确实是个难题。她是第一次侍候这样的病人，没有护理经验。但她是个不服输的人，做什么事情都要比别人做得好，一定会想出好办法的。她暗自观察对面床上的那位病号家属是怎么护理的，发现人家的床头放着一大包护理垫，上面写着每包装 20 片。青叶沉思片刻，恍然大悟，人家肯定是用它解决拉撒问题的。她想看看那护理垫是什么样的，便和其家属打招呼，询问护理垫是从哪里买来的。

那位病号家属是位中年妇女，跛腿，走路一颠一颠的，行动不便。她是侍候病榻上的老母亲的，正在床边坐着，伸手从床头的塑料包里，抽出一张护垫递给青叶说，用这可方便，垫在屁股下，脏了，抽出来扔了。

青叶将护理垫展开，看着四方形的护理垫背面是淡青色薄如蝉翼的塑料膜，摸着光滑柔软似绸缎。正面是雪白的压缩棉，贴着肌肤软绵舒服。她明白了这是专门供卧床不起或不会行走的婴儿使用的，顿时，感到心里轻松，有了护理办法。我去医院看望母亲时，青叶出去买了两包护理垫和一包成人纸尿裤，然后把护理垫轻轻展开，正面朝上，铺在母亲臀下三四片，又垫在母亲裆部一层加厚柔软的纸尿片，一旦弄脏，她很利索地将纸尿片抽出来，如果又脏了护理垫，就连同上面的一片护理垫一起抽出来，装进塑料袋里，迅速兜着扔进卫生间的纸篓里。然后再用盆接来半盆净水兑点热开水，摸摸不热不凉，就用湿毛巾轻轻擦洗母亲的臀部。她说，一定要讲究卫生，防止尿路感染，不然会得病遭罪的。我多次发现青叶为我母亲收拾大便时，明明那粪便散发着浓烈的腥臭味，可她平平静静，自然从容，像什么都没闻到，连眉头都不皱一下。有时她为母亲擦洗时，不料，母亲失去控制，又猛然“扑哧”一声拉出来，溅在青叶的手上、脸上、衣服上。青叶抿嘴微微笑笑，禁不住风趣地说，娘啊！您这是突然向我开枪呢，让我防不胜防。

母亲苦笑着说，我把不住啊！谁都不想得病，可人是肉身，一躺倒就身不由己了。

青叶边收拾边安慰说，娘，我是想给您逗乐呢，人人都有这一天，祖祖辈辈都是儿女侍候老人，一代一代过来的。我把您当亲娘，尽儿媳的孝心，是应该哩，一定侍候好您。青叶为母亲收拾干净后，就默默地到水管旁洗洗擦擦自己身上的粪便，或脱掉外衣洗一洗。母亲越拉越严重，医生开药给她补肚子，肚子补住了，不料，一连八天不解大便，又形成了干结，再吃泻药，无用，又灌肠，仍解不下来。护士说只有用手掏，她戴着透明塑料手套做个示范动作，母亲就嗷嗷大叫疼。青叶想到护士一定是下手重了，看她的手指那么肥，还双指掏，老人根本受不了。她慌忙对护士说，我比你的手指细，我来试试。这话正中护士之意，正想叫青叶完成此任务呢。她自告奋勇戴上透明的薄如蝉翼的塑料手套，伸出食指，慢慢地为母亲掏大便，感觉其肛门有坚硬的粪块堵塞。母亲只是哼两声，然后就不吱声了。青叶说，娘，您坚持一会儿，马上就好。她将粪块一点一点地抠出来，不料，母亲一用力，“扑哧”一声稀便喷出，又溅到青叶的脸上、衣服上。青叶瞧着母亲笑笑说，好了，好了，没事了。然后再去清洗。一日三餐吃饭时，都是青叶一勺一勺地喂母亲。青叶斯斯文文，不急不躁，说话软绵绵，女中音，听着心里舒服。

我庆幸自己和母亲有福气，家里有个贤妻孝媳。这时，我想起家乡的一位老大娘病瘫在床上，不孝的儿媳拉她起床时，一下子拉断了她三根肋骨。

喂婆婆吃饭时，她恶狠狠地扒开婆母的嘴巴，将老人的下巴拽掉，那下巴软塌塌地耷拉着，老人就去世了。 每想到此事，我的心像被谁揪着似的隐隐作痛，还酸溜溜地感到悲伤，老人把一生的爱全给了儿女，最后却得到这样的回报。 禁不住心里骂，那些不孝儿女简直是狼心狗肺，野兽，叫他们黑心烂肚子，不得好死。

母亲在住院期间，青叶还特别注意她的饮食调养，唯恐她再干结和拉稀。 医院附近有个小食堂，是专门为病号做各种饭菜的，而且人家的厨艺高，做的菜味好，我母亲爱吃。 青叶就咨询护士，让病人吃什么饭菜有利身体康复，她就按护士说的去做，有时也觉得常咨询人家吃呀喝呀会惹人烦，就想到了买菜谱及食物营养学方面的书籍，它就是老师，随时就可以请教了。

不久，母亲出院了，青叶不让她回老家，说老家的条件差，保养不好，让她在城里休养一段时间，有利于母亲身体康复，她也能尽尽做儿媳的孝心。我们把母亲接到家里，母亲看着屋里收拾得干干净净，东西放得整整齐齐，还闻到一种清爽的香水味，感到舒心畅快。 她精神放松了，清静自由了，不再受病房中那般输液扎针之苦了。 贴近门口那间卧室里，摆着一桌一椅一柜和一张单人床。 床上铺着洗净的白底红喇叭花床单，被子上罩着蓝底白点棉被罩，看着素雅，摸着蓬松柔软手感好，还散发着淡淡的香味。 这都是青叶提前为母亲收拾好的。 她说，娘，您住这间卧室里，朝阳，太阳一出来，就能照到床上，您开点窗户，晒晒太阳，空气好，有利身体健康。

母亲乐呵呵地说，你考虑得真周到，我这个没用的老婆子，净给你添麻烦，你还对我这么好，比亲闺女都强。

青叶甜甜地笑了，那眉毛鼻子嘴都乐了。 她搀扶着母亲坐在床上说，娘，您说的啥话呀，麻烦不麻烦，那是对外人说的，咱是自己人，儿女侍候父母是应该的，要不然千家万户养孩子干啥？ 我心想她对婆婆好，我也会对她父母好，好是相互的，再说她是真心爱我，就会爱我的家人，爱屋及乌嘛，也有讨我欢心的意思。

我母亲听着暖人的话语，心里热乎乎甜蜜蜜的，觉得媳妇比儿子还孝顺呢，这辈子算是烧高香了，有福气，常常羡慕人家有闺女，这比闺女还亲哩。她常常咧着嘴眯着眼笑，眼角堆着一层细密的皱纹，连声夸赞青叶懂事，是个好媳妇。

青叶自从跟我之后，我觉得她在不断地变换角色，而且表现得又那么完美，不是作秀，而是朝朝暮暮踏踏实实地做出来的。 回想当初我在舞厅里第一眼看到她时，她像个贵族娇小姐，打扮入时，洋味十足，很难相信她会做家务。 当我们结婚后，她就不注重穿戴打扮了，却把心思花费在料理家务上，成了勤劳持家的主妇，经常把窗台、阳台、电器、柜子等角角落落擦得干干净净，布置得井井有条。 硕大的玻璃窗户上挂着两层窗帘，内层是带花盆和棕榈树图案的白纱窗帘，外层是粉底牡丹花图案的金丝绒窗帘。 卧室中央摆着淡黄色高背双人床，床头上雕刻着精致的活灵活现的二龙戏珠图案。 床上铺着席梦思床垫、花床罩、花床单，上面摆着折叠好的花被子，这都是青叶精心布置的。 还有那木质地板一尘不染，只要青叶一进家门就承包了全部家务。 到了做饭时，她把围裙一围，往后一扎，就钻进厨房里忙乎起来，待做好饭，将饭菜端到餐桌上，再喊我吃饭，做的菜，不是我夸口，胜过中级厨师，她开玩笑说，正准备定高级厨师职称呢；当她在医院里侍候老娘时，胜过特级护理，无微不至地关心照顾。 她精力旺盛，特别勤快，我能娶个这样的老婆很满足。 人家业余时间都不愿待在家里，在外游荡吃喝玩乐，兴趣十足。 可我乐意待在家里写字画画，感到心里畅快，看到青叶心里舒服。 我怕她累着，便私下里悄悄问她，累吗？ 宝贝。

她含情脉脉低头微笑说，你这话，给我增添了无穷力量，不累，一点也不累。

我睁大眼睛瞧着她，觉得她在开玩笑，说反话，又问：真的？

青叶嗔怪道，看你这人，啰唆。然后抬头瞧着我微笑说，我哪有工夫撒谎？真的不累，在屋里活动活动手脚，就代替了室外锻炼。

我禁不住惊喜，天啊！我的青叶竟然这么想，但我认为还是爱情的力量在起作用。

一天下午，我下班回家看到青叶穿着一套宽松舒适的白底红花睡衣，手捧一本厚厚的橘黄色封皮的图书，坐在沙发上低头正在聚精会神地看书呢。我感到好奇，心想你装什么洋呀！几年都不摸书了，怎么又装文人呢？我禁不住暗自发笑，便轻手轻脚悄悄走近她身边突然问，亲爱的，看什么书呀，还津津有味的。

青叶猛一激灵打个寒战，手一抖，书差点没掉地上，抬头望着我十分惊恐，眼睛瞪得灯泡似的，伸手拍一下我的腿说，吓死我了。手捂胸口说，哎哟！我的妈呀！心要蹦出来了，又自我喊魂似的，我来，我来。

我哈哈大笑，不知道她会吓成这样，我是想逗她玩，伸手指指她说，胆子恁小啊！胆小鬼是办不成大事哩。

我不知道你回来，鬼似的，突然在我身边说话，谁不害怕？她心跳像敲鼓似的“咚咚咚”蹦了一阵，待慢慢平静下来，温言善语地说，娘出院时，杨医生嘱咐我，一定要注意老人饮食调养，食疗胜过药疗，体质强弱都是吃出来的，生活调理得好，身体就康复得快，所以我这不是在求老师嘛。

杨医生是我母亲的主治医生，就是他做的手术，很成功，只是母亲手术后身体虚弱，肤色不大好。因为她的胆结石不是一时半会儿得的，好几年了，经常隐隐作痛，再加上营养不良，影响身体健康。母亲住院花了七八千块，我还借了一部分，还有房款没还完，青叶的私房钱全砸在房子上了。目前我们的生活开支，全靠我俩一点微薄的工资收入来维持。有时候我觉得青叶花钱有点慷慨大方，只顾眼前，不考虑长远。现在她看书又学烹饪技术呢，我也怕她铺张浪费，对她说，要调理好生活，得有经济基础，咱家条件差，那些鸡鸭鱼肉都是很贵的。说着，我坐在青叶身边。

青叶伸手指指坐在阳台上晒太阳的母亲，悄声说，不要说没钱的事。她低头沉思片刻，觉得我说的也是事实，然后抬头瞧着我轻声问，天龙，你说什么最重要?

我不假思索，脱口而出，钱最重要。没钱，就无法生活，没钱，孩子就上不成学，没钱，娘的病就治不好。我知道这话是不能拿到桌面上去说的，只有对青叶信口开河，倾诉肺腑之言。其实人人都明白这个理，但谁都不愿说出口，我却像竹筒倒豆子似的全给青叶倒出来了。

青叶摇摇头抿嘴冷笑，轻声慢语地接着说，钱也是祸水，也是矛盾根源，要是钱迷心窍，钱能使夫妻反目，儿女成仇，六亲不认，也是犯罪的根源，腐败者的坟墓。我认为身体最重要，没有好身体，一旦命归西，什么都没了，一切都是别人的。我相信杨医生的话，好身体是吃出来的，不但娘的身体需要保养，咱们也需要。我学点烹调知识，调理好生活，并不是天天吃大鱼大肉，这样还适得其反呢，造成营养过剩，脂肪过多，易患脂肪肝、心血管病呢，而是要注意荤素搭配，弄清各种食物的功效，身体需要什么补什么，身体强壮了，免疫力增强了，就能抵抗各种疾病发生。我想把钱用在生活上，总比送给医院强吧。青叶边说边把手里的书放在沙发上，身子向前一倾，伸手拿起茶几上的绿色茶叶盒，打开盒盖，从中捏一撮毛尖茶叶，放在清洗干净的杯子里。

我知道她是为我沏茶的，我慌忙提起茶几上的银灰色带牡丹花图案的茶瓶，倒一杯开水，杯子里暗绿色的茶叶像鱼儿似的乱窜，立刻淡淡的茶叶味沁人心脾。青叶是个爱干净的人，常常把橘黄色茶几擦得干干净净，如果用手指划一下茶几面，就不会沾染一点灰星。还将两个玻璃茶杯擦洗得晶莹剔透，内外一尘不染，又将茶瓶擦洗得又光又亮。有时她将茶瓶放在茶几上，有时放在茶几一头的地面上，主要是为了方便倒茶。不但我喜欢青叶勤快爱干净，而且还欣赏她的思维能力。我想想俺俩刚才谈的问题，还是觉得青叶考虑周全，思路清，话有理，的确是这样，人一旦生病住院，那确实是无底洞，给钱较劲哩。不但大把花钱，而且还承受着痛苦不堪的精神折磨，严重者生不如死，那是在阴阳两界的边沿上痛苦地挣扎哩，死活难料啊！于是，我龇牙笑笑附和说，青叶，你说得对，我支持你，听你的，希望你当好家庭保健医生。

青叶微笑说，啥叫生活？生活就是亲人相依为命共生存、吃喝拉撒、婚丧嫁娶、家长里短、人与人之间的关系、矛盾、冲突，还有爱好、情感、欲望等方方面面，在条件差的情况下，咱得抓主要方面吧，那就是要有健康的身体。

我觉得青叶的想法总比我精明，还真让我服气。

后来，青叶再到市场买菜时，就不再盲目地买了，会从增强食欲、口味和营养角度去考虑。我们喜欢吃家乡饭，如吃烙馍卷芝麻盐，或卷韭菜炒青椒，吃着咸香，别有一番风味，可以增强食欲。青叶从书中得知，芝麻里含有多种营养物质，能益髓、补血、润肠等，还可以抗衰老，软化血管，补脑，增强记忆力，增强细胞抵制有害物质。韭菜具有健胃、提神、补肾助阳、润肠等功效。在中医里叫“壮阳草”，还有人称为“洗肠草”“长生草”。青叶知道其功效，就买芝麻亲自做，先将芝麻拣去杂质，收拾干净，再热锅里炒，要小心翼翼不停地翻动，因为炒轻了它不焦不香，炒重了苦涩难吃，炒到籽粒饱满发黄时，当即熄火，将炒好的芝麻铲出锅，摊在案板上擀碎，或在打浆机里打碎，然后加盐粉一搅，便成了芝麻盐。烙馍也比较麻烦，她先和好面，拽成小拳头大的面团，再将面团在案板上擀成单馍，然后一张一张往热箅子上摊，每摊一张馍后，待蒸一会儿，再摊下一张，这样避免上下粘连。待放完了单馍，盖上锅盖蒸，蒸出来的单馍又软又筋又好咬，最适宜中老年人吃。

那天，青叶又来到菜市场，因常来，对此地很熟悉。市场很大，上面搭着弓形透明塑料大棚，可以遮风挡雨，为市场买卖交易服务。棚子下面人头攒动，人声喧哗。市场分蔬菜区、鱼肉禽蛋区、各种杂粮区和商业区。各个区里是一排排长长的一米高的水泥台，分段为摊，不同的摊位，摆着不同的农产品。其中蔬菜区的摊位上摆着各种蔬菜，绿油油的菠菜、白里透青的萝卜、水灵灵的芹菜、红里透亮的番茄、绿中带刺的黄瓜，应有尽有。人们在摊位上可以任意挑选自己喜欢的新鲜蔬菜。青叶随着人流转悠着买菜，挑选了两根青萝卜，因为它顺气利尿减肥，可以帮助消化，刺激肠胃蠕动，促使排便泻毒，这是她为我母亲买的。还挑选了几根新鲜黄瓜，它是最佳减肥蔬菜，含多种维生素、钙、磷、铁等营养成分。她觉得自己肥了，行动不便，呼吸不畅，浑身不舒服，体形也走了样，也知道肥胖症能引发其他病，就想用黄瓜来减肥，它的减肥效果已经在她表姐身上验证了。她知道以前身材肥胖的表姐，自从怀孕后却害上了黄瓜瘾，不但生吃，还喜欢吃捞面条拌鸡蛋黄瓜番茄菜。她渐渐消瘦了，但不知何因。

青叶问她是哪里不舒服。

她说没有不舒服，反而觉得利索了，心情也好了。

青叶说，你正需要增加营养呢，不能减肥啊！

她笑笑说，我现在的胃口一点也不差，营养没问题。当她临产时非常顺利，没有痛苦的感觉，就是孩子太瘦，但很精神。因为坐月子，老人叫忌嘴，多吃鸡蛋面，表姐又肥胖起来。后来她明白了，说黄瓜减肥效果特别好。

青叶有目的地在菜市场买了几种蔬菜，放进菜篮里，拎着菜篮来到杂粮区，想买点黄豆、绿豆等豆类，突然看到过道旁卖杂粮的地方，站着一位年过八旬的老大娘，腰不弯，耳不聋，胖乎乎的脸庞还有些红润，虽然脸上有细密的皱纹，但和同龄人相比至少年轻十几岁，大眼睛，单眼皮，显得格外精神，正在滔滔不绝地给身边的那两位中年妇女讲养生之道呢。她说，黑木耳是软化血管哩，经常吃，不害血管病，还排毒，含有多种矿物质和维生素，被誉为“素中之荤”。还有“三红汤”是驱邪症的，人有病就是邪症，我经常听专家讲课，就是这么说的，人的病都是吃出来的。青叶对此话题特别感兴趣，来到老大娘面前，认真听她讲，想弄明白老人说的“三红汤”是怎么做的，但和人家素不相识，觉得直接取经有点不妥，于是先搭话，瞧着大娘微笑说：“大娘，看您精神好，身体棒，一定有保健秘方吧？”

老大娘温和善良，性格直爽，伸手比画着，笑呵呵地说，我今年八十三了，和从前没啥区别，从没觉得老了，很少吃药。家里就老伴俺俩，他的身体也很好，俺医疗卡上的钱都没花过，存一万多了。我除了听课，还经常看书，了解一些保健常识。

青叶的心思全在“三红汤”上，绕了一圈废话，就是为了弄清这个问题，亲切地轻声问：大娘，您说的“三红汤”是咋做的？

老大娘热情有加，瞧着青叶很直率地说，不费啥事，就是红枣、红豆、花生米掺在一起在高压锅里熬粥喝。这汤营养丰富，祛邪补阳，最好了，我和老伴经常喝。她又扭头看看身后摆着的大米、燕麦、豇豆等多种杂粮说，这些杂粮可以交替吃，常吃五谷杂粮，身体就强壮。

青叶觉得老大娘心善，爱传经送宝，热心助人，看着她微笑说，大娘，我平时容易上火，便秘，吃啥食物好呢？其实青叶多了个心眼儿，她是为我母亲寻良方呢。因为我母亲容易上火便秘。

老大娘想了想说，你就常吃些香蕉、红薯呀，利肠，还降胆固醇，降血脂，排毒；上火了就常喝菊花茶、绿豆茶，吃点地梨之类的凉性食物。再少吃点三黄片效果更好。

那个浓眉大眼圆胖脸的中年妇女，本来是她和老大娘谈兴正浓，由于青叶的介入，打断了她们的话题，心里很不乐意，很着急，趁机夺过话题说：“大娘，我有重要话要问，我嫂子患肝癌，我哥患肺癌，都不在了，你说这病传染吗？”

老大娘摇摇头说，这病不会传染，还是与爱好、饮食有关。专家讲，常吃高脂肪、高热量食物容易患乳腺癌，吸烟、喝酒容易患肺癌、喉癌、口腔癌；缺碘和碘高的人易患甲状腺癌；进食过快、过烫、食物过硬、刺激性过大，易患食管癌；吃糖精过多易患膀胱癌，等等。我认为癌症前期都是炎症，等炎症恶化了，治不好了，就变癌了。癌症是可以预防的，除了起居、心情、锻炼等方面外，饮食调整很重要。像有致癌物的食品不要常吃，经常换换食物就减少这样的并发症。像吃油炸食品、咸菜过多，就不好，里面含有亚硝酸盐致癌物，发霉的米、面、花生等，里面含有黄曲霉素致癌物，熏烤的鱼、香肠、羊肉等里面含有烟焦油致癌物。这些食物尽量少吃，多吃些淀粉类、含纤维素的食物。如芹菜、韭菜、鲜枣、红薯、香菇，尤其金针菇最好，它是专杀癌细胞的蔬菜。

青叶觉得这位老大娘必是个文化人，到了这般年纪，思路记忆还这么清晰，讲起话来一套一套的，像专家讲课。便问，大娘，以前您当过医生吧？

她摇摇头说，没有，当过老师。退休后注重养生之道，懂得食疗常识。

青叶对老大娘肃然起敬，从她那里学到了新知识。那中年妇女紧接着说，现在患癌的人很多，俺小区就有六七个。四十多岁的白玉，患了淋巴癌，手术后两个月去世了。还有一位高级工程师的老婆，五十多岁，经常锻炼身体，爱舞剑，看她身体很棒，不料却患了肝癌，从检查出病到去世一共三个月。还有老王患了肺癌，他是大烟鬼，平时妻子劝他少抽烟，他说不吃饭可以，不能不叫抽烟。当他觉得身体不适时，去医院一检查，肺癌后期，癌细胞已经扩散了。医生说这主要是因为抽烟抽出的病，肺全黑了。他得知病情后，一口烟也不抽了，但晚了。还有老李的妻子患了食道癌……

老大娘说，一旦发现问题，多吃些金针菇，据说它具有百分之九十以上杀伤癌细胞的功能。另外多喝柠檬茶，对癌也有疗效。哦，对了我还有个秘方哩。说着低头从衣兜里掏出几张折叠好的打印纸，展开递给青叶一张说，据说这方子是一个犯人在执行死刑前三天供出来的，因恐死后失传，积个大德。听说治好很多人了。我把它复印几十份，准备发给大伙的。

青叶慌忙拿着药方，低头仔细看着上面的内容。但也不免疑惑，癌症是大小医院难以攻克的病症，这小药方行吗？ 老大娘也给身边那位中年妇女一张药方。

青叶拿着药方如获至宝，从自己的精致小挎包里掏出黑钱包，将药方珍藏在钱夹里。 青叶觉得老大娘像活菩萨在传授健康知识呢，只想多听一会儿她说的食疗常识，但抬腕看表，已经中午十二点了，该回家做饭了，便急匆匆地往家赶，走到半道，突然又返回了，她想和老大娘交朋友，如果和她取得联系，就便于日后相互交流，有利于食补健身。 当青叶返回去，老大娘也走了，感到很遗憾。

青叶按照老大娘说的食疗方法，又从书上电视上得到的保健知识，为婆婆调理生活。 月余，我母亲的身体完全康复了。

虽然青叶把生活调理得很好，但我母亲总觉得住不习惯。 我们一上班，她就感到孤单寂寞，总想家，在老家行动自由，想到哪里就去哪里，串门、聊家常、到田间地头悠悠转转，感到开心快乐。 家乡人见面亲切，热情，有亲近感。 在城里吃得好住得好，但行动不自由，出门怕迷路，见人都冷漠，不串门，不聊天，即使在一栋楼上住了多年，也不相识，甚至上下左右邻居的名字都叫不出来。 母亲真想回家。

我下班回来，看到母亲愁眉苦脸地独自坐在沙发上，低头揉搓着干燥的手，让人心疼。 她抬起头眼巴巴地望着我，像受了委屈的孩子，眼里含着泪花。

我急忙坐在母亲身边，看她不高兴，低头握着她的手亲切问，娘，您咋啦？ 是青叶气您啦？

她直摇头，说她啥都不让我干，我闲得心里发慌，想家。

我将母亲的手放在我双腿并拢的膝盖上伸展开，轻轻揉搓着，看着她手掌上干巴巴的皮肤，布满了粗细不均的手纹。 手背上凸起的青筋，像蚯蚓似的横七竖八地隐藏在松弛的皮肤下。 这是被无情的岁月摧残成这样的，也是她长年累月辛勤劳动修炼的结果。 我仿佛又看到了母亲在家门前压水的身影，不管春夏秋冬，她每天都要站在压井旁，手握擀面杖粗的铁杆，弓着腰吃力地一下又一下地压水，不但要用手使劲往下压，还要往上提，不但要弯腰，还要直起身，反复做着这样的动作，如果说像鞠躬似的，就要鞠无数个躬。一股股清丝丝的纯净水从井孔里出来“哗哗哗”流进水桶里。我仿佛又听到母亲用手在水盆里“哗啦哗啦”淘菜的声音，淘了一遍又一遍，直到淘得干干净净，端着菜筐到厨房里去做饭。我仿佛又听到母亲用手拉风箱“呼嗒”“呼嗒”烧锅的声音。我仿佛又看到她亲手做好饭，盛到碗里端到饭桌上喊我吃饭。母亲用这双手扬场打麦、摇耧撒种、除草施肥、洗衣做饭、喂家禽家畜、抚养孩子……终日不得休闲，将我抚养成人，送往人生路上。为我付出全部的爱，我却没有什么回报。我禁不住心里酸酸的，眼泪悄然落下，说娘啊，我想让您享享清福。

我在家里干惯了农活，在这里我帮不上手。母亲说着看到我泪流满面，说这孩子，恁大人了，哭个啥?

我说，娘啊！我真想尽尽孝心。

你和青叶都孝顺我，我就满足了。像你俩这样孝顺老人的人，在村里还很难找哩。母亲说着，将我揽到怀里，用茶几上的餐巾纸给我擦泪，瞬间，我仿佛又回到了童年，依偎在母亲怀里，感到多么幸福啊！

我多年没有像这样坐在母亲身边亲昵地交谈了，我又想到童年时，母亲常坐在院里的树荫下，身边放着针线筐，低头一针一线地缝衣衫。我围着她蹲着，或坐在她面前，有时候还给她捶捶背，捏捏肩。她高兴得嘿嘿直乐，夸赞我真是个好孩子，娘没白养你。她最爱问我的话是，渴不？饿不？热不？冷不？有母亲在身边，我就觉得有依靠，有温暖，有亲情关爱，不孤单寂寞，很幸福。想必我母亲也有这样的感觉。我长大后离开家，上学、工作、娶妻，不常在母亲身边了，似乎爱也转移了，和母亲的亲情疏远了。我说，娘，我真想再回到童年，依偎在您身边，经常陪您说说话。

母亲笑了，说你有工作，有家小，哪有时间呀？娘老了，对啥都不想了，你们好好过日子吧。

母亲亲昵地抱着我的肩膀，我的头贴在她胸前，真想久久地依偎在她的怀抱里，但怕压着母亲身子不舒服，便坐直身子说，娘，我们上班了，家里没人，您咋不看电视呀？

母亲说，我一打开电视，就“吱吱啦啦”响，像打雷一样，耳朵发蒙，叫我吓个半死，我又赶快关上了，这洋玩意儿我不会玩。

我拿着遥控器做着示范动作耐心地对她说，这很简单，您看，点一下开关，“刺啦”响没关系，只管点上面的数字，就出画面了。

我母亲心不在焉地看着遥控器说，你在家我看看，不在家我就不看了，电老虎、电老虎的，吓死人哪！ 她像做错事的孩子般一脸恐惧相，她说，茶瓶里没水了，我接一壶水，想给你们烧瓶茶，把水壶放到炉子上，刚打开火，水壶一下子就着火了，我赶快关火门，掂了水壶，吓得我心惊肉跳的，你说这水壶咋能着火呢？ 我成天用家里的水壶烧水，也没着过火，你这里的东西咋这样呢？

我站起来提起水壶看看壶底，已经烧成了大大小小的伤疤，苦涩地笑笑，很平静很温和地说，这是电水壶，是用电烧水的，这底座是橡胶，不能放到炉子上烧。

你没对我说，我也不知道。 母亲紧接着说。

这时候，青叶下班也回到家里，看到我正拿着水壶看。 她说，怎么了？

我母亲蹙着眉头愧疚地说，谁想到呢？ 我看着和家里的水壶差不多，不知道这是啥电水壶，把壶烧坏了。 我是净给恁帮倒忙、添乱。

青叶脱着外穿的朱红色西装褂搭在衣架上，露出内穿的白色羊毛衫，回头对我母亲说，那值啥钱哩，坏了再买，旧的不去，新的不来。 她弯腰从我手里要过水壶，瞟一眼壶底，轻轻放在地上，直起身子向后拢着额前垂下来的发束说，娘，您不能这么说，我理解您的心情，这是为我们好，是想帮我们。 青叶没有丝毫怨言，像什么事都没发生似的，心里很平和，没有不高兴的表情。

我是想帮你，可越帮越忙。 母亲瞧着青叶说。

不用帮，饭好做，等我下班回来，一会儿就做好了。

我不能天天吃了坐，坐了吃啊！ 要这样非把我憋死急死不可，这不是享啥福哩，家里有一摊子活等着我去做，养鸡、喂猪、拔草，到地里灭虫……母亲想发火，铁了心想回家。

我和青叶都知道这是多年来老人养成的习惯，一下子改变了她的生活习惯，很不适应。 我觉得老一代农村女人可敬可佩，不为名利，辛勤劳动，只讲奉献。 我说，娘，您就歇着吧。

娘说，你以为这是福啊！ 可我着急。 干活，干活，不干不活，还是活动活动好。 经常干活的人，歇着容易得病。 不活动，血不循环，就会腰酸背疼，那是血气流通不畅。

我和青叶对对眼笑笑，觉得母亲说得很有道理，但我故意说，您不会享福。

娘一直在沙发上坐着，看着站在她面前的青叶和我说，谁不活动就不行，为啥说谁身体差了，医生就说，要加强锻炼，一锻炼就好了。 你看经常干活的人，能吃能睡，精神好。 可不干活的人，像病秧子，没精神。

还是青叶提醒我，明天带娘去看她的孙子。

我一激动说，对呀，明天是周日，娘，我带您去看孙子。

母亲一听这话乐了，笑容满面地说，好、好、好，就想见见我孙子哩。 又说，人老了，啥都不稀罕，就是看到孙子乐，孙子就是宝。 就把孩子接回来吧，我看着。

青叶说，这可不行，您身体刚好，他要在家乱跑，你看不住他。 托儿所条件好，他在那里习惯了，天天还要学字、唱歌。 她说着去了厨房。

我觉得青叶就是我的好媳妇，在家里她全部承包了家务活。 有几次，我主动到厨房里给她帮忙，她伸手把我推出厨房门说，这里地方小站不下，不需要你帮忙，一会儿我就把饭做好了，你去画画吧。 画画是我的爱好，她非常欣赏赞扬我的画，大力支持我，一般下班在家，我便一头钻进画室里了。等青叶做好饭，端上桌，她再叫我吃饭。

第二天上午，我们下楼去托儿所看儿子，走到楼下碰到青叶的同事春花，春花拉着青叶的手，说去逛商场。 我明白她是叫青叶给她做伴，女人的天性就是爱逛商场，我叫青叶陪她去了。 我和母亲来到托儿所，见到两岁多的儿子白白胖胖，正和小伙伴们跑着玩呢，在那一群孩子中儿子就像孩子王了，像个懂事的大哥哥了。 我喊了声宝宝。 儿子扭头看到我慌忙跑到我跟前抱着我的腿，连声叫爸爸、爸爸。 带我儿子的阿姨看到我们也慌忙迎接过来，热情地给我们搬凳子，倒茶水。 托儿所的阿姨多，一般一人负责两三个孩子的饮食起居，和孩子日夜相伴。 说也奇怪，这些孩子很少哭闹，好像都很坚强似的，在一起开心地玩，这就是人们常说的物以类聚，孩子们在一起有共同的语言吧。 我看看儿子说，宝宝叫奶奶。

我母亲慌忙蹲下来抱着孙子亲吻着他的额头、面颊亲昵地说，我的乖孙子，叫奶奶。 然后抚摸着孙子的头说，长得虎头虎脑的，真喜欢人。

我儿子是第一次见到奶奶，在奶奶怀里觉得很陌生，睁大眼睛看看我，又看看奶奶，说声奶奶好！

我蹲下来给儿子解释，指着我母亲说，这是你奶奶，就是爸爸的妈妈。

儿子笑了说，知道了。

我看着活泼可爱懂事的儿子，他满面笑容，像春天里娇艳的鲜花在开放，给我带来了喜悦。 我坐在小木凳上，也给母亲一个凳子叫她坐下。 我看到硕大的院子里搭起一个绿色帆布篷，下面有一个低矮的大案子，案子上放着各种不同的儿童玩具。 四周放着很多不同的儿童车。 有的孩子在阿姨搀扶下围着桌案玩玩具，有的孩子坐在儿童车里由阿姨看守，有的孩子躺在儿童车里睡觉。 我觉得这真是孩子们的好天地，在这里吃喝玩乐。

我母亲坐在凳子上，将孙子揽在怀里，高兴得合不拢嘴，说我孙子真乖，咱回家，奶奶带你玩好不好？

儿子摇摇头说，不好，这里有好多小朋友跟我玩，还有阿姨教我写字、画画，可开心了。

阿姨说，宝宝听话，叫干啥就干啥，吃饭也不挑食，也不哭不闹，是个听话的好孩子，我也喜欢这孩子，说着扭头对宝宝说，宝宝，给爸爸、奶奶唱首歌好吗？

唱哪首啊？ 儿子睁大眼睛看着阿姨问。

最近新学的。

儿子张起小嘴唱起儿歌来，唱《世上只有妈妈好》《两只小老虎》《小兔子乖乖》……

我和母亲听着宝宝唱歌心里甜甜的，看着他眯着眼笑，觉得孩子真聪明。 我对着孩子的阿姨说，谢谢您教育得好，两岁多的孩子这么懂事。

母亲直夸宝宝，说长相随我，皮肤随青叶，孩子长得真漂亮。

我和母亲又到宝宝居住的房间看看，到处干干净净，房子朝阳，通风效果也好。 孩子的奶瓶用具定时消毒，每天的食谱表就在门口的墙壁上贴着。我知道他们的饮食干净卫生，花样多，牛奶、蔬菜、肉食都是精选的。 我想到有了好的托儿所，就能幸福千万家。 可以想象，家家户户的男女青年，结了婚，就生孩子，还要工作，即使家里有老人带孩子，也不如在托儿所生活有规律，而且家长容易娇惯孩子，从小惯坏了脾性，长大对孩子百害无利。如果将来这样的托儿所多了，老师都是经过培训的幼师，有知识、有经验，她们带孩子，绝对胜过保姆和老人，就解决了千万个家庭出现的难题，避免了沉重的负担和繁重的家务，就能腾出更多时间让年轻夫妇投入到事业中，不至于让家人累得疲惫不堪，还教不好孩子。

我和母亲看了孩子回到家中，母亲说，那里的条件好，生活好，老师带得好，我就放心了，叫我带，我是带不出这么懂事的孩子。 青叶从街上回来，给我母亲买了两套服装，母亲穿上试试很合适，高兴得合不拢嘴。我发现母亲张口笑的时候，有两颗牙齿掉了，明显有两个豁口。我说带她到医院镶牙，她坚决不镶，说假牙不舒服，年轻时就镶过牙，老觉得戴着碍事，就把它扔了。

周一上午上班时，青叶教母亲怎样打开电视，怎样调台，怎样关机，说了好几遍，她都心不在焉地嘴里应着，心里却不明白。等我们下班回来，母亲煮好了一锅粥，案板上切好了菜，不知道用什么样的锅来炒。青叶看着母亲在沙发上坐着发呆，又看看电视频道，还是她上班时为母亲打开的那个频道，母亲根本没调台。青叶看她可怜的样子，心里很不是滋味，母亲善良、勤劳，但在这样的环境里却发挥不了她的作用。她怕我母亲闷出病来，怕她心情不好，想叫她去公园里散散步，换换心情，也活动活动筋骨，对身体有好处。公园距我们家不远，就在马路对面，那里空气好，有山有水，有花有草有树，还有健身器材，可以锻炼身体，每天有很多老人在那里活动呢。母亲听说叫她去公园，也很高兴。

下午上班时，青叶给我母亲一把钥匙，带她到公园门口，让她去走走看看，散散心，呼吸呼吸那里的新鲜空气，有利身体健康。母亲像个害羞的孩子，畏畏缩缩羞羞答答地走进公园，感到那里的一切都是陌生的、新鲜的、优美的，可就是觉得不适应。她抬头望望天空，像大海一样蓝，望不到边。偏向西方的太阳散发着温暖的橘黄色光线，照得人们很舒服。她在那里慢悠悠地转，难以和那里的陌生人融入一体，心说，金窝银窝不如自家的穷窝，外面再好，也没有家乡看着顺眼，在外面总觉得自己孤孤单单的，到哪里都没有熟人，连个说话的人都没有。在这公园里逛着，还不如看看地里的庄稼苗哩，不知怎的，一看到自家的责任田就心里热乎乎的，觉得格外亲切可爱。

青叶下班看到我母亲在家属院大门口的花坛边，木呆呆孤零零地坐在低矮的水泥台上，双手摁着花坛边沿，脚平放在地面上，蜷着双腿，目光注视着大门口来来往往的人流，他们各走各的路，谁也不理睬谁。青叶慌忙下了自行车，推着车子站在我母亲身边说，娘，您咋坐这里呀？

母亲抬起头瞧着青叶说，我坐半天了。

您不是去公园了吗？

那里也没啥看，还没有咱家的责任田好呢。

青叶笑笑说，您是对咱家的责任田有感情了，如果您在这里住久了，也会觉得这里好。

母亲苦着脸摇摇头说，不好，住不惯。

青叶话锋一转说，娘，外面天凉，咋不回屋呢？

十月的天气，尽管天气晴朗，金灿灿的阳光洒满大地，可以添彩增暖，但也稍有凉意。母亲低头摸摸索索从兜里掏出钥匙说，我打不开防盗门。

青叶转身将自行车支在地上，伸手接着钥匙说，您叫门口的保安帮您开门呀。便慌忙搀扶着我母亲站起来，感觉母亲的身体还是有点虚弱，好像是浑身软绵无力似的，说这水泥台上凉冰冰的，冰坏身子咋办呢？您可以到门卫那里坐坐呀。

我不想麻烦他们，母亲说着眼里涌出泪花，伸手撩起衣襟擦擦眼泪，慢悠悠地跟着青叶回家了。

她们回到家中，青叶看出我母亲不高兴便问，娘，您心里有啥事对我说说，别闷在心里，这样对身体不好。

母亲沮丧地说，我就是在这里住不惯，也没个熟人，都冷冰冰的。在家咱村里人见了面都亲亲热热哩，心里热乎乎哩，觉得人人都好。可这里的人都哭丧着脸，像爹死了，娘嫁了，欠他们几升黑豆似的，没有人情味。母亲说这话时，有些烦躁不安，心神不定，好像非常讨厌城市生活，恨不能插上翅膀一下子飞到老家去。

青叶解释说，娘，在家里都是乡里乡亲的，祖祖辈辈待在一个村里，都相互了解，可这里的人来自四面八方，谁也不认识谁，谁也不了解谁，当然没有家乡人亲呀。

母亲说，我出来的时候不短了，病也好了，我得回去。你爹血压高，我怕他喝酒，要有个三长两短的咋办？

青叶想想骨碌骨碌眼球说，我把爹接过来，你俩在一起都不孤独了。

母亲摇摇头说，哪里水养哪里鱼，他肯定在这里也住不惯。他晚上睡觉打呼噜，几里地都听见了，他身上还有酒味、烟味，随地吐痰，擤鼻子，不讲卫生。

青叶微笑说，娘，您为啥还愿意和他在一起？她有点想逗乐。

不怕你笑话，我和他待一辈子了，都习惯了，一闻到他身上的气味，就像闻到了五香佐料粉，好闻。听到他打呼噜就像听音乐，听着舒服。母亲说着又开心地笑了。

青叶说，您离不开爹，就叫他来吧，晚上你们把门一关，即使他打呼噜，也影响不了俺。他爱吐痰，咱有痰盂呀。

咦！不中，他在家里养了一院子花，是他的宝贝，得天天浇水，现在咱家院里的菊花肯定都开了。

青叶看得出母亲住在城里，心在家里，很难再留着母亲。她时刻牵挂着公爹，即使城里再好，也不感兴趣。她想守在公爹身边，心才安定，才踏实，才感到温暖，才觉得他是她最知心的亲人，那才是自己的家。其实青叶看出最根本的原因是老人怕孤独，不自由，乐意在自己熟悉的环境里生活。她说，您老要回去，我们就给您二老盖房子、买家电，像城里一样什么都不缺。

母亲说，我们老了，什么都不求了，别多花钱，咱家的房子好着呢，家里啥都有，只要你们幸福，就是老人的心愿。

可怜天下父母心，虽然我母亲没有甜言蜜语，但她善良淳朴的真心话，深深地打动了青叶的心。青叶觉得鼻子酸酸的，眼泪出来了，说，娘，以后我们一定常回去看您。她觉得母亲心地善良，实诚，和自己很贴心，也乐意和她相处，下班回来相互说说知心话也不错。但母亲坚持要走，也不能违背老人家的心愿。

恩爱

我儿子 7 岁那年，我骑着自行车在大街上被车撞伤了，左小腿骨折住进医院，再加上我平时肠胃不好，很快消瘦起来，体质越来越差。这使青叶更繁忙了，不但每天都待在医院跑前跑后照顾我，而且还为我做饭送饭，里里外外围着我转。有天中午，她在家里炖好排骨汤盛到饭盒里，提着来到医院，走到病房门口听到我正在和一位年轻女子亲切交谈，心里陡然感到好奇，便悄悄从门缝里向里窥视，看到那女子内穿高领白毛衣，外穿得体的枣红色西装褂，那脸形有点像我们喜爱的歌星宋祖英，看着漂亮舒心。那声音甜美清亮，还有点娇嫩。她坐在我对面的木椅上，挎在肩膀上的黑皮包放在并拢的双膝上，坐姿很优雅，望着我侃侃而谈。青叶觉得我和那女子谈得很投机，很开心，有说有笑，多日来我都没有这样高兴过。其实那女子是我大学的同学，在学校时谈得来，外出时，我们几位要好的同学常结伴而行，去过八达岭长城，游过颐和园、故宫等名胜古迹，忘记一切身外纷扰，感到开心快乐，始终保持着一种浓厚的亲情友谊关系，和爱情是两码事。我们畅谈在学校时的是是非非及同学们现在的情况，有说不完的话题，完全沉浸在往日的记忆中，我的确忘记自己所处的环境及伤痛了。这位同学不忘旧情来看我，我很感动，很兴奋，对她的印象很好。青叶看到我们如此亲热，便慢慢退到走廊尽头坐在走廊一边固定的绿胶椅上，静静地等待着，目光久久地巡视着我的病房门口，等待那女子离去。她回想着近日来我的腿很疼，疼起来浑身冒汗不断呻吟，难以入眠，烦躁不安，还想发脾气，可现在我突然像没病似的笑逐颜开，这可能是精神作用吧，胜似灵丹妙药。青叶觉得这个女子很美，很容易猜想到是我的红颜知己，如果让她待在我身边，我的心情很快就会好起来，对我的身体康复有利。青叶也有这样的同感，一直认为我是她的依靠，我对她最好，所以就乐意为我付出，就有了勤劳的动力，就感到格外精神快乐，这就是爱情的无穷力量吧。青叶这么想着，也不免顿生醋意，自己所爱的人是绝不愿让别的女人横刀夺爱的。可男女之间容易沟通，就想到了上高中时，老师讲到的“同性相排斥，异性相吸引”的物理原理，用到男女关系上是再恰当不过了。女人之间自古以来就难以相处，相互猜忌、吃醋、攀比、耍心眼儿等，引发是是非非。虽然青叶对那女子也有几分嫉妒，但一想到她能让我开心，有利我身体健康，也就沉默了。因为青叶听医生说，人的心情好坏，直接影响身体健康。她认为我是家里的顶梁柱，一旦身体垮了，就等于房倒屋塌了。青叶越想越觉得脑子混乱，一个小时后，她看到那女子从病房里出来，手里拿着饭碗像是为我打饭去了。青叶很镇静地等待着看结果，不一会儿，那女子端着碗，还提着一包糕点回到了病房，把门虚掩上了。青叶知道病房里只住我一个病号，她不想让我们扫兴、尴尬，便提着饭盒想回家。她路过病房门口时，听到我们谈笑风生，有情有趣有幽默感，觉得这声音是发自内心的，甜蜜的，幸福的，虽然心里酸溜溜的，禁不住泪花闪闪，但一想到可以让我高兴，就宽容大度了。青叶默默地提着饭盒踮着脚尖，像清风扫过一般越过门口回家了。

下午四点多，青叶用饭盒提着热好的排骨汤到医院，说中午家里停水了，没法做饭了。我底气十足很兴奋地说已经吃过了，是一个病号家属帮我买的饭。我明白自古女人之间势不两立，小肚鸡肠，唯恐失宠，爱情转移，就说谎骗了青叶，避免多疑生是非，但她并没有追问，只是问我的腿还疼不疼？我说好多了。但青叶理解我，虽然她不懂得什么大道理，但小道理倒很明白，越是你爱的人，你就应该相信他，给他足够的空间去选择，一味地防范，只会适得其反，增加记恨，伤感情。她知道我是个坦荡的人，这一点她是相信的，但今天我撒谎的原因，是怕她不高兴。她想到我绝不会离开她，不会离开这个家，因为她为我倾注了全部爱心，假如我还不知好歹，背叛她，离开她，她也不会惋惜，因为和一个忘恩负义之人生活在一起没意思。我认为青叶是天底下最好的女人，这是我的真心话。我也曾听说谁谁谁被狐狸精迷住了，上当了，受骗了，不能自拔了。我想人家都是有目的有用心的，一旦满足不了其需求，狐狸的尾巴就露出来了，好歹只有自己体会了。

我出院后，青叶宠爱着我。她洗衣做饭，收拾房间，帮我洗漱，处理吃喝拉撒之事。为了给我补养身体，她喂了一群鸽子，隔几天就在水盆里浸死一只，熬汤给我喝。做饭时，注意荤素搭配，叫我多吃黑木耳、香菇炒肉片、多喝三红汤等营养价值高的食物，还常常搭配各种小菜，说吃生萝卜，促使肠蠕动，通便。说生吃洋葱增强骨密度，防止骨质疏松。因为我上厕所不方便，所以平时不愿多喝水，由于长时间缺水，皮肤干枯，没有光泽，稍不注意就上火，还大便干结。青叶知道情况后，就逼我多喝水，买来新鲜水果给我吃。因为我常在轮椅上坐着，每次方便，青叶都要搀扶着，行动不便。有时喝水多了，来不及方便，会尿湿裤子的，不愿给她多找麻烦，我就跟她发脾气。她却耐心地为我讲道理，说多喝水对身体有好处，排毒，稀释血液，对心脏好，裤子湿了，换洗换洗，不费啥事。

有一天，青叶买了两个 BP 机，我俩一人一个，这是让我很高兴的事，单位里的同事大部分有了，这是当时比较流行的通信工具，样子小巧，价格低，一般挂在腰带上，呼机收到信号后，发出音响或产生震动。那时的手机叫大哥大，价格贵，一般人买不起。其实有了传呼机就给人们带来了方便。比如我有什么事，在电话里打青叶的传呼，她就按 BP 机上的电话号码给我打过来，我们就可以通话了。那时候普及公用电话，大街旁边、书报亭里都安装有公用电话，我家里也有电话。

我的身体康复很快，生活又恢复了往日的模式，几个朋友隔三岔五常在一起打牌喝酒。我的肠胃不好，医生嘱咐我不要喝酒，但我记不住，还把握不住酒量，喝多了回家爱找青叶的事，发无名之火。青叶往往不敢吱声，有时忍不住就小声劝说我少喝点酒，却遭来谩骂。等到第二天，她抱怨我，我却不知道醉酒时发生的事。

临近年关的一天晚上，天寒地冻，鹅毛般的雪片从天而降，纷纷扰扰散落在大地上，四周的景物都像披着蓬松的白棉被，天地成了白色。还刮着刺骨的寒风，时不时发出口哨似的响声，鬼叫似的难听。朋友相约，调动了我的主观积极性，克服万难，风雪无阻，又出去喝酒了。青叶在家睡不着，担心我会不会喝多，走到路上会不会摔倒，会不会出事，心里忐忑不安。深夜整座大楼只有我家的灯亮着，如孤岛航标。青叶倚着床头在灯下熟练地织着毛衣等我回来，她呼我几次传呼，我都没回。男人在酒场上是要面子的，我知道她呼我也没别的事，就是催我回家，我只当没听见。有朋友说，是嫂子呼吧？我洋洋得意地说，不管她。男子汉最怕朋友说怕老婆，你一怕老婆就被别人瞧不起，要笑你，甚至会说熊包一个。我劝朋友喝酒、喝酒，一醉方休。凌晨一点多，家里的电话突然响了，青叶心中暗喜，想到一定是我的电话，慌忙拿着床头桌上的话筒吻着耳朵接听，不料，却是陌生人的声音，你是杨天龙的家人吗？那声音憨厚响亮，富有磁性，而且口气很严肃。

青叶脸一沉，霎时精神紧张、心里恐惧，心跳“咚咚咚”加快，甚至要蹦到嗓子眼儿，唯恐我出什么事，慌忙将手里的毛衣放在覆盖在身上的白底黄花被子上，紧接着回答：我是，你是谁？ 天龙呢？

你赶快到凤凰大酒店前面的向阳大街来。 陌生人急速催促。

青叶急切追问：你是谁？ 有什么事？

快来辨认是不是你家的杨天龙。 对方回答。

他怎么啦？ 出啥事啦？ 青叶急切地追问，顿时拿着话筒的手哆嗦起来，心里猛然像压上了一块千斤石，沉得喘不过气来，想到我一定是出大事了。

别问了，你来就知道了。 对方催得急，挂断了电话。

青叶惊慌失措，放下话筒，急忙穿衣下床，想到什么辨认，脸色霎时煞白，鼻子一酸，泪水像数条虫子向外拱似的溢出眼睑顺着面颊往下流，双腿又沉又软拉不动，天哪！ 她不敢想下去，用力拉着沉重的双腿急匆匆地下楼，快到一楼时，不料，腿一软从楼梯上滚下来，额头上磕出一个僵硬的带血丝的大青包，不由得伸手摸摸，它在左眼上方接近太阳穴的地方，开始麻木，接下来疼痛难忍。 但顾不得这些，急忙爬起来走出楼道，踩着“咯吱咯吱”的雪去找我，心思全在我身上，不知道我是死是活。 天气寒冷，她却忘记戴上披在后背上的棉袄连带的帽子，迎着风雪，风风火火奔向指定的地点。 路上没有行人，到处静悄悄的，只有路边线杆上的路灯散发着昏黄的光线，为她壮胆。 凤凰大酒店是省城有名的高档酒店，虽然距我家很近，但我从未去过，那不是一般人进出的地方，消费不起。 青叶疑惑我怎么去那里了。 立刻，她又自我否认，或许是别人吧，同名同姓的人多了，但别人怎么会知道我家的电话号码？

青叶来到那里，在昏黄的路灯照耀下，首先看到两辆白色警车在路旁停着，心里更沉重了，十分恐慌，马上想到只有出大事了，才能出现警车，这一定是不吉利的事。 然后她看到路边的马路牙子上歪歪扭扭躺着一个人，当看到身上穿的是深蓝色棉袄和黑裤子时，禁不住大喊一声天龙，鼻子一酸，嘴巴一咧，便“呜呜呜”失声痛哭，想到我一定是没救了。她慌忙蹲下去拉我，急切地呼唤：天龙、天龙，你怎么啦？怎么啦？说话呀！忽然，她闻到我身上浓烈的酒精味还夹杂着难闻的食物发酵味，便知道我是喝醉了跌倒在这里，长出一口气缓解了刚才的紧张心理。我趴在雪窝里，什么都不知道了，如死人一般。青叶拉不动我，摸摸我的手和脸冰凉冰凉的，思想又紧张起来。

周围站着四位高矮胖瘦均不同的民警，都穿着厚厚的棉警服，其中那个高个民警瞧着青叶和我说，我们是接到行人报案来的，不知道他在这里躺多长时间了，赶快送医院吧。

一位矮个民警手里拿着我的身份证和传呼机交给青叶说，这是我们从他身上搜出来的，是为了查证他的身份。因为当晚青叶给我打传呼，民警是按最后一个传呼号打的电话。

青叶伸手接着我的证件和传呼，当即装入自己的红色棉袄兜里，看到我身上覆盖一层薄薄的白雪，想到我躺在这里的时间不是太久，慌忙伸手摸摸我的鼻孔，觉得还有微弱的气息，还有救，马上恳求民警帮助，泪流满面地哭喊着说，警官、警官、他还有气，还有救，快救救他吧，我求求你们。

矮个民警走到我跟前说，别怕，是喝醉了，不会出问题的。

快给他抬上车，去医院，谁也不知道他喝多少，喝得太多，把胃烧毁就麻烦了。高个民警边说边迅速到我身边，双手卡住我的胳肢窝。另外几个一起动手，有的抬腿，有的抱腰，将我装进警车里。

青叶哭着连声道谢，感谢警官！感谢好心的行人！不是你们，天龙就冻成冰棍了。这时民警形象在青叶心里迅速高大起来，想到他们在寒风刺骨冰天雪地的深夜迅速处理突发事件，当有人处于生死关头、遇到险情和困境时就一马当先迅速站出来，伸张正义，保护人民，成为人民的保护神。青叶坐在车上揽住我的肩膀，抱着我的上半身。我像僵硬的死尸死死地压在她身上，压得她双腿麻木，她坚持着不吱一声，只有一个念头就是快到医院。警车疾速将我送往市人民医院急诊室。

接下来便是打针、输液。我静静地躺在病床上，失去了知觉。青叶守在我身边，整整掉了一夜眼泪。因为喝酒我伤过她的心，前不久的一天夜晚，我喝得面红耳赤回到家里，两眼像红灯泡似的，嘴里喷着浓浓的酒气，歪歪扭扭软软瘫瘫地向卧室里摸去。青叶看着我喝多了，说医生不让你喝酒，你偏不听，还喝，咋不长记性呢？看看喝成什么样了。我僵硬着舌头嘿嘿冷笑说，可以不吃饭，但不能不喝酒。不要命了？青叶瞪大眼睛，怒声呵斥我，嘴巴噘得像酒盅。

我不管她怎么抱怨，只当没听见，满不在乎地说，只要还有一口气就喝，没听说，酒是粮食精，越喝越年轻。我故意气她。

青叶白我一眼，撇撇嘴，从床上下来搀扶我说，越喝越短命。别忘了，咱老家喝死几个人了，你真不知道？

我摆摆手摇摇头，揽着青叶的肩膀，软着腿不照步地走到床边，身子一歪，四仰八叉地横躺在床上，嘴里嘟囔着，喝酒有巧，他们喝得太笨，太傻。

你喝得聪明，怎么成这样了？青叶边说边上床上双膝跪于我身边，脱着我外穿的蓝棉袄，要脱掉就必须给我翻身，不然我身子压住衣服就难以脱掉。她就竭尽全力搬我一边的身子，像滚雪球似的滚动我，但觉得像石磙子般沉重，难以翻动，喘着粗气说，怎么死沉死沉哩？我“吞儿”笑了，说没有死，就不沉吧。她也笑了，闪身一屁股坐在床上，手摁着床帮，歇歇气，然后再站起来给我脱外衣，经她一阵吃力的折腾，总算脱掉了我的外衣，剩下里面的秋衣。接着她解开我的腰带，又下床拽我的黑裤子，拽不动，就得搬动我的屁股，只要裤子脱过臀部压床的那个接触点，就好拽掉了。她就一手搬我的臀部，一手往下拽裤子，使足劲又掀又抬又推，终于把我的裤子也拽掉了，裸露着两条粗壮的杠子般的腿。青叶又弯腰架着我的胳肢窝使劲往床头拉，气喘吁吁，披头散发，把我拉到床的左侧，头枕着鸳鸯花图案的枕头，顺着床躺着。因为我大脑支配不了我的身体，就像死猪一样不能动弹，任青叶摆布。青叶穿着宽松的粉色桃花棉睡衣累得满头大汗，闻着浓烈的酒气呛得她恶心想吐。她很烦我喝醉酒，一旦喝醉，她陪着我遭罪。她怕我喝多了出事，又倒茶解酒又用凉毛巾给我冰额头。她问我感觉咋样。

我伸手一挥，僵着舌头呜呜啦啦说，没事，要不了命。

以后你少喝点行不行？

我皱皱眉头不乐意地说，很难把握。我也知道喝了酒心里不是滋味，伤身伤脑，久而久之酒精麻醉大脑记忆力减退，可朋友们在一起似乎什么都忘了，只有喝酒，才能快乐、解闷。我把朋友看得很重，有时候胜似家人，想的是自己人好说，但不能伤了朋友情，如果不吃不喝不玩不乐就失去了朋友，成了孤家寡人。可没有想到自己一旦伤身得病，甚至丧命，还谈什么朋友情？我们当地人喝酒规矩是攀酒，似乎喝酒代表亲情，感情深一口闷，谁劝谁喝得多，似乎就含着和谁的感情深，即使喝酒人快喝没命了，也不记恨劝酒人。我也去过外地，觉得人家喝酒很文明，以吃菜聊天为主，喝酒随意，每人身边都有一杯酒，能喝则多喝，不能喝则少喝，敬酒者从来不强人所难，喝酒者也可以以茶代酒，说些推心置腹的话，增进友谊，这便是相聚的目的。看着暖融融的气氛场景心里很舒服，等到吃好喝好散伙时，都还精神百倍。但本地酒风不是这样。青叶劝我少喝酒，我不听，甚至还大打出手，现在我又死活难料，让她又气又恨又悲伤。

我输了一夜液，到第二天中午才渐渐苏醒过来。我睁开眼睛一看满屋白，白墙白地白被褥白脸盆白床头柜，看到青叶坐在我身边，两眼泪汪汪的红桃似的。我不知道这是哪里，脑子里一片空白，头发蒙发沉，浑身隐隐作痛，闻到了屋里很浓的药液味，似乎明白了这是医院。我问青叶，咱怎么在这里？这是哪儿？

青叶含泪龇牙笑了，转身对我说，谢天谢地，你总算醒了。她把昨晚的经过告诉我，我确实也害怕了，如果没有好心人救我，我就去见阎王了，那地狱般的生活怎能和花花绿绿幸福快乐的阳世相比呢？ 我暗自发誓，听青叶的话，不喝酒了。 青叶问，以后还喝吗？

我摇摇头说，不喝了。

有记性吗？

有。

青叶瞪我一眼撇撇嘴说，再不改，想想后果吧。

一定改。 我坚决地说。 我想到人人都怕死，谈死色变，可真正到死时是很容易的，也是瞬间的，就说喝酒吧，一旦酒精麻醉了大脑，不省人事了，如果永远醒不过来，也就这么轻而易举地死了。

青叶带着哭腔恳求我说，以后不能再多喝了，你走了，叫我咋办？ 青叶嘟囔着。

说心里话，我也有点后怕了，这玩命的事谁不怕？ 如果真醒不过来，孩子老婆都是人家的，我就赔大了，而且还是喝死的，永远背上不光彩的名声。

青叶坐在床边，用热毛巾给我轻轻擦着脸，听我这么说，脸上露出一点笑意，说是好心人救了你，还有民警，我打心眼儿里感谢他们，是他们又给你一次生命。

我看着青叶的面容说，也感谢你啊！ 一直守在我身边。 我突然发现青叶额头上那个大青包，被额前的刘海掩盖着，急忙问，额头上怎么弄的？

青叶告诉我摔跤的实情。

后来，我模模糊糊地回想到，那天夜晚是在一家小饭店和几个要好的朋友在一起喝的酒，喝得天昏地暗，一塌糊涂，最后差不多都醉了。 可能我喝得最多，记得临走时和一位同学乘一辆出租车回家，下车时同学问我，能回家吗？ 我晕晕乎乎地说，没事。 可下车后，经风一刮，就醉倒不省人事了。

从此，青叶就不让我外出喝酒了，她说想喝就在家里喝。 过了一段时间，我想喝酒，青叶从街上买来一瓶散装酒，回来后她悄悄在里面兑了白开水，吃饭的时候，为我倒一杯，让我尝尝怎么样？ 我喝一口尝尝点点头说，味道还不错，就是稍淡些，以后就喝它吧。 其实我喝酒也品不出好赖，只是朋友在一起凑热闹，瞎喝。 我见青叶偷着乐了，瞧着我抿嘴笑笑说，好酒活血，赖酒伤身，这是低度酒，养生。

再后来，无论在什么场合喝酒，我就有了把握，不再喝醉。 往往难改的恶习，听不进别人的善言相劝，只有到危及自身生命时，才会自觉改掉，也就是说别人改变不了你，上帝可以改变你。

后来我们单位倒闭，我和青叶都下岗了，孩子也上小学了，家里的生活更难了，自然我也很少喝酒了。 我对青叶说，咱俩不能都待在家里，我得出去找事干，不然怎么生活呢？ 青叶说，我就在咱附近干个临时工，好照顾家和孩子，你出去吧，如果在外面找不到合适的工作，还回来。 有天晚上我和青叶都倚着床头半躺着，儿子睡在另一张小床上，睡得很香。 我俩却半宿没睡，就是商议我去哪里打工之事。 我想去一线城市，“北上广”是全国人民都仰慕已久渴望去淘金的地方。 北京是伟大的首都，是全国政治、经济、文化发展中心。 上海是全国经济发展中心，那里的年经济收入在全国领先，大批精英人士占据在那里，恐怕工作难寻。 但叫得最响的是广州，那是中国改革开放的前沿阵地，也是政策宽松的特色之地，内地人一说打工就去广州，据说不但工作好找，而且工资还高。 相比之下，我决定南下，因为最吸引我的是好找工作挖到金，也想开开眼界看看迅速发展起来的新城市，它是多么美。 于是我对青叶说，咱这里的工资低，我也想出去闯荡闯荡，开开眼界。

青叶说，你打算去哪里？

我随手拿着床头的一本书心不在焉地乱翻着，其实我在考虑去哪里打工之事，我向青叶讲明理由，决定去广州。

青叶呆呆地直视前方，不是看什么东西，而是在想问题，沉思片刻说，外面的钱也不是好挣的，我不在身边，你要照顾好自己。

我知道，又不是三岁的小孩。说心里话，我是盲目地独自闯广州，心里一点底都没有，也不知道去了干什么工作。

青叶笑笑说，我担心你的肠胃不好，别饥一顿，饱一顿的，不要吃生冷东西，挣到钱了，先把胃养好，身体强壮了，一切都好办了。

我听着亲切的话语，想想青叶确实对我很好，我们结婚七八年了，从来没有吵过架，也没分开过，现在马上要离开她，没了依靠和家庭温暖，还不知道是否习惯哩。但又一想，养家糊口是自己的责任，出去走走看看，也不是坏事。

第二天，我买好了车票，青叶帮我准备行李，带着衣服和洗漱用具。但我牢记的是一定要带画板。因为我无论走到哪里，都带着我的折叠画板，闲暇时，我就专心致志地画画，每画出一幅画，我就高兴一阵子，这是从小到大我的业余爱好。青叶鼓励我说，以后的事情很难说，我有一种预感，现在你的画如废纸，说不定将来还能换钞票呢。

我咧嘴笑笑说，你这话，我爱听，但愿如此吧。我很敬佩青叶的眼光和判断力，她这么说，是有根据的，她曾拿我的画多次和名家的画作比较，说我的画一点都不差，只是人家的画值钱，我的画分文不值。

我理解她的心情，多年来，她深深地爱着我，爱着这个家和孩子。自从儿子入学后，青叶每天都要接送孩子。她说，这不耽误她干临时工，找个活干干，就能减轻家里负担，叫我出去安心工作，不要牵挂家里。我总觉得她给我的太多，我却付出的太少，我只想为她创造幸福，可面对残酷的竞争现实，没有固定的经济收入，生活就没有保障。我满怀信心地远走高飞，欲寻丰盛的“午餐”，吃不完，打包回家，报答青叶对我的真诚爱心。

我外出打工半年多未回家，也没有固定的地址，也没有给家里寄钱，我愧对青叶。天渐渐冷了，青叶知道我外出时只带了几件单衣。她在家坐不住了，安排好家里的事，按信上的地址去找我。

那天，青叶特意打扮一番，穿着她平时最喜欢穿的比较合体的紫色半大毛呢褂，时尚的盆领上带着闪光的紫色扣，看着超凡脱俗。腰身微收，上面丰满，下面宽松。外褂罩着里面的便衣小袄，青叶一穿戴，仍不失她当初的美女姿色。青叶来到火车站，看到候车室里人很多，像蜜蜂窝乱嗡嗡似的。也看到有人提前进站了，一问才知道，收费 5 元，可以提前 10 分钟进站，还负责送行李。青叶提着里面装有我棉衣的蓝布包，放在行李架上，也跟着护送工提前进站了，进站之后，就站在站台上候车，此时，一般乘客也蜂拥而上，都在站台上混作一团，也就无法区别交不交费的优越性了。青叶觉得上当了，白扔钱。

青叶到广州一路上无心观景，觉得大小城市大同小异。大城市无非是楼高，马路宽，人多地盘大，注意环境美化。但行程不便，人多车多，常常堵车，把大部分时间消耗在路上，而且消费高，空气差，房价高，很多人蜗居一隅，甚至一辈子都住在鸡蛋壳里。相反城市虽小，五脏俱全，办事方便。至于各种商品供应、吃喝穿戴都基本相同。青叶到广州按照信封上的地址找到了我居住的地方，那是在郊区即将拆迁的居民楼下，青叶看到有一排低矮的破旧不堪的小储藏室，其中有一个锈迹斑斑的小铁门没有锁，顺着门缝往里瞧，看到里面阴暗潮湿没有窗口，在接近门口的床头上有我在家时常穿的一件蓝西装褂，还有床上放着我的画板，便推门进屋。看到我睡的那张破旧的小木床，上面铺着一张烂边草席，席上零乱地放着一些破烂衣裳和一个破旧的蓝色超薄踏花被。地上堆着纸盒子等杂物，一片狼藉，这可能是主人家扔掉的破烂。还闻到浓烈的潮湿味、霉味、臭袜子味等说不清的混合味，让人恶心。青叶感到闷热，脱下外衣，露出里面穿的红便衣袄，觉得此地与其他地方不同的是天气热，已经入冬了，可这里的人都穿着春秋装。青叶看到门没有锁，就断定我在附近干零活，见此情景，不由得落起泪来，没有想到我混到这种地步。我也是个堂堂的大学生啊！走向社会实现自身价值并非看文凭高低的。事实证明，人的精力是有限的，就看你投入到哪一方面了，如果把精力投入到工作中，无私奉献，其他方面就减弱了，相反，人家把精力投入到如何实现自身价值上，如何勤劳致富，当然人家就不缺财物。人没有十全十美，也不应分富贵贫贱，每个人都有强有弱，今天你强，说不定明天你就弱；今天你弱，说不定明天你就强，任何事情都在变化之中。青叶一直认为我是一个聪明人，而且多才多艺，尤其欣赏我的画，说我画的画逼真，胜过专业画家，常常赞不绝口。其实这是我的爱好，喜欢画画而已。她还夸赞我脑子灵会办事。记得有天晚上我和她吃了晚饭带着儿子在路边散步，看到一位老大爷拉着一车熟透的红嘴大白桃没有卖掉，如果卖不了会烂掉的，我感到很可惜。我询问老人，今年的桃子好卖不好？老人停下车子哭丧着脸说，今年的桃多，虽便宜就是没人买。桃园里的桃子都成熟了，要卖不出去就会烂掉，说起来是好收成，可换不来钱。我为老人出点子说，您摘桃时带点桃叶，城里人都喜欢新鲜水果，看到带着青叶的桃子，可能就好卖些。老人嘿嘿直乐，说这主意出得好。第二天老人按我说的去做，又到我们居住的附近卖桃子，果然他的桃子很快就卖完了。还有一次邻居家老人去世了，都说火葬场的生意好，邻居家为了早点火化老人的尸体，天不亮就出发了，到了火葬场，按排队是第三家，可眼睁睁地看着比他们去得晚的人家，都火化了走了，还轮不到他们，他们不知道是怎么回事，干着急，没办法，只知道平时办事难，没想到火化尸体也这么难。眼看就到中午了，邻人给我打电话说明情况，我交代他们，如今兴啥啥不丑，您买条烟，掂瓶酒给火化工送去。邻人说，没想到火化人也送礼呀！我说试试呗。邻人按我说的去办了，果然有效，接下来就火化他家的老人了。后来邻人见我说，感谢您在关键时刻为我们想办法，可他们也不知道我心里是什么滋味。这是什么办法呀！这是社会风气，无论谁办事，哪怕是官员也是如此。青叶边打扫屋子里的卫生，折叠床上的破衣烂衫，边想着我的往事，在精神恍惚间，我走进了小屋，赫然看到正在忙着收拾屋子的青叶，一愣怔，惊讶地说，你怎么来了？

青叶站起来愣怔地看着我，我灰头土脸，穿着一件单薄的又瘦又小的黑腈纶小袄，敞着怀，露出里面的白衬衣，那白衬衣成了灰土色，下襟上的扣子也掉了，露出裤腰带，想必是捡人家的破烂。干巴巴乱蓬蓬脏兮兮的头发像鸟巢，像多日没洗脸，没洗发。青叶问我，你在这里打啥工？

我垂头丧气地倚着门框蹲下来，耷拉着头不敢跟青叶的目光对视，深感自卑和无能，闷声闷气地说，在附近的公路上铺路搭桥呢，出力不挣钱。使我想到外面并非是一片蓝天，有阳光也有阴影。

青叶转身坐在床上阴着脸看着我的狼狈相，又怜悯又生气，说你就住在这里呀！这哪是人住的地方？简直像狗窝、像猪圈，你在外面待不住，就回家呀，你怎么不回家？

我日日夜夜都在想你，想家，想孩子，可我的钱被人骗走了。我双手抱臂紧蹙眉头，禁不住泪水涟涟。

青叶没想到一见到我会是这个局面，更没想到久别重逢就是抱怨，你不憨不傻，还是高才生，怎能上当受骗呢？她的目光像手电筒似的直照着我。

我抬起头睁大眼睛也看着她说，都怪我心太好，心太软，太相信人家。他是我中学的同学，找到我说，他做紧俏生意，急需用钱，借三天就还，可过了半月，还没回音，我打他呼机，不通，打他家的电话，家人说他就不进家，一直在外面流浪，都不知道他在哪里。我悔恨生气自己太笨蛋。

青叶低头瞧着地面又气又心疼，泪花在眼睑内打转转，想想不用埋怨了，自己刚出门坐火车就上当了，也难怪好心容易轻信别人，就容易上当受骗，劝解说，钱是龟孙，没有再拼，有人就有钱。她站起来到我身边轻轻地摸着我的头说，只要你好好的，天天都在我身边，日子再苦再难也不算啥，走，跟我回家，怎么也饿不着。

青叶的温言善语似一股暖流涌进我心里，使我心中的怒气渐渐消失。当即她帮我收拾行李，要我回家。回家也正合我意，我彻底了解了在外务工人员的生活状况，并非像想象的那么好。没有走出家门时，听说谁谁谁在一线城市工作，好像人家在外面做着体面的工作，过着天堂般的幸福生活，享不尽荣华富贵，挣钱非常容易似的，让人羡慕。其实并非如此，人家老板并不是让你发财的，是从你身上榨取剩余价值的，也就是说人家给你的工资低，你付出的劳动多。前几年，我知道那些大学生在外打工，一般月薪 1000 至 3000 元，除了交房租、水电费等费用，再加上昂贵的生活费，其实难以存下钱，甚至有的人生活问题也难以解决。当然挣大钱的也有，比如自己开店当老板，具有高级职称的技术工等。但这部分人毕竟是少数。有的打工者住在郊区，为的是房租便宜，但路途遥远，每天要在路上来回奔波三四个小时，累得精疲力竭。因为上下班高峰期，乘公交车中途堵车是常事。乘地铁即使在起始站坐车，也要排半个多小时的队，如果中途坐车，就难以挤上地铁，即使挤上地铁，也只能上几个人。一旦坐上地铁，不论男女，那将是身贴身背靠背，紧紧拥挤在一起。如果是孕妇就有流产的危险，更让人难以接受的是龌龊的空气，每个人从五脏六腑呼出的空气混杂在一起，就成了变质的污染气。都是健康人还好，如果有患传染病的人，就会迅速传播病情。不难想象城市越大，人越多，空气就越差。有的打工者为了节省开支开小灶，可大城市的街道两旁都是绿化带，要买菜及生活用品就要乘车去很远的商店买，生活很不方便，它不像在小城市街道两旁都是商店、饭店、诊所、银行等，便于日常生活。如果去医院看病，挂号就要排半天队，要做一般的检查，比如做 B 超、CT、胃镜等就要排一星期，甚至一个多星期才能轮到检查。如果病情严重，就真要命了。医院医疗费昂贵，开药量大，取药时都用篮子装。要办个什么事就要提前三天或一周预约，不然就找不到人。我看着大城市的人，虽然整天忙忙碌碌疲惫不堪，但办事效率和工作效率并不一定高。因为他们都把大量的时间丢在路上了。我想北京、上海也是如此。我出来打工半年多，确实感觉不如在中小城市居住舒服，那里人少空气好，生活方便，行动自由。我曾分析过，为什么中青年人都热衷于一线城市？总之还是为生活所迫，为养家糊口，比如农村出身的大学生，毕业回农村就发挥不了所学的专业特长，没有挣钱的门路，走出来就业渠道多，容易找工作，即使苦点累点比在家里待着强，但也并非能发大财。

我跟青叶回到家里，就琢磨着干什么活最挣钱，思来想去觉得搞房地产最挣钱，因为全国人民都是房奴，挣点钱全给房子了，但没有本钱怎么搞？有天晚上吃了晚饭，我和青叶坐在客厅里的沙发上。虽然电视机开着，但我们充耳不闻，却交谈着就业问题。青叶说，你在学校不是学建筑管理吗？搞房地产正对口。

我说，多年都没干这专业了，都荒废了。当初改行，是为了尽快就业，也怕整天蹲在工地风刮日晒，环境恶劣，太累人。

青叶说，你想错了，其他专业都有失业的可能，但这个专业不会失业，因为社会在发展，全民生活水平提高了，都想改变居住环境，也都想落户城市，扩大城建，需要这方面的人。你可以先找找同学跟着他们干，我想是不会拒绝的，就当多要个民工嘛。经青叶一提醒，我想到了同学孙五，在大学时，我们是同班同寝室，我俩关系很好。毕业后他在某建筑公司上班，后来单位发不下来工资，就出来自己干了。他始终没丢专业，搞多年房地产，如今成大款了，手下用了一大帮技术员，他只需动动嘴就能挣大钱。我觉得青叶出的主意好，比我智商高，关键时刻能想出办法来。

青叶说，你去找找他吧，跟着他干兴许好些，人都有求人的时候，没听说人穷志短，有钱就是爷，咱没钱自然就是小辈了。

我靠着沙发背半躺着，双腿伸着，大脑里思考着就业问题。常言道，穷则思变，当你走投无路时，逼着你想办法发挥你的智力。

惊魂

我想想青叶的话，也有几分道理。 人有强弱，人家吃好，咱吃饱就行了，当个好孙子至少饿不住吧。 爷，也是从孙子过来的，有的当孙子时间还很长呢。 就在我们探讨生存之道时，突然屋里的电话响了。 我家的电话有两部，卧室的床头柜上有一部，客厅的电视柜上有一部，两部电话是串接起来的。 青叶接着客厅电话，不料，脸色霎时变得青黄，吃惊地瞪大眼睛凝固了眼球，一脸恐怖相。 我也弄不清是什么原因，只是预感到问题严重。 电话是岳父打来的，他怀着巨大的悲痛沙哑着嗓音说，青叶呀，你三哥被人杀害了。

我看着青叶拿着话筒的手颤抖起来，想到一定是家里出大事了。 我慌忙关掉电视机，顿时屋里很静，尽量不影响他们通话。 青叶听到父亲那么说，头轰然蒙了麻木了，身上的汗毛都竖立起来了，感到十分惊恐。 她急切地问：爸，您说啥呀？ 咋能出这事呢？

父亲说，你哥打工回来，想在咱家院里盖两间陪房，去河里拉点沙。 今天下午，你哥开着四轮车去南山下的沙河里拉沙，回来走到路上被三个歹徒拦路抢劫，搜兜要钱。 你哥和他们厮打起来，把一个歹徒摁倒在地上，另一个歹徒拿刀扎进你哥的后背，然后那伙歹徒都跑了。 你哥背着刀又开着车跑了三十里路，到了枣林街医院，医生把刀拔出来，因出血太多，一会儿就不行了。 父亲悲痛、恼怒、难舍儿子的复杂心情交织在一起，使他撕心裂肺、肝肠欲断，说着说着禁不住泪流满面，“呜呜呜”失声痛哭。

噩耗像炮弹一样把青叶击垮了，她浑身软绵绵的，难以站立，心中“怦怦怦”加速跳动，埋怨说，他咋恁倒霉呀！ 恁傻呀！ 人家人多，手里拿着凶器，能斗过人家吗？ 要不搏斗，不是也没事呀。

父亲忍着巨大的悲痛哽咽着说，我知道你哥的脾气，从小就一身正气，抱打不平，从不欺负人家，也不受人欺负，谁要惹他，他也不饶人。 其实他身上也没带多少钱，就是叫人家搜走也发不了财。 可你哥怕人家抢他的车啊！

爸，报案没有？ 青叶声音低沉。

报了，县公安局已经来人了。

你们都在医院吧？

是啊。

我妈呢？

她在家只知道出事了，还不知道你哥不行了。 父亲带着哭腔，那是在极其悲痛之时发出的声音，人生最大的痛苦悲哀莫过于亲人生离死别。

青叶放下电话一屁股坐在沙发上，整个人像抽了筋剔了骨似的瘫在沙发里，少气无力地对我说了她三哥出的事，又说这是困境遭难雪上加霜啊！ 不幸的事一桩接一桩。

我也觉得这事出得太突然了，这是意想不到的事，真是常言说的，出门三分灾啊！ 家里的两位老人全指望青叶的三哥打工养家糊口哩，今后二老怎么办呢？ 现在顾不得多想，我说，青叶，咱们赶快回家吧！ 我和青叶乘出租车连夜赶回去了。

我们回去办了三哥的丧事，把唯一的希望寄托在县公安局了，就是盼望严惩凶手，为三哥报仇申冤，不然他会死不安魂的。 后来公安人员很快查到了凶手，但迟迟未逮捕。 我们只想让此案从重从快处理，但青叶去县公安局跑了多次，局里却迟迟未办。 两年过去了，某天下午，青叶又从县公安局回来，垂头丧气地坐在沙发上，见到我愁眉苦脸地说，天龙，我也没办法了，这事不跑吧，我哥死得冤，白白扔了一条命。 跑吧，人家迟迟不办，说办案经费有限，抓不到凶手，你说这是不破案的理由吗？

我给她倒一杯开水放在她面前的茶几上，然后坐在她对面的沙发上，看着她瘦弱疲惫不堪的身体，憔悴的面容，无精打采的样子，我也心疼。 她和两年前相比判若两人，有时候就忘了洗脸、梳头，更不用说穿戴打扮了。 我明白这是心情问题，她没有任何心劲和希望了，几乎到了精神崩溃的边沿，想想怎么不挂心呢？ 她两个哥哥都死在煤窑里，这个哥哥又被人杀害，剩下两位老人无人管，我们的经济状况又非常差。 我劝说，哥的事咱还继续跑，你也要注意身体。 我分析因为经费不破案，这不该是理由，公安局的职责就是打击犯罪，严惩凶手，执法必严，违法必究嘛，何况这是拦路抢劫杀人，是大案要案，性质恶劣，如果迟迟不破，这里肯定有原因。

青叶说，我听爸说，这伙人中有一个凶手的舅舅在县公安局工作，莫非是他从中包庇干涉？

有可能。 我脸一沉很认真地说，要这样，这案破着还麻烦呢。

青叶靠着沙发背仰躺在沙发里，双手搭在扶手上，脸色苍白，面无表情地瞧着我，灰心丧气地说，我哥不就成冤死鬼啦？ 就这样不了了之啦？ 凶手就逍遥法外啦？ 你认识公安局的人吗？

我理解青叶的心情，是渴望有个帮助她的人，但我无能为力，只能摇摇头木着脸说，不认识，要认识，我早就帮你跑了。我很惭愧，也觉得自己无计可施，帮不了青叶。

青叶端起茶杯啜饮一口水，当低头放下杯子时，好像忽然想到了什么。她突然眼前一亮，猛然坐直身子挺起胸，惊喜地说，对了，我有个高中同学大学毕业学政法的，分到市公安局了，我去找他呀，我真是昏头了，这么长时间了，我怎么就没想到他呢？这是青叶在这两年多中难得的笑容。我知道这段时间她心里很苦，因为家务、孩子、失业、失去亲人等一系列烦心事，再加上生活窘迫，将她缠绕得心力交瘁痛苦不堪，容颜衰老，但只能默默地忍受着，让她最挂心的就是为哥哥申冤。她说，咱一起去找我的同学吧？或许能为我哥申冤呢。我当即答应了。

我和青叶经多方打听知道了她同学家居住的地方。那天晚上，我们带点薄礼到了她同学的家门口，我们看着十分坚固的棕色防盗门，又光又亮，没有丝毫缝隙，像铜墙铁壁横在我们面前。青叶心里紧张起来，心跳厉害仿佛要蹦到嗓子眼儿，表情木讷，半握着拳头胆怯地轻轻地“咚、咚、咚”一下一下地慢慢敲门，声音微弱，唯恐人家受惊，小心翼翼地每敲一下，我们就仔细听着里面有没有动静，没有，再继续敲，仍没动静。她轻声对我说，是家里没人吧？

我平时就胆小，见官就想躲避，也恨自己无能没有出息。现在站在除恶扬善的公家人门前，一想到那身警服就心里发怵，并非是做了什么坏事，也可能其他胆小人也是如此。可现在不但要见人家，而且还要求人家办事，谁都知道求人办事难，如果人家帮你，你就欠下了人情债，永远埋在心里，待机偿还，否则就心中不安。如果人家不帮你，你就始终在困难中挣扎承受着精神痛苦，看不到光明和希望。我和青叶心里都不是滋味，胆怯是自然的。我对青叶说，你等着，我到楼下看看。我到楼下望望他家的窗口，看到里面的灯亮着，就猜测到一定有人。我返回去看到青叶仍然站在门外尴尬地等着，轻声问，他家的灯亮吗？我说有人。我便伸手“咚咚咚”连敲几声门，声音很响亮，接着里面有人问：谁呀？ 谁呀？ 那声音很呆板，很重，像撂砖头似的，听着很不是滋味。 我们在外面温和地答应着，像小绵羊似的唯恐惹人家不高兴。 求人和被人求心理上是截然不同的，求人有点孙子见爷的感觉，可能主人听出了是陌生人的话，没开门，只是打开门上的防盗孔，问你们找谁？

青叶说出了同学的名字，并说和他是老同学，想见见他。

里面的女人冷冰冰地说，不在家，你们走吧。

我们只想将薄礼送给人家，也想到屋里坐坐，说说事起点效果，不白跑一趟，没想到被人家几个字打发了。 青叶再次恳求说，我们有急事，说说事，行吗？

不行，明天去办公室说。 人家态度很坚决。

青叶含着眼泪轻声又问，里面再没回音了。 我觉得人家的门比保险柜还坚固，说不定有报警装置和密码锁，像人家的脸冷冰冰地对着我们，驱逐我们，我们只好打道回家。 我们在门口站了一个多小时，尽管有难以言表的滋味，但临走时仍然依依不舍。 青叶想哭，似乎心中唯一的一丝希望又破灭了。 她感到绝望，一蹶不振，到了无路可走的地步，怎么办？ 可人家爷字辈的口气像坚硬的石头，向我们砸来，我们不得不走。 我们心凉了，有一种乘兴而来扫兴而归的感觉。

回家的路上，我们沿着大街旁边的马路牙子，边走边交谈。 我心里窝气，愤愤地说，什么态度？ 什么执法如山？ 什么为民申冤的执法官？ 我看谁也没把老百姓放在眼里，谁也体会不到老百姓含冤受屈的心情。 我的胆量似乎一下子壮大了，这可能是让气憋大的。 我气哼哼地往前走，胸中的闷气往上蹿，看人家态度如此这般，等于这天大的冤案就不了了之了。 我的脸色青紫如铁板似的。

青叶却软声细语地说，也许同学真不在家，人家不让进屋情有可原，这是在晚上，咱又是陌生人，人家是执法人，整了不少坏人，一定也得罪不少人，人家谨慎是从安全着想，如果是我，也许也有警惕性。

她几句话说得我气消大半，只是说，你早点这么想，咱就不来了。

青叶说，我只想到他家里好说案情，没考虑那么多，也没想到人家会这样。

看来当公安家属也不易，整天提心吊胆顾虑重重，小心翼翼，还没有老百姓自由呢。 我说着走到青叶的前面。

青叶紧跟着往前走，说人家不受冤枉气，不为衣食住行发愁。 她还想继续说下去，但刹住了，怕伤害我的自尊心。

我确实没给青叶带来什么幸福，也无能力帮青叶，似乎当初我对她发的誓言全是狗屁话。 如今我是一个下岗职工，是家里的负担，社会的包袱，谁愿意帮我，即使帮了我，我会给人家带来什么好处？ 聪明人乐意干吗？ 我恨我苦恼，公平公正公理去哪里了？ 我和青叶并肩向前面的公交站牌走去。我们边走边聊着闲话，你一句我一句地随便说。 虽然我们找人碰壁，但并不甘心，我心中燃烧的一点火花就是相信正义一定会战胜邪恶，不然，这个社会就乱套了。 我给青叶说着打气话，鼓励她支持她明天去办公室找她的同学。

城市的夜晚和白天一样热闹非凡。 大街小巷两旁每隔百米远的水泥线杆上，都有一个带灯泡的碗状路灯，散发着橘黄色的灯光，照得大街灯火通明，而且通宵达旦。 还有大街两边的大小商店，也亮着灯正常营业。 大街上车流成河，“嘀嘀、叭叭”声，还有路旁人们熙熙攘攘纷乱的嘈杂声，接连不断。 马路牙子上的行人也来往不断，有的去吃饭，有的去散步，有的去逛商场。 我和青叶去乘公交车。

第二天，青叶去办公室找到了同学，将案情经过讲述一遍，并把提前写好的案情状书递交给他。 同学说，这个案子一定会引起局里高度重视，因为性质恶劣，危害严重，影响极坏，是一起大案要案，我们一定会尽快查清，一定会公平公正严惩这起抢劫杀人案，一定会从重从快处理。

青叶非常感动，在绝望中仿佛见到了包青天，看到了太阳和蓝天!

不出所料，市公安局接了此案，并及时对此案进行审理和从重从快判决，判持刀杀人凶手死刑，另两个分别判处十五年、十年有期徒刑。这起拖了两年多的持刀抢劫杀人案，在两个月之内结案了，这给青叶及家人心理上以极大的安慰。

婚变

我听了青叶的话，最初跟着同学干工程，后来同学分包给我一些小工程，两年后，我打了翻身仗，从一无所有到成为资产几十万的暴发户，我是越来越忙，回家越来越少，和青叶亲热的机会也越来越少了。青叶觉得家里物质上富有了，手机、电脑、彩电等电器样样俱全，可以说一跃成为紧跟形势的现代化家庭。常言说人生如梦，难以料定，确实如此。有时好事变坏事，坏事变好事，前面的路谁也说不准。现在想想反而觉得我下岗了，自由了，找到方向了，发挥了能力，实现了自身价值，一年收入胜过十年上班了。但青叶渐渐觉得精神空虚了，终有一天，青叶不乐意了，说现在你有钱了，不要家了，变坏了，花心了，把孩子老婆撂在一边不管不问了，咱现在是什么关系？你我心里都清楚，你要老实交代，是不是在外包二奶了？

我善意地瞪瞪她，不耐烦地说，你说啥呀？我哪有那闲心？整天忙得焦头烂额，操不完的心，受不完的累，我保证男女关系上清白。我觉得上帝对人是公平的，你若专心干出一些成绩，就会劳神费脑，身心疲惫，太辛苦太繁忙了。否则，就会精神空虚，人闲生是非，种种杂念都干扰着你，就会患幻想狂，或抑郁症，或成了药篓子。因为你什么都不做，身体得不到锻炼，血液循环差，各种疾病都来了。总之，上帝不是让你到世上享受的。自从我承包了工程，在外奔忙，青叶就成了家庭主妇，渐渐地日子好过了，她也清闲了，就该胡思乱想对我猜疑了。

青叶撇撇嘴，白白眼瞪着我说，你骗谁呀？花不花心，老婆心里不清楚？你是个男人就不做男人的事了，这是啥原因？她侃侃而谈，语气生硬地质问我。

我苦苦地笑笑，想想近两年来确实很少过夫妻生活，但青叶从未提及过此事，可现在她怀疑我，也是有原因的。我几乎天天都泡酒场，中午喝，晚上喝，为了朋友不喝不行，但有一条吸取教训，把握酒量，决不能再趴下不省人事。为了避免超量，喝酒时我暗自记住喝的酒杯数，一般喝半斤就头晕了，最高不能超八两。若是啤酒决不超三瓶。因常喝酒，大脑处于麻醉状态，总指挥部失控了，就别说其他部位了。我不知道别人的情况，只知道自己没性欲了，但无法向青叶解释。更让她怀疑的是我没有交给她经济大权，以为我在外面挥霍了。我知道男人都有小金库，我也不例外，除了给她足够的生活费外，其余的钱我存着。在外吃饭、喝酒、打牌、交友等都需要活动经费，没钱百事不成。如果被青叶掌控，常常向她要钱，不但麻烦，关键是怕有困难。所以要想办大事，必须自己掌握经济主动权。我也知道大款和大贪污犯他们首先防备的是妻子，言行对妻子保密，有很多实例证明，妻子知道了丈夫有多少钱和受贿经过，就等于掌握了把柄和证据，就会牵着丈夫的鼻子走。一旦夫妻发生矛盾，提出离婚，都变成了仇敌关系，要么妻子狠命要财产，要么揭发丈夫将其送进监狱，置于死地。以上情况我无法向她解释。她觉得我有外心了，就苦恼，就心凉，就赌气，就去美容、去按摩、去洗脚、去打麻将，以宣泄心中的闷气，以示对我报复。 我母亲来家里住，向我诉说青叶的情况，我很恼火，大脑里的封建意识很强。 我可以在外吃喝玩乐，通宵不归，但绝不容忍青叶这样，这是社会对女人的不公，又想到青叶当初就在风花雪月的场所待过，走出去很快就会学坏，我大小也算个人物吧，就会觉得没面子，要想想没钱时确实孙子样，没脾性，心里没底气。 有钱了，就觉得身板硬了，精神振奋了，脾性也大了，处处要面子了。 我越想越生气，再加上母亲看不惯，嘱咐我要严加管制，使我满腔怒火，我要找一个合适的机会管教青叶。

一天晚上，我十二点半醉醺醺地回到家里，却不见青叶在家，母亲和儿子已经睡了，我就坐在客厅里看电视。 我发现灯光太亮，就把客厅里的大灯关掉，留着散发着淡淡暗光的小彩灯。 再加上电视机屏幕上释放的光线，可以看清屋里所有的东西。 其实我外表有醉意，但头脑清醒，是等着修理青叶哩。 深夜一点半青叶回来了，她一进门，拉开门口的灯，首先在门口换上自己的玫瑰红拖鞋，然后走进客厅。 我板着面孔，青紫着脸，像发怒的野兽恨不能一口把她吃了，不禁大吼一声，啥时间了？ 你还要家吗？ 那声音似洪钟，震得青叶头发蒙。

她猛然一惊，眼一闭，身子向后一闪，打个趔趄，吓她一大跳，没想到我会在家。 然后稳了稳神看着我轻声说，你吼什么呀？ 别把娘和儿子吵醒了。

我忽然站起来，瞪着血红眼又重复一句，你还要家吗？

青叶站在客厅里蔑视地瞧着我说，你还有资格问我？ 还想到我？ 不要家的是谁？ 是你，是你，就是你。 她的声音不大，但句句话毫不示弱。

我跨前一步到青叶身边，虎视眈眈地盯住她，伸手“啪”一掌狠狠打在她脸上。 我很少对她动手，这是因为我憋了一肚子火。

青叶捂住火辣辣的脸，翻着白眼怒视着我说，你打我？

我就打你了，怎么着？ 接着又甩过去一个响亮的耳光。 我有点像缺心眼儿的愣头青、二百五的举动，不管三七二十一地打她，就是为了收敛她晚归的行为。

青叶火了，双手捂住脸呜呜呜地哭起来，抬起右脚踢我的腿，愤怒地反抗，但她身软体弱，不是我的对手。这时，母亲听到吵闹声，慢腾腾地披着衣服，从卧室里出来，上前抱住青叶说，别打了，你是个女人啊！祖祖辈辈的女人哪有深更半夜不进家哩？

青叶一把推开母亲说，是你儿子在打人，是你儿子不进家，你反倒怪我，你这是劝架吗？她的声音似洪钟，不比我低。这是青叶第一次提高嗓门，一反往日柔弱的言行举止。她一脸怒容，眼球僵硬怒视我母亲，让人恐惧。

我听了母亲的话更气愤，又一巴掌打在青叶的脸上，你敢推搡我妈？我整不死你。

咋的？你娘俩想好了，今天要整我？她涨红着脸，想躲避我，转身向卧室走。

我伸手抓住她脑后的衣领向后拽。青叶穿着白底绿花短袖衫，质地轻薄而柔软，被我抓烂了。我像发怒的雄狮恨不能将她吞吃了，大发雷霆，指着她脑门吼，你给我说清楚，你去哪里了？干什么了？

青叶也不依不饶，哭着吼，你天天不进家？干啥了？还有资格问我？

母亲站在卧室门外怒视着青叶说，他是男人，你是女人，咋能跟他比？

怎么？他是人，我不是人？为啥你不管他，只管我？青叶恨我母亲，以为这是她挑唆的，盯住我母亲吼。

你说啥？我已经够给你脸了。母亲说这话时拐个弯，其实想说，你不要脸呀！一个妇道人家晚上不在家像啥呢。但没直白地说。

这话十分伤害青叶的自尊心，甚至是对她的侮辱。平时她对孩子、对公婆、对丈夫哪点不好？可换来的是毒打和谩骂。她心里比喝慢性毒药还难受，委屈、愤恨、赌气地说，我的脸干干净净，光彩照人，不需要别人给脸。

母亲咬牙切齿地责怪，前天去美容，昨天去洗脚，今天半夜不回来，你还算女人吗？ 妇道人家，咋这样哩？

其实青叶并没有走出自家的小区院，只是和几个姐妹在一起打麻将到深夜，她却没有解释，心存对我的不满，怒火在腹中燃烧，对我母亲说，你老封建，偏心眼儿，哪个女人不美容？ 你儿子去洗脚、按摩、泡小姐，日夜不归，你说呀？ 你管呀？

我指手画脚冲上去说，你敢给我娘顶嘴？ 还上天呢？ 我对着她的脸左右开弓。 人们常说，财大气粗，脾气大，人物了，不自觉就有一股傲气，我也有这样的感觉。 我只是想连一个小女子就制服不了，还算男人吗？ 还能做大事吗？

因为我下手重，青叶抬胳膊保护自己的脸和头部，弄得披头散发。 她忍受着肉体的摧残和巨大的精神痛苦，但不纯粹恨我，而更恨我母亲，她已经猜测到我如此行为，与婆婆进谗言有关，气冲冲地说，前不久，你儿子出差回来，一进家门就瞪着吃人眼睛，拉着我就打，说我不守规矩，在外玩。 家里有米有面，有肉有菜，你可以自己做饭呀。 我真不明白，你儿子不挣钱时，家里平安无事，和和睦睦；你儿子有钱了，你们都看我不顺眼了。

母亲眼一瞪说，你这是啥意思？ 这不是撵我走吗？ 我养儿子二十多年，我不该在这里住？ 我没吃你的，没喝你的，我住的是儿子家，不是你家。

青叶站着用手理着额前的乱发，一脸沮丧愤怒的表情，只是冷冷地笑笑，心里明白这房子是自己买的，家是自己料理的，但没有说过分的话。

我忍不住怒气，对青叶前胸猛击一拳，她向后猛退一步，身子一仰，倒在沙发上，我又用力对她拳打脚踢，气喘吁吁地说，我宁要娘，也不要你个婊子。

这句话像击中了青叶的要害，常言说，打人不打脸，揭人不揭短。 是我伤了她，也觉得这样说有点过分，因为当初是我追求她，现在怎么又扯出来了。

母亲皱着核桃皮脸站在一旁看着我打青叶，不但不阻止，还添油加醋恶狠狠地说：三天不挨打，上房子揭瓦。女人不能惯，再娇惯，疯得还很呢，看看她的嘴，像刀子样，一点不认输。

青叶眼冒金星头发蒙，浑身热辣辣的疼痛难忍，喊着救命呀！救命呀！儿子、儿子快来呀……那声音很凄惨悲凉。

突然，我儿子赤身裸体从卧室里蹿出来，拿着凳子“啪”一声狠狠地砸在我的脊背上，我反身站起来，他趴在妈妈身上护着妈妈的头，母子俩抱头痛哭。青叶抱着儿子说，儿子、儿子你不过来，妈就没命了。她痛苦万分，恨不能将我碎尸万段也难解怒气。

我母亲只是轻描淡写地说，别打了，别打了，但她站着没动，只是误认为儿媳妇在外风流，给家人丢脸，给儿子戴绿帽子，儿子就该狠狠地管教她，让她知道厉害，以后好好守家。我母亲无动于衷的行为，又增加了青叶对她的痛恨，认为这是婆婆搬弄是非，引发的一场残酷的武斗。

当晚，青叶睡在沙发上，觉得浑身疼痛难忍，怒气充满胸膛。她怎么也没想到我下手这么重，多年的恩爱一下子烟消云散了，猜测一定是我有小三了，变心了，越想越伤心委屈，泪如泉涌，止不住地往外流。儿子用小手擦着妈妈脸上的泪水，呼哧呼哧地哭。青叶觉得只有儿子，才是她最亲近的人。然后她叫儿子去睡觉，说明天还要上学，晚上得休息好，儿子去睡了。青叶觉得两眼直冒火星，面前好像有无数个星星在跳动，脸上热辣辣的疼。她悄悄到卫生间里的衣镜前照了照，看到自己的面容变成了乌鸡色，眼球布满血丝，面颊又红又肿，鬼王似的。她心里酸甜苦辣的滋味无法形容，甚至死的心都有了，恨婆婆不该搬弄是非，挑拨关系，恨我忘恩负义，心狠手毒。人常说，好人有好报，她却得到这样的回报。

我关掉电视机去卧室休息了，躺在床上也难以入眠，想想自己出手太重，手掌还热辣辣地疼呢，不该对青叶动手，我后悔了，但碍于面子又不愿向她道歉。我想到当时屋子里乱成了一锅粥，不断地争吵、打骂、哭叫，再加上电视上只管按部就班地播放生活片。夜深人静，我家闹翻了天，上演着闹剧，左邻右舍一定能听到，可都无动于衷。谁都知道清官难断家务事，何况到了这个时辰，一定是家庭隐私事，不便劝阻。这就是城市和农村的区别，城市人情淡薄。但我并非这样，如果邻居家发生暴力行为，我不会考虑那么多，会立即去人家家里劝解。因为人在气头上会失去理智的，往往惨案就从这里发生，若加以制止，就会避免发生不良后果。平时我和青叶极少动手，从没有像今晚这样打过架，我冷静地想想，觉得自己太混太傻。

第二天，天不亮，青叶挎着自己的黑色小皮包一声不吭地走了。我母亲心里还骂，真是个不要脸的骚女人，被男人打成这样还有脸出门。我儿子是大学生，还是个老板，又有钱，是个光彩人物，娶了这个不识大体的贱女人，真可悲。

当天晚上，我回到家里，对母亲说，青叶上法院告我了，提出坚决离婚，证据就在她脸上。

我没有想到母亲会说，丢个口哨，换个喇叭，咱挑着找，好女人多的是，找个大闺女也不成问题。我觉得母亲也变了，昔日我那慈祥、善良的母亲，从没说过恶毒的话。平心而论，青叶从没有错待过我母亲，她是个孝敬公婆的好媳妇。难道就应验了青叶当初说过的话？钱也是矛盾根源？能使夫妻反目？母亲的言行，我知道是为我而骄傲，她把我看得太重了，太高了，她不了解我的情况，谁也不愿跟我做名义夫妻。我说，话虽这么说，如果离了，将来对儿子的前途有影响。我的朋友在银行当副行长，有了外遇，和妻子离了。他儿子上小学、初中时都是拔尖学生，两个人离婚后，儿子跟妈了。他不听妈的话，学习成绩直线下降，作业不交，打架斗殴，老师多次找家长。他妈管不了，打电话对他爸说，他爸不管不问。后来儿子初中没毕业就跑出去了，至今没音信。本来孩子可以上大学有个好前程，可结果毁了他。

母亲说，她要离婚，咱要儿。

我不想离，觉得青叶没错，原因在我，也在母亲挑唆。我恨自己太鲁莽是个二红砖、猪脑袋，怎么下手那么狠？你就不心疼？她是你患难与共知冷知热的恩人哪！可能是酒精发威了，目的是想教训教训青叶，让她规规矩矩、老老实实做个好女人，改掉毛病就行了。想想青叶这么多年对我情有独钟，深爱着我，为治好我的胃病，四处打探良方，使病痊愈；喝醉酒不省人事，是她日夜相守，使我重返人间；我被撞伤，她体贴入微侍候我几个月；还侍候我生病的母亲……是她支撑着这个家，支持我干事业，支持我画画，如今我走的路还是她出的主意引导的，想着想着泪湿眼圈。但我受朋友熏陶有了大男子思想，处处死要面子，是我对不住她。我惭愧、内疚。我知道她的行动是出于她的疑心和想宣泄，只是不了解我内心隐秘的想法。她铁了心要离婚，是我心狠手毒，狼心狗肺，忘恩负义，伤透了她的心。她什么都不要，只要孩子，最后法院判决，儿子给了青叶，卖掉房子的钱对半分，我每月支付 1000 元抚养费，这是母亲没有想到的结局。我觉得对不住青叶，因为房子基本上是她全款买的，我不该分她的钱。最后我和她商议，说房子原本是你的，不用卖，你跟儿子住，我搬出去，另外再买房。当我说这话的时候心里像针扎，很不是滋味，我没想到要离婚，这不是我要的结果，这么多年风风雨雨，我们经营的爱巢瞬间没了，深爱着我的妻儿没了，一切又回到零点了，我的生活还有什么意义？我拼搏挣钱还有什么劲？我图什么？我恨自己不该听信母亲的话，多年来青叶一直深深地爱着我，我不该怀疑她，是我把她想歪了，是我冤枉了她，愧对她，禁不住心里很难过。我猜想青叶也不是真心要离婚，是我做得太过分了，不肯原谅我。当时我们分手时，都泪流满面无声地哭泣。母亲也后悔了，觉得自己老糊涂了，如果当初不挑唆我们的关系，就不会打闹生气，哪有这事？现在没了孙子，没了儿媳，家也散了。母亲泪汪汪地自言自语：人家青叶咋对不住你了？死老婆子，把家弄零散了，你可好了？

离婚后，我先在外面租房，临时居住。我终日心烦意乱，苦闷不堪，一蹶不振，工作上没有了干劲，更是借酒消愁愁更愁。我打青叶是我人生中犯的最大错误，我痛心、悔恨、空虚、寂寞，深深地感到离不开青叶，如果她不回到我身边，我可能就此消沉、颓废甚至走向死亡。母亲看出我内心的痛苦，劝我再找一个，我愤怒地说，不可能。

母亲听出我对她的不满，也火了，训斥我，说缺心眼儿的猪脑子，当初我想叫你说说青叶，教育教育她，我叫你狠打人家啦？

我气愤地说，可您也不善，我打她，您拉一把不行吗？可您站着看，这是好婆婆吗？

我错、错、错，行了吧。应该说咱俩都不对。

我说，您现在知道了。

母亲说，当时我就后悔了。人谁不犯错？没有十全十美的。可你是个男子汉呀！不能这样没出息，像掉了魂似的，不行了，再找个年轻漂亮的。

我愤怒地说，坚决不找了。我坐在沙发上，对母亲也出言不逊了，滔滔不绝地说，我和青叶相处十年了，她是咱家的大恩人哪！现在咱对她这么冷酷无情，咱不是狼心狗肺恩将仇报吗？她三个哥哥都死了，剩下丧失劳动能力的二老，现在青叶和我的儿子又无经济来源，您叫他们怎么活？

那就和青叶复婚。我母亲说。

您说算数吗？我说算数吗？只有青叶说了算，可她跟我复婚吗？

因我情绪不好，动不动想发火，白天很少回家。母亲觉得孤单寂寞，也回老家了。

我离婚后的第一个年关到了，若在往年青叶总是提前带着大包小包礼品回老家看望公婆，帮助洗衣做饭，什么活都干，为他们买各种衣服，为孝敬二老不惜花钱。可今年，不会再见到她的影子了，母亲心里很难受。后悔把儿媳的缺点扩大化了，因疑心太重想歪了，把她的孝心忘了，打电话对我说，儿啊！ 咱们去看看孩子，咱给青叶认错，当初不该那样对人家，娘错了，不该让你们生气，你俩还复婚吧！ 我不能没有孙子。 我说，娘啊！ 你儿媳是个好女人，她没有错，完全是咱找她的事，现在生活好了，给她点自由，也不是什么坏事。 至于复婚，这主要看青叶了。

儿啊！ 只要她复婚，咱俩给她认错，下跪磕头都成。

娘啊，这叫自作自受。

儿啊！ 这事完全怨我，是我犯了大错。 咱们去给她赔礼道歉，求她原谅。

我无言以对，只能沉默。 我老娘说到这份儿上，我还有何言？ 我也不能对老娘发火，她给了我生命，供我吃喝、上学、抚养我成人，一心爱着我，对儿女来说，天大地大没有父母的恩情大。 她和青叶相比，毫无疑问我首选的就是孝敬爹娘，仅他们赐予我生命这一点，我就报答不完老人的恩情。 我想来想去，自己像个小蚂蚁对不住任何人了。 可我累死累活的错在哪里？错在不动脑筋，错在教育方式，错在我没有真诚地跟青叶沟通产生的误解。

不久，我在一个新小区买了一套一百五十平方米的房子，四室两厅，装修豪华。 可我一进家门就感到孤单寂寞，心里空虚，走进厨房便是清锅冷灶，到处冷冰冰的，找不到家的温暖，就一头钻进画室去画画，画了一张又一张，再没有人给我端茶倒水，再没人叫我吃饭，再也听不到青叶赞美我的画了。 我累了放下画笔，坐在松软的老板椅里，看着画闭目养神，实则是思绪翻飞，我想儿子，想青叶，想和他们说说话，想得心里难忍、抓耳挠腮、眼睛发酸、满眼泪花时，就给他们打电话。 如果青叶接到电话，现在她没有以前的热情劲了，敷衍了事三言两语就完了。 我感到心里很凉，可能是青叶有意这样做，因为我伤了她的心。 如果是儿子接着电话，还是像以前的老样，快言快语亲热地叫爸爸，让我高兴，给我安慰。 我觉得儿子永远是自己的，还是自己的孩子亲。 我没有再找对象的念头，但亲朋好友都热心地给我介绍，我无心相看，便应付说想清静清静，但心里清楚，即使再找，也永远找不到像青叶这么好的女人。 我在家里看着空荡荡的大房子没有人气，就把母亲接来了，可是父亲不愿离开老家，说在城里住不习惯，车多人多大楼高，到处都闹哄哄的太热闹，有啥好？ 出门怕迷路了，在屋里待着像钻进火柴盒里，感到憋闷，又像蹲监狱似的难受。 我在家里多自由啊！ 想去哪里就去哪里，赶集上店像散步锻炼，到处天高地阔空气新鲜，想吃什么到村头小饭馆里一坐，人家把饭做得有滋有味端到我面前，让我吃个肚子圆。 我还知道父亲爱吃热豆腐。 我家临村街住着，每天就有人拉着架子车在村当街卖豆腐。 父亲手里不断零花钱，看到卖热豆腐的就去买着吃，或用豆子换。 他吃热豆腐喜欢浇一层红辣椒，吸吸溜溜吃得特别香，觉得又鲜又嫩，豆味很浓，闻着就有很强的食欲。 在我记忆里，他无论吃多少辣椒都不上火，也没有什么不良反应。 我觉得他很特别，一般人都不能多吃辣椒，否则，不是嗓子痛，就是牙疼，或者犯痔疮。 可父亲说常吃辣椒的人身体棒胃口好，我认为仅他而已。 他还说吃一碗辣椒热豆腐，就一个馒头，比吃大鱼大肉都强。 父亲性格开朗，心态好，身体棒，所以他一人在家，我比较放心。

临近春节，我还是牵挂父亲，就把父亲也接到自己身边。 然后我和母亲去看望青叶和儿子，没想到青叶见到我们很高兴，去街上割肉买菜，热情招待我们，她宽容大度，把以前的是非恩怨全抛在脑后。 母亲向青叶认错，啰啰唆唆说了一大堆道歉话，并保证以后再不会出现吵架打架的事。 我像做错事的孩子给她下保证，并把提前写好的保证书给青叶看，其中有一条：只要你和我复婚，以后你想干什么都行，我不干涉，给你自由，永不打人。 若再犯，剁掉双手，割掉耳朵，自我惩罚，我还写了我的身体状况和掌控经济的理由。 青叶看着保证书笑了，说我也想开了，世上没有完美的人，谁都有缺点，为了孩子，为了家，都把这事忘了吧。 最后我们和青叶一起欢欢喜喜地回家了。

我没有想到青叶的胸怀像大海一样宽广，不计前嫌包容一切，更没想到这么顺利地和好了，还像从前一样是一家人了。 我觉得她比我聪明想得开，看得远，更多的和好因素是一切为了孩子。回到家，青叶慌着买这买那改善生活。节日期间，各商场为了促销搞活动。青叶看到一家超市门口，摆着摸奖摊位。每购五十元商品，可以摸一次奖，一等奖自行车，二等奖双人被，三等奖一袋洗衣粉。商家搞这样的活动绝不是赔本买卖，能摸到一、二等奖的人少之又少，多半是三等奖。青叶买了东西从商场里出来，走到门口，在摸奖箱里随便摸一张，刮出奖号一看是二等奖，顿时龇牙笑了，觉得自己很幸运，手气好。人家奖给她一床玫瑰红的厚棉被，又宽又大，又轻又软，价值260多元。青叶提着厚棉被笑眯眯地回到家里，直接将被子放到我父母床上，叫他们盖。母亲摸着棉被也开心地笑了，说我一辈子也没盖过这么好的被子，软溜溜的，厚墩墩的，多好。青叶说，娘，您就盖吧，这就是您的被子了，反正咱也没花一分钱。我母亲"哈哈哈"张口大笑，眼睛眯成了月牙，说我比你们盖的还好呢。

我们都年轻，享受的机会多着呢，您应该享受享受了。青叶温言善语，说得母亲心里甜蜜蜜的，眯着眼咧嘴笑。

我母亲说，青叶呀，你待我比亲闺女还亲呢，可娘对不住你啊！

青叶脸一沉说，娘，以后不准再这么说。她想到媳妇和婆家人没有任何血缘关系，融入在一起过日子，如果斤斤计较，不相互包容，就没法过日子了。

好闺女，娘要像你这样，和你姐也不会断来往。

我母亲这么说，让青叶不得其解，家里老人不就一个儿子嘛，怎么还有一个姐姐？于是，她紧接着问，娘，我还有个姐呀？可您从没说过，青叶说着和我母亲并肩坐在床上，想弄清这是怎么回事。

母亲扭头看看青叶，语调低沉地说，闺女，咱不提她了，提她娘闹心。

青叶紧紧追问：姐姐在哪里？咋不去找她？这么多年恁谁都没说过，这是咋回事？

多年了，没音信。母亲不想解释。

青叶追问我姐姐的事，我说她十八岁就离开家了。 因为母亲不同意她的婚事，提出和她断亲，从此谁也不知道她在哪里。 我不想让青叶知道姐姐的详细情况，她也不再多问了。 青叶不明白，都是自家人，即使再生气，过后也不能记仇啊！ 想必都是性格倔强的人。

青叶为父母改善生活，看到母亲的牙齿脱落了，咬不动肉，就用粉面鸡蛋裹着肉油炸，将炸好的肉在汤锅里煮成面疙瘩似的，让母亲吃。 后来，青叶劝说母亲镶牙，开始母亲不愿意。 青叶说，刚戴上假牙有点不适应，习惯就好了。 后来母亲高兴了，说有牙就是好，还能吃苹果、梨、核桃哩，以前想吃也咬不动啊！ 青叶说，什么东西都可以吃，营养丰富，有利于身体健康。 父母在我这里住了很长一段时间，说想回老家看看转转，就回去了。我老家离省城仅一个小时的路程，交通发达，两位老人来我这里很方便。 就在二老回去的第三天，我做梦也没想到的事发生了。

降祸

那是五月中旬的一天上午，空气宜人，阳光暖人，让人心情格外舒畅，没有任何不吉利的征兆。我和青叶路过我们小区附近的一家正在施工的建筑工地，那里的安全设备很差，虽然周围有围墙，但盖到高层根本挡不住高处抛落的杂物落到围墙外面。围墙外面是一条小马路，也是我和青叶出入家门的必经之路。我们一前一后地走着，青叶小孩似的兴奋地跳着，给我又说又笑，似乎在给我撒娇，非常开心，突然她抬头看到我们面前从楼上“噗噗嗒嗒”落下一些泥浆和不大不小的碎石，若往前走必落在我们头顶上。青叶仰视张望着，忽然又看到一块红砖从屋顶上飞落下来，正朝我头上砸来，此时已经来不及躲避了，她上前一步，猛然推我一把，紧接着尖叫一声，眼睛一闭，那块红砖砸在了青叶后背上，当即她被砸倒在地……没有想到在我们的脚下还矗立着一根十几厘米的钢筋头，青叶恰巧倒在那根钢筋头上，钢筋头扎进她的肺部……当我慌忙把她抱起来送往医院时，才发现她被钢筋穿身，她苦着脸还声音颤抖地问我伤着没有？ 我说没事。 她说没事就好。 我感到青叶的伤情严重，十分恐惧。

为争取时间，我们乘出租车去医院，在我送青叶去医院的路上，她的肺部像泉水似的向外流着殷红的鲜血。 她外穿蓝色西装褂，没有扣扣，内穿的白衬衣胸前被鲜血染红，开始那血迹像一朵鲜艳的大红花，渐渐地像一块大红布。 因为她在我怀里仰躺着，我感觉她体内流出的血液顺着皮肤向下流淌，流到我的蓝褂衣襟上、膝盖上和手指缝里，弄得鲜血淋淋。 她那双可爱的大眼睛微闭着，脸色渐渐发黄，嘴唇发白，紧蹙眉头不停地呻吟，而且声音越来越小。 我心里难受极了，恐有不测，恨不能插上翅膀抱住她迅速飞到医院，可路上堵车，再加上红绿灯停车，我十分焦急，却无计可施，知道拖延时间就等于葬送她的生命。 我抱着她安慰说，青叶，青叶，你坚持着，一定坚持着，咱一会儿就到医院了。 她强睁开僵硬的眼睛，向我微微笑笑，嚅动着嘴唇，嘴里发出微弱的声音，断断续续地说，亲爱的，只要你……没事……就好，没事……就好。 她的声音缓慢无力，是强撑着说出来的，然后渐渐地闭上了眼睛。 我心急如焚，又无能为力，时不时还有车辆拥堵……开车师傅也心急火燎，多次急得下车观望，那长龙般的车辆纹丝不动，气得他直骂娘，蹦着脚发火说，这人命关天，就这样眼睁睁地看着送命啊！ 我后悔没有叫救护车，或许救护车可以闯红灯，可又一想，尽管如此，它要一来一回的时间，还有路上堵车，是任何车辆都跨越不过去的事。 不管乘哪种车，在路上耽误的时间都差不多。 到了医院，医护人员像上战场一样围着青叶忙碌，打针、输液、输血、手术……综合抢救，争取在最短时间内，使她清醒，挽救生命。 我知道青叶到医院已经奄奄一息了，只要稍微一动她，那游丝般的一口气就会消失，结果经医生抢救无效而死亡。 原因是肺部失血过多，耽误了最佳治疗时间。

我在医院里久久地守在青叶的尸体旁，像瘫痪了一样，坐着难以站起来。我深深地感到在一个大城市，说起来到某个地方不远，但行路艰难，驱车仅仅二十分钟的路程，却在路上走了一个多小时，堵车夺走了青叶的生命。面对突如其来的意外灾祸和打击，让我难以承受，精神就要崩溃了。古人云“夫妻本是同林鸟，大难临头各自飞”。但青叶舍身救我，才留住了我的生命，可以说我的命是青叶换来的。我觉得人的生命很脆弱，时时刻刻都存在危险，并不像人们想象的，按年龄去计算寿命，一算距八十岁还有几十年呢，人生路还长着呢。其实谁也料定不了前面的路，如水灾、地震、车祸、生病、飞机失事等，有时瞬间都要了人的命。我赞同人生如梦，人生如来世上旅游这句话，世上并不是你久留的家，瞬间就有可能消失。突然青叶就没了，我的心就要碎了，深深地感到人生的最大悲伤莫过于亲人生离死别。她最后对我说的那句话，只要你没事就好，永远在我耳边回响。她为我做出的牺牲和爱的付出，像电影画面一样，一个个镜头在大脑里浮现。我禁不住泪如泉涌，抹了一把又一把悲痛的泪水，真想跟随她一起去天堂，永远陪伴在她身旁，随她的灵魂一起飞跃……

青叶火化后，我把她的骨灰盒抱到家里，想在家里供着她，给她烧香送纸钱，常常和她说说心里话，就当她在我身边。大约两周后，岳母说，入土为安，还是给她葬了吧。岳母想让闺女安葬在老家，可她老家太贫穷了，路途遥远，交通不便，想去祭奠青叶很不容易，我决定在省城附近的公墓区为她选墓地，把青叶的后事办好，否则，我心里不安。

我在距省城四十里处的香山公墓区，为青叶买了一块墓地，为的是方便祭奠青叶，想她了，就带着孩子去看看她，为她送些纸钱。平时无神论的我，这时候甘愿青叶的灵魂永在，相信有阳间也有阴世。为给青叶选择一块好墓地，好让她安息，我四处打探哪里有风水先生、阴阳先生，母亲告诉我，咱老家邻村就有个阴阳先生。当即我回老家把他请来，在没安葬青叶之前，我和阴阳先生特意去公墓区勘察一下地形地貌。我看到那个陵园很大，在一座小山的半坡，四周全是郁郁葱葱的柏树，像绿色围墙一般严严密密。山脚下有一个简易敞开的大门框架。门外是一片平坦宽阔的水泥地坪，可以停放很多车辆。周围有大大小小枝叶茂盛的杂树和各种深草，长势旺盛。但多半是四季常青的柏树。走进这里，给人一种幽静、凄凉的感觉，仿佛与欢乐热闹的阳世隔离了，走进另一番幽静的境地，我想这是亡灵安居的阴世啊！尽力不要惊扰人家。

阴阳先生有四十多岁，圆胖脸，有点佛相，经常笑眯眯的，吃斋念佛，对人很温和，和正常人相比没有什么区别。他姓王，当地人都叫他王半仙、王先生。他会看风水宝地，不知道是否灵验，只知道他在老家整天忙碌着为人家看阴阳宅。听母亲说，开始周围的村子里，谁家办丧事、盖新房都请他看阴阳宅，后来名气大了，远近的村民都请他。有时一天看几家，当然都给他小费，一般每家都给百十块吧。有人说，他和南海寺的高僧是结拜兄弟，高僧传给他佛学知识，还会算卦，过阴间什么的。我不知道这是真假，我只希望给青叶安葬个好地方，让她在阴世感到舒心快乐，这是我的心愿。

我和王先生走进陵园，看到一排排墓地都是提前设计好的，里面有网格式的小水泥路，便于人们通行。每块墓地其实都是一个低矮的高低相同的水泥台，有正方形的，也有长方形的，台与台之间都有等距离的空隙。每个台上有一个，或几个存放骨灰盒的小墓穴。每个小墓穴里一旦放有骨灰盒，上面就盖着封好的四方形水泥板。对应墓穴的后面立一块石碑，那石碑都是一样的形状，上头是半圆形，下面是长方形，周围带着雕刻好的花边，像是统一设计精心雕琢好的黑色石碑，上面刻着死者的姓名和生前简介，那字体有黄色的，也有白色的，有美丽壮观的气势。如果是空穴，上面盖的水泥板可以挪动，对应的石碑上无字。我发现有很多人家都买长方形的水泥台，因为上面有几个空墓穴，一看便知，等于买一块墓地将来可以装全家人的骨灰，待百年之后全家人都还相聚在一起，好像这里才是永久的家。每个水泥台旁边，都有一棵高矮基本相同一两把粗的柏树，四季常青，枝繁叶茂，好像是为亡者遮风挡雨，遮阳乘凉，防雪御寒，站岗放哨，相依相伴似的。我看到这里的绿化很好，环境不错，空气新鲜，像一座设计规范的鬼城，亡灵相聚热热闹闹的地方，就像现在的人相聚在热闹的城市一样。这里还有专门看管陵园的服务人员。王先生带着我在陵园里转悠，他东瞅西瞧看方向，在陵园西南角的地方站住了，背着手低着头问我，你准备在这里安葬她一个人吗？

我看到一个个空穴水泥台，都是准备出售的，任死者家属来挑选。我摇摇头说，将来我还给她做伴，就买带两个墓穴的吧。

王先生低头沉思片刻，又抬起头看着我微笑说，你这么年轻，不再娶啦？

我没有想那么多，经他一提醒乱了思路，万一再找一个，将来咋整呢，谁都知道一夫一妻制，我不能身边躺着两个妻子吧！如果将来我们三个葬在一起，大与小不打架呀？如果两个人经常打打闹闹，我死也不安宁啊！这咋办呢？我思索片刻，即使将来再找，也不会像青叶那样对我好，想了想说，将来我还是乐意和青叶葬在一起。

王先生抬头看着我说，如果再娶老二怎么办？你以后的路还长着呢，她陪你的时间比青叶还长，如果对你比青叶还好呢？

我伸手挠挠头苦笑着说，不会有如果，没有那么幸运，我现在这条命就是青叶换的，谁能比过这救命之恩？再说我也没有心思再娶了。当时我没有丝毫心思和兴趣再谈其他女人。

王先生双手抱臂说，话是这么说，事实却非这样，以后谁给你理家？谁给你洗衣做饭？谁给你抚老养小？家里没有女人像家吗？让我看，就先把青叶葬在这里吧！

我觉得王先生虽然是农民身份，穿戴朴实，但他做事考虑周全，谈吐不俗，知识丰富。我相信他看了很多这方面的书籍，文字修养很高。我和王先生面对面地站着，呆呆地望望远方，想想将来，又回过神来对他说，我还是乐意和青叶合葬，如果有老二，再给她另外安排吧。

王先生觉得我和青叶情感笃深，很痴情。他指着我面前的一块墓地说，这块就不错，背靠高坡，面向东南，她可以观日出，享受阳光的温暖，还有前面那条小溪环抱，水就是财，财不流失。还有这四周稍微偏高，就像坐在莲花盆里，可为家人造福聚财，对子孙有利啊……

王先生说得头头是道，我觉得也有几分道理，就听信了他的话，说行，就要那块墓地。

我们选好墓地位置，从里面往外走，身披阳光感到暖融融的。我不由得望望蓝天，朵朵白云稀稀落落地飘浮在空中。一轮红日像天上的眼睛，望着大地放光彩，把陵园里照得到处亮堂堂的，照得墓碑和一棵棵塔柏熠熠生辉。我觉得这里有一种说不清道不明的灵气，既安静，又环境优美，是安抚灵魂的好地方。我为青叶找到一个安葬的好地方，感到很欣慰，就像活人买了一套非常满意的房子一样，心里舒服。我的想法是一定要对得起青叶。我和王先生一起走出陵园，在大门外的不远处，有一排两层小楼，这是办公和看守陵园人员居住的地方，我们在这里办理了购买手续，价格是根据墓地的大小而定，单人的、双人的、多人的价格不等，每人约一万元。钱对我来说是小事，关键是为青叶选好墓地，是我的心愿。

当天中午，我带着王先生在餐馆里就餐，按规矩付给他小费。我又恳求他选个良辰吉日，安葬青叶，他都给我交代一番。

安葬了青叶，在她走后的一个月里，我满脑子都是她，感到精神恍惚，失魂落魄，使我产生幻想，想到青叶走了，必有灵魂存在，可她在那边一个人孤孤单单，无人做伴，怎么待下去？我思念心切，想得心慌，禁不住两眼泪汪汪，真想见到她啊！和她说说话。

某日上午，我直奔青叶的坟墓去了。我蹲在她墓地前给她烧了几捆纸钱和上千亿的阴钞，嘱咐她，青叶，你在那边我不让你缺钱花，想买啥就买啥，你就随便花。你活着时节俭，到天堂就是富贵人了。青叶，你若有在天之灵，我相信你一定也在牵挂我，难以丢下我。我也想你啊！特别想见你，你走一个多月了，怎么不给我托梦呢？你想我了就给我托梦啊！我在青叶的墓前仰望着她的墓碑，又看看她的墓穴，和她絮絮叨叨地说话，觉得她好像站在我身边围着我打转转，好像听懂了我的话，也在劝说我。又想到她生前每次和我交谈时，我都很开心，总觉得她比我的想法更宽广，更周全，更善解人意。这时候她一定会劝说我，要想开点，保重身体，照顾好老人和孩子，家里全靠你呢。之所以我不能给你托梦，是因为我不能经常缠着你，我一打扰你，就会伤你的身体，阴阳两隔也互不相容，你身上阴气重了，就会患病的，你忘了我吧。我仿佛听到青叶是哭着这样说的，这难割难舍的深情厚谊，怎么会忘呢？她无论活着还是离去都一心为我好呀！我蹲在她墓地前时间长了，觉得有点累，便一屁股坐在地上，想多给青叶说会儿话。我说，青叶，你在那边要好好保护自己，不要牵挂我和家人。我知道你一定牵挂你的父母，怕老人没人管，因为他们的儿女都不在人世了，无依无靠。这你放心，你的父母就是我的父母，我就是他们的亲儿子，我一定要把岳父岳母接到我身边，给他们买房子，养老送终。我会把老人的生活安排好，让老人过一个幸福的晚年。我还知道你一定牵挂咱的宝贝儿子，我不会让他受一点委屈，我身边的四位老人他爷爷奶奶姥爷姥姥都会疼爱他。将来我送他上高中、上大学、找好工作……我想说的心里话都给青叶说了，若有灵魂，她会什么都知道。我在她坟墓前待了两个多小时不愿离去，我祈祷菩萨、如来佛、玉皇大帝都要保佑青叶在天堂大吉大利，自由幸福快乐。她活着是好人，死了一定会得到神的保护。

陵园里静悄悄，四周无人，微风吹来，那一行行翠绿的柏树微微点头，上面仿佛浮着很多魂灵在注视着我窃窃私语，瞧，这人对妻子多么痴情，多么难割难舍，是当代的梁山伯与祝英台、黄桂英与李彦贵、罗密欧与朱丽叶。他的妻子死也值了，哪像俺家那男人，孬种货，我这边死了，那边他相好的就进家门了，活着时为他养老养小侍候他，一点情分都没有，不知好歹，却被狐狸精迷住，折磨我。

还有的说，我更惨了，我活着那狐狸精就进家门了，她逼着让俺男人给我离婚，她说啥俺男人听啥，在法院离婚时，我要俺娘家陪送我的电视机、电冰箱和家具，他都不给。不给我，不离。当天晚上我回家住，他伙同情妇把我掐死了。娘家人把我的死尸装在冰柜里，和俺男人打了三年官司，最后他给我买块墓地葬在这里，官司不了了之。

…………

拜师

后来，有一段时间，建筑行业不景气，原因是各行各业建设资金压缩，工程项目少，接活难。我为某单位盖了一座车间厂房，一共 40 万的工程，拨了 30 万的工程款，剩下的 10 万元拖了两年多不给。后来那个单位的领导调走了，这笔账就泡汤了。不但我没有赚到钱，还赔了七八万。我想想国有大建筑公司倒闭的主要原因就是类似这种情况吧，因为承揽工程难，往往是贴着钱给人家干活，待盖起了楼房要工程款时，人家却说没钱，其实有些单位经济实力是很强的，并非没钱，就是一拖再拖，有的拖了十年二十年，最后就成了死账，工人工资发不下来，单位就名存实亡了。有人说大企业抵不过私营工程队，不但小工程队活多，而且人家还及时拨给工程款，因为小公司有灵活机动的手法，这一点大公司是无法比的。大公司是“正规军”，外出的账都要一笔一笔清清楚楚地记住，注明用于何处，为了承揽工程达到目的，大公司去给人家联络感情，就等于给人家加罪，只要人家神经正常，都会拒绝，你痴心妄想，靠边站吧。 而私营小公司手段灵活，无需做账和对证，一次不行两次，两次不行三次，私下交易，甘愿使交情往深处发展，达到你好我好咱都好的目的，人家就乐意跟你交往，很自然地也乐意给你拨款。不管怎样，我觉得干工程是越来越难了，不敢再接工程了，唯恐将手里的一点钱再砸没了。 我想停下来歇歇脚，发挥我的特长。

我自幼爱书法和绘画，尤其对画画特别感兴趣，幼儿时就爱看画，父母说正当我哭闹很凶时，只要给我一本画书，当即就不哭了，只顾高兴地看画。 童年时爱画一些小狗小猫，小鸡小猪，虽然不怎么形象，但也画出了它的模样，还常赢得父母和邻人的夸赞。 上中学以后，学画的兴趣更浓了，一有时间就拿着笔画画，渐渐地熟能生巧，画速很快，我看见什么就画什么。有一次，我趴在窗口下的抽屉桌上做作业，做完作业一抬头看到窗外自家院里的桃树，手腕那么粗，两米多高，青枝绿叶，上面结了很多大大小小的青桃子。 我盯住桃树看看画画，画出来特别像，只是我把大部分桃子画成了红嘴大白桃，我想催它们赶快成熟，看着可爱。 我喜欢吃成熟的甜桃，也细心观察过，初学时就画单个桃子，所以把它画到树上有绿叶陪伴更形象，每天做完作业，我就随便画，想画什么就画什么，颇感得心应手，看着画好的一幅幅逼真的画，就有一种自得其乐的感觉。 我将画好的画装订成册，足有十几本。 后来高中毕业报考大学时，我不知道哪里有艺术院校，我想即使有，家人也会反对我报考。 他们认为从艺太难，那些艺术家都是快到老了才出名的，说白了怕走漫长路，挣钱太难。 我的学习成绩属于均衡发展，就报考了建筑工程专业，相比之下，我觉得更喜欢画画，后来画画就成了我的业余爱好，一直坚持到现在。

我也曾尝试过各种应酬，比如唱歌、跳舞、打麻将、抽烟、喝酒等都不感兴趣。 如抽烟，不管是好烟赖烟，吸着都是苦涩涩的一样味，谁都知道抽烟有害，不仅污染空气，而且还不利身体健康。 我舅舅和远门的表叔都是患肺癌去世的，医生说主要是因为抽烟过多，久而久之使肺发黑变坏，我就感到恐惧。比如喝酒，也知道少喝有利健康，促使血液循环，杀菌消毒。但多喝就伤身了，往往和朋友在一起就难以控制，喝多了不但头昏脑涨，心跳过速，而且胃难受，想呕吐又吐不出，吐不出还想吐，如患大病一般，把人弄得狼狈不堪。我也不喜欢其他娱乐方式，就想静下心来去画画。有时候就胡思乱想，难道我是画家转世，或许人家生前没有完成的夙愿，托付我去完成，给了我画画的魔力？这是一个解不开的谜。说也奇怪，多年来每当我画画时，就精神焕发心情舒畅，忘记了疲劳和烦恼，想画的画立刻在脑子里展现出来，似乎胸有成竹，画起来就觉得这是一种精神享受。尤其每完成一幅作品，就是我最高兴的时候，便会自我欣赏自娱自乐，还默默地自卖自夸。

无论在家和单位，我都有一个画案，各备一套笔墨纸砚，每当闲暇时，我就不由自主地去画画。从前我是什么都画，渐渐就偏重牡丹和山水画，就像学医的总要分内科、外科、神经科、心血管科等，分科越细，医生对某科的知识钻研得越深，对患者的病情判断越准，然后对症下药，有利于患者尽快康复。我选择画牡丹和山水画，一是我特别喜欢画它们；二是它们高雅，可以登大雅之堂。牡丹是花中之王，山水可以美化我们的室内环境，给人一种好心情。我就主要研究它们，确实感觉提高很快，一旦画起来就爱不释手。有时候我外出也忘不了在包里装着画画的用具，我有个折叠画板，装在包里，空闲时就把床当桌，把折叠板展开就可以画画了。把没有画好的画拿出来接着画，瞬间就会静下心来，像绣花似的，一针一线不急不躁地绣起来。又像雕塑家在石头上雕刻花鸟虫鱼那样，谨小慎微，慢慢地一点一点地雕刻，唯恐有丝毫差错，稍有不慎，就会出现败笔，前功尽弃。又像跳水运动员比赛，每次跳得都很好，若有一次失败，就可能失去了冠军。从前我报废了很多不如意的画，都是因为出现了一两处败笔。我深有感触的是心越静，越耐心，速度越慢，画出的画就越逼真，渐渐地我在朋友圈里和省城有了名气。

为了把画画好，我曾到北京拜师学艺。有一次我画完一幅画，当自我欣赏时，豁然开悟，何不找大师指点一下，若有不足即可改正，这不就达到尽善尽美了吗？往往是自己的缺点看不到，人家一看就明白，就会一语道破。有时候我也会进行反思，尤其是学术上的问题，当人家面对面赞扬你的时候，就会觉得心里暖融融的特别高兴，把人家当成要好朋友。当有人指出你的不足时，就会不高兴，甚至很生气，就把人家当成你的对立面。事后再琢磨琢磨，就会慎重考虑人家说的是否正确。如果是对的，把缺点改过来不就更完美了吗？想到这些，就会在创作中特别注意纠正不足，使作品质量有了新的提高，就等于说又学到了新东西。再想想就有了新认识，只要帮你提高的人都是朋友。也就会联想到我们的父母和老师，当你有了错，父母可以打骂，老师是批评教育，当时你会感到很苦恼反感，如果静下心来想想，都是为你好，良药苦口利于病嘛。就画画而言，我认为求大师指导是必要的，人家功底厚阅历深，知识渊博，见识广，眼光敏锐，就会一眼看穿病灶，如果我及时改正，就等于给我指明了走向成功的捷径。自古有名师出高徒之说，徒弟是随着师傅出名的，每个成功的画家是有名有利的，但其背后必有高师指导。我想没有过硬的艺术功力，师傅也不会轻易收徒，人家还顾及名誉呢，不能因为重情义让你给人家的才艺抹黑，丢脸面、砸牌子。我是渴望当大师的徒弟，想成功出名，可这不是以个人意志为转移的事，人家收你不收，只得碰运气了。

记得去京拜师是在我婚后不久去的，青叶大力支持我，为我备盘缠。青叶喜欢我画的山水和牡丹画，说像自然生长的一样，站在画前如身临其境。她把一幅两米长一米三宽的山水画裱一裱，挂在客厅的东墙壁上。那幅画挂满了大半个墙壁，立体感很强，仿佛我们就站在山脚下的风景游览区。我画的是省内有名的嵖岈山，是《西游记》的拍摄场地，突出的特点是山峰高、险、陡峭，有的地方高入云端如刀劈一般。我也画了居住在山脚下的山村民房，那墙壁多半是及腰深的石墙加红砖墙，房顶上有的苫茅草，有的苫红瓦。每个农家小院里都有各种果树，硕果累累。还有黄牛、山羊、猪、狗和农具。青叶还把我的牡丹花挂在西山墙上，常常看着画乐呵呵地称赞我。

我说，看你把屋里整的，怕人家不知道我会画画似的。

她笑笑说，就是，就是，有才能就得宣传嘛，不在外宣传，就在家里宣传，还不行吗?

临行前，青叶对我说，祝愿你去北京找一位很有名望的画家大师，这样你会进步更快，常言道：强将手下无弱兵嘛。

我也笑笑说，碰运气吧，人家见不见我还难说哩，咱一个无权无钱无名望的业余画家，谁瞧得起?

青叶说，真正懂行的大师不看重这个，人家看重的是作品，看你有没有发展前途。当初我看上你这个穷小子，就是因为你有才气，后来知道你能写会画，我更高兴了。

青叶说得我心里甜蜜蜜的，我爱听她说话，觉得她的思路宽广，善解人意，这一点是我很敬佩的。我取笑说，看来你是大师级的眼光啊！但愿我再遇到像你这样的大师看重我。

她努努嘴，龇牙笑笑，目光移向墙壁上的山水画说，也许会吧，要相信你有好运。

我想一个人的成功，只靠个人刻苦努力和过硬的本领是不行的，可以说仅占一方面，另一方面是靠运气的，就看你在人生途中是否遇到帮你的人。首先要得到家人的支持，然后要得到别人的帮助，给你一个展现才能的舞台，然后得到社会的认可，才有可能成功。否则是很难的。如果你运气差，遇到一些事不关己、高高挂起、心不善的人，就倒霉透了。再遇到一些妒贤嫉能、层层设卡、只重人情的人物，就更糟了。我知道在基层有才能的人太多了，尤其是搞专业的，可以说他们的技术已经达到了精益求精，甚至胜过名家，但都被埋没了。也就是说千里马常有，没有伯乐，最后千里马也就死在马槽旁了。我想这样对人对己对社会都不利，甚是可悲可叹。其实，我去北京也是碰运气的，抱着试试看的心理，不知道能否见到大师，人家能否帮我。

我拿着自己满意的作品，信心百倍地去了北京，经人介绍，有幸结识一位德高望重的当代著名大师级画家赵老，他曾多次荣获国内及国际大奖，其作品价值连城，声誉显赫四方，是文艺界名流，但他为人处世和蔼可亲，平易近人，深受大家爱戴和尊重。可我毕竟是基层的无名小卒，来见人人敬仰的大师，不由得心里有几分胆怯，想到人家的时间是宝贵的，人家的身份是尊贵的，人家的才识是渊博的，人家的钱财是富足的。我算老几？一个百姓的儿子，和人家无亲无故，对人家没有什么帮助和用处，人家凭什么和我结交，收我为徒？不敢有这样的奢望了。我唯一的一点资本就是靠作品了，不知道人家是否认可。我想大师一定会有评判的标准，而我们是根据自己的喜爱来评价的，每个人的眼光不同、学识不同、个性不同，凡是自己喜欢的就是好的。我知道喜欢我的画的人为数不少，可这是求大师去鉴定啊！我越想越感到心里忐忑不安，人家见我吗？欣赏我的作品吗？不料，赵老同意见我。

我怀着激动兴奋的心情一路匆匆忙忙向约定的地点奔去。那是五月二十一日下午三点多，赵老在自家的住宅小区大门外面右侧等候我。他望着大门前宽阔的大街和川流不息的往返车辆，望着大门外左右两边的草坪，望着大街旁边的人行道，边观景边等着我的到来。他生活在这样喧嚣的大环境里，已经适应了这里的一切。

我从地铁西北口出，因为这里距赵老家大门口很近。我看到夕阳西下，阳光明媚，将我的眼睛照成了缝隙，为我的面容涂上一层淡黄粉，披了一身淡黄纱，使我心里暖融融的。将大街旁边的常青树和肥沃碧绿的草坪照得格外鲜艳亮丽，经微风一吹，那墨绿的树叶、小小的青草及稀稀落落的花朵都摇头晃脑，好像在欢迎我的到来。我看到对应着地铁口的那座高架桥，像拦腰抱住没有尽头的宽阔大道，上面行人穿马路，下面过车急速行，保持车辆和行人畅通无阻。我想到高架桥给人们带来了方便安全，避免发生车祸危险。虽然人多车多城市大，但安全有序，各走各的道。我拎着黑提包，身穿蓝西装，来时还特意理个青年人流行的偏分头发型，看上去格外精神。我想整理整理仪容是对人家的尊重。但后来我发现那些高官和高级专家走进民间，穿戴朴实，性情温和，没有架子，和群众打成一片，反而给人一种好印象，看来穿戴也是讲究场合的。今天我来到大北京是拜见大师的，整理一下仪表好给人家一个好印象，因为这是一个文雅的大城市嘛。我怀着激动的心情迈着大步，靠着大街旁边马路牙子上的树荫下行走，脚踏平坦的朱红色小方砖。这里无车、人少、清静、路面干净，畅通无阻。我也看出了大城市的特点，不像中小城市到处是大街小巷，两边都是大小商店，卖什么的都有，想要什么随时可以买，生活方便。大城市的大街两边多半是单位大门或绿化带，卖东西的很少，给人的印象是很整洁，以交通为主。想买什么只能去市场和商店，都规范到某一地方，比如有服装市场、五金市场、建材市场等，各有各的地盘，而且各自的地盘都很大，货物齐全。但居住的市民不一定都在市场附近，要买什么东西就要跑很远的路，尤其买日用品，不买吧，急需用，买吧，就要乘车跑很远，费时费力。坐公交有时候堵车，坐地铁有时候拥挤，空气质量差。还有上班、上学来来往往都要在路上牺牲很多时间。我有一种感觉是身处北京城，好像在海洋中游荡，感到无边无际的大。

走近约定地点，我看到大门口有出出进进不同颜色的小轿车，看到身穿蓝制服的保安坐在大门口掌管把门的红蓝木杆，有车时升，无车时降，有陌生人进出时，就到门口的抽屉桌上登记，桌上有笔和记录簿，我明白这一切都是为了安全。我看到了在大门外张望等待我的赵老，有六十多岁，穿一身黑西装，面带笑容，皮肤白，眼皮有点松弛，但眼球大而明亮，最明显的特点是他的头发有点偏长，和普通画家留的长发相比又有些短。我也喜欢这样的发型，也想留此发型，但我想的是入乡随俗。因为我所处的环境和干的职业不适合这种发型，或许我周围的人不知道这是艺术家的标签，若留此发型，怕他们说我不务正业不伦不类。另外我没在这个专业岗位上，也不适合贴此标签。其实我很羡慕到文化单位当一名画家，那里有良好的环境、文化氛围和充足的时间，能加速一个画家成长成熟。虽然我没有这样的优越环境，但我有信心不会比他们差。所以我非常珍惜拜师机会，拿定主意要不失时机向赵老求教，如何才能把画画好，取他的真经，学他的高深画技。

赵老亲切地和我打招呼，带我到大门北边的茶馆里。茶馆外面的门头和旁边的餐馆门头相比有点小，那淡黄色门牌上的“茶馆”二字是黑体草书，字体柔和，富有神韵。我一看便知是模仿王羲之的草书写出来的，其实我对书法也很有研究。我喜欢王羲之的书法，他的代表作品有：楷书《黄庭经》《乐毅论》、草书《十七帖》、行书《兰亭集序》等。其中，《兰亭集序》为历代书法家所敬仰，被誉为“天下第一行书”。其书法平和自然，笔势委婉含蓄，遒美健秀，被后人誉为“书圣”。我也喜欢启功的书法，实际上启先生是20世纪80年代以后逐渐形成的富于创新特点的书风。而在四五十年代，他的书风继承传统的特点则更为突出。另外，我也喜欢庞中华的硬笔书法，觉得他的字体具有鲜明的特色。但我练字时，并不偏重某个大家的书法，喜欢取各家所长，写出别具一格具有个性特点的字体。我喜欢写柳叶体，是吸收前人的字体骨架来创新的，写出的字，整体看像一棵棵小柳树，一撇一捺像柳叶，看着让人感到美观新颖独特，也深受大家欢迎。今天我看到“茶馆”二字也有创新，只是书法家没有大胆地放开去写，但也特别感到亲切自然富有吸引力，符合我的审美观，可能是喜欢书法的缘故吧，因为书法绘画都是我的业余爱好，只是更偏重画画罢了。

我们走进茶馆，天花板上亮着雪白的半球形吸顶灯，将屋里照得如同白昼。顺着门口径直往里走，在接近后墙的地方便是半圆形橘黄色吧台，内外站着身穿红制服的服务小姐。小姐的穿戴打扮都是紧身可体的，看上去利利索索，精神抖擞。她们只要看到客人来，就会面带微笑热情地来迎接，将客人带到茶座旁，待客人坐下来，便拿着点茶簿，让客人点茶，有绿茶、红茶、乌龙茶、铁观音、龙井、碧螺春等各种各样的茶，根据个人口味随意点。那里的茶座摆设是贴着左右两边的墙壁摆着，一头靠墙壁，一头朝外，两边摆着绿色的固定车厢座，每个茶座之间都用光滑的淡蓝色三合板隔离，整体上像格子形小茶间，目的是客人谈话互不影响。我闻着满屋的茶香，观察来这里喝茶的人，其实都不是为了单纯的喝茶，而是为了便于谈话，这里规定无论坐多长时间，喝多少杯茶，一律按50元收费。我不知道这里的规矩和收费标准，一切费用都是赵老付的。我觉得这钱花得太可惜，不就是喝杯茶吗，怎么要恁贵？但又一想这就是大城市的消费水平吧，什么都是贵的，钱不顶花，而且离开钱寸步难行。我们坐在窗口下的那个茶桌旁，服务小姐当即在我们的茶桌上摆了一套精致古朴的紫砂壶、杯子和盘子，那盘子是垫在杯子和水壶下面的。小姐端着茶壶为我们倒茶，那茉莉花茶立刻飘香四溢，我很喜欢这样的香味。

赵老像一位慈祥的老父亲坐在我对面，瞧着杯子里的茶水乐呵呵地说，品茶首先满足的是感官的需求，通过舌尖、味蕾的感知，直至徐徐咽下，香馥若兰的茶汤带来甘鲜持久的回味，品茶是怡然的美好之事。

我看得出赵老爱茶，喜欢品茶，懂得茶道的知识。可我一个土包子哪有这高贵的雅兴，平时渴了喝白开水，即使有茶叶也懒得泡，往往就把上乘的茶叶放过期了。我的心思没有在品茶上，而是在拜师求教上，这是中心内容。于是我低头从手提包里掏出两幅画递给赵老，他双手接着展开我的画幅捏着左右两边，低头仔细端详，似乎他非常爱画，像老教授似的目光审视着我的作品，先赞扬一番，然后指出不足之处。

我非常感动，一个业余画画者，能得到一位大师热心指导，那是求之不得的事，所以我洗耳恭听，珍惜时机，要把大师的每句话都永远记在心里，嚼烂消化变为己有。

我发现赵老的视力很好，眼睛明亮很有神，目不转睛地审视着我的画，眼皮稍微有些松弛，眼角有些细密的皱纹。片刻，他点点头微笑说，你的基本功很扎实，风格很独特。

我心里很清楚，小时候老师教我画画，后来也模仿过名人的画，再后来我怎么得心应手就怎么画，全凭自己摸索感悟自学来画画，所以独具一格，现在能得到大师的肯定，当即让我感动得眼里冒出泪花，这是我付出多年心血的结晶，功夫没有白费，能得到大师的好评，是多么难啊！

赵老抬头看着我问，你知道好画应具备的条件吗？

我摇摇头，没有回答，内心里只是想：要有独特风格和创作情感。但我不敢在大师面前卖弄，怕说错会适得其反。

赵老温和地说，你记住，好画要具备四个方面的条件：一是必须具有鲜明的风格；二是必须具有一定的作画难度，这一点你稍微欠缺，今后要加大作画难度；三是必须要既抒发主观情感，又不失基本的真实；四是艺术作品必须具有特殊的情感。

我恍然大悟，觉得老师总结精辟，传出了真经，难得有人对我这样真诚地耐心指导。我端起茶杯慢慢啜饮一小口茶水，感到有点热，但清淡爽口有浓浓的扑鼻香味。我从没有喝过这样的香茶，也没有到过这样的环境，觉得坐在这里喝茶一下子提高了档次，进入了超凡脱俗的典雅境界。我又慢慢将茶杯放下，其实利用喝茶之机，我是在思索赵老的话语，要牢牢记在心里，在今后的创作中把握好这几点，提高我的作品质量，免走弯路。我说，谢谢赵老师给我指导，我会在核心处下功夫，力求精益求精。

我发现赵老非常重视我的作品，认真看了山水画，又看我的牡丹画，越发对我亲热起来，不时地提壶为我斟茶，觉得水壶里的茶少了，就挥挥手招来服务员，示意添茶。他对我说，要培养喝茶的习惯，茶水清热解毒，稀释血液，保护心脏提精神，有利身体健康。我只是想闲人做得到，可忙人就保证不了，问题是没有时间喝茶。我明白赵老这么说，对我是一番好意，以后我画画的时候就可以多喝点茶水。这里的服务小姐好像都对赵老很熟悉，他一挥手，她们就迈着轻盈的步伐飘然而至，热情地为他服务。赵老经常光顾这里，和弟子、朋友交谈，一来是为了品茶；二来环境幽雅，便于交谈。我觉得赵老身体健康，精神很好，脸上始终洋溢着笑容。我看到他赏识我的作品，心里特别高兴，默默祈祷他收我为徒，以后就可以和他经常切磋作品，如果他指出我的作品有瑕疵，就会当即纠正，不就加速我的进步吗？久而久之，我的画不就成了上乘之作吗？可我无法张口，不能为难赵老，他诚心教我，就足够了。我马上又问，赵老师，好画有没有什么评判标准？

他觉得我很有心计，是真正懂画学画之人，禁不住笑笑，抬头瞧着我说，以什么标准来评判？是依靠贴在画上的价格标签来估计，还是通过拍卖行里此起彼伏的竞价来衡量，或者是以画家的名气和身份代表一幅画的价值？显然上述条件并不能完全与艺术价值画上等号，也就是说，不能成为论断“好画”的绝对标准。不过，在现实中，诸如此类的附加因素正在成为好画的标准，价格、名气也正在演变为价值。

我明白了成功是一个综合因素，不仅是指你的作品已经达到了精益求精炉火纯青的地步，而且你的影响力、身份、作品价值等因素也很重要，比如你有好作品，甚至比名气大的作品还棒，但别人看不到，被淹没了，岂不可惜？这影响力来自何处？我想到像赵老这样的大师级人物就是评判官，众人就相信他们的话，他们说好，大家也会跟着叫好。好字出来了，大家就要看看作品的真相，不管你觉得作品质量怎样，只要知道你的人多，名气就大了，价值就来了。我明白如果我是赵老的徒弟，他就会帮助我，使我走捷径，但这不是强求的事。我只是说，赵老师，您看我的作品有哪些不足的地方？

他微笑着对我说，你的作品已经很不错了，下一步就是要加大作品的难度，注意更加求真求细。我没有想到你这个业余画家，还这么年轻，就能画出这样好的作品，很难得啊！

我也抬头瞧着他，心里充满感激，轻声说，谢谢您给我指导，以后我会牢记您的话，创作出更好的作品。 我明白了今后画画时应注意的问题。

赵老把我的山水画和牡丹画折叠好轻轻地卷起来，放在贴着墙壁的茶桌头，瞧着茶杯挥挥手说，喝茶，喝茶。 我们都端起了茶杯慢慢啜饮，边喝边聊。 他询问了我练习的情况，我如实地告诉他，他觉得我坚持多年画画不容易，想不到在民间还有这样出类拔萃的画痴，只要能帮一把，就会使他的作品达到更完美，就会成为一个很好的画家。 为了培养新秀，使中国的画家后继有人，赵老已经收了几十个徒弟，这些大小徒弟分布在全国各地，有很多成了著名画家，已经摆脱当初奋斗多年的贫寒路，使他们过上了幸福生活，这是他感到特别高兴的事。 他也想到自己年龄越来越大了，上帝给每个人的寿命都是有限的，也是公平的，都给你限定了几十年，即使给你九十岁的寿命，恐怕后十年也就丧失了做事情的能力，体力精力都不从心了，就失去了创作的价值。 所以趁有生之年，将他修炼多年的画技，传授给子弟们，也算做一些有意义的事情，帮助别人等于为自己去西天修福，于是深情地对我说，你愿意当我的徒弟吗?

赵老这么说，正合我意，也是我进京来的目的，当即我很感动，情不自禁地笑笑，爽快地说，愿意，一百个愿意，一万个愿意，这是我梦寐以求的愿望。 我忽然站起来说，师傅，我给您鞠躬。

赵老摆摆手乐呵呵地说，别这样，现在鞠躬有点太早啊。

我明白他的意思，这是风趣的玩笑话，也笑笑说，不鞠三躬，鞠一躬。 我郑重地给他鞠了一躬。

坐下、坐下，不必客气。 他摆着手亲切地笑笑说。

这时候，我不知道怎么做才好，心里充满感激之情，坐下来禁不住说，师傅，我给您磕头。 说着我两手按着桌面，伸展着的双臂像一个八字，低头在桌面上给赵老磕个响头。 我心里清楚，如果做他的徒弟，就等于拯救了我的事业，遂了我的心愿，就离成功不远了。 他就是我的恩师，自古师傅如父母，教你学艺，等于给你饭吃。

赵老嘿嘿直乐，也爽快地说，好，我收下你这个聪明懂事的徒弟，以后一定要用心好好画画啊！ 我来帮你。

我高兴地说，谢谢师傅！ 我觉得他面目慈祥，心地善良，对他有一种格外的亲近感。

他觉得我是用心求学的好孩子，以后必成大家，笑笑说，要力争把画画好，建议你多看美术书，那里面的知识是别人的经验总结。 比如素描，注意线条明暗交界处；速写，注意比例，实物神态；水粉，注意主体的刻画，反光点，虚实的过渡。 用心画，精神集中，找出角度，要想好从哪个角度入手，画出来才好看。 要多画，需要积累经验，毕竟画家都是画了多年才出名的。我看你已经掌握了过硬的基本功，只要用心画，就离成功不远了。

我知道这是鼓励我的话，想了想又恳求他说，师傅，您再给我讲讲怎样才把画画得更真实？ 这是我长期在琢磨的问题。

这一点你要把握调出颜色的度。 你看那些名师的画，会发现名师画的物体和现实生活中的物体颜色相差很小。 但也有相差大的，因为物体摆放的地方会受到光源色影响，物体与物体之间的颜色也会相互影响。 每个人都有不同的风格，但这种风格是建立在有基础之上的，在画的时候一定要多思考，多练习，多看名画，慢慢地就体会出来了。

在师傅不厌其烦的耐心讲解中，我看出他是真正的大家风范。 我高兴的是自己好运，有幸遇上一位好师傅，像慈祥的父母在竭力帮助我，使我在画画生涯中有了依靠。 临走时我把我的两幅画留给他，我说以后再画出画给您寄来，可以作对比。 他笑笑说，相信你会有大的进步。

从京返回，我觉得收获颇丰，再画画时，就知道弥补我的不足之处了。再后来，我经常给师傅打电话切磋画技，他毫不保留地用心教我，鼓励我，给我增添了画画的动力，果然使我进步很快。 我时常将画好的作品寄给他，他在作品处圈圈点点画画，然后附页说明我的不足之处，再寄给我进行修改，当我把修改好的作品再寄给他，就会得到他的高度赞扬，他就会将我的作品定价贴上标签，推向市场去卖，使我名利双收。我成了赵老最信任的徒弟。

就这样我一直坚持着画画，自信十足，不是没有名望，而是因为宣传力度不够，站立的平台低，没人瞧上眼，使人们不能想象蛤蟆坑里会养出大鱼。那些名家大师谁会待在非专业位置上，所以逆水行舟的文艺家要在全国打响是很难的，不但要有硬功夫，而且能遇到伯乐是关键。想想多年来我为画画付出了很多，笔墨纸砚都是自备的，三朋四友都乐意收藏我的画，少不了白送落人情。后来，也算得到了回报，一方面赵师傅帮我，将我的画推向北京市场带来了效益；另一方面谁家有红白喜事，我给人家贺礼，人家就公开说，不收你的礼金，就要你的字画。我明白只要人家喜欢我的字画，就是我最大的收获。另外让我自信的是我的画还获过国家、省级大奖。现在我想静下心来，用一二年时间专攻画画，一定会收效很大。

调 动

突然有一天，在我家小区附近的梅花宾馆里见到了高中时的老同学天军。那家宾馆是我经常去的地方，宾馆不大，但里面很洁净，服务小姐礼貌热情，消费合理，做的菜很实惠，比如说一盘同样价格的菜，在这家宾馆里，不但菜做得有味，而且装的盘子大，量足，所以来这里吃饭的人很多，生意很好。我和那里的老板及服务员很熟，我说找一个房间和老同学聊聊天，她们欣然同意。一位身穿蓝制服的服务小姐面带微笑，带领我和天军打开贴近一楼大厅的一间房门，彬彬有礼地挥挥右手轻声说，请。然后悄悄离开了。

房间里有两张单人床，上面铺着整洁的白床单。里面有电视机、电视柜、书桌、茶几、沙发、冷暖空调等。因为我们都刚吃过午饭，这时候是午休时间，都有点困乏。我伸手指着单人床说，天军，咱们坐床上说话。九月的天气有些燥热，我拿着床头柜上的遥控器调到适宜温度，打开墙壁上悬挂的空调。 我和天军多年没见面了，一见面仍然感到很亲切。 我们是邻村的老乡，两村相距不足二里路，从小学到高中都是同班同学，相处多年，是非常要好的朋友。 他个子高，爱打篮球，性格活泼，长得浓眉大眼，皮肤白净，深受班里的女同学喜爱，大多数女同学见了他都笑脸相迎。 我非常了解他的脾性，爱打抱不平，助人为乐。 有一年县剧团下乡演出，戏台搭在学校里的操场上，看戏的人很多，黑压压一大片，人头攒动，前面的观众坐着，后面的立着，有时候还起哄拥挤。 有一女孩站在后面看不见，就上到教室的窗口上站着看，不料，维持治安的一位男同学，不由分说把女孩猛然拉下来“啪、啪”给她两耳光，女孩捂住脸大哭大叫，痛哭流涕。 天军见了上前抓住男同学的头发，“啪啪啪啪”就是四耳光，然后又将他摁倒在地狠踢两脚，骂道，畜生，没有人性，欺负人，是你姐妹，你这样对待她吗?

那男同学被天军狠揍一顿，面红耳赤地从地上爬起来捂着脸翻着白眼恶狠狠地瞪瞪天军，一言没发。

天军也愤怒地盯住他，伸手指着他吼，再欺负人，我还揍你。 我专打坏人、恶人、欺负人的人。 你说那女孩遮挡后面的谁啦，你打人家? 前面拥挤不堪的地方你怎么不去要横啊? 什么东西?

那男同学捂住疼痛的热辣辣的脸灰溜溜地走了。

我们班有位女同学，不知道暗恋天军多久了，高中毕业后回家患了相思病，经常郁郁寡欢，茶不思，饭不想，一有空闲时间就给天军写信，倾诉相思之苦，写了三百多封信装在一个小箱子里，天军竟然不知道此事。 天军高中毕业后去当兵了，不久经人介绍有了恋爱对象。 后来那位女同学写的信被家人发现了，托人给天军说亲事，天军拒绝了。 据说后来这个女孩精神失常了，家人经常把她反锁到屋里，唯恐她走失了。

天军转业后被安排到县委，给几任县委书记开小车。 据说多年前天军的父亲救过现任市委书记赵南的父亲的命。 那还是“文化大革命”期间，当时赵南的父亲被打成叛徒内奸走资派，下放到农村劳动改造，住在天军家，因含冤喝下农药被天军的父亲及时救助，得以生还，从此二人成了好朋友。不久赵南的父亲平反昭雪，官复原职。后来天军当兵、转业都是他儿子赵南安排的。我和天军多年没联系了，没想到他是给当今县委书记开小车的，书记是来省城办事的。

我和天军倚着床头半躺着亲切地随便聊天。如果我没有见到天军之前，在我的记忆里，他仍是上学时的音容笑貌，可现在他的体形变得肥胖了，想必整天跟随领导吃着大鱼大肉，海参鱿鱼，营养过剩的缘故。另外的原因，我们都是近四十岁的人了，到了人生成熟的季节。但他仍是那样开朗，心直口快。我们聊着聊着，聊到了那个女同学身上，天军笑笑说，我不知道世上还有这样的痴情女孩，当初她要向我表白，也许她就是我的老婆，后来我知道了她的情况，可我就要结婚了。我很可怜她，知道她是个性格内向腼腆的姑娘，不好意思表白，真要和她结合，我这一生会很幸福。我转业后去看过她，看她的穿戴邋邋遢遢，留着披肩发，头发弄得乱糟糟的，见了我就是嘿嘿嘿傻笑，嘴里嘟嘟囔囔自言自语，说话声音很低，我一句也听不清。我心里很不是滋味，像一个罪魁祸首似的，害了人家，把一个好端端女孩弄成这样，但我觉得她的病不是十分严重，还知道慌着给我做饭。我问了她爹娘她的病情。爹娘说除了做饭，其他啥活都不知道干，有时候一坐半天，有时候一站半天，一直发呆发愣，像丢了魂似的。我说给她看过病吗？他们说看过，吃了药就轻些，不吃药就严重。当时我就说，给她准备准备到县神经医院去治病，所有的费用我全包。她家里人感到非常惊讶，不敢相信我会这样做。我叫她和她母亲坐我的车，直接给她们送到医院治疗。当时我有一笔转业安家费，家里人谁都不知道，我就用这笔经费给她治病，不然我一辈子心不安。她们在住院期间，我已经上班了，一有空闲时间就去看她，然后找医生询问病情，叫给她精心治疗。医生说，吃药可以控制病情发展，关键在自己要想得开，这是最好的良药。我就经常找她畅谈，说虽然我们不能在一起，今后我就把你当我的亲妹妹一样看待，有什么难处就找我，我一定帮你。你要想得开，不能把自己的一生毁了。她在医院里住了两个月，病就好了，全家都非常感谢我。出院不久，我给她介绍个对象，是我的战友，他转业后在县武装部工作，她非常满意，很快就结婚了。现在我们两家的关系非常好，经常走动。她也有了孩子。

我也知道那位女同学的脾性，不爱说话，学习成绩占中等。身高将近一米七，圆胖脸，两只眼睛不算大，但很白，常坐后三排。我在她后面坐，谁要给她说话，她就先微笑后说话，说话的声音很小，说不了几句话，脸就红了。在学校期间，我觉得男女同学都很老实，很少说话，没有想到她暗恋天军。我从没有想过谈恋爱的事，一心想着好好学习考大学。对于女同学单相思的事，我非常敬佩天军的处理方法，他做得特别好，不但治好了女同学的病，而且帮她建立了幸福家庭，避免造成一场人间悲剧。我禁不住对他夸赞一番。他询问了我最近的工作情况，劝说我，天龙，回咱县吧，安排个正式工作，挣钱不多，安安稳稳地过日子。你是高才生，又是有名的书画家，我给书记打个招呼，我想他会安排的。

我听他这么说，忽然坐直身子，很兴奋，急忙说，你是知道的，我从小爱书法美术，这么多年了，一直坚持着没有丢掉，还得过国家、省级大小奖项呢，这算是我调动工作的一点资本吧。

天军侧身看着我说，我怎么不知道，学校的宣传栏里，成了你的字画展览阵地，板报是你出的，插图是你画的，文章是你写的，学校老表扬咱班宣传活动搞得好，谁都知道这是你的功劳。相信你现在的水平更棒，当今县太爷也喜欢字画，就凭你这特长，我想安排工作没问题。去文化局吧，挣钱不多，可以发挥你的特长，将来名气大了，或许能挣大钱。

这话说到我心窝里了，到文化局工作，有充足的时间画画，不但可以发挥我的特长，而且走上了令人羡慕和向往的仕途，完全改变了我以往干企业辛苦的工作。我笑笑说，如果没有个人特长，我可能就继续干我的本行，现在确实有这样的打算，因为我太喜欢书画了。对我来说，文化局是个很不错的单位，不过安排个理想工作也不是容易的事，希望你多美言，极力推荐，尽力帮帮我吧。

你把作品给我几幅，让县太爷看看，我想这比什么都重要。天军提醒我。

对于画画，我已经胸有成竹，经多年的名师指导，非常自信，如果再到一个好的发展环境中，就会如鱼得水，顺利成功了。我说，没问题，要几幅画都行，只要能把事情办成，我会深表感谢！我的画已经都有价值了。

他明白我说的意思，也知道我有经济实力，要办成此事不会有多大难度，微笑说，什么谢不谢的，都是自己人。

不久，我回本县直接任文化局副局长，这对我来说已经心满意足了，摇身一变成地方官了，这是别人羡慕的仕途生涯，求之不得的喜事。我只有好好珍惜，努力干好工作，才能对得起天军和县太爷的厚恩。上班后，我感到上行政班特别轻松，环境舒适，暗自下决心不失时机练好字画，不荒废大好时光。我认为我写的字已经成熟了，小有名气，不想在这上面花费过多的时间，重点是画好画。我的师傅赵老将我的画在北京打开了市场，朋友将我的画带到广州书画市场出售，都价值连城，使我增强了信心，谁都知道有了经济基础，就容易解决出现的各种问题了。第二年，老局长退休了，我顺利地被提升为局长。我明白这都是天军的鼎力相助和县委书记的关照，我的高升也算是火箭式的。我想这一切应该与我的名气和字画有关，这应该是加速提拔的主要原因。

暗 恋

我上任局长后，就要负责局里的全面工作了，相对比任副职时忙了，但我想出了办法，特意弄清自己的工作职责、单位领导分工、内设机构、下属机构等方方面面的工作情况，让每人都各负其责，干好各自的工作。 其次是统领好大局后，我把大部分的工作任务交给我的心腹——文笔功力过硬的秘书去做，最后我把关，这样就为我腾出了画画时间。 我的画一部分打向市场，赢得了很大经济效益；另一方面送给上级领导和亲朋好友，他们都知道这画是有收藏价值的。

人的思想变化是随着环境和职位变化的，也是随着名气和经济利益变化的。 我有名有利了，不知不觉也有贪欲了，什么都想得到。

我心里藏着一个不可告人的秘密，就是喜欢上了一个女孩，只是年龄差别太大，还要考虑影响，我不敢奢望同她结婚。 但她在我心中像一朵盛开的鲜花，又像成熟的红仙桃诱惑着我。她叫白雪，家是农村的，父母都是老实巴交的农民，勤俭持家，节衣缩食，靠种地和养家禽家畜，养家糊口，供白雪上大学。白雪有个哥哥，结婚生子，分家另过了。有个弟弟十岁时因患白血病夭折。白雪大学毕业，被招聘到我们局里当打字员，默默地做着分内的工作。说起来对她有点大材小用，但她却毫无怨言。我喜欢她娴熟的打字技术和踏实的奉献精神。我想到穷人的孩子没有娇气和傲气，不怕吃苦。其实她长相一般，中等身材，宽宽的额头，大大的眼睛很有精神。我喜欢她匀称丰满的身材，该凸则凸，该凹则凹，该细则细，浑身肉乎乎的；我喜欢她温柔善良的性格，从没见她生过气；我喜欢她善解人意的话语，听着让人很舒服；还有一种只可意会不可言传的魅力。其实我单位有好几个大龄女孩，各有姿色，有的家庭条件也不错，她们都对我热情有加。谁都知道有一官半职的男人，想找对象不是难事，这就是官位的魅力。但我却偏偏喜欢白雪，主要因为她的性格有点像青叶，这是我最欣赏的。

记得我和白雪第一次接触，是我任局长不久，在一个周末的上午，单位没人上班，唯独她一人来了。因为我下周一等用材料，给秘书下了死命令，保证打印好材料，秘书又给她施加压力，所以她吃过早饭八点多就来加班了。

她打算当天把材料打印完，提前完成任务，给我留下好印象，唯恐我认为她工作懒惰，责任心不强。因为我在会上说过，在岗的打字员，如果工作懒惰误事，随时都有可能被解聘，或许她有这种顾虑。

夏日的太阳冉冉升起，像燃烧正旺的红火球烤着大地。大街两旁一棵棵碗口粗的白杨树、冬青树、洋槐树等都昂首挺胸地排着整齐的队列，树冠上茂密的叶子在阳光下一闪一动一明一暗地放着一层绿光。城里的一条条水泥街道，一排排多层楼房，一辆辆来往轿车、自行车、三轮车等体温都在升高。酷热荡漾在空气里，到处发挥着它的威力。

我单位坐落在县城的东南方，院落不大，有点破旧。那幢坐北朝南的四层办公大楼是 20 世纪 70 年代建成的。 我在二楼西南角那两间办公室里办公，阳光充足，室内明亮，里面有办公桌、画案、冷暖空调等，我感到很舒适。 我的对面便是秘书办公室，便于商讨工作。 打字室就在二楼楼梯右拐第一间房里，是我上班时必经之门。 那是一个单间，里面摆着打字、复印的一套完整设备，打字室的门常常虚掩着，门上贴着打在 A4 纸上的几个大字："闲人免进"，这可能是白雪特意打的。

打字室内也渐渐升温，闷热。 白雪打开室内的绿色落地风扇，它摇着头发出微弱的声音旋转起来，散发着干热风。 女人天性爱打扮，白雪穿着弹力低领短袖衫，上面印着青山绿水花图案，给人一种凉爽的感觉。 尤其引人注目的是她胸前那两个圆鼓鼓的乳房，像暄腾腾的圆形馒头，很诱人眼目，从领口可以看到车轮似的乳沟被挤压成一条缝，给人一种深入探究的欲望。 下面穿着长到膝盖上的半透明米黄色柔纱超短裙，彻底展现了女性曲线美的魅力。 她在屋里忙开了，把要打印的材料摆在桌面上，打开电脑，便开始打字。

我出差一星期，公文堆了一摞子，也来办公室看文件，要经过打字室门口，看到房门虚掩着，我推门一看，见白雪正在快速地打字。

我走进屋招呼一声，白雪，加班啦？

她扭头看着我急忙站起来，彬彬有礼之中饱含着羞涩之意，笑盈盈地说，杨局长，您也没休息呀？ 她想到我从来没进过打字室，今天破例来了，可想而知，这些文件是多么重要啊！ 幸好自己来加班了。

我刚刚理了发，理发师给我理个最流行的小平头，说是赶时髦，四周像刚刮过的胡楂似的尖而短，露出头皮，头顶上的黑发稍长一点，发丝坚挺昂首向天空，看着整体发型有点傻气滑稽，但使我显得格外年轻精神，只是觉得这种发型与我这个中年人不相称，随即交代理发师，下次不能再理这种发型，但又一想改革创新嘛，也无所谓。 我满脸笑容，但也透出威严的气势，这叫官相。 我心里清楚平时那种不苟言笑的庄重威严相，其实是装出来的，是让下属见了有点胆怯心理，就会听话积极工作，认真负责，不敢马虎了。我说，我来处理一些公文。接着伸手指着凳子说，你坐，接着打字。

她低头慢慢坐下来，伸出葱白似的十个指头，娴熟自如地敲击着键盘按键，就像群鸡啄食，快捷如风。她知道我是名画家，我的画价值很高，又是她的主管。可以说我有钱有权，让人敬仰，我是她崇拜的偶像。

我欣赏她打字的速度和优美的坐姿，就像钢琴家在演奏，深深地吸引着我。我不由自主地拉把椅子坐在她身边，也聚精会神地盯着电脑屏幕，随着她的手指点击，电脑上的字也唰唰唰地呈现出来，我发现有不少错别字，渐渐地她的手指哆嗦起来。

白雪心里紧张和恐惧，是因为我坐在她身边有一种无形的威慑力，如此紧张的心理，是来源于前天发生的事。当初这里有两个打字员，但根据局里的工作量，留一个就足够了。我决定辞退一个，就通过她们打字比赛来决定。在比赛中，白雪以每分钟打出八十多个汉字领先，被继续留用，我将那个女孩辞退了，所以她很认真地对待自己这份工作。我看她的脸色涨红着，额头上渗出细密的汗珠，甚至呼吸都要窒息了。她努力克制慌乱的情绪，尽量使心情平静下来，不让再打出错字来，可一切努力都徒劳，错别字还继续蹦到电脑上。

我看到错字越来越多，也猜透她心理紧张，看着她拘谨的动作和涨红的面容，不仅不讨厌，反而感到可爱，有一种孩子气。我一改往日在人前摆出的干部架势和尊严，转为和蔼亲切的姿态，温和地指出错别字说，小雪，你把错字改过来，多了，就改不彻底了。

她及时回应，我知道。声音很甜很美很温柔，我很喜欢听。我明白她想让我离开，离开了，她的精神就放松了，但我没有离开的意思，也没有任何想法。这时，她心慌意乱，想到打出这么多错别字，杨局长会对我什么印象？也想起来了，我每次发现材料中有错别字，脸色当即就会沉下来，然后对她进行严厉批评。但今天的态度却不同往常。

我急切地想让她改掉错别字，伸手指电脑屏幕时，却无意中弯曲的手肘触到她的乳房，当即感到软软弹弹绵绵的，觉得有点尴尬和失态。

刹那，她像触电似的，不知道我是有意还是无意的，立刻想到那些花心男人，想勾引女人时，总是在女人身上这里摸摸，那里捏捏，女人默不作声，他就得寸进尺。如果杨局长提出非分的要求，自己能否投怀送抱呢？心中有些不安，但瞬间又否认了这种想法，人家是领导，高高在上，对小职员瞧不上眼，不会随随便便。

我伸手又指电脑上的错别字时，不小心手肘又碰到了她的乳房，感到像触及圆圆的气球一般。其实我是无意的，谁知那两个高耸挺拔的乳房太突出了，如今的女孩特征太过于暴露了，毫无羞涩地在男人面前晃来晃去，她是什么意思？随着白雪双手操作键盘的动作微微颤动，恍如两只顽皮的小兔子，在她胸前贪玩戏耍，感到碍手碍脚，也因为我与她坐的距离太近，指错字时手肘弯曲，自然要碰到。我极力镇静，瞟她一眼，她仍目不转睛地盯住屏幕，像没事似的，没有任何反应，但她心如狂潮，担心的是自己穿着这件超短裙，坐在椅子上，刚好遮掩到大腿根部，而此刻那条超短裙仿佛要故意为难她似的，竟然把里面的那条水红色的内裤给露出来了。她不敢离开座位半步，双腿紧紧地并拢着，极力不让隐私处走光。

我禁不住想起了青叶，无论是长相和身材都比白雪美。青叶离世两年多了，我对任何女人没有动过情，我对自己的身体状况有怀疑，当初因为性功能问题，青叶还跟我生气，怀疑我有外遇，其实那是因为我太累，整天一肚子酒精，麻醉了大脑。现在我只知道自己的身体很棒，但还没有在女人身上验证过。今天我感到有这方面的冲动，真正打动我的不是白雪的相貌，而是她的穿戴，尤其是我的目光往下瞟时，看到她那两条白嫩的富有弹性的大腿，让我思想游离。我极力抑制着躁动的心情，心说千万不能在她面前失态，更不能暴露出自己需要女人的神情，倘若她是趋炎附势的女人，投己所好，缠着我怎么办？到时不但没法开展工作，而且还有可能会搞得身败名裂，不值得，所以要加强控制能力。因为单位里谁也不知道我是否有老婆，这是我个人的隐私，没必要告诉别人。如果我真和白雪谈恋爱，恐怕影响很不好，她年龄太小，可以做我的女儿。我岂不是胡来？当官的最要脸面，不考虑周全去做事，必会丧失威信，没了威信官就不好当了，众人不把你放在眼里，你就不好开展工作。凡是当官的都不傻，首先要保的是自己的乌纱帽，一旦没了帽，什么都没了。为了避免发生不该发生的事情，我站起来准备离开打字室。恰在此时，白雪打完了这页稿纸上的字，准备去翻另一页稿纸时，那台该死的电风扇忽然吹来一阵风，把压在电脑上的材料席卷而去。她忽然站起来去捡稿纸，低着头，翘着屁股，忘记了遮掩自己，下半身的轮廓全展现在我的视野里，那丰满的美妙绝伦的半球体屁股，被一条垂直平分线分为两半。里面的红色三角裤头也放出了光彩。

我想离开那里，但脚步怎么也迈不动了，霎时，感到全身的血液涌上脑门，仿佛脑袋就要爆炸了。那一眼恍如需要水分的庄稼，陡然遇到天空下起了滂沱大雨；又像在沙漠中断水很久的人，猝然遇见清澈如镜的湖泊，猛然增添了生气；又似待哺的婴儿饿久了，突然见到伸过来的奶头，只想饱餐一顿。我抑制不住自己爱的冲动，渴望面前性感的女人。此时，如果有第三者在场，我也不会有非分之想，偏偏屋子里就我们两个人，我呼吸急促，心跳频率加速，性爱的冲动也接连不断地涌来。猛然，我也想起了辨别不守本分女人的方法，首先和她打情骂俏，然后用语言挑逗，要是女人对男人眉来眼去，卖弄风情，就说明已有了那个意思，再后来，循序渐进，要是没有遭到反抗，艳事就成了。男人和女人干过那事之后，就像决了堤的洪水，再也堵不住了，常常招之即来。

精明的白雪已经猜透了我的心思，她拉着我的手有意撒娇说，杨局长，你继续坐下来帮我改错字，这样，我的速度就快些。她想到的是，如果抓住我，就等于保住了自己的饭碗。

我经不起诱惑和温柔的陷阱，全忘了来加班看文件的事，也忘了自己的身份和一个小女子单独窃窃私语有些不妥，也忘了被人发现会出现尴尬局面。我似乎有些冲昏头脑，又鬼使神差地回到座位上，她也就位了，开始纠正错别字。我平时看到错字就像吃了只苍蝇一样难受，而且还想发火，可面对白雪频频打出的错字，我没有责怪她，又指着错字让她马上改，不料，我的手肘又碰着了她的乳房，这次没有责怪自己，我已经看出了白雪的直立坐姿，她那胸部是有意向前骄傲地挺着，与电脑的距离更近。我的手肘恰在此缝隙间，是很容易触及的。这时，我感到身后的电风扇"嗡嗡嗡"地摇着头，却没有一点凉意，额头上直出虚汗，像溶洞顶部渗出的水珠缓慢地往下滴，我瞟她一眼，天哪！她也如此。我们俩的汗珠同时落在她的大腿上，像水乳交融，那么美妙啊！

白雪的大脑飞转，觉得我和她在一起是一种荣耀，她渴望让我亲近她，拥抱她，心里高兴起来，说杨局长，您的汗都流下来了，我把电风扇换个位置去。说着便站起来将风扇向我身边推推。我看到她的短裙被汗水沾着留在腰下，里面的红裤头又探出头来，触及我的神经，全忘记风扇对我是否凉爽了。我说，快坐下打字吧，别耽误工作。

白雪又坐下敲击键盘，大着胆子说，领导常常满脑子工作，也得学会娱乐呀！精神愉快，身体健康是第一位的。

身不由己啊！但我想说就像上套的驴，不得不围着磨转了。虽然衣食无忧，但精神不爽。话到嘴边，觉得和她说这些话不合适，只是说，我得走，不影响你工作了。

她盯住电脑屏幕，一边双手盲击键盘，一边说，您急什么呀！您坐在这里是帮我工作呢。

好吧，趁早把材料打出来。

白雪觉得我有了那个意思，便想到如果能傍上我，将来的命运就会好转。进而想到县里不就有几个年轻女人当上了局长嘛，据说她们背后都有靠山，有那些事，不久被提拔起来了。她要是能傍上我，不说捞个中级骨干，至少也提拔个副科吧，就成正式干部了，所以今天良好的机会不能失去，便进一步试探，杨局长，您把凳子靠近点，干脆您把材料拿着。

我明白她的意思心中大喜，她是在步步试探我。现在确实局势变了，女人主动上门了，个个都变贱了，不值钱了，男人都像皇帝一样不缺女人了。我想看她往下怎么表演。

白雪想到今天的事情准成，认为我的意思很明白，说杨局长，您怎么不把妻子带来?

白雪根本不了解我的家庭情况，但我不能告诉她。我的精神也很兴奋，微笑说，她来不来，我照样工作。

她一定很漂亮吧，领导夫人都是绝色女子。她试探地问我。

我心里一惊，有点沮丧地说，还可以，但和你相比，有点逊色了。话一出口，我觉得有点失言，流露了心机。我想到了青叶，仿佛看到她就在我面前，似笑非笑地盯住我说，你怎么成了好色之徒，把咱们的夫妻情全忘了，原来你是个伪君子呀!

白雪却十分惊喜，那红润的面容立刻乐成一朵花，激动地说，真的呀，您不是赞美我吧?

我情绪低落，无精打采地说，真的，不但你长得美，而且穿戴也很有特色。

她没有一点羞涩之意，脸上荡漾着笑意说，您也很帅啊!

这是你一家之言。我想到自己的身份和这位普通女孩调侃这些话，已经表达了我的心理。

您妻子没来，生活不方便吧? 白雪压低声音紧接着问。

一人吃饱，全家不饿，怎么不方便啊? 我说。

她微笑说，那您的私生活呢?

天哪! 她直言不讳地深入实质了。如果说她是我忠实的朋友，互信互任，无论何时何地谁都不出卖谁，这样的谈吐确实让人精神放松，开心快乐，以抒发心中的沉闷。 可我们并不相互了解，而且是异性间，说到这份儿上，有点过度了。 瞬间又想到现在的女孩，开放意识太强了，只要有利可图，不管相貌年龄是否相当，人家是否婚配，就像白骨精引诱唐僧那样，不怀好意。 但往往人的控制力是很脆弱的，谁都很难有唐僧的定力，尤其在这样的环境中，容易冲昏头脑，我情不自禁地说，还没考虑。 我觉得欲火烧身，站起来说，你忙吧，我该走了。

我敬佩白雪的打字技术，纠正错别字时，目光盯住电脑屏幕，十个指头不停地盲击键盘。 当打文字时，低头瞧一眼稿纸，抬头看着屏幕，“唰唰唰”那一行行文字迅速往电脑上蹦。 在我们交谈时，也没有耽误她工作，也没有影响她交谈的思维。 我只是拿着稿纸，方便她看文字。 我把稿纸放在桌上，站起来要走，还没走到门口，不料，她迅速站起来，反身抱着我的后腰，脸贴在我身上，喃喃道，再忙，也要关心自己啊！

她磁石般地吸引着我，使我目眩神摇，丧失理智，只想抱着她图个快活，像中魔一般失去自我，一切都由不得自己了，与我往日坐在主席台上，或在电视上作报告，判若两人。 我完全成为一个欲火焚身的男人，浑身如云一般飘起来了，被一个小女子俘虏了。

练车

我和白雪建立关系后，一发不可收拾，但还要注意影响，不能轻易接触，在工作之余，除了画画，就一门心思想白雪。我想来想去，要和她不露声色地接触方便，做到天衣无缝，就想起了学开车。如果学会开车，便可带她一日千里，去外地旅游，行动自由，共享天伦之乐，避免在本县出入招人耳目。另外学车也是形势所迫，将来几乎全民皆为司机了。私家车成为发展趋势，也成为现代化的代步工具了。有钱人可以买名贵车，没钱人买便宜车，但都买得起，所以考驾照的人很多。有人私下说，找找熟人，花钱买个驾照就行了。我想这不能自欺欺人，滥竽充数，拿生命开玩笑，只有真技术才有安全感。我忽然想到我的朋友也是局级干部，两年前他从省城回来，在路上学开车，一头钻进三米深的路沟里，虽然他和司机保住了性命，但十几万的公车报废了，结果公职被撤。有时的灾难是突然降临的，让人难以预料。 尤其开车不懂装懂，那可是玩命的，所以我下决心去驾校学车，学到真本领，这是对自己的生命负责。 但我准备秘密行动，不想让熟人知道。

驾校在某市郊区约十公里，校院占地二百亩，分为练车场、考场、办公区。 此驾校是新建的，也叫车管所，所有的楼房、场地、设施等都是崭新的，到处干干净净。 因场地大，尽管来的学员很多，在校院散开走动时，也就稀稀落落。 附近有两个村子，便成了学员的住所和私人练车场。 学员来自四面八方，有各市区的，也有各县城的和外地的，不受身份年龄限制，只要不是残疾、不是色盲、不是老人，皆可报考。 每个学员报名后，只要在两年之内拿到驾照，什么时间学都可以，关键是考试过关再拿驾照。 我报名后，司机再为我开车，我就留心观察如何启动、挂挡、手刹等基本操作规程了。 跟随我的是位老司机，富有开车经验。 我告诉他想学车，他说，好学，不过你学开车无用，想去哪里只管坐车就行了。 但他不知道我的心思，我说，艺不压身，学会开车，更方便些，比如节假日，办个私事啊！ 想出去散散心呀！ 就不该再劳驾您了。

他扭头看看我说，我保证随叫随到，做个您满意的司机。

我笑笑说，是您的休息时间，就不能打扰您。 可他绝对猜不透我的心思，有些私事是绝对保密的。

也许司机感悟到了什么，如果涉及个人隐私的事，他是不能凑热闹的，当即说，我在十分钟内，就教你开走车，十天之内学会。

您先教理论，然后我再实践。 我这么一说，每遇到路标时，他就对我说那些不同符号的作用。 因为我常坐车，路上那些简单的路标我是知道的。

我们在出差路上车少的地段，司机在路边停下车说，你看我脚下，一共有三个踏板，左边是离合器，中间是刹车板，右边是油门。 学车时你就踏死离合器挂上一挡，打转向灯，抬起手刹杆，慢松离合和刹车，车就走了。 他接着说，车起步时就这样，一踏、二挂、三转向、四喇叭、五手刹，车就走了。 如果前面没有障碍，就不用打转向灯、按喇叭了。 我在副驾驶座上坐着，看着他做着示范动作。他说在行走时，您可以踏死离合换挡位，然后慢慢松离合，踩油门，掌好方向盘，就行了。当停车时，踩离合和刹车就停了。关键的难点在于倒库，上下坡行驶。然后我们换座位，他让我实践。因为平时我没有摸过车，免不了有恐惧心理。我望着前面平坦宽阔的柏油路，觉得是学车的好地方，便小心翼翼地按他说的细心操作，果然车慢慢前行了。我首先想到的是学会慢行、刹车，唯恐车像疯子一样乱跑，如果刹不住车，就出大事了。车像蜗牛一样爬行一段路，我就刹车，然后再起步、行走、刹车，这样反复几次，使我兴趣大增，信心十足，增加了拿驾照的决心。我询问司机，这不就会开车了吗？他笑笑说，这是科目三的内容，重要的是科目一和科目二，必须去驾校考试。这使我学车心里有了底气，为了赶路，我让司机开车前行了，快到本县时，天下起了蒙蒙细雨，越往前行，雨下得越大。当时是五月的天气，雨天还冷飕飕的。路两边是一望无际半腰深的绿油油的麦田，若在远处的侧面看，我们的车像在绿色海洋里如快艇般急速行驶。我坐在副驾驶座上看到前面路旁，孤零零地停着一辆雪白色的轿车，可能是私家车吧。我对司机说，你减减速，到前面那辆车旁停一下，可能是车坏了。

司机笑笑说，准是抛锚了。

我说，这荒郊野外的，还下着雨，天也马上黑了，咱帮帮人家，不然车主咋办呢？

司机集中精力开着车，目视前方说，好，听您的，不过现在的活雷锋不多了。

我们到了轿车旁，司机刹住车。我们一同下了车，看到一个二十几岁的小伙子，从车底下爬出来，满身是油灰。我说，小伙子，车怎么啦？

他明白是遇到好心人了，急忙说，我是省城的，从县城办事回来，走到这里车坏了，就是找不出毛病。他心急火燎地看着我们，然后目光移向我的司机，意识到他会修车，急忙说，大叔，帮帮我，修修车。他唯恐天黑了走不了，在这荒郊野外怎么办？ 当时从他身边过往的车都疾驰而去，没人理睬他。

我说，没关系，这位老师傅，二十多年的驾龄了，帮你看看。 我看着高挑个儿大眼睛的小伙子，愁眉苦脸十分焦急的神情，问开多长时间车了？

他说，哪里呀！ 刚拿到驾照，开着走可以，车一出毛病，我就没招了。

我想想现在大部分人是会开不会修，如果在路上抛锚也真没办法，只能长时间等待救援了。

我的司机打开车前盖，低头仔细检查起来。

雾蒙蒙的天空，细雨越下越大。 一会儿，我们每个人的衣服也都潮湿了，头上的发丝也趴下了，脸上湿淋淋的，像刚洗过脸，没用毛巾擦似的。司机对我说，杨局长，您坐车里去。

我说，没事，咱一会儿就到家了，换换衣服就行了。 我觉得浑身发凉，鼻子、脸、脚、手都冻得发疼。 大约半个小时，司机帮他修好了车，发动机响了。

小伙子十分激动，连声说，谢谢师傅！ 谢谢领导！ 谢谢好心人，今天相遇，算我幸运。

司机指着我说，你应该感谢他，这是俺领导，是他下的命令。

小伙子说，今天没有你们帮助，我就回不去了。 说着低头从兜里掏出一百块钱，请您收下，表表谢意！

我笑笑说，把钱装起来吧，小伙子，遇到这种情况，会有人帮哩，天快黑了，快赶路吧！

我和司机转身回到自己的车里，发动了车。 当我们的车离开时，我从窗口伸出手摆摆手说，再见。

我看见小伙子手里举着那张百元大钞，摆着手目送我们。 人心都是肉长的，你帮了人家，人家就会感恩。 我也回头注视着他，直到他开车走了，我才转过头说，老姜还比嫩姜辣。 我是有意夸赞我的司机。

司机说，刚入道的毛孩子，只会开，不会修，就不知道毛病在哪里，还撅着屁股趴车底下，瞎摆弄。

虽然我和司机的衣服都淋湿了，但心里很高兴，这就叫助人为乐吧！

回到家的第三天是周末，天晴了，温度也升高了。我穿着白衬衫去练车了，我想尽快学会开车拿到驾照。一般学车的学员报了名，拿到资料，一周后就可以考试了。考试程序分科目一、二、三。科目一的内容是理论知识，因为我知道一些行车常识，再看看书上的综合常识，也不算难，我便胸有成竹地加入考试行列。看到驾校大院里黑压压的人头，到处是学员，就想到现代人都成司机了，怪不得大、中、小城市路两旁的自行车和电动车越来越少了，大街小巷倒是车流成河了，现在的形势变化太快了，居民的生活需求太高了，家家户户都向汽车发展了，我觉得学车势在必行。

参加考试的学员集中在考场门外，像看大戏的观众乱哄哄的。我也身在其中，不料，我见到了多年未见的老同学姜民，他如今是驾校的办公室主任。他亲切地拉着我的手说，你还考啥呀，可以当教授了，走，到我办公室。他的办公室就在考场大门旁边的三楼。

我跟他来到办公室，看到外面是三间大办公室，里面是套间，他单独在套间里办公，他忙着为我倒茶、递烟说，几年没见你了，依然还是当年风采。

我们都是20世纪80年代末毕业的大学生，都是从农村走出去的，那时一般大学同学都有很强的思维能力和自尊心，都不谈家庭背景，除非个别家境很好的学生，大家略知一点，所以我和姜民相处四年，但我不了解他的身世。我说咱都往四十奔了，时间过得真快，还谈什么风采。

我看姜民的面容也显老，额头和眼角有了细密的皱纹，再不像学生时代的青春相貌了，显得老成稳重。我说着坐在沙发上。

姜民将倒好的一杯菊花茶放在我面前的茶几上，他了解我的情况，说这些年你在事业上，算是一帆风顺，在单位是土皇帝啊！

我说，待在小县城，算啥？ 是个穷单位，混饭吃，哪像你这里，财神爷单位，生意这么好。

他搬着木椅坐在我面前说，好是好，都是为公家服务，个人得不到。 接着又说，你叫什么穷啊！ 你是大画家，光卖画的收入都花不完。 别说当官还有含金量了。

我笑笑说，不是像你想的，这是因单位而异，谁都知道额外的含金量烫手啊！

当时套间内就我们两个，说话很随便，可我想到我不能久坐，还得考试呢。 我们在说话间，他的手机、电话不停地响，我感到他是非常繁忙，我不想耽误他工作，说去考试。

他放下电话摆摆手说，不用考了，我给你办个过关证。 我知道你精通一般常识，考不考没关系，但科目二你得考，那是电子监控，任何人都得过关。我就这点权力，还是有针对性的，给你搞点特殊吧。

我想说，自己准能过关，但这是人家的一番心意，便改口说，行，谢谢！他拿起电话给对方交代一番，让我去办通过科目一的考试证。 我顺利拿着证按照上面的练车地址去练车场，就是练科目二的内容。 人们常说，朋友多了路好走，可能就是这个理吧。 有些人就是因人际关系高人一等，成为人上人，这种情感因素，是难免的，也是有些人痛恨的。

练车场分三十多个大库，每个车库四周竖立六根竹竿，后排三根，前排三根，顺着前后对应的中杆画一条直线，便分成了两个车库位置，一个为长库，另一个为短库。 各库旁边搭一个简易的绿色帆布棚，棚子里摆着退了漆的旧木桌、伤痕累累的长条木椅、脏兮兮的小木凳等，是供学员坐着休息的地方。 因为四周是光秃秃的红砖院墙，夏季没有乘凉，冬季没有避风的地方。 每个棚子里坐着十几位，或二十几位学员等候练车。 每个库仅有一辆绿色桑塔纳供学员练车。 教练对学员一个一个轮流教，每人上车仅能开五六分钟，有的学员等候半天也摸不到一把车。

我被分到十三库练车场，该库教练身穿红色制服，身材高大，腰似大缸，足有一百八十斤。腆着蛤蟆肚，迈着鸭子步，走路慢腾腾的像数步。他看起来有五十多岁，双鬓花白，皮肤发黑，眼皮松弛地耷拉着，一脸横肉，有点像电影《闪闪的红星》里的胡汉三。他走到帆布棚下的抽屉桌旁，坐在简易的木椅上，面无表情地睁大眼睛看看那位半生不熟的学员，正在慢慢地练车，像蜗牛爬行似的速度。练车不是求速度，而是练基本功的，是按老师教的对应点慢慢练的。他又看看身边坐着的那么多学员有点不耐烦，紧皱眉头哭丧着脸说，年老的也学，年少的也学，有车的也学，没车的也学，有钱的也学，没钱的也学，学了不练有啥用？没条件的，就是买了车，也养不起，都学这干啥？他的语速缓慢，句句刚硬。

有位中年男子慌忙站起来递给他一支烟，又掏出打火机给他恭恭敬敬地点上，站在他面前的桌子外面，取笑说，年轻小伙开车，好找对象，老汉开车好玩小妞，大姑娘开车好约会，大妈开车好带孙子，不都是为了方便，显示身份嘛。我想学车就是为了方便和白雪约会，其实学会了车干什么都方便。

这话说得教练的脸色由阴转晴，龇牙笑笑，但笑比哭还难看呢。觉得这话也有道理，学车也许各有目的。

有位中年妇女坐在棚子下的长条椅上，看看周围的人觉得自己的年龄最大，刚才教练说的话，肯定是有意说她，不乐意地说，没人学车，你下岗失业，还喝西北风哩。俺老娘们学车，好带着孙子逛街、游玩、享受，人就活几十年，不抓紧时间，就没机会了，所以老老少少都学车。学会了去哪里都方便，越老越得抓紧时间享受呢。她快言快语，像炮筒似的对着教练“咚咚”。

教练翻翻白眼瞪瞪她，觉得是个难缠的娘们，愣愣地说，开车是高消费，有钱可以，没钱还臭美个啥？

有学员说，现在日子好过了，买个小 Q 才两万多，一般都能买得起，照样满街跑。

教练的手指缝里夹着烟卷，那食指和中指是黄色的，都明白那是烟熏的，看得出他是个大烟鬼。他慢腾腾地说，将来还没有自行车跑得快呢，路不加宽，到处是车，堵住走不动，说不定还没有鳖爬得快呢。他一本正经地说话，倒是惹得周围人嘿嘿直乐。

我看到一位中年妇女，烫着时髦的波浪式黄头发，有点和年龄不相称。脸赤红色，肿眼泡，高颧骨，面部消瘦，皮肤粗糙且起了皱纹，显得格外苍老。她默默地坐在长条椅上很长时间了，可能是教练看她不顺眼，没让她摸一把车。我觉得她很老实，没那么多心眼儿，可能是没有给教练买烟吧。我发现人家私下里都主动给教练买盒烟，或一根一根地递烟，教练就乐意教他们学车。当然他也有凭印象和好感去教学员的。中年妇女心里愤愤不平，暗暗咒骂，看我不顺眼，就不看看自己啥 × 样，把老娘们冷落一边，看见漂亮女人年轻妞，恨不得给人家舔屁股，手把手地教，还夸赞人家脑子灵，学得快，啊！呸，老色鬼，就像苍蝇盯臭肉，恶心。但她满腹怒气只能忍在心里，泪汪汪地说，我报了名就后悔了，掏钱买罪受，坐出租车一来一回四十块，在这里干耗时间，也学不成车，到何年何月才学会呢，白扔钱。

我就在她面前站着很同情她，也想到在这里练车不行，白耗时间。我知道附近的村庄里有很多私人练车场，和这里的布局及练车方法都一样，他们招揽远处的学员，在家里吃、住、学一条龙服务，大部分学员在那里练会，再来驾校考试。我是打算当天在这里学会开车的基本操作方法，准备回单位练习。我告诉那位中年妇女，你去私人练车场学吧，比这里学得快些。

她阴沉着脸赌气说，不学它龟孙了，气都气饱了。

我想想现在的人，为何都乐意争权，看来权力和利益是成正比的。只要手里有一点权力，就知道怎么使用，就像练车吧，你不给教练送一盒烟，弄点小恩小惠，就冷漠你，不让你练车，即使让你练车了，弄不好就训斥你，吆喝你太笨，就难以过关。我第一次去练车，还不知道此内情，所以也没有给教练套近乎，我也不想在这里练车，在现场站了一会儿，就去私人练车场了。

我来到附近的村前一家私人练车场，坐在车库旁边的车棚里等候练车，棚子里有三四个学员，每人练半小时 25 元，只要舍得花钱，想练多长时间都行。 教练是个年轻小伙，文文静静的，说话软声细语，教得很用心。 他坐在副驾座上，教我怎样踏离合、挂挡和刹车，这些基本常识我都会了，就告诉他学倒库出库。 他给我清晰地讲解，并指挥操作规程，说从左库出来，至门口右杆对应车后三角窗口停，向左打死方向行走，至调直车身停。 然后挂倒挡后退，到主驾座与对角杆形成一条直线时停车，向左打死方向，后退见杆停，调正方向，继续后退到车后三角窗口对应右门杆停，再向左打死方向后退，到车身调直，打正方向，后退到停车线停。 再向右打死方向前进，至前车轮过两库中线停，再向左打死方向前进，使车头中间对中杆停；然后挂后退挡向右打死方向，看后轮压中线停，再向左打死方向后退，这样车身就移到短库里了，前进一米，再后退到与长库停车线对应停，这一步是为了调直车身对好点，准备从长库门出去，向左打死方向前进，使前车角对应长库的前角杆停，再调正方向，就出了长库门，出门后，回头看车后座角对中杆停，再向右打死方向，前进调直车身停，后退至主驾座与对角线杆形成一条直线时停，向右打死方向，再后退至中杆 30 厘米停，调正方向，后退至短库中。这就完成了出库倒库移库的整个规程。 我是靠他指挥着完成一步步步骤的，在移库出库时，我握住方向盘转来转去的，有点晕，就询问教练有没有简单好记的方法，他笑笑说，其实很简单，就是右转、左转、右转、左转，前进、后退、再右转调正方向出去。 这是其他教练心里清楚，嘴上不教的方法。大部分教练教一堆文绉绉的理论，叫你慢慢学，自己感悟。 如果在短时间内，教会每个学员，人家的生意就不好做了。 但这个小伙不是这样想的，他想的是创牌子，扬名声，在短时间内教会学员，自然生意也不差。 我练了半小时，觉得收获很大，掌握了基本规律，便和学员坐在一旁，一边看人家练车，一边理清思路，想清楚了，也就等于学会了，思想指挥行动嘛。 我看到教练又跟随另一个学员指挥，太阳将他照得虚眯着眼，红润的脸庞油亮。 我敬佩这位小伙子，不但毫不保留地教技术，而且还很热心指导。 有人说，在这里学车的学员，不但学得快，而且过关率达百分之九十八。 我趁着学车兴趣正浓，准备中午在附近的小食堂里吃点饭，然后抓紧时间再练半个小时，就基本会了。 我想想上路的司机，到站就自然停到车库，或路边，也没有倒库出库的弄得很复杂。 不管平时开车多么简单，但想拿驾照就必须按人家的操作规程去考试，只有在这里练车过关了，才能拿到驾照。

这里的村民富有经济头脑。 他们就着驾校的外围墙头搭建成斜坡棚子，相互隔离成小餐馆。 棚子外面是稀疏的杨树林，碗口粗的杨树下面摆着高矮不同的小餐桌、旧木凳，供学员就餐。 各餐馆门口都垒着土煤炉，燃烧着黑煤球，散发着浓浓的煤烟。 上面摆着黑铁锅、铝锅等。 门口都挂着纸牌，上面写着饭菜名称，如刀削面、肉丝面、凉面条等。 这里的场景有点像逃荒过路时，临时搭起的野炊。 他们都从成本小见利大去考虑的。 那肉丝面是清水煮的，仅加点盐放几丝肉；那凉面条里加点盐水，放几片炒番茄，吃着没滋没味，但在这荒郊野外，各个餐馆内外却座无虚席，到处是黑压压的食客，个个食欲大增，这就是人们常说的萝卜快了不洗泥。 你不吃就挨饿。我看到这里的小餐馆赚钱太容易了，因为人家占据了此处的地理优势。 就像那些名人、名家大部分聚集在北京一样，人家占据了最高点的地理优势，就容易名扬天下。 为避人眼目，我钻进棚子里吃饭，吃了一碗凉面条，里面仅有三片炒番茄和两星炒鸡蛋。 我体谅到了贫民的疾苦，学点技术不易，不但缴费，还得吃苦。 我吃了饭，立即返回练车场，学会了倒车入库，回去后又加强练习，我的司机也教会了我上下坡行驶停车技术。 不久我便拿到了驾照。

刚拿到驾照那阵子，我对开车兴趣特别大。 一有空闲时间，我就带着父母和岳父母到公园玩，我们在那里散步、观景、呼吸新鲜空气，锻炼锻炼身体，觉得心情特别好，老人都很高兴。 我觉得这才是最幸福的日子。

谋职

我深深地体会到，人的欲望是无止境的，满足了一个愿望，又来一个。如果没有一官半职，就不会有什么过高欲望，容易满足。一旦有了官位，就知道权力的好处了，它不但给你带来名利美色，而且还给你带来温柔的笑脸，无论走到哪里都风光无限，你说了算。即使平时为人处世很差的人，也会马上成完美的人了，再没有人背后说三道四了，就扭转了别人对你的看法，你不用团结别人，别人就主动团结你了，这就是权力的魔力。所以进入官场的人，当官就会上瘾，都把权力看得比生命珍贵，高升的欲望就会越来越强烈。

我也一样，看着人家步步高升就眼馋，不愿失去机会，权力像一条无形的钢绳，紧紧牵引着我的灵魂，使我绞尽脑汁千方百计向理想的目标追去。通常人们认为，谁升了官，就说明谁的本事大能力强，还锦上添花，一好百好，根本不考虑人家升官的过程，只有升职者知其酸甜苦辣。其实被提拔的官员未必个个优秀，但不管能力强弱，被提拔者没有干不了的职位。我想到顺治六岁登基，康熙八岁即位，小小年纪就当上皇帝了，就能掌握至高无上的权力了。再想想自己，觉得任个县官也没什么当不了的，非常自信。

我知道副县级有两个岗位空缺，有基础的都眼巴巴地盯住此位置，我也想到自己在四十五岁以前，若能高升，以后可能就会飞黄腾达，前途无量，否则就没有机会了。我想到了升官的捷径是跑官，有不少成功者，可谁都知道跑官要官至少得具备两个重要条件：一是关系；二是钞票。如果没有关系，送钱、送大礼人家也不要，所以就成不了事。怎么办？找人只能找知心朋友，才能敞开心扉商议此事，否则，就会事与愿违，弄得里外不是人。我想到了天军，天军整天跟县委书记开小车，在政治圈里很熟，我把希望寄托在他身上。通过他给县委书记疏通关系可能没有多大问题，但干部提拔任用最后的拍板权在市委书记和市委组织部那里。虽然天军当年的工作是赵南安排的，但那是赵南的父亲起的作用，后来天军和赵南并没有什么联系。不是天军忘恩负义不愿和赵南联系，而是位高权重的人太忙，根本不愿和普通人联系，人家接触的都是有身份有地位的人物，想和他拉近距离也不易，所以天军和赵南的关系是陌生的。谁都知道大人物的手机号是保密的，只有他亲近的心腹才知道，万一普通人知道了，人家就不接你的电话。即使有愿意和群众打成一片的大老爷，还有手下的小人物层层把关呢。

一个偶然的机会，我想探探真假，看看好不好见上级领导。记得那是在一个风和日丽的吉日，我整理好仪表，挎着我的四方形男式黑皮包，里面放着一幅折叠好的山水画，兴高采烈地来到市委大院，看到大门口有一大群上访的职工，其中有两名职工手里举着长长的白色横幅标语，上面歪歪扭扭写着毛笔黑体大字，横向拦在市委市政府正大门前的铁栅栏外面。他们的行为都是要求政府惩恶扬善，维护个人利益，讨回公平公正。这都是司空见惯的事，我对此事并不关心，就从人群里挤到前面去，说是找领导办事。感谢身穿蓝制服的门卫开恩，让我进了大门。我想这个门卫肯定是农民的儿子，知道老百姓的疾苦，没有对来访者大吼大叫。

我走进市委办公大楼的门口，这算是二道门吧，里面是一个大厅，大厅两边各是一间小门房，对着大厅是很大的玻璃窗，窗口都敞开着。我顺着大厅往里走的时候，门卫从窗口里探出头来，对我摆摆手说，哎、哎，同志你找谁？我转身到那个窗口对他说，找路头。他们都知道这个官员的身份职务。

门卫有四十多岁，身穿蓝制服，一脸严肃相，肤色很黑，深眼窝，一看就让人胆怵。他拿着登记簿说，别慌进，你先登记。我按登记簿上的姓名、地址、要找的人名、时间等对应的栏目，一一填写完毕，把登记簿交给他，他低头看看。我猜想他关注的一定是领导的名字，然后询问领导或其秘书见不见来者的问题。果然不出所料，他拿起电话询问一番。还算不错，可能里面人叫我进去吧。我心里一阵狂喜觉得自己很有面子，想问他去哪个房间找路头呢，他说，你去 201 房间。

我本来精神抖擞地来见领导，可一钻进大楼肚子里却精神不起来了，不知怎的心里有点胆怯，看到各个办公室的门都开着，大楼里却悄无声息，很沉静。我马上想到跟随领导办公，职员有点惧怕吧，行动不那么自由随便吧，好像都是小心翼翼胆小如鼠，唯恐惹恼领导，对自己不利似的。他们惧怕的原因可能就来源于野心和求进步的欲望，谁都知道他们的前程握在领导手里。我到了 201 房间，那是北向两间办公室，靠着前墙壁摆着一排银白色铁质文件柜，另外两个窗口，摆着两对朱红色办公桌，只有一人坐在办公桌旁，正在低头看报纸。那人四十多岁，秃顶，白白胖胖的。我猜测这肯定不是路头的办公室，一般头目办公室只有一个老板桌，都是单独一个办公室。我不能盲目地对他喊路头，这里可能是头目的秘书办公室。我一进屋，那人便有了知觉，抬头睁大眼睛上下打量着我，好像根据我的衣帽形象来判断我这个人的身份。我的穿戴很普通，既不像有身份有地位的大官，也不像腰缠万贯的财神爷，他断定我是一个陌生的普通职工。 他的目光像审贼似的上下打量我一阵，也不问我的身份，似乎他相信自己的目光不会看错人，有点老谋深算的样子，阴沉着脸说，路头出远差了，你有什么事？

人家很冷漠，我心里就很凉，即使我强颜欢笑对人家热情，人家也不耐烦，就会自讨没趣。 我也不热不冷怯生生地压低声音说，有点私事，想见他。 我不想给他说实情，知道很多人找不到领导就给秘书反映问题。 秘书再给领导反映问题时，那是经过他们思维判断过滤好的，经过选择、加工、思索好的，根据个人对人家的好恶印象觉得可以让领导知道的事情才上报。领导根本听不到原汁原味的真事情。 看他的表情和动作就可以判断人家不欢迎我。 有什么事情给不欢迎你的人去说，岂不适得其反？

我站着有点尴尬，此时，忽然从门外进来一位年轻秘书，中等身材，四方脸，眼睛大而有神，一脸温和的表情，说话有点直率，歪头看看我说，你找路头吧？ 可能他正在开会，你坐，等一会儿。

听此言，使我心里有几丝温暖，但又有几分寒意。 我马上想到刚才老秘书说的话是假话，认为年轻人说的是真话。 当我抬头看他们时，老秘书正在睁大眼睛瞧着年轻秘书眨眨眼睛使眼色。 我明白他的意思是不让我见路头。我有一种像小孙子一样的感觉，随意让人家摆布和戏弄。 我想到自己还有点身份，他们还这样，那普通老百姓只能关在大门外了，是难以见到他们心中的大老爷的，或许他们的父母也是老百姓呢。 我想起来看到报纸上有一则新闻，某某省委书记亲自接待群众来访，并配有现场图片。 这对现在来说那是天下一大奇闻，一位高级领导和群众打成一片了，将阳光洒满大地，为万事万物送温暖了。 最后我看着年轻秘书说，我是杨天龙，是给路头送画的。

我没有想到两个秘书都忽然站起来满面笑容，和蔼可亲，来个一百八十度的表情大转变。 老秘书的脸像一张面具，眨眼变了，瞬间乌云消散立马见彩虹。 他慌忙站起来将一把木椅放在我身后说，坐、坐、坐。 又慌忙到饮水机旁为我倒一杯开水，放到办公桌头说，虽未谋面，但久仰大名，失敬、失敬！

年轻秘书微笑说，您先等一会儿，我看看路头散会没有。说罢，迅速出去。

我有一种被冷落被人嫌无地自容的感觉，瞬间，又受人尊敬，受宠若惊，让人哭笑不得，我知道这是因为我的名气和那张画的缘故。其实我已经猜到路头既没有开会，又没有出差，他可能就在办公室。我马上说，不用了，您把画交给他就行了。他们都说，等会儿，你还是见见路头吧！

我说，不用了，也没多大事。我从挎包里掏出我画的一幅山水画交给他们。这幅画是路头托人要的，我自然乐意奉献，给我一个接近领导巴结领导的机会，给我一个溜须拍马的机会，给我一个跟领导拉近距离便于日后有求于领导的机会，但未能如愿。我没有路头的联系方式，也不知道人家是否将画送到他手里，但我知道了老百姓见官不容易。

我也想到干什么都不容易，就说走仕途吧，下级见上级唯恐有半点闪失，都像乖孩子，人家真的就是大老爷。所以遇到升迁的机会，都钻窟窿打洞想当老爷，因为老爷风光有尊严有统帅力。我也想从孙子向老爷转变，要实现愿望也不是轻而易举的事，想来想去没有靠山，还得依靠天军。我想让天军牵线搭桥帮我跑跑，事在人为嘛。

有一天晚上，我打电话约天军去一家餐馆吃饭，他是我多年的好朋友了，随叫随到，在一起聊聊天，天南地北地胡侃一通，交流肺腑之言，相互信任，谁也不会出卖谁，图个舒心快乐，也是一种人间享受。我们在一个僻静的小房间里就餐，我首先叫天军点他喜欢吃的菜，他喜欢喝酸辣肚丝汤，吃辣子鸡，说吃辣椒开胃下饭。他吃了辣椒不上火，不患病，就像吃其他饭菜一样很平和。我也喜欢吃辣椒，觉得带辣椒的饭菜吃着有味，但容易上火，不是牙疼嗓子疼，就是犯痔疮，不得不自我控制。我喜欢喝肉丝汤，吃红烧鱼、小茴香拌杏仁等。我们按自己的意愿点了各自喜欢吃的菜。我还带了一瓶剑南春，将它打开放在餐桌中央，一会儿上齐了菜。天军关上房门贴近我坐着，房间里只有我们两个，边吃饭边悄悄地议事，我小声说出了我的想法。

天军真诚地说，天龙，我支持你，你进步，我光荣。咱县委书记这里我帮你说话，但决定权在市委那里。

当初我任文化局局长时，就是天军帮的忙，是他极力向县委书记推荐，加上我有特长，便有了顺利升迁的机会。我问，你在市里有没有熟人？能牵个线就成。

他眼球一骨碌扭头看着我，思索片刻，恍然大悟说，我想起来了，还真有戏呢，两年前，赵南的父亲去世时，我还给他老人家吊丧，只是人多，不知道赵南还记起这事记不起。我还认识他的司机，就是交情不深。

我说，关键是要了解赵南是个什么样的人物，他的性格、脾性怎样？有没有爱好、习惯、特长，属于哪个等级的官？

天军低头用筷子夹着麻辣鸡块说，撞运吧，或许是一等官呢，当年我的事就没花钱。说着将鸡块送进嘴里津津有味地咀嚼，辣得“吸溜吸溜”。

他吃得香喷喷的让我羡慕，我忍不住也用筷子夹一小块鸡肉，尝尝味道不错，但很浓的辣味让我受不了，忍着辣味吃了肉，接着天军的话题说，那是啥关系？那是老爷子和他父亲是生死之交，可现在是潮流，人不随潮，日子难熬。我慌忙给天军献殷勤，碰酒杯饮酒，又斟酒，视为亲人。现在是我求人家的时候，何况他还是我的大恩人，我乐意当孙子。

天军悄声说，天龙，放心，我竭尽全力支持你。我可以从司机那里打探打探，摸摸赵南的习性，找准时机再上步，要打通这道关节不容易，得一步一步来，等我和他的司机约好，咱去找他，先打通这道关节。

我赞同天军的想法，便热情地和天军碰杯饮酒。人常说，三个臭皮匠顶个诸葛亮。人并非都十全十美，都有强项和弱项，天军比我的人缘强。我也听说如今的市委书记是清官，有位村支书去找他批点款，为村里修路，没想到他自掏腰包赞助，又联系几个企业单位捐助。可咱这是掏钱买官，暗箱操作，放不到台面上的事，希望他能收下钱，事情就有希望了。不然，心里不踏实。

天军问，你打算出多少资？

七八万吧。我爽快地说。

看来你真有钱啊！

听说这个位置不就这个数吗？

天军说，还真不清楚，我终日只想着开车，没有进步的想法，只听说官场人事关系复杂，弄不清潜规则的深浅，那样吧，咱先去他司机那里，然后再去找书记。

我说，行。我和天军商议好计划，就准备开始行动。

我可提醒你，这是一种风险投资，谁也说不准是否有把握。天军为我担心地说。

我说，社会上买官的事久禁不止，说明成功率不低，我知道有几例都跑成功了，知己知彼，决不打退堂鼓。我已经知道走仕途的人，没有不想升官的，升迁就像一条无形的绳子，紧紧拴着头上的乌纱帽，那帽子就像戴在孙悟空头上的紧箍咒，唯恐被念咒语，为了进步言听计从。你进步了就会一好百好，不进步就好像无能。所以进了官道就有官瘾，就调动了当官的积极性。

天军扭脸看着我说，主意定了？

我说，定了，万一砸锅了，只当作贡献了，决不寻死觅活。要成功了，算我这辈子没有白活。

官迷。天军用筷子指着我笑笑说。

我也笑笑说，官和专业是相辅相成的，即使专业再强，没有一官半职，比如办个画展呀、获奖啊，也不容易。有了官帽，办事就容易得多，新闻媒体也乐意给你搞宣传。

你是有钱了？卖画挣的？天军问我。

不瞒你说，搞专业也挣钱，是根据名气大小而定的。

天军心里也清楚，搞专业路太漫长，太辛苦，挣来的钱也算是辛苦钱。他也理解我的心情。

天军突然转移话题问，天龙，你和白雪的关系会不会影响你？

我想想自己已经是四十多岁了，和白雪谈恋爱，她那么小，一定会对我产生负面影响，所以我平时处处谨慎，只能暗恋。我笑笑说，这事就你知道，别人谁都不知道，平时我很少跟她接触，再加上人家都不知道我的家事，我想也没人怀疑。现在选拔干部，谁还考虑这一因素？

天军嘿嘿直乐说，人们爱把这话题当笑料夸大其词，说说开心一笑，纯粹是取乐呢。不过我同情含冤的干部，就说咱书记吧，他是走一步，我跟一步，我和他形影不离，没有发现他有问题。他不唱歌，不跳舞，处处注意影响，自我约束，没有娱乐活动。他要爱点美色，我也会跟着沾点光，可他这样，我也是正人君子了。

我摆摆手说，现在咱不谈这话题，谈正题，咱们得抓紧时间，马上行动吧。我有些心急，知道官场升迁需要抓机会，晚一步就步步跟不上了。

天军爽快地说，好。

我们谋划好方案，准备行动。对此事，我是满怀信心的，我和其他同级官员相比的优势，在于我是著名画家了，而且有经济基础，在这方面就有一争，但又一想，半路入道就是副局，第二年就升正局了，已经是破例了，应知足了。可人就是这样，一有机会就不愿放弃。

天军提前和市委书记的司机小刘联系好，说在市委招待所见面。招待所大院有四栋高楼，错落有致，各有牌号。楼间距很大，除了宽阔平坦的水泥地坪停车场外，就是肥沃的绿草坪和郁郁葱葱的四季常青树，美化了这里的环境。高楼里有餐厅、会议室、游泳池、舞厅、客房等吃喝玩乐一条龙服务。这里的服务小姐个个都标致漂亮，是经过精挑细选进来的。这里主要是接待上下级官员和政界召开各种会议的场所，也有调来的单身官员长时间居住在这里。其中临大街的一、二号楼对外开放营业，供外人临时住宿。第二天上午，我们便驱车来到市里，首先在市委招待所一号楼安顿下来，我准备在房间里等候，让天军去见小刘。小刘在我们后面那幢三号楼 305 房间。天军见到小刘很有礼貌地给他亲切握手，微笑说，打扰你了，想找你谈点事。

小刘三十多岁，中等身材，面目和蔼。他身上最突出的特点是右耳朵没了下半截，剩余的耳朵和耳根周围有异常的伤疤，那陈旧的疤痕是疙瘩状，呈深暗的朱红色，确实影响美观，但记载着他人生的光荣史，也是他的闪光点。这是因为他当兵时在一场火灾事故中奋不顾身，冲进火海积极救人，被凶猛的火焰烧伤的，还立了二等功。当他转业被地方安排时，当时的市委书记知道了他的光荣史，还是部队司机，就把他安排在自己身边当司机。小刘脾性好，说话慢声慢语很随和，见到天军笑眯眯地很健谈。天军请他吃饭、跳舞，还掏出一千块钱当礼金。但小刘不收小费，只是觉得天军慷慨大方，够朋友，可以深交，一下子觉得关系拉近了。凡是天军提到市委书记赵南的话题，都知无不言，言无不尽。他说，赵书记是好人，这没说的，可他有点苦行僧的味道，跟着他也没啥好处。他妻子是市纪委办公室主任，口碑不错，也不像有些官太太那样让人讨厌。人家不会在俺面前腐败，真正的高手是不会露痕迹的。我是说社会上的情况，可不是咱赵书记，别误会。咱是闲聊，聊了拉倒。你找赵书记办事最好慎重点，他看重的是工作实绩，不看关系，不看身份，恐怕也不看金钱。我给你提个醒，如果你决定找他，我给你提供不了什么，但有一条，我知道他的行踪，我随时可以打你的手机。

天军紧接着问，赵书记近两天出远门吗?

小刘说，他去北京了，明天上午回来。他后天上午回老家，给父亲过三周年，上上坟，吃顿饭，下午回。一般市委书记的行踪对外是保密的，自然小刘也不轻易向陌生人泄密。但他想到天军和自己是同行，而且都是跟有知识有素养的一把手开车，还是上下级政界人物，该给人家情面。而后又说，赵书记忙得很，经常开会、下县城、下乡、接待客人，一般很难找到他。

天军觉得小刘提供的信息很重要，心中暗喜，返回我们居住的房间，当即告诉我。

我高兴得眯着眼笑，情不自禁地将他赞扬一番，说还是老朋友善解人意，有能力，下一步咱们准备行动吧。

他翻翻白眼善意地瞪瞪我说，你的事就是我的事，咱谁跟谁呀，还客气啥。说着坐在窗口下的橘黄色沙发上。

窗口下的茶几上，放着蓝色塑料电水壶，我端起水壶准备去接水，为天军烧茶，天军摆摆手说，坐下、坐下，我不渴。我慌忙坐在茶几另一旁的沙发里，和天军并列坐着。我想想这是跑官的好时机，可以直接去书记老家，私事在私人场合办最合适。因为到市里找书记太不容易，不但层层把关，还招人耳目。即使有幸去办公室找到了领导，往往那里是电话不断，人来人往，连句囫囵话都说不完就被打断了，何况人家跟你不熟悉，就很难办成事。我说，咱俩一块儿去他家，你就介绍从前你父亲与赵老的关系。

咱贸然去他家，会不会惹人家反感呢？天军看着我问。

我摇摇头说，不会的，常言说，当官的爱民如子嘛，咱就是普通老百姓去他家，也不会被撵出来啊。我有个感觉，越是大官越平易近人，和蔼可亲，越是小官，越是愣头青似的盛气凌人，傲慢无礼，也不知道有多了不起。

你准备送多少礼金？天军问。

我说，先送两万吧？多了人家不一定接收，这主要是先相互认识一下。

天军点头说，好，这是以孝敬老人的名义尽孝心呢，这叫咱送得合情，他收得合理，这也叫感情投资，打个基础，我帮你拉上关系，以后你自己跑吧。

我说，行。我想到一回生，二回熟，三回就成了关系户，对自己将来是有利的。我和天军商议，小刘是个重要人物，他在帮咱，晚上咱们在一起吃顿饭。

当晚我们和小刘一起吃饭，陪他唱歌跳舞，玩得很开心。我觉得和小刘拉近了情感距离，对他印象很好。小刘也成了帮我的人，我们的关系亲密起来。

赵南书记也深知当前的社会风气和官员的敛财之道，如操办红白喜事、有病住院等，就有投机者送礼送钱，一两千、三五千、万儿八千不等，要领导加强营养，收得合情合理，等到出院时就有了一笔可观的额外经济收入，但他也心里清楚这都是以礼换事的，亏本生意谁也不愿做，所以就难把握公正二字了。久而久之就形成了根深蒂固的关系网。但这种社会风气是很难治理的，隐秘的关系网让人捉摸不透，是一种私交，很难查证，所以他父亲过三周年是在高度保密的情况下进行的，唯恐招惹不必要的麻烦。他给司机打招呼是考虑是否提前给车加油，或检查一下车是否有毛病，也给秘书说了一声，那是临走前打个电话，除此二人，这个大院再无人知晓。

赵南的老家距市里百余里，行程两个小时就到家了。家里的兄弟姐妹均已到齐，都等着他呢。让人想不到的是在这个农家小院里，坐落着三间旧平房，一间旧厨房，仅住着赵南的母亲。赵南有两个弟弟分家另过，姐姐早已成家，但都住进了县城。母亲是谁都不跟，自感舒心，自由自在。常常村里的老人聚集在她家打麻将、聊天、热热闹闹。老人觉得很开心，日子过得平静快乐。她曾去过市里，在儿子赵南家住了半个月，哭了三次。老人说，你这里像宫殿，我就是住不惯，整天闷在屋里打转转，就像圈在木笼里，急死人了。

赵南家住在市委办公楼后院的家属楼一楼，门前有个小院，儿媳说，娘，您可以在院里走走转转，活动活动筋骨对身体好。

她苦着脸说，转啥呀转，不见一个熟人，就是有来人，个个像孙子样点头哈腰，低三下四，看到赵南像老鼠见了猫。同样是人，谁怕谁呀，你赵南有啥能耐哩，不就是多喝几年墨水嘛，在城里有点用，在乡下没啥用，老百姓是靠出力养家糊口哩，可不是靠嘴皮子哩。老人坚决要回老家，总觉得这儿不是自己的家，虽然儿子家里的东西都好，也不稀罕，没有在自己家里自由自在，住着舒服。

赵南极力挽留，说还是在城里享福，啥活都不让您干，您在乡下孤孤单单一个人，让我牵挂。

老人说，干活、干活、不干不活，叫我吃了坐，坐了吃，难受。我想帮帮手，恁用的气啊，电啊！我怕出事。说着说着泪眼婆娑起来，又说，我回去，你尽管放心，乡里乡亲都很好，要有个头疼发热啥的，他们帮我打个电话，没问题。

我怕家里生活条件差，营养跟不上。赵南想的是老人手脚不灵便了，孤身一人在老家，吃饭不照点，饥一顿饱一顿，或不想做饭了随便凑合吃一点，时间久了，容易生病，一旦病倒，麻烦就大了。

老人说，不用为我担心，我做一辈子饭了，想吃啥做啥。我爱吃家乡饭，吃惯了粗茶淡饭，叫我吃大鱼大肉，我胃里不舒服。再说，我待在你这笼子里，是让我活受罪。

您这不是让我为难嘛。赵南皱着眉头，说服不了倔强的母亲，但又无可奈何。

老人黑着脸说，我乐意在家，在家里一点都不孤单，老觉得你爹天天跟着我，给我做伴哩，我一出来，把他扔在家里，我挂牵。夜里做梦，他还叫我回家哩。

还是二老感情深哪！赵南回想父亲在世时，曾任过大队书记，后来去县城工作，常回家给母亲买这买那，把母亲当宝贝看，从来没有磨过嘴，闹过矛盾，想必母亲守在家里不走，也是给父亲做伴吧，这都是心理作用。赵南不愿强求母亲，她乐意在家，就把她送回老家，并给她安排好。赵南为村里办了很多好事，如搭桥、铺路、安自来水管等，受到群众拥护，自然他母亲在家也得到乡亲的关照。赵南母亲把屋里屋外打扫得干干净净，床上换上新床单，新被褥，等着儿子回来休息。

赵南回到老家休息片刻，同家人一起给父亲上坟，上完坟回到家里刚坐下，我和天军赶到了。赵南愣怔地看着我们，觉得面熟，但一时又叫不出名字。当领导的见人多，不会耗费精力去牢记某个人的名字。他不熟悉我们，但我们熟悉他，多半是在电视上和会场上看到他的形象。他身材不高，白白胖胖的，头型很圆像个大西瓜，自然脸形也是圆的。有人说，这就是官相。

天军自我介绍，我是马王村的，是郑县王书记的司机，我的工作还是通过伯父和您安排的，我知道是托您的福。接下来他向赵南介绍了老人从前与他父亲的关系。

赵南仿佛想到有此事，只是多年了，办了那么多事，对这事也记不清了，他慌忙站起来凝视着我问，这位是……

我和天军并肩站在门里面。天军扭头看着我说，他是郑县文化局局长，我们是多年的好朋友，也是老同学。

赵南指着凳子说，坐、坐、都坐。你们怎么知道我回来了？是谁告诉你们的？

天军微笑着站在凳子旁边说，我们是为老人过三周年的。

听谁说的？赵南当即追问。

天军看着赵南坐下了，他才坐下，说老人过世时，我来了，我记住老人的忌日呢，今天正是。

赵南有点感动，难得有这片诚心，是个有情有义之人哪！立刻脸上荡起笑容，亲切地说，你们专程为这事来？

我也坐下了，感觉气氛很温和，屋里坐满了人，每个人的精神状况还不错。我见到赵南及家人心里没有拘谨和恐惧的感觉，关键是赵南像普通人一样很平和。在此环境里，我觉得就像与自己的家人一样，没有什么特别。

赵南的母亲身材有点瘦弱和驼背，瘦长的脸上布满了饱经风霜的核桃皮似的皱纹，花白的头发盘在脑后像个牛屎墩，用一根细长的银簪子别着，是典型传统的老婆盘头。我猜测她可能八十岁左右，但身子骨硬朗，是位很善良很明理的老人。不知怎么，随着年龄增长，我一见到老人就有一种亲近感，认为老人都是弱者，在世上走了大半个世纪，经风雨见世面，走过沟沟坎坎不平的人生路，什么事都经过了，经验丰富了，把什么都看透了，看淡了，无所谓了，不管年轻时是什么脾性，到老都磨得没有棱角了，变得软弱不堪了。

老人向上挑一下松弛的眼皮，睁开眼睛看看我和天军，似乎很清楚我们是冲着他儿子来的，一定有事，便将自家人都叫了出去，有的在厨房里帮厨，有的在院里树荫下交谈，屋里仅有赵南、我和天军。我感谢老人真会做事，别人一走，我心中暗喜，等于抓住了大好时机。天军从提包里掏出了小米、绿豆、红枣放在桌上，说老人家当年最爱喝小米绿豆粥。原想做好带到坟上祭献，因为时间急，不便携带。

我坐在赵南对面接着说，我们来表达一下心意，想为老人立块碑，可又没法亲手办，只能留点钱让家人代表我具体操办了。我掏出一个鼓囊囊的大信封放在面前的茶几上，为了避免行贿之嫌，以我们俩的名义送，只要他收了这两万，下面就好办了。回到市里，我就可以大胆地将那几万也送上，我最关心的是他的态度。

赵南低头看着信封伸手掂掂它的分量，脸色阴沉下来，很不高兴的样子。

我看他的表情变化心里一沉，又一凉，不知道是嫌多还是嫌少，当即说，钱不多，表表心意。

赵南抬头望着我"嘿嘿嘿"冷笑说，如果为老人尽孝心的话，谁该尽？显然对我很冷漠，猜测我是别有用心，改变了刚才的热情劲。

他的话像一块冰砸在我心里，让人心寒，想想我们这么做确实不合适，立不立碑是人家儿女决定的事。我说，这是我们的想法，今天是老人三周年，我们总该上点礼吧！

他手里托着沉甸甸的信封很生气地说，文化局也是个穷单位，你也就那么点工资，不觉得这礼有点重吗？你们到底是为老人来，还是为我这个书记来？说吧，有什么事？

天军听着这话心里也不是滋味，不敢道出真言，只是说，赵书记，别误会，我们今天确实为老人的事而来。

赵南缓和口气漫不经心地说，要是这样，把小米、绿豆、红枣留下，但不能收钱。我这里没有收礼的规矩，安葬老人也不收礼钱，何况办三周年。说着他把钱装入我的黑挎包里。

霎时，我感到出师不利，马上意识到我们不受人家欢迎，把此事办砸了，没什么希望，刚见面的心情完全变了，变得难堪、沮丧、失意，觉得人家当官的不近人情，心里很难受。也想到在官场求进步太艰难，如果没有背景没有人，你即使有诸葛亮的才能也无用，人家讲究知人善任和忠心耿耿。所以说谁高升了也没必要羡慕，人家背后也必有酸甜苦辣难言之隐。我瞟一眼天军难为情地说，那咱们告辞吧。说着我和天军站了起来，我的目光转移到赵南身上，僵着笑脸说，对不起，打扰了。

恰巧赵夫人从院里进屋，伸手阻拦着我们说，不收礼是规矩，但吃饭也是规矩，哪有大老远来了不吃饭就走呢？这话说得我心里又有几丝暖意，人家明事理，懂人情，尊重人。

赵南也反应过来了，觉得应当留我们吃饭，也觉得刚才的话太直爽，太刺人，没有人情味，站起来，脸上露出一丝微笑说，吃过饭再走，吃过饭再走。

我也早有思想准备，把自尊心扔到一边去了，下级在上级面前到哪里找自尊？你一自尊就是不服从领导，高傲自大，工作表现差。你不自尊，说明你团结同志，谦虚做人，服从分配。我和天军对视一下目光说，恭敬不如从命，既然您挽留，咱就吃了饭再走吧。我把不愉快全抛在一边，像什么事都没发生似的。

中午吃饭时家人安排两桌，一桌在厨房，就座的主要是赵南的亲属；另一桌在堂屋，主要有我们和赵南夫妇。桌上的菜很丰盛，多半是我喜欢吃的农家菜，菜味很可口，如蒸苋菜、炒萝卜干、炖土鸡等。特别是老人做的芝麻叶粉浆面条让我食欲大增，那是豌豆打成浆过滤后在锅里烧开下面条，待出锅时，将腌制好的葱花、姜末、韭菜、花椒叶、十香菜等倒入锅中，很出味。吃饭时，赵南的话不多，说话处于半思考状态，据他在官场的经验，最注重语言表述，他知道官场语言是一种智力游戏，太知道祸从口出，更注意语言严谨了，他随时随地无论对任何人说什么话都不会给别人留下话柄和毛病，俗话叫滴水不漏，重要的是意会。这样就让人感到全是官话，可能是经常作报告练出来的，给人的直觉是公私分明，廉洁奉公，同时也感到情感冷漠。

赵夫人倒很家常，亲切地说，感谢两位客人不忘老人家的恩情，老人家在天之灵，见客人如此深情厚谊，一定会含笑九泉，感到欣慰。

我一听她说话就知道是个知书达理、口才好的女人，说出的话让人感到高兴。我是第一次见到她，看她模样有点像赵南，不同的是她戴着一副金丝边近视镜，又细又轻的金色镜架很精致，超薄洁净的无色镜片不反光，可以清楚地看到她那双炯炯有神的大眼睛充满活力，睫毛眨动时透出一股聪明伶俐的神态。平时我看别人戴眼镜不怎么美观，但看到赵夫人戴眼镜格外雅致，还显得文气十足。但看得出她和赵南的性格不同，开朗直爽，满面笑容，打破了室内尴尬紧张的气氛。如果不是她从中调和气氛，我很难想象坐在一起吃饭多么没意思。

天军边吃边说，没有老人家帮我，就没有我的今天，或许我还在家侍候几亩黄土地哩，他对我恩重如山，我却无以回报，心里不安哪！我还记得小时候和老人家相处的情景呢，那是“文革”期间，我们同吃同住同干活，就像一家人和和睦睦在一起生活。老人家温和、善良、慈祥，就像我父亲。他喜欢我，常常扯着我的手，到村外田间大路上散步，给我讲故事，还教我唱样板戏。每当我们俩相处时，他的话就多了，心情也好了。可人多的时候，他就没话了，那时候，我不太懂政治斗争，只知道老人好，现在想想他那是因为苦闷冤屈啊！

天军一讲老人的过去，赵南心里就酸溜溜的，老人一生不易，遭遇坎坷，在遭难时确实受到人家的关爱，是老人的恩人哪！所以不能对人家无礼，语气很温和地说，老人临终时特意嘱咐我几句话，说要为家人争光争气，做个群众拥护的好干部，不能给祖宗丢脸。他的话我始终铭记心中，所以说，我今天拒收重礼，他会高兴的。咱们今天相聚，不都是一个目的吗，不忘记老人，让他在九泉之下高兴。我也真诚地代表老人对你们表示感谢！

我想到他们这样说，目的就是弥补和冲淡一下我们的尴尬气氛，天军也大胆地讲起老人的故事来，当年老人在他家里患病时，他为老人请医生，端茶喂药。当受批斗时，他父亲保护他，对生产队长说不准打骂，不准说难听话，只是走走形式。老人爱吃什么饭，母亲就常做什么饭，如老人最爱吃单馍卷炒熟的韭菜辣椒、芝麻盐、蒜瓣拌青菜等。天军将每件事编得具体形象圆满，有些确有实事，有些即兴编织，反正死无对证，使赵南夫妇备受感动，也增加了对我们的好感和尊重。席间赵南频频为我们斟酒和我们碰杯，夫人不停地劝饭，让我们吃好吃饱。

我敬佩天军见识广，口才好，关键时刻说了不少感人话。反而，我的嘴笨拙了。我深深地体会到，天军是真心对我好哇！亲如兄弟。

小刘是一个很精明的司机，一旦有人找赵南，他就很自觉地避开，不打探任何事。在赵南家，小刘一直躲避在车上看书。他喜欢看小说，觉得小说里写的都是人们的生存状况，人生命运，坎坷经历，能引起共鸣。然后琢磨琢磨人家想想自己，可以明事理、启迪人生、吸取教训，给人警示教育，哪些事可以做，哪些事不能做，遇到事怎么做，是研究人呢，做人做好了，可以避免出现很多麻烦事。他觉得看书是很有意思的事，如果没有这个兴趣，单凭停车等人就急坏人，可想而知，这也不是什么好差事。他经常在车前面放两本书，看完再换。赵南开会，或外出办事，他就待在车里看书。赵南也喜欢他看书，曾夸赞他看书多了好哇，长见识，开阔思路，咱在路上犯困打盹儿了，你给我讲个故事，就可以提精神。我知道小刘没有参与赵南的家宴，另外随便吃些饭，这也是赵南喜欢的，所以小刘对发生的任何事一概不知。

吃过午饭，我们走时，赵夫人还主动热情地和我们握手，我打心里感谢她对我们的款待，人家善解人意，给我留下了好印象。我觉得有点过意不去，是去求人家呢，结果没给人家什么好处，反而添麻烦。要没有我们的加入，人家同亲人团聚，亲亲热热聊聊家常，欢欢乐乐地吃顿家宴，多高兴呀。这事弄得适得其反，我有点愧疚，心里不安，早知如此，不如不来。

我们的车在当地的乡街上停着，距他们村有一里多地。因为地理状况不熟，土路很窄，怕问路麻烦，避免招人闲言，我们认为车不进村比较合适。步行一段路程，活动活动筋骨，也正合我意。我和天军踏着乡间土路并肩步行去街上，在路上我感到心里轻松了，压抑感消失了，说话随便了，叹口气说，唉！今天可能日子不对，黑道日，不宜出门。

天军歪头看看我说，你是说今天不顺？

我点点头边走边说，我们失败了，钱没送，弄得狼狈不堪，幸好留下吃饭，多亏你的好口才，说说对老爷子如何好，使人家感动，挽回点面子。

天军说，不要悲观泄气，这是官场常识，哪个官员不碰壁？哪个官员不遭冷遇？就他赵南去见上级领导，不照样和咱们一样吗？在咱身上遇到的事情，他也会遇到。他当多年市委书记了，他不想高升吗？不想当省长、省委书记吗？如果没有官欲，他也到不了现在这个位置上，说不定他心里还更迫切呢，想当官不也要找上级领导吗？上上下下的程序都是一样的。你想想当官的像牛角一样少，当兵的像牛毛一样多，遇到机会谁不争？一旦争上去，牛角当然风光潇洒呀！因为牛角少牛毛多，所以争上去就很困难。如果百事顺利，都当国家主席当总理了。官位像金字塔，越升越难，成不成也别往心里去，不过我倒从不利因素中看到了曙光。

什么曙光？我急切地问。

你想想看。我们并肩走着，天军扭脸看看我说。

我摇摇头想不起来。平时听人说，好像行贿送礼很简单，只要你送，对方就乐意收，原来全是瞎扯，今天就是例证，唉！难哪！

天军走着走着，不料双手忽然击头，苦着脸说，唉！今天这事怨我、怨我、真怨我，该死、该死、真该死，我慌什么呢，真晕头了。我怎么忘了向他介绍你是大才子当代著名大画家杨天龙呢？这是一张叫得响的名片，如果介绍了这张名片，或许就不会出现今天这样的局面。谁都知道有些官员非常尊重知识尊重人才，何况你还是大名人哩。我怎么只介绍你这个破局长呢，它管什么用？失误失误，这事让我彻底办砸了。

其实我也忘记这事了，即使不忘，也不好意思自我介绍啊！不过我可以提前提醒天军。经天军这么一说，我想想或许能起点作用。我说，我也晕头了，我给他拿什么钱呀！要给他送几张画，不比这值钱啊！

天军说，不行，咱是给老人家祭拜呢，拿画是极不合适哩。

我想想也对。总之，觉得办这事没经验。我想起某书上讲，如果遇到不顺心不如意的事，要忘记烦恼和忧愁，只想快乐的事，自己拥有的事，得意的事，这就是快乐的秘诀。我想起赵师傅热心帮我，使我有名有利；想起现在优越舒适的画画环境，极大地提高了画画的效率；想起我还是局里的一把手，管着手下的一班人马，这一切不都是别人帮我的结果吗？这么一想，我的心情好多了。

我抬头望望高空中火红的太阳，稍微偏向西方，散发出暖融融黄腾腾温柔的光线，照耀着万物大地，让人感到广阔的大地上到处亮堂堂的，赏心悦目。碧蓝澄澈的天空，像一张展开的无边无际的蓝绸缎，上面缓缓地悠然自得地飘浮着几朵白云，如蓬松轻飘的棉絮和雪片，为广阔的天空增美添彩。

五月的天空，气候宜人。我又望望附近的村庄和辽阔的田野，忽然有一种亲近感和新鲜感。因为我是在这样的环境中长大的，然后在城市里奔波多年，现在返乡，一下子感到天高地阔空气新，心情爽。人往往就是这样，在一个固定的环境里待久了，就有点厌烦，想出去走走，换换心情。所以到了春秋之际，天气不热不冷的时候，人们就乐意到有名胜古迹的地方旅游观光。

我们踏着田间平坦的小土路继续前行，望望路边田野里绿油油的麦苗，经微风一吹，好像默默地微微摇头欢笑。我闻到从它们身上散发出的清凉气息，一下子又想起了小时候在麦地里剜草的情景。那是20世纪70年代末上小学的时候，每到放学回家，就挓着篮子到麦地里给猪羊剜草，猪羊是家里的主要经济来源，得好好侍候它。剜到天黑时，伙伴们还不想回家，就在田间的土路上发疯般地跑着捉萤火虫。路上的萤火虫很多，它身上亮晶晶的，像火星似的在空中飘荡，又像繁星坠落，我们仿佛置身于星空中玩耍取乐。那时候麦地里的草多，野菜也多，天天剜天天有，不像现在家家户户都用了除草剂，只长庄稼不长草，家里的主要经济来源也不靠养牲畜了，主要靠进城打工。那时候的路两边是两排碗口粗的白杨树，青枝绿叶的树冠，肩并肩头碰头几乎搭成了凉棚。在田间劳作的人累了，常常到树荫下乘凉，望着广阔的田野，享受着微风的凉意，呼吸着新鲜空气，心里也格外舒服。但现在这些树没有了，在田间劳作的人也没有了，到处静悄悄的。

我们到了乡街上，我说我开车，因为我学会开车不久，对开车正感兴趣。天军却抢先一步坐到驾驶座上说，我怕不安全，你给我老实坐着吧。我只好坐在副驾驶座上。天军有个经验，人在最沮丧和最高兴两个极端情绪时，最容易出事。前者叫祸不单行，后者叫乐极生悲。他怕我精力不集中容易出事，其实我不像他想象的那样严重，不良心情已经自我调整过来了，出现任何事情只要静下心来想想，也就无所谓了。因为只有两个位置，如果一百人去争就有九十八个碰壁，也不是我一个人难堪，又觉得这是很正常的事，只是在心里琢磨天军说的“那一丝曙光”，对此我很感兴趣，禁不住问，你说“那丝曙光”是什么？

天军手握方向盘，目光直视前方，没有及时回答我，而是处于沉思状态。墨色轿车奔驰在乡间平坦的公路上，让人感到视野开阔，宁静清新。我认为人们进入官场就有官瘾，因为都看透大官比小官各方面的待遇好，更重要的是一种荣耀，受人尊重和爱戴，这是大家公认的。就我目前的位置，生活得很幸福了，可还是想求进步，自找苦吃，活得更累更辉煌些。道理明白，却无法控制自己，这就是人们常说的官欲吧。

天军思索片刻说，我说的希望是指赵夫人。

我立即追问，我可没看出啥希望。

天军说，我觉得赵南不收钱有几种原因：一是真不收，这种人少，偏让咱们碰上了；二是咱们的做法不对，据说如今当官的不直接收，而是间接来，当然是心腹之人。咱们直截了当，是不是不策略？三是钱少，不足动其心。比如给你调资只能增加一块钱，你会拿出高姿态不要，或让给别人。如果增加一百元，甚至一千块，你还会让给别人吗？所以数量的多少，决定了一个人的心态。如果今天咱们上的不是两万，而是八万，也许会是另一种态度，你看是不是这样？还有没有其他可能？

我感到天军是一个有头脑有思想的人，让我刮目相看。他说得慢声慢语，分析透彻，让人信服。我想了想也确实不外乎这三种情况了。他所说的心腹就是赵夫人，也想到她对我们很热情，临走时还给我们一一握手，说有时间来家里玩，这一切是不是暗示？如果是这样，我可以将八万一起上。一般丈夫即使刀枪不入，也对老婆毫无办法，何况这女人说话办事干脆利索，还那么漂亮，五十有余，却如四十挂零。她将“枕头风”一吹，赵南能不醉吗？他只能老实办事了。

天军说，或许他们像唱一出戏，一个唱黑脸，一个唱红脸，丈夫拒之门外，妻子觉得不收白不收，不管属于哪种情况，只要达到目的。

天军的话使我有了信心，也使我精神起来，既然认准的事，就坚决去干，我说，咱们要摸摸底，抓住时机行动，另外还要打探一下赵书记有没有什么嗜好。

我回去再见见他的司机。天军说。

咱们直接去市里，多买点东西，到他司机家坐坐。我急不可待地说。

如果天军不提这一丝希望，我就绝望了，不想此事了，经他这么一说，我心里又像火炭一样热起来。我们一路上绞尽脑汁猜测赵南夫妇的心理状况。凡是想办事的人都有一种共同的心态，就想给人家送礼，人家不收，就感觉一点希望都没有了，人家收了，反而高兴，这就像天军说的那样有一丝曙光了。

我们的车到了市里，停在宽阔的大街旁边。天军打小刘的手机，询问他家的住址。我们得知小刘家居住的地址，去买了水果、烟酒、食品等，提着两个鼓囊囊的大塑料袋，来到小刘家。小刘也是刚把赵南夫妇送回家，而后回到自己家中。小刘之所以比我们先回到市里，是因为我们从赵南家步行二里多路到乡街上去开车，延误了时间。小刘家居住的房子有八十多平方米，两室一厅，客厅的面积不大，但沙发、茶几、电视等一应俱全。他曾对妻子说过，凡是人家有的咱家也要有，只是个档次问题，比如人家有彩电，咱家有个黑白电视机就行，待人家换大彩电了，咱家有个小彩电就可以了，因为咱们工资低，不跟人家攀比，只要快快乐乐地生活，比什么都好。有钱人，他们的生活不一定快乐，人生就那么几十年，图个精神快乐，身体好，其他最终什么都不是自己的。说得妻子无话可说，小两口的日子过得很美满。

小刘看到我们忙说，你们买这么多东西干啥？我是开车的，啥事办不了。曾有人在我身上打主意，要我在赵书记面前说说情，我无能为力，千万不要对我有幻想，以后人家就不再找我了。他说着弯腰铺展沙发垫子，示意让我们坐。

我把礼品放在茶几上说，第一次来家，给孩子买点东西，没别的意思。

小刘的孩子上小学了，爱人上班了，家里没人，这正合我们的心意。一般求人办事不乐意叫其他人在场，一是不方便说话，二是怕节外生枝，这是个秘密活动。小刘慌忙倒茶让座，拿水果，热情一番后，我们都坐在沙发上。小刘说，你们一定有事吧？什么事？

天军指着我说，这是我们县文化局杨局长，是我多年的铁哥们儿，想求进步，能提一下更好，但在赵书记面前不好意思说。

小刘微笑着说，这么点事，你给县委书记美美言，再找找组织部长就行了。我看你们出手大方，花几个小钱，请他们吃吃饭，洗两回桑拿，就把事办了。

我们觉得这是个天大的难题，可小刘说得很轻松，照他指的路，这种逆水行舟方能办成的事，只能是赵南的顶头上司去办，上级压下级，可能会这么简单。

天军说，县委书记那里我可以传传话，但决策权在市委组织部和赵书记那里。我看赵夫人不错，听说她为别人办过事没有？

小刘摇摇头，没有。不过我知道她是做家务的好手。赵书记是甩手掌柜，领了工资，全撂给她，家里吃喝拉撒、柴米油盐，全由她包揽，很能干。

她是干什么工作的？

在纪检委。

赵书记有没有爱好？

小刘说，他爱书法绘画，在他书房里摆着大方桌，一有时间，不是看书，就是练字，还喜欢画画，尤其他的字写得很漂亮。

天军和小刘交谈着，我在一旁听着，心中暗喜，没想到我和赵书记的爱好相同，我练字画画几十年，赵书记不一定有我的道行深，他毕竟杂事多，太忙。天军指着我说，我铁哥们儿的字，全省出名，画画全国出名，是大画家，我们县委书记都竖起大拇指称赞。

小刘看着我笑笑说，把您的作品拿来让赵书记欣赏欣赏，他一定会高兴。

我紧接着说，一定，一定。如果早知道他爱书法，今天带上我的作品，我们之间就有话题了，谈书画，我可以谈得头头是道，就会找到共同话题。我恨自己不会办事，想到人家只钻到钱眼里了，可我的字画是有价值的，我准备砸上的钱，就来自于卖字画，这是我额外可观的收入。但又一想，也不后悔，谁知道他懂书画呢？如果不懂，人家也不稀罕，或许你前面走，后面就当废纸扔了。

天军端起杯子，喝口开水，润润嗓子，对小刘说，我们有机会想见见赵夫人，行吗？

小刘用电水壶烧了一壶水，为我们各泡一杯毛尖茶。现在流行用电水壶烧开水，一壶水两分钟就开了，喝这样的开水新鲜，容易将茶叶泡开，避免人长时间不在家，水瓶里的水或饮水机里的水放久了，回来就喝，容易生病，小刘端着电水壶给我们添着开水说，这没问题。

我们正在相互聊着，赵书记给小刘打来电话说，明天上午要下去参加一个水利工程开工典礼，完了到下面三个县城转一圈，估计要走三四天，你准备一下。小刘把这一信息和赵书记的住址提供给我们。我们都很高兴，心里有底了，天军慌忙站起来说，谢谢小刘！你忙吧。

我们告辞了。我深深地体会到求人是一件很难的事情，所以说做人在任何时候，都要低调谦虚。无论你官位高低，都要一视同仁，都有求人的时候。不管你身份如何，无论求谁，当求人的时候，自己就觉得渺小得像芝麻籽一样，我在小刘面前仍有这样的感觉。我感谢小刘为我们提供了很重要的信息。

我们当晚就回到本县城，第二天上午，我和天军又来到市里，我把自己的几幅字画拿来，准备送给赵夫人。我想到如果赵书记的练字功力达到一定程度，他能慧眼识才的话，就会看出我的水平有多高，否则便是凡人目光。

赵南家就在市委大院后面，那里有一个小家属院，里面是一排四层常委楼。我们知道赵南家住一楼。凡是住一楼的都有大门和一个小院。此日是周末，赵夫人不上班，正是好时机。我们做好了一切准备，敬献金钱加作品。天军和我来到赵书记家门口，我有点胆怯地伸手按门铃，铃声便“丁零”响起来，我心里不免又有几分紧张。

开门的是赵夫人，她没有装腔作势的惊喜，也没有稍愣片刻才反应过来的那种做作，而是笑盈盈地，像给自家人开门一样平常自然，温和地说，二位，请进。我本来对她的言行就有好感，又看到她对我们很热情，感到很欣慰。

我们走进大门看到里面是一个洁净的水泥地坪小院，西边是两间小平房，我听到里面的洗衣机“嗡嗡嗡”的滚动声。赵夫人身穿高弹力紧身裤和红羊毛衫，利利索索，像在料理家务。她带我们径直走进堂屋客厅，让我们坐在沙发上，弯腰端起不锈钢热水壶沏两杯热气腾腾的茉莉花茶，空气中立刻散发着清香味。我又想起了十年前和赵师傅在北京的茶馆里喝的这种茶，好像茶叶的质量是一样的，很香很浓。我是第一次来到这样的高级官员家中，不免有些拘谨。然后赵夫人坐下来陪我们说话。

我看着足有三十多平方米的宽敞客厅，水曲柳木质地板，雪白的墙壁上挂着两幅著名书法家启功的字，还有两幅山水画，给人一种浓郁的书香气，耐人寻味。墙角的小圆凳上站着一头根雕梅花鹿，昂首挺胸，形态十分逼真。旁边的花盆里养着翠绿的名贵花草。整个装修布局给人一种文化情调与氛围的感染力，充满了高雅之气。因是一楼，屋里的光线有些暗，给人清凉的感觉。我知道这是集体常委宿舍楼，不属于个人，是来往调动干部的临时住所，想到装修这么好，万一工作调离了怎么办？我说，嫂子是理家能手，这屋装修得不错啊！

她笑笑说，哪天调令一下，就卷铺盖走呗，至于房子，走就走了，总不能找下任书记要装修费吧。其实装修也没花多少钱。俗话说，人生在世，吃住二字。有人爱吃，有人爱住。

我和天军对视一下目光，似乎都明白了赵夫人有贪心欲望，我想赶快转入正题，万一再有客人来，这戏就没法唱了。我说，我今天有点事，想请您帮忙。

她注视着我说，什么事？

昨天本想留点钱给老人家捐块碑，表表敬爱之意，可赵书记硬是不收，今天希望您成全一下我们的心愿。另外，还有我的拙作，也是业余爱好，想请赵书记欣赏一下。

赵夫人立刻眉开眼笑，慌忙抖开字画一看，禁不住啧啧称赞，这是你写的，写这么好？没想到咱这小地方还有大家呀？老赵见了一定会高兴。他爱好字画，多年来也常常舞文弄墨，看不上这个人的字，也瞧不上那个人的字，包括有些名家。我想你一定是他的知音。

她如获至宝，我心里高兴，想必她也一定是内行，我急忙接着说，您也是行家啊！

她伸展着字幅，仍然凝视着我那富有个性的字说，我是受老赵的熏陶，爱欣赏，他常给我讲解，略懂一点，我也觉得这是一种高雅的爱好。说着很珍惜地轻轻卷起来。

我只是想到搞政治和搞专业是两个圈子，一般人对字画没多大兴趣。但又一想，不对，那些政坛伟人如雍正、乾隆、毛泽东、周恩来等都是很好的书法家，他们的字都流传后世，字里行间饱含着很深的文化涵养及广泛的爱好兴趣。赵夫人将卷好的字画放在沙发上，我将准备好的公文包给她，说是给赵书记带点薄礼，表表心意，希望收下。我只是想她当面不会打开包，可她掂着包觉得沉甸甸的，慌忙打开一看，顿感惊恐，笑容消失，像看到了定时炸弹似的，想立刻将它抛到远处。她抬头望着我冷冰冰地说，你送这么多钱干什么？只为制一块碑立在坟地上？

天军直言道，人嘛，都想进步，现在他是正科级，想往上动动工作。

我急忙解释，县里规定超过四十五岁就不提了，我都四十有余了，您看不是这条土政策逼我上进嘛，正好有两个副县到年龄了，这是个难得的机会，请您帮帮忙。

赵夫人将包放在茶几上说，好几万吧?

我只是微笑。

她接着又说，十来万?

我摇摇头说，没有。

七八万吧?

我没吭声，只是默默地低下头。

她半开玩笑半认真地说，你想花八万买个副县? 那你坐下等等。说着进了卧室。我和天军对视一下，弄不明白她的心思，如履薄冰，不知道她葫芦里卖的什么药。我心情稍微轻松些，轻轻地嘘出一口气。旋即赵夫人从卧室里拿出一张表格，给我说，你填一下。

我接过一看，上面姓名、单位、款数等各项均列出表格，心想挺正规的，再一细看头脑轰的一下像着了火，只见表格上还有个捐赠项目。

她很认真地说，捐赠项目这栏目你写清楚是灾区、希望工程还是残疾人事业。

我头上冒汗，心里紧张，不料人家太绝情。我忙说，我们冒昧了，你觉得为难，那就……

她坐在对面的沙发上说，我不是跟你开玩笑，老赵见你们把款捐给灾区或希望小学，一定很高兴，你给他送礼不就是让他高兴吗? 我实话告诉你吧，老赵用人主要是看重实绩，看重贡献。他说过，你就是博士、研究生，在工作岗位上干不出实绩，也等于零，那只是徒有虚名，能力的大小就体现在实绩中。就说过去老前辈领兵打仗吧，那些元帅、将军也没多高的学问，硬是用咱们的小米加步枪，打败了敌人的飞机大炮，你能说这些元帅、将军无能? 我想捐资也算是为社会做贡献吧，当然捐款要自愿，不自愿就拿回去。

她这一招像无形的铁拳，打得我头破血流。我感到自己的脸像被剥了一层皮，面色难看，心里难受，无地自容。

转而她又很平静很温和地说，不敢卖官啊！你想啊，如果八万买个副县，副县上去就会捞本钱，他还卖官，这样下去，一个生两个，两个生四个，四个生八个，如此发展下去，都成什么官了？国家怎么办？老赵很担忧，我们也常探讨这问题。老赵在常委会上也说过，本书记决不卖官，说句老实话，要赚钱，改革开放之初我们可以回老家做生意赚大钱，但我们放弃了，选择了从政，既然这样了，就只有老老实实正正派派地做官了。你们的心情我理解，如果想进步就努力做贡献，只要成绩突出，这是最有说服力的，我自然要为你说话。

我硬着头皮说，您说的对，我错了。我抬头瞟她一眼，不敢和她对视，又低下头，心想真丢人啊！这时候，我真的醒悟了，即使我在原位上干到老，也决不再有跑官的念头了，这次碰壁，叫自作自受自悔自恨。

她说，没关系。她将钱包递给我说，请放心，这事我不会告诉任何人。你的字画我留下，相信老赵会识别你的真功夫，他爱字画，在这方面很在行，希望你们以后相互切磋。

我马上想到市委书记和一个小芝麻官切磋，可能吗？他有时间吗？不顾及自己高高在上的尊严吗？除了在会场上，普通人到哪里去见他？虽然不可能，但这话我爱听，又把我的心温暖了，人家是书记夫人哪！是书记的内当家呀！她无形的地位不低于书记的实权。

我深感这女人非凡，太厉害了，我和天军逃也似的告辞了。我一向敬佩口才好的天军，他也被今天的场景震惊了，从始至终他没有插话的机会，也不知道怎么说了。我们回到宾馆一进门，就垂头丧气直愣愣地躺在床上，大约十几分钟才有了话，我说，天军，没治了，好厉害的女人啊！

天军仰躺在床上捶着头说，为什么我们的分析老出问题呢？

简直像白骨精，让人难分辨。我心里很不是滋味，沮丧地说。

我们该怎么办？ 天军问。

我说，完了，只能老死在这个岗位上了。

天军说，你把你的书法再好好练练，达到精益求精，卖上大价钱，比当那个破副县强，当个熊副县，杂事不少，整天东奔西跑，累得够呛。

我也只有这样了。 我直直地躺在床上，木呆呆地盯住天花板说。

原来我只是想，有了权力就有了一切，就会光彩照人，受益无穷，无论走到哪里都笑脸相迎，那些吹喇叭抬轿的，卑躬屈膝，对你甜言蜜语体贴入微，关心爱护你，满足了自尊心和虚荣心，但没有考虑到它的反面有多大风险，若用不好权力，轻者住局子，重者丢性命，弄不好身败名裂，遗臭万年。我慢慢也理解了赵南夫妇的冷漠和良苦用心。 人家也怕呀！ 人家面对陌生人不敢相信呀！ 就说收了我的，我会绝对保密，可别人呢，就难说了。 因为职位少争得烈，最后谁也保证不了给谁，赵南也难以左右。 我知道有一个单位，进行改选，组织部认定给他们单位的一个副头 A，但有两个候选人，还有一个副头 B，评选的时候，结果 B 的票数比 A 高，这是组织部弄的出人意料的事情。 就说第一关吧，即使赵南同意，谁能保证常委领导班子人心齐呢？ 表面都风平浪静，内心都各怀鬼胎，赵南万一兑现不了，当事人又不知内情，谁保证不出事呢？ 所以没有把握的事，人家不愿冒风险。

现在是人情淡薄势利眼，让人心凉。 这一点使我想起前不久表舅住院的事，他恰好与某公司的总经理住一个病房。 人家床边有处长、科长等干部侍候着，有 6 个小伙子分成三班昼夜 24 小时守护着，有上级领导来探望，还有几位年轻漂亮的女人来慰问，天天来往的人如流水一般，滔滔不绝。 如果有不明真相者，就会说人家真人物，人缘真好。 医生、护士查病房时，对他嘘寒问暖，细致检查，至少要花费半个小时，而对我表舅仅用几分钟。 我表舅在他对面床上冷冷清清地躺着，儿子在几千里以外搞导弹，女儿在国外上学，只有老伴每天挤公共汽车给他送点饭，为他灌壶热水。 他是德高望重的名牌大学老教授，曾多次在国内外讲学，带出无数个研究生、博士生，深得同学们爱戴。此时，他觉得最没用的就是学问、名气和臭架子。他放不下自己的身份，每天对着墙壁躺着，对总经理床边的一切不闻不问不看。不久，总经理的病情突然恶化，医生通知准备后事。单位副总经理也来了，询问总经理有什么要求，他都满口答应了。该说的话都说完了，守护人员看到副总起身告辞，都呼啦站起身撇下病人不管了，争先恐后送副总了，有的为他开门，有的紧随身边赔笑，前呼后拥出门护送。病房里一下子寂静、沉闷下来，静得可怕。表舅翻过身来看着孤零零的总经理奄奄一息，两滴泪珠横着落在枕头上。他心里很清楚，感到人情冷暖，凄惨悲凉。表舅安慰他说，人就这样，明白了，就无所谓了。像我这样就习惯了，知识和钢笔永远不会背叛我。干哪一行都有得有失，在官场时刻都存在着失落感。

我们沮丧地回到县城，我是死了再升官的心了，就一门心思扑在画画上了。我把名家的画收集在一起，都挂在我住室的左边墙壁上，也把我的画挂上去作比较，认真研究，细心观察琢磨，比来比去觉得自己的画竟然胜过名家，转而又嘲笑自己，别自卖自夸了，自己的孩子不嫌丑，便吹毛求疵找人家的毛病，转而又一想，识货不识货，就怕货比货。我的画独特新颖，功力深厚，看着让人舒服。我画的牡丹花和山水画逼真，和名家相比一点都不差。我明白了为何它在市场上有较高的价值。

济 贫

我的字画已经在北京打开了市场，一来是赵师傅帮我举办画展；二来通过朋友帮我销售，其中，有一幅画卖了 20 万，不到一年时间，朋友帮我卖画 100 多万，当然他们也从中提成，同时，我的名声大振，远近闻名，给我极大的鼓励和自信，便更加努力画画了。 我想到照这样发展下去用不了几年就成富翁了，实现了人生价值，日子过得有滋有味，就逍遥自在了。 不但满足了自己的物质需求，而且还能办很多事，比如为本小区购一些健身器材办个健身乐园、雇用几个人在小区门口开个小饭馆、扶危济贫等，尤其开小餐馆，不但方便市民就餐，而且也提高了自己的生活水平，对于单身的我，就不愁吃饭问题了。 我觉得成了社会有用之人，这样的人生才有意义。 所以我的心思完全向画画倾斜了，就把官职看淡了，什么官呀，整天忙得焦头烂额，还得时时小心谨慎，处处怕影响不良，常常弄得思想高度集中不得自由，还不如我心安理得地挣钱呢。

入冬了，天气寒冷。一天上午，我打开办公室里的空调送暖，一会儿屋里暖融融的，我觉得很舒服。我办公室里有一个长方形大画案，闲暇时我就坐在画案旁画画，这是尽人皆知的事，所以来我办公室的人有事说事，无事也不打扰我。办公室里静悄悄的，我又坐在画案旁画画，一想到画画取得的成就，心里就特别高兴，就增加了精益求精画好画的动力。正当我专心致志画画时，突然，我的手机响了，我想到又是北京朋友传喜讯呢，万万没想到是市委办公室打来的，他说，喂，您是文化局杨天龙局长吗？

啊，对，我是。您是哪位？我急忙应答。

我是市委办公室小田呀。

我知道他是市委书记赵南的秘书，禁不住一愣怔，怎么会是他？瞬间又回过神来，心里很激动，想必有事，不然这重磅级人物怎会跟我联系？我紧接着说，田秘书，有事啊？

赵书记找您有事，叫您马上来市里。小田口齿清晰，说话爽快，声音很平和，富有磁性的声音很好听。

我悄声试探问，什么事呀？

不清楚。小田当即回答。

我马上意识到问话多余欠思量，人家是秘书，即使提前知道什么事，也不会告诉我啊，若如此，书记还找我干什么？秘书最忌讳的是泄密。我当即回答，好，我马上去。我放下手机心里有点忐忑不安，一般位高权重的上级领导是不随便召见下属的，凡召见必有事。事情无非两种，好与坏。我首先自查自纠，自己没干什么违法乱纪的事啊！于是，我心里有了底气，排除了不良因素。我站起来背着手在办公室里低头徘徊思索，是让我捐画呢？我把刚画好的两米长一米宽的本县公园风景画带上，我在画里加上安装了健身器材的场景、飞檐翘角的凉亭及仿古式的长走廊，具有现代场景和古典风情，二者结合具有独特风格，显示了这幅画的新创意。我临出门时从办公桌的抽屉里拿着电动剃须刀走到门口，站在脸盆架旁对着镜子刮胡须。我打开开关，将剃须刀头吻着绷紧的嘴巴周围“呼呼啦啦”转几圈，将胡须扫荡得一干二净。我伸手摸摸胡楂光了，就觉得这剃须刀是男人的宝贝，如果没有它，男人都成怪物了，都返古了，成古人了。我将剃须刀放在盆架上，又洗洗脸，将脖颈里的白底蓝点花领带扶正，这么一整理觉得又增加了几分美感和精神。因为这是去见上级领导的，注重仪容仪表是对人家的尊重，也美化了自己。

我开车来到市委大院，大院有五幢办公大楼，这里的环境是一流的，绿化面积占百分之五十，楼与楼之间要么是姹紫嫣红的小花园，要么是小桥流水中养着摇头摆尾的小金鱼，要么是碧绿的草坪中种植着四季常青的风景树。在金灿灿的阳光照射下的市委市政府大院，像一个美丽的大花园。我无心观景直奔常委办公大楼，说也怪了，我不知道从哪里来了魄力，一路为我开绿灯，看大门的也不叫停车查问了，看二门的也不让我登记了，都为我放行了，而且笑脸相迎。心说我红了出名了，名气和身价在起作用了，被人高看了，都锦上添花了。

我来到赵南的办公室门口，看看走廊两头也没人追着审查我的身份了。我听到赵书记办公室里有人说话，我想在门外等候，但又一想是赵书记找我的，我进去不会惹他烦，就半握拳头“咚、咚、咚”轻轻敲着虚掩着的门。因为进领导办公室的一般规矩是，先轻轻敲门，领导说进，你可以进，不说就不能随便进。如果硬闯进去，就会惹领导反感，因为领导的保密事很多，是不需要别人知道的。一般找领导是求人家帮忙的，你惹人家反感了，就失去了找领导的意义。我敲了门，听到里面放出声来，请进。我就推门而入，看到田秘书正站在赵书记身边窃窃私语呢。田秘书抬眼看到我热情迎接，微笑着说，杨局长，您坐，坐，没想到这么快就到了。他慌忙给我倒杯毛尖茶水，放在茶几上。我一抬头想说谢谢，但话没出口，发现他看着我满面笑容，好像告诉我喜事临头了。在官场最大的喜事无非是升职，这是人人都日思夜想梦寐以求的好事。因为人人把权力当成了永远追求的目标，它像无形的磁石具有超强的吸引力，又像无形的绳索具有紧紧的牵引力。为了它调动了官员的工作积极性，争取干出实绩当进步的天梯，为了它奋不顾身投领导所好，为了它大搞行贿也在所不惜。但我却找到了意外发展的道路和目标，所以我对官欲并没那么强烈了。我对田秘书的印象很好，人家真是当秘书的料，对人热情有礼服务周到，灵活机智，会察言观色看风使舵。他知道书记约我的时间是宝贵的，不便打扰，对我说，杨局长，你们谈。便转身走了，还不忘关门。

赵书记的办公室很普通，也就是两大间房，里面有书柜、办公桌、沙发、电脑等普通的办公用具。我对他的面容并不陌生，因为经常开会、下乡调研等，是媒体追逐的红人，常上镜头上报刊。突出的特点是衣着朴实没有官架，像村里的大叔。他坐在办公桌后面的沙发椅里，我觉得和他的距离拉得太大不便谈话，想站在他身边去。不料，他站起来到我身边的沙发上坐下了。他亲切地说，天龙啊！我看了你的字画，真是一绝，没想到在小县城里藏龙卧虎，出了个大才子啊！去年你去家里，我对不住你，失礼了。但你要理解，我不能收礼啊！

他即使不提此事，我也难忘和天军一起去他家的情景，那时的态度和现在判若两人，让人心凉。但也理解，只是觉得当领导也不容易，需要能大会小，像戴着面具似的，脸色阴晴不定，让人难以捉摸。现在我看到的这张脸是满面春光，温暖人心，叫人一下子忘记了不愉快的事情。刚才我听了他对我的夸赞，让我受宠若惊，傻傻地笑笑说，赵书记，您过奖了，我只是爱舞弄笔墨。他找我谈话，我感到意外，不由得心里感到敬畏。谁都知道下级见到上级，从古至今都是孙子辈，因为人家掌握着你的仕途命运，一句话可以让你升，一句话也可以让你降，与其弄不好被撸掉，倒不如扎根就是老百姓呢，所以说小字辈“怕”啊！

赵书记哈哈笑着说，听说你还向灾区捐了 30 万，这数目不小啊！

我紧接着说，那是给抗洪区捐赠的，不值一提。我有钱了，也不把钱看重了，关键时刻捐点小钱，也是让人高兴的事。我心里放松了，原来是说这事呀，是来受表扬的。

他接着又说，天龙啊！你给我说的事，我记住呢，你确实是人才，组织上准备任你为副县，我提前给你谈谈，想听听你的想法。

我感到十分惊讶，长出一口气，不敢相信这是真的，都说买个副县就得十几万，这官来得太容易了，这便宜占得太大了，是我的捐款在起作用？难道真的应了赵夫人的话？给灾区捐款等于做贡献了？我有了种种猜测。尽管赵书记传喜讯，我却高兴不起来，抬头看着他苦笑着说，谢谢您，赵书记，您还是另选他人吧，我不想再给自己加重担了。

赵书记靠着棕色沙发背半躺半坐，一手摁在沙发上稍微侧着身，给人一种精神放松很随意的架势。他没有想到我会这么回答，在他提拔的官员里，不但没人拒绝当官，而且是求之不得。他疑惑不解地睁大眼睛看着我说，不是你曾争取过这个副县位置吗？怎么变卦了？

我无言以对，低头沉默。

紧接着他很平和地问，你是党员吗？

我也靠着沙发背，头枕沙发，望着天花板骨碌骨碌眼球说，是。

党员干部要服从分配，这是一般原则，你知道吗？

我面无表情，有意推辞说，赵书记，我已经超龄了。

他说，这不是你的理由。

瞬间，我觉得屋里的温度有点偏高，身上燥热，也许是因为没有脱外衣，也许是心情问题。我听了他的话愣怔地坐着，像有一口馒头噎在嗓子眼里，咽不下也吐不出，使我目瞪口呆，半晌喘不过气来，心说，人哪！怎么总是难遂心愿，想得到时却得不到，不想得到了却突然来得这么容易。我心里正对画画热得像一盆火时，突然书记给我升职，彻底打乱了我的思路。其实人的思想是因时因地因事而变的，我后悔当初跑什么官啊！干自己喜欢干的工作多好，简直是一时糊涂。现在领导决定的事你想推就难了。如果违背领导的意图，可想而知，就会对我以后的工作和专业发展极不利。最后我说，谢谢您对我的器重和信任，我只能听您安排了。我这么说着心里却高兴不起来。

赵书记坐直身子，看着我开心地笑了，说这就对了，你回去准备吧。

赵书记的办公室里只有我们两个，幸好我们在交谈时没有电话打扰，谈得很顺利。我答应了他的想法，他高兴得咧嘴笑。我想到当官就这么容易，一句话就搞定了，其他就都是形式，走过场。当我站起来走时，赵书记出门送我到楼梯口，从这个小细节上可以看出他对我的信任。官场讲的是知人善任，也许当初他不了解我的情况。

后来，经市委组织部考核、公示、下文任职等选拔干部的程序运行。我心里清楚这是过程，出现意外的很少，但我不怕通不过，如果出现意外，倒遂了我现在画画的心愿。

过罢年，我就走马上任了。人们常说，人生如梦。这话一点都不假，有时候遇到或在你面前出现的事，你想都想不到。我任副县一年多，还没有干出什么突出成绩时，平时身体一贯很棒的县长，突然感到身体不适，去医院一检查是肝癌后期，癌细胞已经扩散了，不幸消息传出让我惊愕。我认为他是一个很不错的领导，一般对下属很宽容，工作很认真，做人做事严于律己。让我最敬佩的是他没有官架子，让人乐意接近他。他常说，做官摆什么臭架子？国家主席、总理还不摆架子呢，在位是叫你为国家做贡献，为老百姓造福呢，这是上级组织对你的信任，一旦失去信任你什么都不是，你以为叫你长期待在这个位置上啊！不可能。我认为他是一个性格比较乐观的人，不该患这种病。病检结果，他不得不住院治疗。在他病重期间，我经常去看望他。他每次见到我都很高兴，总想跟我多说一会儿话，他说，我也没有想到会得这种病，知道检查结果后，还不相信，可事实确实如此，这就是人们常说的，人生短暂吧！我还记得流传很广的那段子：人生在世屈指算，最多三万六千天；家有房屋千万间，睡觉只需三尺宽；房子修得再好，那也是个临时住所，那个小盒才是永久的家！ 不过段子上说的寿命太长了，其实活到八十以后就给活着的人添麻烦了。 人活着就分个早走和晚走的事，最后都一样。

我觉得他想得很开，即使他比同龄人早走十年或二十年，但生者所余的时间也不是很长的。 我说您想开点，医生说胸怀宽广是长寿的秘诀，您兴许还能撑十年八年哩。

他皱着眉头苦笑说，与其活着受罪，不如早点了结呀！ 他到最后瘦弱得像个人体骨架模型，让人看着很难受。 按医生的预测，只有三个月的寿命，果然不出所料他走了。

自从他住院治疗，上级组织让我主持工作，我明白这是上级有意安排我将来接替县长职务的。 县长走后，我被扶正了。 我回想自己走过的路，自从步入仕途我似一个克星，任副县，正县又走了。 我也感觉在仕途路上走的步子太快了，半路入道，我却青云直上步步高升，比人家一直在仕途上奔波的人进步还快。 我明白这里的原因一定与我的字画有关，名声在外体现了我的自身价值。 只是县级杂事太多，耽误我很多创作时间，因官位和字画的相互影响，名气与价值更大了。 我又得到了官场的特殊待遇，感谢领导对我的信任，便暗暗发誓绝不辜负他们对我的希望，决心干好工作。

常言道：人逢喜事精神爽。 某日，我兴高采烈地回到省城家里给母亲报喜，想把升职的情况告诉她。 我却发现她的笑容里饱含着苦涩之意，好像有什么心事，但没有表露出来。 她慌忙一头钻进厨房里做了几样我喜欢吃的菜：青椒肉丝、干豆角炒肉片、小葱炒豆腐、咸菜拌杏仁，还有母亲做的手工馒头，吃着筋道有甜香的酵子味，增强食欲。 我很感动，想到这是母亲对我表示祝贺呢！ 中午吃饭的时候，只有我和父母，儿子在学校吃住。 我们三个围着餐桌吃饭，父亲哭丧着脸不多说话，母亲爱说话却不多说了，但我看出她不高兴。屋里死气沉沉的没有一点欢乐的气氛。如果是往常绝对不是这样，我觉得情况异常，父母一定有心事瞒着我，不然他们会为我高兴的。我歪着头瞧着母亲说，娘，咱家里没有啥事吧？

她低头阴沉着脸，摇摇头轻声说，我想给你说个事。那声调很悲凉。

我看着她急忙问，啥事？我想都是自己人还有什么不好说的，母亲怎么吞吞吐吐？

她慢声慢语声音低沉地说，你姐来信说，吴昌患了绝症，说是肌肉恶性肿瘤，正在住院治疗。

我咬一口馒头咀嚼着，用筷子夹菜时，听她这么一说，我手一抖夹着的一块豆腐掉在了桌面上。我有点惊奇，多少年了父母不让我提姐姐一个字，她好像在家里早已销声匿迹了，怎么现在突然又蹦出来了？一提到姐仿佛又让我回忆到从前。我姐叫天梅，大我五岁，记得我小时候，父母在地里干农活，姐姐在家照看我，给我玩耍逗乐，给我吃喝。记得有一次，我发现鸡窝里有个鸡蛋，抓住不放手，闹着要吃。当时家里只有我和姐姐，八岁多的姐姐说，拿鸡蛋换盐呢，娘不叫吃。在我的记忆里小时候什么零食都没有，那是大集体年代，什么都是公家的，想吃个玉米棒、豌豆角什么的都没有，你想到玉米地里掰个玉米棒煮着吃，就叫偷，一旦被看庄稼的人发现就会批斗你，然后在胸前挂个纸牌子写着所偷庄稼及你的名字到各村游斗你。当时村里的小商店里除了有水果糖，其他没有什么食品。在那样的年代即使有食品，也没钱买，不像现在的小孩，吃什么有什么，商店里有各种各样的食品任你挑。姐姐从厨房里拿出盛饭的铁勺说，你给我鸡蛋，我给你煎着吃。我把鸡蛋给她，她把鸡蛋打在铁勺里用筷子搅搅，在麦秸垛旁抓了一把麦秸，用火柴点着麦秸，将铁勺放在火焰上煎鸡蛋。我蹲在她面前，看着她用筷子搅动勺子里的鸡蛋。那蛋黄由稀变稠，很快熟了。她给我拿个小勺，让我吃。因为铁勺里没有油，鸡蛋厚厚地粘在勺子内壁上，鸡蛋都糊了变成了古铜色。姐姐看我刮鸡蛋困难，就帮我刮，将刮下的鸡蛋喂我，说好吃吗？ 我说好吃。 待母亲从地里回来发现姐姐在家给我煎鸡蛋，还挨了一顿揍，说大人不在家，你在家点火，那麦秸垛着火了咋办？ 房子着火了咋办？后来姐姐对我说，那鸡蛋里连盐都没放，没盐没油还说香，真是馋嘴啊！ 姐姐很爱我，我也离不开她，有时候在家里一会儿看不到她，我就到处找她，吃什么东西，她都让着我。 她为了照看我，九岁才上学，上到初中毕业就不愿再上了，要出去打工。 母亲说你一个女孩子外出孤孤单单叫我不放心。那时候村里的中青年劳力都进城打工了，姐姐也想走出去看看外面的世界。她很执拗，提包里装几件换洗的衣服，提着包就要走。 母亲皱着眉头不乐意地说，你不能走远，经常回家看看。 她就在某市一家电表厂工作。 在我的记忆里姐姐永远像一朵盛开的牡丹花那么漂亮。 她瘦瘦的身材高挑个，宽宽的额头瓜子脸，双眼皮大眼睛格外有精神，肉乎乎的脸庞光润洁净富有弹性，可惜姐姐没有好机遇，如果有机会当演员，我觉得她比走红的明星都漂亮。 从小到大我从没有见过她发脾气，如果遇到不满意的事生气了，就不吭声了。 她的脾性好，做事很有耐心。 每到冬天，我的手容易冻，冻的地方成了一个个又红又紫又肿的小硬块，有的在手指上，有的在手臂上。 每到晚上，姐姐陪着我坐在火炉旁给我烤手，烤热了手，那红肿的硬块就痒得钻心难忍，我挠挠又疼又痒，心里难受极了。 我姐就不厌其烦地轻轻为我揉揉搓搓，边揉边问还疼不？ 我说不疼了。 她又问还痒不？ 我摇摇头龇牙笑笑。她就一直给我揉搓着，我仿佛进入了仙境，让我飘飘欲仙，感到特别舒服，一直到我说好了，不用搓了，她才放手。 记得有一次，母亲在地里干活不慎扭着了腰，疼得厉害，回家躺在床上不愿动弹，说腰疼。 那时，我姐刚初中毕业，她也不知道听谁说的，她说，娘，我给您治。

母亲苦笑着说，你咋给我治哩，瞎说吧。 在母亲心里她还是不懂事的孩子。

我姐对躺在床上的母亲说，您等一会儿，我马上给您治病。

母亲发笑，你半斤八两，我还不知道？ 你懂啥，还给我治病呢。

我姐去厨房烧了一锅开水起了两瓶茶，提到母亲床前，又端着洗脸盆到院里的压井旁接点凉水，随手扯下绳上搭的两条棉毛巾放进水盆里，一手端着水盆，一手又搬起小木凳来到母亲身边，将热气腾腾的开水先少倒进盆里一点，伸手摸摸水稍微热一点，将盆里的毛巾对搓两把轻轻拧一下，又将半湿的毛巾对折成长方形放在母亲腰间的扭伤处。母亲马上感到腰间暖融融的，像蚂蚁爬似的四处扩散，可能促使血液循环吧，很舒服，腰疼居然减轻了。姐姐坐在床边耐心地等待，待毛巾渐渐凉了，她迅速拿掉，将另一条热毛巾以同样的方法焐上。盆里的水凉了，她就端着茶瓶再续点热水，保持盆里的水温。就这样两条毛巾不停地交换着给母亲热腰。这样热着，母亲的腰就减轻了疼痛。因为热着舒服，母亲就想多热一会儿。我姐就耐着性子坐在母亲身边，直至母亲说不热了，她才站起来。就这样，我姐姐连续给母亲热了三个晚上的腰，竟然治好了母亲的腰疼病。母亲说，这闺女将来找个婆家，是个会侍候人的，谁找着她算烧高香了，一辈子享她的福，善良贤惠，从不找事，也是个持家能手。

不料，后来我姐姐找了个比她大十多岁丑陋不堪的男人，还是离过婚的。因为他们在一起工作，虽然男的是当地市民，但家里穷困不堪。我姐就看中他是个市民身份，跟了他就不回农村干活了。只有一次，我姐领着那男人回家了。

我母亲一看气晕了，当即倒在地上不省人事了，好像停止了呼吸，一会儿脸色憋得青紫。我没有见过这样的场景，感到万分恐惧心惊胆战，唯恐母亲不能苏醒过来，控制不住自己的情绪呜呜地哭起来。我父亲急切地说，快拿大针来，快快快。我和姐姐哭着找针线筐里的大针，姐姐的手很利索，拔掉线棍上插的带着白线的银光闪闪的大针。父亲气急败坏地说，快扎，扎人中，狠扎。爹看着姐姐手抖起来，他忽然蹲下，拿着大针狠扎。但母亲仍不吭声，又抓住她的手指，狠扎她的手指甲缝。我和姐姐连声叫娘，折腾好大一会儿，娘才慢慢缓过气来，似乎有了呼吸，但她的嘴唇几乎成为乌黑色。

她苏醒过来睁开眼，伸手指着他们，气冲冲地说，快滚，快滚，记住，我一辈子都不想见你们。她气得双手颤抖，浑身发软。我姐哭着和那男人一起走了，前脚走，后面父亲就气急败坏地怒吼，再来，腿给恁打断。姐姐走后，我母亲又患了一场大病，差点要了她的命。她说，真丢人哪！一朵鲜花插在牛粪上、猪粪上、马粪上了，没法见人哪！这闺女真傻，长个头不长脑，那人要好，老婆能给他离婚吗？好坏且不说，要长得像样也行啊！可一条也不占，真气死人哪！母亲说咱们坚决和她断绝关系，只当我没有闺女。这么多年了，我姐姐都没有和家人联系过，她就像在这世上消失了，没有一点音信了，我父母也不叫提她。后来我想想那男人一定对我姐很好，一切都顺着我姐，肯定不会给我姐生气，或者他很勤快很能干。如果没有一点优点，我姐也不会跟他。我曾私下里想找姐姐，可没有她的联系方式，也不知道她家住哪里。我也有顾虑，唯恐母亲知道了，再气病了。母亲的气性真大呀！我是不敢招惹她，幸亏我媳妇青叶生前对她很孝顺。但我相信在她内心深处也一定牵挂着我姐姐，因为世上的父母哪个不疼儿女？我想到尽管姐姐不和我们见面，她一定会私下里打探我和父母的情况，也一定想念我们，想见面，又怕母亲气死了。相信她很痛苦很悲伤，不知道伤心落泪哭过多少次了。没想到现在母亲突然提到姐姐，并向我介绍了他们的情况。

姐姐下岗四五年了，每月单位仅发二百多元的生活费。去年姐夫吴昌也下岗了，靠打零工维持家庭生活，还供着一对双胞胎儿子上学，全家人生活很艰难。我明白姐姐来信的意思，也知道母亲因为女儿日子不好过心里难受，是想让我帮帮他们，不到万不得已姐姐是不会向我求援的。我和姐姐的缘分好像是上天注定不投缘，就说今天这事吧，正当我高兴的时候，她却告诉我个大悲事，心情马上不爽了。我长叹一口气阴沉着脸思索片刻说，她家有困难，咱们应该帮，那样吧，告诉我姐，给吴昌好好治疗，我承包他的医疗费。虽然我们全家对吴昌很反感，但他这么多年和姐姐相依为命，过着艰难的日子，也说明他们夫妻恩爱。

母亲看到我手里的馒头快吃完了，又从筐里拿一个给我，哭丧着脸仍是抱怨，这闺女就是受罪的命，自作自受，找个这样的男人，怨谁呀？

我接着馒头说，娘，您闺女受罪，您不心疼？

咋不心疼，又气又心疼。要给吴昌治病得花多少钱？

我说，一旦到医院，花钱是没点的事，那里是个无底洞，有多少都能花进去。关键是花了钱，也不一定保住他的命，可也不能不治呀！

他跟咱是冤家对头，他是祸害咱哩。母亲气冲冲地说。

我说，也不能这么说，如果咱没能力帮他，啥都不说了，可我现在可以帮他。他才六十多岁，还年轻，叫他尽力治疗吧！

我先给姐姐寄去五万块钱，叫吴昌补养身体。母亲连连夸赞我心善，人好，脸上荡起喜色。我想到母亲不是夸我呢，而是夸钱呢。钱的作用是不小，给爹娘叫孝顺，给儿女叫爱子，给老婆叫感情深。没钱夫妻反目，儿女成仇。我琢磨有人说这样的话，虽然直白，但不是没有道理。所以说一个国家要实现国富民强，走经济发展道路，是绝对正确的。落后就要挨打，这是已经证明了的。同样一个家庭，人与人之间也是如此。我想到姐姐这半生都过着穷日子，现在姐夫吴昌的病又难治愈，恐怕以后她的日子更难熬了，两个孩子怎么办？我情不自禁地问母亲，两个孩子都上几年级了？

信上说，都上重点高中了，都是学校里的拔尖生。

我疑惑不解地说，怎么都上高中？

母亲说，这两个孩子是双胞胎，金山先出生，金水后出生。

我知道以后我还得供他们的孩子上高中、上大学，就需要一笔可观的资金，但我会帮助他们的。我说，这两个孩子，以后我全管了。

母亲说，我替你姐感谢你，帮她解了难。

我暗自发笑，母亲为女儿也跟我说客气话了，儿女连心哪！

我父亲轻易不说话，他说，我有你这样的儿子感到自豪，可闺女不争气呀！

我看到父母脸上有了笑容，也知道他们疼闺女爱女婿呀！ 我说，当初不是您气恁很，怕不听您的话，再把您气晕了，我早就找到姐姐了，她也不至于吃这么多年苦，受这么多年罪吧。

母亲笑了，眼睛眯成了一条缝，眼角充满了核桃似的皱纹，咧着嘴说，现在也不晚。

我说，娘，您把姐姐的信给我，按照上面的地址，我去看看她。

母亲也乐了，说你去了，也带着我。

父亲笑着说，你再气晕了咋办？ 不要命啦！

死老头子，哪壶不开提哪壶。 母亲笑着说。

我想到世上的母女是什么关系？ 那是血脉相融心贴心扭在一起的亲情关系，女儿是母亲的心头肉，尽管再生女儿的气，心里也牵挂着女儿，多年了，她怎么不想见女儿呢？

我们吃过午饭，母亲收拾起碗筷到厨房里去刷洗了，屋里充满了欢乐的气氛。 我和父亲到客厅里的沙发上坐下。 我慌忙拿起电视机旁的中华烟抽一支递给父亲，他接着烟坐在沙发上，伸手拿着茶几底下的打火机说，现在咱的日子也算小康了，酒肉不断，还吸好烟。 没想到你姐姐还在那边受罪，不听老人言，吃亏在眼前，必定受风寒，以后还会更苦，你得帮帮她呀！

我坐在父亲斜对面的沙发上说，爹，她是谁呀，是我姐，我肯定会帮，这你放心。 我很久没有和父亲在一起好好说话了，趁这个时机想给他多说一会儿话。 我看着屋子里空落落的，儿子吃住在学校，家里只有二老。 老家的房子空着，我说，爹，老家的房子，也没啥用了，村里谁想住就叫谁住吧！

爹说，那可不能，你娘俺俩想散散心了，就回家住几天，人老了恋旧哇！

你多年没回去了，可能就不管住了。

那是砖墙，还好着哩。 父亲“啪”一下摁着打火机，青蓝色火焰噌噌地往上蹿。 他手指缝里夹着香烟对住火苗点着烟，一口一口地抽着，眼前盘旋着丝丝烟雾，像在空中划着不规则的曲线袅袅上升，瞧着我乐呵呵地说，这是好烟吧？ 是人家送给你的？

反正我没掏钱。 我说。

你高升了，听说现在的官都是买的，花不少钱吧？

父亲的话很直爽，问得我哭笑不得，我觉得他的想法正常，只是不了解情况，我说，您儿占上大便宜了，没花钱弄一顶官帽。

父亲嘿嘿直乐，有点半信半疑，说真没花钱？

千真万确。 我向他保证。

父亲说，我儿真有本事。 要是真的，我就高兴了，一听说你升官了，又接到你姐的来信，一喜一忧，弄得你爹娘也高兴不起来了。

我故意说，您应该为儿高兴，给儿祝贺！ 我看着老父亲龇着牙笑，儿子在爹娘身边永远长不大。 然后又说，说实话我并不想当这个官，杂事多，肯定会影响我画画。

父亲说，人家都乐意当官，一定比画画强。 我默默地笑笑，他不知道我的画的价值。

我和父亲说东道西，随便聊着。 我站起来拎着茶几上的电水壶到厨房里接一壶水，放在电水壶座上烧开水。 我母亲在厨房里洗刷完餐具出来也坐在沙发上，客厅里的沙发上就坐着我们三个，母亲说，青叶走很长时间了，现在你该考虑个人的事了。

我说，娘，您的任务就是舒舒服服地过好日子，想干什么就干什么，啥心不用操。 现在我是单身汉，倒觉得自由自在。 我个人的事，您不用为我操心。 其实二老不知道我和白雪的关系，我心里的女人是白雪。

现在我知道了姐姐的情况，我保证以后不让姐姐受苦了。 茶几上的热水壶发出“嗡嗡嗡”的响声，一会儿又听到壶里水剧烈的沸腾声，但白雾般的水蒸气很小，有利环保，然后又听到“啪”一声，自动停止了声音，这时的水就开了。 使用电水壶烧水方便，两分钟左右就可以烧一壶开水，这是活水，比饮用茶瓶和饮水机里的水新鲜，有利人们身体健康。 我端起电水壶给二老各冲一杯毛尖茶，然后用我的杯子也倒一杯茶。那针尖似的茶叶是别人送给我的上等毛尖，沏出的茶水味道很浓很正，没有苦涩的味道。自从我步入仕途也有了饮茶习惯，也记住赵师傅对我说的话，要多饮茶对身体有利，渐渐地我品出了茶的味道，而且喝的茶水越来越浓。比如毛尖，它是一种绿茶，内含很多营养成分，具有抗衰老、抗癌、降血脂、减肥、提精神等很多功效与作用，适合中老年人健身。

我姐姐一边照顾住院的吴昌，一边为两个孩子做饭、料理家务，还要挤时间去做钟点工，挣点零钱，维持家里的生活开支。她当了清洁工，每天早上五点半去打扫定点的马路段，这样每月可拿到三百块钱的工钱。中午、晚上去火车站公共厕所打扫卫生，这样每月可挣四百块钱。有天晚上，劳累过度的姐姐突然眼前一黑晕倒在地上，在家做作业的两个孩子吓坏了，赶快送母亲去医院，到了医院，她苏醒过来说，好了没事了，刚才可能是我累的了。直到去医院两个儿子才知道父亲患了癌症。他们哭着说，妈，您不是说我爸外出打工了吗？您不该瞒我们呀！

我姐姐哭丧着脸说，我怕你们分心，怕影响你们学习呀！如果学不好，将来就过苦日子，谁的父母愿意让儿女受苦受累啊！要想过幸福生活，就得上名牌大学，知道不？她的精神支柱就是对出类拔萃的两个孩子抱有很大希望，相信他们能考上名牌大学，将来孩子有了好前程，日子就好过了。

金山说，我和金水都长大了，我们可以为您分担责任了。如果我们下学，现在您就不会这么累了。

我姐姐的脸色更难看了，很生气地说，下学干什么？给人家下苦力打工？挣来钱了吗？够养自己吗？即使能养自己，将来恋爱结婚、买房成家、养妻儿老小等一切事情，你怎么办？也像我一样过苦日子？活得这么累？别无好法，只有上名牌大学，这些事才能轻易解决。她对孩子要求过高，是为了给他们鼓劲打气。姐姐又想起了我在电话中给她说的话，只要两个孩子能考上大学，我就供他们学费，保证他们完成学业，做母亲的哪个不希望孩子有出息？ 她说，我苦点，累点没啥，只要你们哥俩能考上好大学，妈就高兴。

金水说，妈，我俩一定努力学习，也要帮您做家务，打零工。

金山说，妈，从今天起，我们上学不坐公共汽车了，天天跑步，既省钱又锻炼身体，一举两得。

姐姐看着两个懂事的儿子，不讲吃穿，又体谅父母，感到高兴，便撑着身子和儿子一起去病房看吴昌。 吴昌常常被癌魔折磨得呕吐、叫喊，夜不能寐，脸色青黄，眼窝凹陷，目光痴呆，松弛的肉皮贴在高高的颧骨上，让人感到恐惧。 他蜷缩在床上大汗淋漓，嘴里咬着一块白毛巾。 金山拔下毛巾一看，毛巾被咬破了，他的眼泪一下子唰唰流下来，爸，你要是痛，就喊吧，或者服些镇痛药。

父亲睁开眼睛看着哥俩强颜欢笑，摇摇头说，孩子，爸不痛，不痛，看见你们，爸就觉得好多了，比吃止痛药都管用。 他少气无力的声音很低沉。

金山和金水分别站在吴昌床头的左右两边，悲哀地瞧着父亲，他们多么渴望让父亲的身体尽快康复啊！ 但恨自己无能为力，又无可奈何。 金水双手摁着床边弯腰低头贴近父亲的面容泪水涟涟地说，爸，您一定要坚持着，病魔像弹簧，你强它就弱。 我看到报纸上有个像您这样的患者，他和病魔抗争了五年，现在完全康复了。 您要好好配合治疗，等您病好了，儿子一定会好好报答您，孝顺您。

父亲听了儿子的话，顿感释然，咧嘴强颜欢笑说，我没事了，你们上学去吧。

金山说，爸，我们明天都参加全国化学奥林匹克竞赛，如果赢得这场决赛，就能获得高考加 10 分的奖励。 凡是参赛者都是学校挑选出来的拔尖学生。

父亲说，我相信你们，一定能获得冠军，回去抓紧时间学习吧。 儿子在他心中是宝贝，使他感到骄傲和自豪。他一下子感到病情好转了，一会儿便酣然入睡了。我姐姐心想这就是人们常说的精神作用吧，他等着儿子的喜讯，这是对他最大的安慰。儿子心里也明白，只有他们用心学习取得好成绩，才是对二老爱心的回报，绝不辜负他们的厚望。两个儿子走了，我姐姐坐在丈夫床边下面的矮凳子上，双手抱臂，头枕手腕想进入梦乡。她是太累了，身心疲惫，债务缠身，唯一的希望就寄托在孩子身上。

我和母亲去医院看望姐姐和吴昌那天，天气晴朗，是个好日子。母亲说选好天气看病号图个吉利。我们在街上吃过午饭来到医院，首先我到服务台问清吴昌的病房，然后去看望他们。我轻轻推开虚掩着的白色病房门，看到姐姐在床边趴着休息。病房里静悄悄的很沉闷，能听到吴昌睡熟的呼吸声，能闻到刺鼻的酒精味、药液味等混合的难闻气味。这里是简易病房，里面摆着两张单人床，还好，那一张床位空着，我马上想到姐姐累的时候，就可以在上面躺着休息。简易病房里什么都是白色的，白墙、白地板、白脸盆、白尿壶，等等，似乎白色是医院病房的特征，是个不吉利的地方，但人生不可能不生病，都要光顾这里。我在这里霎时感到有一种凄凉悲伤的感觉。似睡非睡的姐姐似乎听到门口的动静，抬头看到我们，先是睁大眼睛一愣怔。我们多年没见面了，都变老了，她一下子有点不敢认了，片刻之后，回过神来，她慌忙站起来说，娘，天龙，你们来啦?

我母亲未开口泪先流，继而满脸是泪，然后哽咽着说，天梅，是你吗?我的好闺女，你可全变样了，咱们要走碰头，我也不认识你呀!

我看到姐姐穿着邋邋遢遢极不合体的破旧蓝棉袄和肥胖的黑裤子，一定是人家淘汰的旧衣服，那衣服就像穿在人体骨架上瘪瘪塌塌。她脸上的肉皮干巴巴地贴在脸上，好像皮肉分家了，你要轻轻一捏，就会将那松弛的黄白色的皮肤捏起来。那双眼睛大而无神陷在深深的眼窝里，像久没食欲的患者。我怎么也想不到姐姐会是这个模样，如果当年就形象如此，嫁给吴昌，我母亲也不会气晕。她站起来绕过床边张开双臂和母亲抱头痛哭，哽咽着说，娘，我的娘啊！我想您呀！都怨您闺女不好，当初自作主张找对象，没给您商量，惹您生气，我是自作自受啊！我抱着试试看的心理，给您去了信，没有想到你们会来。

母亲紧紧抱着我姐姐的肩膀泪如泉涌，禁不住耸动着臂膀也“呜呜呜”地哭起来，说傻孩子，哪有娘不疼闺女哩？早该给妈联系，孩子啊！你受苦了，也怨你太固执，太执拗，有困难咋不去找你弟呢？

我在一旁站着禁不住泪花闪闪，进而凝聚成泪珠顺着面颊簌簌流淌。我是可怜瘦骨嶙峋的姐姐呀，没想到她还过着苦不堪言的穷日子哩。我想到姐姐是因营养不良和生活磨难被摧残成这种模样的，靠一点微薄的经济收入，不知道她是怎么生活的，每天都吃些什么东西，或许是菜叶、面汤、没营养价值的廉价食品。我越想越心疼姐姐，都什么年代了，还这么艰苦？我后悔没有背着父母早点找姐姐，让她吃这么多苦，我愧疚。我掏出纸擦着脸上的泪水，又指着旁边的另一张空床说，你们坐在床上，别这样站着。

母女俩松开拥抱，我姐姐一手抹泪，一手弯腰搬着床边的小木凳说，娘，坐凳子。又搬着另一把小木椅说，天龙，你坐。她把凳子放在狭窄的过道上，勉强能坐下人。

我就纳闷了，放着宽敞的空床不坐，叫我们坐得这么拥挤。我轻声说，姐，这屋还不错，住吴昌哥一人，还有一张空床，累了你可以躺下休息。

不料，我姐的头摇得像拨浪鼓，那齐耳短发直往脸庞上摆动，悄悄低声说，昨天这床上的病号才去世，他就在这张床上咽的气，不吉利。我看着吴昌一直闭着眼睛像熟睡了，或许他听到动静已经醒了，只是忍着病痛假装睡，不愿打扰亲人相见的交谈局面。我看着他的脸色黑黄，没有一点血色。脸上没有肌肉，像一副干枯的面骨。松弛的肉皮贴在面骨上，像糊了一层揉皱的黄表纸。眉棱骨凸暴着，眼睛深陷在眼窝里，不难想象如果他睁开眼睛，那副面容真会让人恐惧。我们也是来看望他的，但不忍心叫醒他。

我看着母亲亲昵地握住我姐的手，相比之下，我觉得姐的手比母亲的手还苍老。姐的手肤色暗黄像患了贫血症似的，粗糙得似树皮一般，布满了刀刻似的横七竖八的皱纹。姐的五指像干柴棒似的没有柔润的肌肉。青紫色纵横杂乱粗细不均的血管浮在姐的手臂上凸起来似蚯蚓一般。她用这双手撑着家，料理家务、打零工、供养两个孩子上学、侍候病重的丈夫吃喝拉撒，一直在付出。虽然姐的手不美，但放出的是光和热。

母亲说，闺女啊，你知道吗？咱家有喜事啦。

我姐姐擦着泪问，啥喜事啊？

你弟升官啦。

啥官啊？

县长，还是咱县的县长。

我看着姐姐苍老瘦弱的可怜相，又瞧瞧床上躺着的吴昌，虽然亲人相聚，但高兴不起来。我对姐姐悄声说，哥睡着了，是不是叫醒他，给他说说话。

我姐连连摆手说，不要叫他，睡了就少些痛苦。

我说，姐，你尽力为哥治病，不要发愁费用，一会儿我给医院交代，先叫他们记账，最后我来结账。

这是姐姐最大的心病，因没钱治疗，正准备出院回家呢，因为在这里熬不起，没想到弟弟会这么说。尽管如此，她还是说，我们准备明天出院哩，这里的费用太高。再说，他这病也就这样了，好的希望不大。

我说，姐，就在这里住下去，咱们尽力治疗。

姐姐长叹一口气说，花销太大呀！

我说，你不用愁。你也要保重身体。

姐说，我的心里太沉重了，如果不是两个孩子好，很争气，我就跟你哥一块儿走了。我姐说着站起来到吴昌床头，伸手拉拉被子给他盖着脸。

我明白她的意思，她是怕我母亲害怕。我急忙问，孩子们需要什么东西，尽管对我说。

她说，天龙，两个孩子学习都很好，过惯了苦日子，也许这就是他们努力学习的原因，他们品尝了苦的滋味，就知道要改变这种局面，只有好好学习考大学，才有出路，其他无路可走。我觉得现在不能娇惯他们，不能让他们享乐，给他们吃喝穿戴就行了。

也许姐姐说得对，我知道“梅花香自苦寒来”这句话的含义，穷人的孩子早当家。我说，姐，你可以不娇惯他们，但我不让你再为钱所困了，这难题我给你解决。

我相信我们交谈的内容，吴昌都听到了，他心里会高兴的，高兴的是他一旦闭上眼睛走了，他的孩子就有人管了，而且我姐跟他受了多年苦，就可以脱离苦海了。但他始终没有睁开眼给我们说话，只是假装睡觉。他的大脑是清晰的，仍然可以想到我们和他们断绝来往的原因，他怕我们看到他的模样，再惹我们不高兴。

我说，姐，我在车上给你带的东西，放家吧？

现在弄成这样真丢人哪！我姐情不自禁地说。

我说，啥都不说了，以后的日子会好起来。我想到我姐如果不是现在这种局面，有一点办法，就不会求父母，因为这么多年她都撑过来了，这就是性格决定命运吧。

我们走出病房，我说哥身边没人不行吧？

姐姐说，我叫护士。

我到医院收费窗口给吴昌结结账单，又到服务台交代一下，该怎么用药就怎么用药，我把电话号码留在那里，有什么事就通知我，他们欣然同意。在没有来之前，我对母亲说，咱家里用不着的被褥、东西都包包，给我姐送去。母亲给姐姐整了两个大包袱，一个放后备厢里，一个放车里，还有一些日用品，像搬家似的整了一车。姐家住的还是当年单位分的三层小楼，她家住二楼，屋里六七十平方米。这房子是20世纪五六十年代盖的，已经破烂不堪了。我将东西背到姐姐家，我看到她家里的场景，简直是无法形容了，就像逃荒过路的临时住所，让人心寒。我不敢想象姐姐一家就在这样的环境中生活，心说，我可怜受罪的姐啊！你这是图的啥呢，即使嫁一个农民，也比这强啊！现在什么都不说了，我只有尽力帮她了。

半月后，姐姐的两个孩子在父亲病榻前报喜讯。金山握着父亲的手说，在全国化学奥林匹克竞赛中，我俩都获一等奖。吴昌微笑着嘴唇翕动几下，轻声说一声，好孩子，便昏迷过去了。

金山急忙叫来医生，哥俩围在父亲身边，白衣护士忙着为吴昌打针输氧。那氧气瓶就在吴昌的床头，他需要经常吸氧，有时候他感到鼻孔不舒服时，就自己拔掉了。这时护士又给他输上了氧，一会儿，他慢慢醒来，吃力地抬起干柴棒似的手抚摸着两个儿子的头说，儿子，放心，爸不会轻易闭眼的，爸要坚持多活些日子，亲眼看到你哥俩考上清华、北大！

父亲的话给儿子极大的安慰和鼓励，也给了他们很大的压力，当即发誓实现父亲的愿望。吴昌顽强地同癌魔做殊死搏斗，硬是比医生预言的多活了半年多。

吴昌的病终于恶化了，高烧不退，时醒时昏。医生也下了最后通知，叫家人准备吴昌的后事。当他醒来时想支走儿子，说想吃苹果，叫哥俩去街上买。他感到自己实在不行了，不想让他的狼狈相展现在儿子面前，留下永久的记忆。他抚摸着我姐姐的手含着眼泪奄奄一息地说，天梅，我可能要走了，这一走就回不来了，我多想多给你说一会儿话啊！这么多年你跟着我受苦了，我对不住你，没有让你过上好日子。

姐姐泪水涟涟地说，如果咱们单位不倒闭，都有工资，生活也不差，这不能怨你。你知道你多撑这半年多，是谁帮你的吗？

他发出微弱的声音说，我知道，是孩子的舅，还有你。那天孩子他舅对你说的话我全知道。

可人家来看你，你咋不给人家说句话呢？

我怕再吓着孩子的姥姥，我当时的模样更丑。他气若游丝，说的话只有姐姐能听到。

我姐姐的嘴贴近吴昌的耳朵，轻声慢语地说，你假装睡？

是。

姐姐想想，这样做也对，还真怕老娘再气晕啊！

我姐姐和吴昌似乎天生有缘，在别人看来极不般配的夫妻，她却对吴昌很好，不嫌他貌丑。吴昌病倒后，她精心侍候，经常给吴昌洗脚洗头擦脸擦身子，床单被子都干干净净的，他身上始终没有什么异味。尽管吴昌到了最后关头，二人还耳鬓厮磨亲切地交谈，有说不完的话。如果他们有稳定的工作，或有其他经济来源，一家人和和睦睦地生活，也不失为一个幸福美满的家庭。此时，我姐坐在床边的矮凳上趴在吴昌的床头，二人的面容贴得很近，好像难解难分似的，姐姐满脸是泪。

吴昌半闭半睁着眼睛，稍停片刻，微微动着嘴唇，又接着说，只是声音更弱了，说你别哭了，以后好好过日子，我走了就少个包袱，你会轻松些。说实话，我是真不想离开你和两儿子呀！两儿子马上就高考了，我是多么希望他俩双双走进大学呀！两个儿子都是顶尖人才，为咱争光争气，我感到高兴和自豪……我死后，你把骨灰撒向大海吧！

我姐觉得吴昌说话，虽然声音微弱，似乎力气很小，但吐字清晰，她能听到。我姐的脸庞贴近丈夫嘴边，伸手摸摸他的鼻孔，觉得丈夫快不行了，一灯油也到熬干的时候了，哭泣着说，咱家再穷，也要安葬你的骨灰啊！

吴昌摇摇头说，咱儿子都是顶尖人才，将来一定会远走高飞，我不能让他们牵挂我，还要年年回来给我上坟烧纸，将来他们无论走到哪里，只要面向大海，就等于看到我了。如果都考上清华、北大，只要对着大海说一声，我就听见了。

我姐哽咽着说，你貌丑，可你的脑子够用啊！

吴昌说着泪珠从眼角滚出来了，簌簌流向双耳，进而滴在枕头上，说这一辈子，叫我干什么我都能干，可就是怕一个“穷”字。

我姐姐说，你知道吗？ 现在咱不穷了，天龙给钱，孩子的姥姥给东西，咱家啥都有了。

谢谢他们了！

吴昌病重期间，我到医院多次看望他，就在他病危之时，我又来到医院和其家人围在他的病榻前，怀着沉痛的心情看着他的脸。 他到了最后关头，已经失去了人形，瘦弱得只剩骨架了。 不难想象，如果我不帮他们渡难关，我姐也会被吴昌拖累死的，她缺乏营养，身子也那么瘦弱，是经不住折腾的，说不定会双双去世。 是姐的那封信留住了她的命。 我看着吴昌干巴巴青黄的面容，没有一点血色了。 尖下巴，高颧骨，眉棱骨高高凸起，面颊上没有一点肌肉了。 他微闭双眼，半张着嘴，目光斜视着我久久不肯合上。好像是想和我说话，但已经发不出声音了，然后眼珠一滚又看着我姐姐。 我觉得他到了最后关头，恐怕不行了。

姐姐心里清楚这是等她说话呢，她对丈夫说，你放心，我会让两个儿子有出息。 可他还是不闭眼。

两个儿子也回来了，金山拎着装苹果的食品袋看着父亲的模样泪如泉涌，他慌忙从袋子里掏出一个红苹果在父亲面前晃了晃，悲痛地说，爸，您不是想吃苹果吗？ 儿子给您买回来了。 您说过要等儿子考上大学呀！

他又动动青紫的嘴唇，目光瞧着金水。

金山和金水并排站在床边贴近父亲床头的地方，金水俯下身子贴近父亲的脸哽咽着说，爸，您放心吧，以后我们一定孝敬我妈，帮她干活，将来让她过上幸福生活。

我觉得吴昌有顽强的毅力，在最后的生死关头仍和病魔作殊死搏斗，在死亡线上挣扎，迟迟不闭眼目，不咽最后一口气。 我看着他痛苦的表情，猜想他一定有什么心事等我开口吧，我说，昌哥，你放心走吧！ 只要有我吃的饭，我就不让姐姐和两个孩子饿着，只要两个孩子考上大学，我就一定供他们上学，完成学业。

姐姐强忍着泪水伸手将他的眼睛抚上，可瞬间又睁开了，再抚上，再睁开！ 他的异常表情，让我惊愕，使我想到“死不瞑目”这个词，难道他有天大的心事？ 最后姐姐想到丈夫的最大牵挂，哽咽着说，你放心走吧，我一定把两个孩子送进清华、北大！ 此言一出，吴昌的双眼立即闭上了。 这重如千斤的承诺，让我震撼和动容。 这样的高等学府，不知道有多少骄子去追求，但望而却步，感到渺茫。 也感到吴昌的心劲真高啊！ 我和母亲小看他了。

吴昌去世后，我料理了他的后事。 我也牵挂姐姐和她的两个儿子，金山、金水确实都是班里的拔尖生，学校老师对他们抱着很大希望，我也想到了我的承诺。 我托朋友以五万元的价格卖出一幅画，当即给姐姐送去，让她给两个孩子改善生活。 当年六月末，金山高考总分 651 分，数学满分，金水高考总分 643 分。 7 月 18 日，小哥俩一起接到清华大学的录取通知。 当我听到这一喜讯后，让我震惊啊！ 我为他们高兴，为他们祝贺，决定供他们走完大学历程。

摔伤

我和白雪的关系与日俱增，但并不轻易接触，一旦有机会便开车带她去外地宾馆住一宿。刚开始谨小慎微，渐渐地胆子就放大了，也越来越放肆了，不怕见光了，就带她到外地旅游。其实，我和她相处时只是有一种思想放松自由自在的感觉，就像外出时有一个我喜欢相处的知心朋友陪伴在身边，相互不孤单寂寞，玩得舒心快乐，我没有考虑将她发展为未来的妻子。我说过我们的年龄悬殊太大，怕影响不好。如果我和白雪外出，一般就在节假日。因为平时她一直坚守在打字室里，我也要处理工作上的事务，整天忙得心烦意乱，身心疲惫。每当我们准备外出时，我就提前给秘书长打个招呼，说外出两天有点事，工作上有什么事您及时给我联系，然后我就将平时用的手机关了，但还有一个不常用的旧手机，此号只有秘书长知道，对外是保密的，我们可以单线联系。若有普通事务，秘书长和我通话商议，由他去办。若有重大事务，他就会立即通知我返回，但一般没什么事情的。

国庆节放假，白雪给我打电话让我陪她外出游玩。我也想放松放松精神换换心情，便欣然同意了。当天下午，我开车来到距我们当地不远的新开发的老香山旅游胜地，据说这是由外地人在这里投资开发的，已经开发好几年了，现在基本建好。山上山下都有宾馆、饭店、停车场、卖杂货的小商铺，还有多个旅游景点。来旅游观光的游客终日络绎不绝，尤其逢节假日更多。

那天的天气阴沉沉雾蒙蒙的，看看远处都是模糊不清的灰暗色。在这样的天气里出游影响人们的思想情绪和心情，有一种压抑沉闷的感觉，可上天是自由的，想哭便哭，想笑便笑，想哭丧脸就给你点颜色瞧瞧，老天爷为大，一切都得顺从它。我还感到有点疲惫和凉意。为安全起见，我不愿开车走狭窄的盘山路，就在山下的宾馆里安排好住宿，便出来在附近的地方散步，散了步就直接去餐厅吃晚饭，然后就回宾馆休息了。我进房门时，由于门道比较狭窄，白雪也有意触碰我的肢体，气氛一下子变得暧昧起来。我顺势将她揽进怀里紧紧拥抱住她，给她一个亲吻。她高兴地积极迎合我，然后撒娇地将头贴在我胸前。异性的触碰，令我心里涌起莫名的激动和渴望，情欲像开了闸的洪水奔涌而来。我的理智瞬间被土崩瓦解，无法抵挡她的诱惑，只是对自己说，如今这事也不足为奇，只要对家庭负责就行了，使我忘记了一切烦恼和忧愁。那晚，虽然我身心疲惫精神不振，但睡得很香很过瘾，一觉睡到大天亮，醒来像脱胎换骨似的，脱去了疲惫不堪，换来了精神振奋，像给无电的手机充了电，没气的车轮打了气，增加了自身活力，恢复了我的体力，头脑清醒浑身轻松，来迎接新的一天。

第二天吃过早餐，八点多我们就出发了。还有更多游客，尤其是生龙活虎争先恐后的年轻人就提前爬山去了。我抬头望望天空下起了蒙蒙细雨，凉风吹拂，但游客的游兴不减。我感到身上有些凉意，一想到爬山会增加身体热量，这么一中和正好不热不冷。我和白雪随同游客攀登山上的水泥台阶，我就是想走走转转看看风景，锻炼锻炼身体，散散心，体验体验大自然的美景，就行了。我呼吸着这里纯正新鲜的空气，看着漫山遍野的菊花、桂花、绣球花、喇叭花等姹紫嫣红，争奇斗艳，各有特色，让我感到赏心悦目，心旷神怡。还有各种大小不均叫不来名字的杂树郁郁葱葱，绿树成林，散发出淡淡的香气。如果做个深呼吸，就感到心里特别清凉舒服，有利身体健康。据说人体内的癌细胞最怕绿色环境中的氧气，所以说有条件有身份的人，都乐意到山上的疗养院里来疗养。据说鸡公山就是一个风景优美的疗养地方，每年夏天有很多人住在那里疗养。我只是想天公不作美，如果在蓝天白云艳阳高照之下，我们就仿佛置身于美丽的图画中漫游。

在崎岖的山路上，游客像一条彩带从山顶上铺展下来，有的游客打着花伞，有的穿着彩色的透明塑料雨衣，有的想在大自然中经风雨见世面，什么雨具都不带，任毛毛雨往身上喷洒，清火降温，和大自然融为一体。在这条蠕动的队伍中，中、青、少年三结合，个个踊跃攀登。我和白雪也在其中，但我们不和别人争先抢道，而是躲在路边为人家让道。我们的目的是放松精神来游玩，如果累了，就打道回府。但这时候，我觉得不冷不热也不累，细雨淋身很舒心。我们不紧不慢地攀登，脚下的水泥台阶及两边的山坡上已经潮湿了。我看到越往上攀登，山路越窄。我说，白雪，咱们再往上爬一会儿就回去。

她说，累了吧?

我们边走边谈，我说上面的路不好走，没必要过度劳累上顶峰。

白雪说，行，听你的。

我和白雪相处，她听我的话，这一点是我比较喜欢的。我扭头看看白雪说，你累不?

还行，不算累。

我想这是年龄的原因，年龄大的人是不愿爬山的。我说，白雪，知道爬山有什么好处吗?

她和我并肩攀登，扭头看着我说，算一项健身活动吧。

我低头往前走着说，从医学角度讲，它对人的视力、心肺功能、四肢协调能力、体内多余脂肪的消除有利。还可以增加下肢力量，提高各关节的灵活性，使经络通畅，延缓衰老。

白雪补充说，还可以锻炼脚力、耐力，如果你爬到半山坡爬不动了，稍歇片刻可以，但还要坚持爬完山路返程。

我接着说，没错，能磨炼意志，还能开阔胸怀。我低头上着台阶，看到走在我前面的白雪穿的是白色红道旅游鞋，故意开玩笑说，今天你怎么不穿高跟鞋了？

她回头瞪瞪我龇牙嘿嘿笑笑说，缺心眼儿呀，穿高跟鞋。

不是可以弥补身材的缺陷嘛。

登山就可以弥补，我走你前面就比你高。

我想想现在女孩都不傻，爬山都不穿高跟鞋，都知道穿这鞋站立不稳易摔跤，脚受累。我们走到那段狭窄的山路上，感到脚下很滑，旁边是三米多深的山壑。我转身和白雪并肩而行，让她走里面，我从外面保护她，告诉她务必小心。不料，我感到脚下一滑，路旁的一块山石散落，我的身子一趔趄向山壑倒去，情急之中，白雪当即一把抓住我的手，我顺势猛然用力爬了上来。因事发突然，用力过猛，加上路滑，白雪“啊呀”一声大叫，顺势摔了下去。我大惊失色，不知所措，感到大势不好，心里“扑通”一沉，看到白雪滚动着跌进沟底。天哪！她会怎么样？伤势如何？我吓得脸色苍白，浑身颤抖，意识到出大事了。这时候我什么都不顾了，放开嗓门大声呼喊，快救人哪！快救人哪！有人滑到沟里啦！我连声呼救，那声音如雷贯耳，山摇地动，引来附近游客的目光。我却不知道该怎样下去救白雪。这时候有几个身强力壮的小伙子听到呼救声飞奔过来，率先拽着沟坡上的树枝及野草下去，不怕脏，不怕险，不怕被树枝挂伤身，身轻如燕，迅速往下下，就像战场上训练有素的特种兵那样勇敢不畏艰险，让我非常感动。现在人常说，哪有雷锋？谁相信有？我却真真切切地遇到了活雷锋。他们有的穿着单衣，有的穿着外褂，似乎都将自己的一切抛之脑后，都有一个共同的信念就是迅速救人，生命大于一切。虽然山沟很深，但有一定的坡度，沟坡上长满了碧绿的野草和杂乱的大小树木。白雪滚下去的时候，就有了一定的阻力，是慢慢落入沟底的。如果沟坡上长有大一点的树木，她或许会卡在树根部掉不下去，避免受伤，但她坠落的地方没有碰到大一点的树木。她浑身沾满了泥巴，手上、脸上被杂乱的树枝剐伤了，有道道的血痕，衣服也挂破了，但此时顾不了这些，只想赶快去医院看伤。我也攀着树枝慢慢下到沟底，仰视前面的沟坡上长有粗壮的大树，急忙说，小伙子，往前走走，攀着前面的树往上去。有三个体壮的小伙子抬起白雪，有的抱头，有的抱腿，有的抱腰，顺着山沟往前走，从沟坡上树多的地方向上攀，还有三个小伙子健步如飞，站到树根倾身接应白雪，然后又有两个小伙子再上到高处的树根上，攀着树枝接应，这样慢慢地上下接应，将白雪从山沟里抬了上来。白雪不停地叫喊疼，为了她的生命，我只能安慰她，赶快送医院是目的。出现此事是我意想不到的，是突发性不幸的事，当我束手无策的时候，也没想到几位陌生的小伙子会一马当先、奋不顾身地去救白雪。他们将白雪送进附近的医院，甚至连姓名都没留就离开了。他们都是外地来旅游的小伙子，个个都穿戴整洁，英俊潇洒，可从沟壑里出来的时候，都弄一身泥巴，衣服被树枝挂破了，身上挂伤了，没人样了，但他们全然不顾，没有怨言。这是让我最难忘的事，也是让我最感动的事。

白雪受伤了，我心里十分内疚，最担心的是万一被本地人知道我与她的暧昧关系，以后怎么做人？在县里会产生什么影响？我打算让白雪在医院秘密治疗，然后我回单位再聘打字员，就说白雪辞职了。我知道她是就着山沟的坡度滚下去的，但没有想到她的伤势过重。第二天，医生告诉我，白雪的右腿骨折，可能无法彻底复原。我马上意识到问题的严重性，以后的麻烦就大了，这就是人们常说的玩火自焚，自作自受吧。我告诉医生竭力救治，避免落下残疾，因为她还是个女孩，正值花季，以后的人生路还漫长着呢，这是决定她今后是否幸福的问题。我说，先交五千押金，我回去再带钱。医生温和地说，我们一定会尽力救治。我把手机号留给主治医生，我们可以随时保持联系。

我心里像压了磐石，时不时地叹气，苦着脸沮丧地开车独自返程。白雪是为了我才弄成这样的，等于她替我受罪，我岂能不管？此事我可以瞒着单位，但怎能瞒着她的家人？她家里向我要人怎么办？一系列问题缠绕着我，让我心乱如麻。我们做事往往只向好处想，不考虑会出什么意外。其实生活中每个人面临的突发事件是难以预测的，比如地震，几分钟十几分钟就把人的生命葬送了。比如严重的突发车祸，瞬间人就没命了。还有我们县工会的小王带着八岁的儿子到三峡去旅游，在江边登轮船时，她和儿子都上了船甲板，但船还没开，儿子蹲在船边高兴地低头玩水，不料，轮船突然开了，船板猛然晃动，儿子一头栽进水里了。在那深不可测的江水里，儿子像拌个面疙瘩似的无影无踪了。就白雪这个事，我也是没有预料到的，所以说人时刻都面临着意想不到的灾难和危险。我只能告诉白雪，如果家人给她打手机，就说自己很好。白雪答应了我的要求，但我却不敢告诉她伤势，如果她知道了，心里会极为痛苦和难以承受精神打击，甚至再出点什么事，那就是大错特错了。我只是安慰她说，受点轻伤，要配合治疗，无论花多少钱，我都承担，给她以精神安慰。

我回单位假装没事似的投入工作，但我揪心得难受，焦虑不安。三天后白雪给我打手机说，杨县长，我一个人在这里住院孤独寂寞，再说，你大老远跑来跑去也不方便，我想回咱省医院治疗，那里的条件会比这里好。我说，好，我处理好工作上的事，就把你接回来。刚刚放下电话，又接到主治医生的电话，说押金用完了，还要交医疗费，我答应他马上去交费。

两天后，我将白雪从外地接到省城的一家骨科医院治疗。因为省城住着我的父母和儿子，还有青叶的父母，回去一趟可以看望几个人，他们把我当成家里的顶梁柱。我也发现一个问题，就是在乡政府工作的干部，大部分家都在县城。在县城工作的领导干部，家多半都在市区。在市区的一部分领导干部，家都在省会，看来人的思想都是积极向上的。我是从省城下来，自然家还在那里，这样我也觉得有个好处，就是我在县里出出进进，大部分人都认识我，因为经常开会露脸，所以就得约束自己的行为。然而我回到省城就觉得自由自在，没有约束了，因为人家都不认识我。

我一有空闲时间，就买些水果点心及补品去医院看望白雪。半月后，白雪出院，三个月后慢慢行走。她的右腿不像以前那样行走自如，明显有些僵硬。她变得郁郁寡欢，心灰意冷，失去信心，性情异常暴躁，对我愤愤不平。我掏钱为她租房叫她静养，她打手机说有急事与我商量。我去见她，她对我的态度与以前大不一样，她怒气冲冲地说，我的腿是因为你才弄成这样的，再也找不回以前的快乐了，你看怎么办？

我也后悔当初，如果不对她钟情，两厢情愿后断了关系，也不会有现在这些事。如果她不打电话叫我陪她外出游玩，也不会有此事，但我不能埋怨她，因为她心里已经很苦了，不能再伤她的心了。事已至此，我只能担着了。我只是说，我知道你是为我受的伤，这是谁都不愿发生的事，我并不是无情无义之人，自从你住院后，我尽力帮你。我心里也不是滋味，只要你为我保密，我可以养你一辈子。说这话时我心里很沉重，这不是一件小事，将会带来很多麻烦事。我从兜里掏出五万元的存折递给她，叫她花销。

她眼泪汪汪，泪珠顺着面颊流淌，好像有天大的委屈。我也为她悲伤，苦闷。她天天百无聊赖地上网玩游戏，无所事事，不愿到人多的地方去，孤单寂寞，情绪低落到了极点。她禁不住喃喃道，以前，我过惯了充实的生活，但现在腿有了毛病，谁还愿意要我？我还年轻，今后漫长的日子怎么度过？你不能用五万元就把我打发了。

我摇摇头安慰她说，不会的，如果你找不到意中人，我就一直养着你。

她说，这样的日子，我也感到无聊啊！总不能就这样封闭一辈子吧，我也得做点事啊。她坐在床上，低垂着头手里摆弄着擦泪的纸。

我坐在她身边亲昵地揽着她的肩膀，当然也乐意让她干点什么事，自己养自己啊！ 关切地说，你想干点什么事？ 我帮你。

她抬起头泪花闪闪地看着我说，做点啥生意呢？ 要不，就干我的老本行，开个电脑打印店，打字。

我情不自禁地笑了，夸赞她说，这主意太好了，正好发挥你的特长，我给你揽活。

她说，租房、买电脑、复印机，需要本钱啊？

我说，这你不用操心，我全包了。 我觉得她这个想法是再好不过了，适合一个女孩干，干净，累不住。 如果她有什么事就可以临时关门，没什么事就开门营业。 只要她能增加经济收入，就能减轻我的负担。 不在一个单位上班就能避免很多是是非非，这样不显山不露水的，谁也猜不透我与她有什么瓜葛。

很快，我为白雪在省城租房、买设备，面向大街开了个打印部，她有事干了，也有了收入，精神就好多了。 我也摆脱了心理负担，偶尔光临一下她的打印店，她有什么困难，我就及时帮她。 我询问她的经营情况，她开心地笑了，说只是忙些，但每月能收入几千块钱，也乐意忙。 她很满足，我也为她高兴。 时间一久，我们的情感开始淡化，这是规律，有人总结，情人的新鲜期是一年零八个月，过期就平淡了，也许是人们经验的总结，我也有了这样的感受。 渐渐地她也不和我常联系了，或许她找到意中人了。 若是这样，我由衷地祝她幸福，只要她能幸福，我就少些负罪感。 如果将来她成了家，此生便和她做朋友也不错啊！

贪 欲

有天晚上，我躺在床上久久不能入眠，回想担任县长工作一年来，感到岗位重要责任重大。要得到群众拥护，关键是落实情况，为民办事，造福于民。怎么了解民情？这是我首先考虑的问题。平时我所了解的民情，主要是听下属汇报，但这都是经过他们的主观意愿过滤加工了的事情。我感到当官越大，越脱离群众了。我怕老百姓含冤受屈，告状无门，就打算以后专门派负责人接待他们，如实上报情况，有必要我一定亲自接见群众核实情况，果断处理他们的问题。再一种办法是深入群众，无需领导陪同，无需西装革履，穿着群众便衣，到田间地头，集镇乡村，以群众身份亲自询问民间疾苦。也可以通过民意快线反映，就是公布县委办公室电话和电子信箱，网民直接反映情况，无论是谁打开网站，即可看到群众反映的问题。

其次还要注意官相啊！因为你是领头人，一双双眼睛都像探照灯一样探着你，又像欣赏舞台上的主角演员一样万人瞩目，从方方面面盯住你的言行举止猜测你的心思。他们会暗中观你的走相，走快了，就认为你性子急、毛躁、心粗、办事不稳；走慢了，就认为你暮气、软弱、办事拖拉，缺乏英明果断的气魄。他们还会察言观色，看你愁眉苦脸就猜测你不高兴，该反映的问题不敢言，急需说的事不说了，就会误大事；看你高兴了就滔滔不绝，废话连篇，浪费时间。你只能目光平视面容温和，喜怒不形于色，既有尊严，又保持平易和父母官的形象。

三是没有言论自由。因为你的话是代表政府统领大局的，不是你想说什么就说什么，要把自己的情感好恶隐藏起来，说一视同仁的话，办公平合理的事。不能见到喜欢的人就亲密无间，不喜欢的人就冷若冰霜。你得从工作全局着想，明知道他不是个好鸟，见“利”勇为踩着别人的肩膀上，但为了工作还得违心地表扬他。明知道有些事不合理不公平，你还得违心地答复办理，不然就难开展工作。最重要的是把握好语言艺术，你的语言表达能力强，就有了号召力，就有了权威，甚至就能转化为效益。你就像一根旋转的中心轴，靠语言的力量跟着旋转了。有些事情看准了必须说，不说就要出事，但有些事情尽管你看得很透心里很清楚，却不能说，死都不能说。只有知道什么事能说，什么事不能说，才能立于不败之地。

四是让人最头疼的复杂的人际关系，那一个个圈子里的人都是有来路有背景的，不然，就难进这个大院。表面看，他们都对你温顺和气视如亲人，关心你爱护你，你却看不透他们的内心，看不出温柔背后的陷阱。有时候人家私下里画圆了圈，等你描绘一下，你就只好跟着描了，尽管你有气，也忍而不发，因为你不想树敌太多。

五是要经常泡会场。有很多事要通过开会来解决，尤其是重要会议就要场场必到，否则，你就是重视不够。每场会都要坐在主席台中央，一坐半天，成了闪光的“焦点”。全体参会人员都目不转睛地盯住你，那目光像无形的辐射线要把你浑身穿透，扫描你身上的毛病。这时候你就要尽可能表现完美，大家是把你的讲话内容当圣旨一样记录领会照办的，你不能有言差语错，错了就成了笑柄，丧失你的威信。新闻媒体扛着摄像机照着你“啪啪啪”把你的坐姿、表情全照走，把你的讲话内容全录走，然后通过电视、广播向群众播放。若是累了困了想活动活动筋骨是办不到的，你只能始终保持规范的坐姿，如果坐久了腰酸背疼腿脚麻木，只能默默地忍着，大脑时刻保持高度紧张的思维状态，避免有不恰当的言辞。有时会议一场接一场没有休息的时间，你只能坚持坚持再坚持。

最后想到了我的家庭。儿子跟着我父母在省城上初中，还有青叶的父母，他们都没有一点经济来源；我姐身体不好，还有她的两个孩子正上清华大学；另外还有白雪，全靠我支持，这九口人全靠我养着。尤其是四个老人，谁都知道，人老了容易患病，一旦住进医院，钱就像流水一样“哗哗哗”地流进医院。自从当了县长，我也没时间画画了，这就大大地减少了我个人的经济收入。我也曾想过，是不是我把路走错了？如果赵师傅知道我的情况，他肯定会批评我，至少会说，你缺钱吗？专业是长久的，当官是暂时的，怎么一门心思去当官？我也有点后悔了，有一种骑虎难下的感觉，只能硬着头皮走下去了。

让我感到欣慰的是身居县长位置，办什么事都容易了。无论走到哪里，只要有人一介绍我的身份，人家会肃然起敬，我深受尊敬和爱戴，要办一些事情，基本是畅通无阻。让我感受最深的是再到市委找头目，门卫和秘书都笑脸相迎，尊敬有加，不再层层把关了，就可以直接步入头目办公室了。头目视我为兄弟，为我倒昂贵的茶叶水，和我平起平坐地坐在沙发上交谈，说话也很随便，即使说的有言差语错，头目也不计较。我心里清楚如此待遇，都是来源于头上的官帽。这官帽来自于上级领导的信任，所以你没有理由不亲官亲民。亲官给你带来人生幸福和尊严，亲民会支持你干好工作，工作干好了就会一好百好，干不好弄得一塌糊涂，这顶官帽就会在头上摇摆，就会使你不得安宁。当我在得意高兴之际，也想到，天龙啊！人家爱你尊敬你高看你，不是你这个人，而是你的位置，无论谁坐到这个位置上都是如此。我也想到既然你在这个官位上，就应该抓紧时间多干点事，发挥自己的能力，不辜负领导对你的信任。

思来想去因为工作上我担负着主要责任，不管局面多么复杂，一定要控制局面，不能被别人所左右。我的大方向就是发展本县经济，脱贫致富，一切都要围绕着这个中心轴转，这是一条光明正确的路，积极进行招商引资，主意一定就该实施行动了。

不久，我带队参加省里组织的一次招商大会，会议期间，经人介绍，我认识了一个叫梦丽莎的女人。她看起来三十多岁，中等身材，穿戴时尚。她将黑发染成黄发，将嘴唇涂成紫红色，将两道原始的眉毛上，再造出两条柳叶似的假眉，将一双明亮的大眼睛涂成乌眼圈，那长眉一挑，睁眼一瞧很有精神，浑身洋溢着成熟的高贵气质，让你青春焕发，激情似火。像她这样的摩登女人，我见过不少，但没有好感，反而感到恶心，一张崇洋媚外的洋脸，妖精样，有什么好看的？但对梦丽莎不是此感受，倒觉得她超凡脱俗美丽可爱，看着顺眼心里舒服。尤其是她那双大而有神的眼睛，看你一眼似触电一般，使你浑身颤抖。我从未有过的感觉出现了，像中了邪，中了魔，有种魔力在吸引我，有种难以言传的激情在燃烧我，有种意会的欲望在膨胀，禁不住想难道这就是我要找的意中女人？也太时髦了，平时我并不欣赏这种女人，觉得似花瓶一样，能看不能用没什么能耐。但对梦丽莎，我却改变了看法，觉得她是那么可爱、出众和聪明。她似乎也有了感觉在关注我。

我想到了白雪，虽然我和她有扯不断的情感关系，但我不想娶她为妻，如果我们一起出去，哪像夫妻，倒像父女。母亲多次说，遇到合适的就找一个吧，等老了有人侍候你。我说，这是可遇而不可求的事，不用着急。我觉得单身也不错，少了很多是是非非的家庭矛盾。只是想我还到哪里去找像青叶那样的好妻子。找不到好妻子，就随便娶一个，家里那一大家子的开支，她能容忍吗？ 在官场上，我随便找个女人结婚不是难事，但我不想考虑此事。 女人中和我走得最近的是白雪，但她不了解我的家庭情况，没有要求同我结婚。 我心中暗喜，当官的口紧是有好处的。 我是想在今后遇到满意的女人，再考虑。

正当我考虑梦丽莎是否跟我有缘时，不料，当天晚上，她主动来到我居住的宾馆包间里，温文尔雅地坐在茶几旁的沙发上。 那套橘黄色沙发在窗口下一左一右地摆着，中间摆着圆木桌。 上面放有电热壶、茶杯、水果等。 我自然是热情招待，倒茶、拿水果，乐意献殷勤，讨她欢心，这可能就是老人说的，犯贱。 我彬彬有礼地热情一番，然后坐在另一边的沙发上，扭头看着她亲切地问，你是哪里人呀？ 我故意带个“呀”，显得语气亲和，唯恐用生硬的语调伤着人家。

她面含微笑轻声慢语说，我少年时就随父母定居国外，现在已经加入法国国籍，拥有法国名牌大学博士学位。

我心里一阵狂喜，妈呀！ 人家是货真价实、才貌双全、光彩夺目的人物呀！ 虽然身居国外，但人家的汉语咋说那么好呢？ 像本国的大学教授说的普通话那么流畅。 我敬佩有加，觉得自己的判断能力很强，看人看得准，果然不错，人家就是非凡的人才。 想想平时凡是我看上的人和物，一了解大部分皆优，这是凭感觉和一双眼睛判断的。 我立刻眉开眼笑，爱心接连升温，带着恳求的语气说，希望你回国内发展。

梦丽莎那对明眸如秋水里养着两丸黑宝珠，在骨碌骨碌地打量我。 我也很自信外包装绝对不差，再加上玩了多年的笔杆子谈吐不俗，不知倾倒了多少女人。 她的眼神频频向我放光，使我难以招架，激情勃发。 我努力镇静，提起茶壶为她续茶，这可能就是那种情缘的催化作用吧。 她说，要不是我遇上一位不喜欢的摩洛哥贵族追婚，我也不想回国内发展。

我紧接着说，还是咱内地好，不但条件优越，而且政策放得宽，急需像你这样的高智商人才来创业呀！

她睁大眼睛看着我，那眼神要把我的心烧焦，含情脉脉地说，您能帮助我吗？

我乐呵呵爽快地说，怕求之不得，你准备搞什么项目，尽管说，我一定大力支持。心想现在全国掀起招商引资高潮，她能到俺那小庙里来，那可是我这棵梧桐树引来的金凤凰，也算是为本县立功做贡献了。

她抬头瞟我一眼，然后又羞涩地低下头慢声细语地说，自从被摩洛哥贵族追婚回国，与在国外相比，我在经济上受很大损失。如果方便的话，你能不能给我安排个项目干干，让我挣点钱。

我不但注重她的才华，而且也倾慕她的相貌，便不假思索，拍拍胸口说，这点事情小意思，我打一个电话就解决问题了。我极力表现自己的能力和权威，极力讨她欢心，极力表现我男子汉的气魄，只是像这样的人才到哪里都会得到大力支持，市里、省里还放宽条件引进人才呢，人家不恋大城来小城，思想够高尚了，她现在有求于我，是我的荣幸，是冲着我来的。

她淡淡地抿嘴一笑说，谢谢杨县长的关照。

我说，只要你不嫌俺庙小，在这里干，我会赴汤蹈火全力支持。我的目的是留住人。

她眉毛一挑痴痴地望着我，那眼神里饱含着火热的激情。我浑身像触电一样，禁不住一激灵有一种冲动的欲望，但我极力控制自己不能失态。我也意识到她对我有好感，不然很难留住她。这使我真正理解了一见钟情的含义，记得在学校学到这个词，也就是说说而已，麻木地理解其意，可现在它的内涵竟然这么丰富。她轻柔地说，我得有个什么名分吧？不然别人不了解，突然蹦出来一个黄毛丫头搞项目，别人会怎么看待你我？

我想想此言有理，人家真是见多识广，考虑周全，让我敬佩。但对这个问题如何解决，我心里没底也没招，我说，弄个什么名分呢？你是博士该有好想法吧？

她低头抬手端起透明玻璃茶杯，小口啜饮茶水。那杯子里浸泡的是宾馆房间里备用的一次性小包茶叶，从里面渗出棕黄色汁液，使水变成了淡黄色。我看到她如玉般的白手特别美，指甲盖上涂了一层亮晶晶的玫瑰色指甲油，特别吸引人眼球。我想她是重细节的人，力求使自己完美。其实她不必这么美化，我认为自然美是很不错的，过于美化，给人的印象就假了。她沉默片刻，然后又抬起头看着我微笑说，你让我在全县科级以上干部会上作个演讲，名为："法籍博士梦丽莎小姐国际合作专题报告会"，郑重颁发证书，聘请我担任S县欧盟事务首席顾问，这样我们就能光明正大地接触了，还能引起别人的重视和尊敬，以后我的工作就好做了。

我满脸开花，一拍大腿激动地说，太好了，到底是博士，脑子就是好使，这事回去就办。我想到人家真是高级人才，说话很有水平，什么欧盟事务首席顾问、国际合作专题，这词我是说不来，听着时尚有学问，但又一细想大而虚假，蒙骗人似的，什么国际合作专题，她能代表一个国家吗？她有国际大项目及雄厚资金吗？纯粹是胡扯，在一个小县城搞个小项目，套不上国际合作。老百姓不爱听这朦胧的洋词，也不愿听含蓄让人费解的语言，生活中人们都非常繁忙，哪有时间去刨根问底弄清那些不明白的语言？都喜欢直白话，比如电视剧《满秋》(人名)、《乡村爱情》等，一看名字便知内容，想看则看，不看省得浪费人家的宝贵时间。

接着她又谈到古今中外的历史、国际形势，等等，无所不晓，像是老师提前备好了课。她的谈吐和气质迷醉了我，当即邀请她会后一同回本县，她也爽快地答应了。

我和梦丽莎回县城后，就把她暂时安排到县委招待所居住，按照县委常委的待遇，居住的是套间。我们都住在三楼，接触很方便。我按照她说的一一照办了，为她颁发了聘书。经我细心观察，梦丽莎和本国人没有什么区别，也没听她说过什么法语。我对此事不感兴趣，也不追究她的身份，若是中国人更好。不管她身份如何，我觉得她确实有能力。我对工程项目运作并不陌生，这是我曾干过的专业。我给县里相关部门的头头打招呼，将县境内一条公路的施工权交到了梦丽莎手里。她稍加运作，一转手便从中赚了几十万。她有了钱，我们其乐融融，该做的不该做的事都做了，我沉浸在幸福快乐之中，迷醉了大脑，把她敬若神明。

半年后，有天晚上，她来到我的房间，坐在床上告诉我，她怀孕了。此时，我的大脑有些清醒了，觉得麻烦事来了，如果留住孩子，就会后患无穷，惹出很多麻烦事来。我劝说，还是做掉吧，你一个姑娘家，还是知名人士，孩子一旦出生，对你影响不好，我怕毁了你的前程。

不料，她脸一沉说，我不要前程，我要爱情，这是你和我的爱情结晶和见证，我一定要保住孩子，非你不嫁，你离婚，我与你结婚。

她不知道我是否有妻子，但我已经有儿子了，即使和她结婚，她也不能生育了，否则，就是超生，超生就违背计划生育政策，就会开除我的公职。我心想绝对不能要孩子，一旦有了孩子，毁不了她，却毁我，毁我的前程，毁我的名誉，也是我犯罪的见证。我感到事情的严重性，故作轻松地打着哈哈说，别傻了，去把孩子流掉吧，不这样对你对我对孩子都不好。

梦丽莎嘿嘿冷笑，心里说，我是三十多岁的人了，还没有归宿，有了孩子，我的家庭事业都美满了。凭我多年当坐台小姐的经验，接触了不少大人物，摸透了他们的心理，一个个死要面子，即使遇到中意的女人，因身份低贱，他们也会轻看，现在我给自己套上了彩色光环，贴上了美丽的身份标签，没想到你杨天龙竟然相信了我的鬼话，这就是我的幸运。你叫我做掉孩子，无非是玩腻了，烦我了，好一脚踢了，你有你的打算，我有我的主意，生了孩子就像一根绳子拴住你了，就难逃脱了。梦丽莎的态度非常强硬和认真，一改往日的淑女形象，横眉冷对，那五官像结了冰，对我蛮横无情。我觉得她似魔鬼，再也找不到温柔可爱之处了，那目光像利剑似的直射住我说，你看清楚，我梦丽莎不是你们小县城的女人，我看上你这个七品官，算你高攀了，不是你随便打发得了的。

此时完全暴露了她的本来面目，让我彻底改变了对她的看法。我背着手低着头在床前来回踱步，心事重重。我觉得她虽然貌美，但心地不善，像白骨精一样凶狠。这祸是我闯下的，感到悔恨交加，自找麻烦，愤愤地回应说，你异想天开，离婚、结婚是那么容易的事吗？要容易千家万户都乱套了，我身为县长，没有干出重大实绩，就给老百姓带这头啊？让我怎么向上下级交代？绝对不能这样做。我假装有妻子，必须对她考验。

忽然，她从床上下来站在我面前一跺脚，恶狠狠地指着我说，我实话告诉你，我们每次发生关系的过程都有录音和录像，我把它保存在中国银行的保险柜里，你要跟我耍无赖，想把我一脚踢开，我就把这些录像拿到省纪委、中纪委告你！你要么离婚跟我结婚，要么答应我一个条件，为我在上海买一套房子。我把小孩生下来，不要名分，自己带着孩子过。

人们都说当官口紧，此话有道理。我便私下观察，的确是这样，有些官员本来性格活泼、开朗，一旦进入官场，渐渐就变得稳重、少言寡语，说话似乎都经过深思熟虑，说的都是官话、大话、空话，难以抓到话柄，虽然淡化了人情味，但对自己有利。我在官场也学圆滑了，对家事绝对保密，梦丽莎一概不知。

听了她的话如当头一棒，把我击蒙了，让我垂头丧气无计可施。在上海买房不是小事，百十平方米就要几百万哪！我越发感到事情的严重性。我看到报刊上有许多贪官的案例，都是因为女人逼迫讲条件，逼得贪官杀人灭口，存有侥幸心理，想万事大吉，结果都一一败露，两败俱伤，死路一条。我像钻进了死胡同里无路可走，知道掉进了温柔的陷阱，上了梦丽莎的圈套。我直直地站在她面前睁大眼睛怒视着她，目光像刺刀一样直刺着她。她有点胆怯不再吼了，反而转怒为喜，亲昵地拉着我的手坐在床边，也让我坐她身边。她伸手揽住我的肩膀，亲密地紧紧依靠着我，嘴巴贴近我的耳朵，又来了甜言蜜语，说我的县长大人，你别怕，这钱不需要你掏腰包。我只是要你帮我把钱垫上，算我借你的，你再给我随便弄个工程干干，等我挣了钱就还上。她诡计多端，喜怒哀乐变化无常，把我当成她手里的遥控器，随意摆弄。

我也被冲昏头脑，想想她的话，对呀，那样钱不就大把大把地来了吗？我又佩服她的脑子灵活，想着法子弄钱，叫我安排个工程那是分内的工作，把工程给谁干不是干哪！何况还是自己人呢！我决定在县开发区投资建办公楼，由梦丽莎承包。对外宣称这是招商引资的需要，我完全打乱了刚上任的思路，忘记了廉正二字，总觉得自己不摸钱，就是廉洁自律。工程要上马了，但梦丽莎连启动资金都没有，于是我立即找本县一个颇有经济实力的老板，为梦丽莎借钱。我又向外地朋友和本县承包商老板借钱、贷款，很快上千万就到手了，等到工程结算时，我又作出指示，给梦丽莎每平方米增加造价若干。这样，梦丽莎将一部分工程转包给其他开发商，一部分自己承包，从这个项目中狠狠赚了一笔巨款，国家的钱就源源不断地流进了她的腰包。我完全被她洗脑了，什么都听她的，将她视为亲人，当作未来发展的妻子。我曾冷静地想过，这个梦丽莎不仅口才好，而且敢想敢干敢做，钱一到手，她很快聘来一流的总工和技术员，负责施工工程，实行承包制，工程进度很快，当然我也会帮她出主意想办法。

在这期间有个承包商王工头，是当地有名的开发商，干了十多年的建筑工程。刚开始他买地建房卖房，带一班人马，越做越强，开办宏大建筑公司，扩大业务范围，凡与工程有关的什么活都干，比如施工、维修、机械安装等，成了有名的暴发户，手里有三四千万资金吧。因他借给梦丽莎的工程款最多，有些担心，并怀疑梦丽莎的身份，对她进行暗中了解。他来到我办公室，躬着腰站在我身边耳语道，杨县长，你知道梦丽莎的真实身份吗？她根本就不是法国国籍，啥博士学位，她是一个凭着姿色招摇撞骗的骗子。她是武县人，我表舅家村的人。她高中毕业，在外打工多年，当过坐台小姐，给老家盖了一栋三层小楼，是村里的冒尖户。

我只是浅浅地笑笑，心想如果是这样，她本事真不小。我也怀疑过她的身份，但我最注重的是实际能力，文凭是虚的东西。我们的关系已弄到这一步，也不可否认了，我吹牛皮已经吹出去了，“欧盟事务首席顾问”的大红聘书早发给人家了。再说，我是真心爱她喜欢她，这微妙的情感是说不清道不明的，好像在她身上散发出一股强大的魔力，在紧紧吸引着我，让我陶醉痴迷，这种魔力是在别的女人身上寻不到的。还有她和我的骨肉连在一起了，我怎能忍心将她一脚踢开？总之，自己的软肋在人家手里，此时戳穿人家的身份，不等于自抽耳光吗？再说她身份越高，我越有光。我说，关于她的身份，就不要再追究了，咱该怎么帮就怎么帮，出了问题，我担当。

王工头就不好往下说了，无可奈何地说，好吧。那我再借给她多少？

我说，400 万吧。

他说，好。声音低沉，似乎是不情愿说出口的。心说，天哪！真要命啊！先前借的几百万还没还呢，又借这么多，我得几年挣？挣钱容易吗？这是我的血汗钱啊！我要栽在这个狐狸精手里啊！你轻松地上唇下唇一张一碰都是大额钞票，可我得需要时间苦干啊！她何时还款，都是未知数。他心里埋怨我，你是色迷心窍，听她指使，一心为她服务。虽然王工头心里对我不满，但不露声色，还强颜欢笑。这就是权力的力量，力大无穷。

我心里很高兴，慌忙站起来到饮水机旁，从一摞子纸杯中抽出一个杯子，又回到我的办公桌旁，端起桌上的水壶，里面泡好了冰糖、菊花、茉莉花、红枣等配制好的茶水，热情地给王工头倒茶，并且说等国家工程款拨下来，叫她马上还款。

紧靠我的办公桌旁有个沙发椅，是方便来人近距离交谈的。王工头觉得心发慌腿发软，顺便坐在椅子上。他心里清楚多年来干工程，最难的就是要钱难，这钱不知道猴年马月才拨下来呢。他说，如果拨不下来款，下一步我干工程就要靠贷款了。

我坐下来对他说，你放心，不会耽误你用钱。

他笑笑说，看在您的份儿上，我不会为难梦丽莎，如果我要贷款的话，还得依靠你呢。

我点点头说，可以。我知道他心里不是滋味，对现实生活中的生存者来说，什么最重要，毫无疑问离开钱就寸步难行。我为梦丽莎借他那么多钱，对他的事业发展不利，叫谁谁都心疼。

我们边喝茶边聊天，等王工头站起走的时候，我送他一包上等的毛尖茶叶。因为钱的原因，我们成了关系密切的好朋友。

我和梦丽莎去上海，边幽会边逛楼市，选择合适的爱巢。最后我们一起敲定了一套二百平方米的豪华复式楼房，首付款就要一百万元。梦丽莎伸手吊在我肩膀上摇了摇说，杨哥，这套房子真好啊！配得上你，这里以后就是咱们的家了，我相信你一定会买下的。

我和梦丽莎可以名正言顺地结婚，如果将我们的婚房买到本地，她就会限制我的经济开支，我背后那九口人怎么养？再知道我和白雪的关系，就会更麻烦了。另外她要生孩子，对我极其不利。她说家住外地，免得生是非，也正合我意。如果我们在上海买房安家，不但那里的环境好，而且她生了孩子，在那房子里养孩子，谁也不知道。我从县城开车去上海，半日即到，而且全程高速。另外我还有个打算，将来我的大儿子大学毕业了，就叫他在上海工作。

我咬咬牙狠狠心慷慨地说，作为男子汉，一县之长，为心上人做这点事是应该的，你放心，这事包在我身上了。

听了这话，梦丽莎抱着我的头噘着嘴“啪啪啪”在我脸上吻了几下。我心里也甜甜的，谁不向往这座美丽富饶的城市，这里马上就是自己的家了，还金屋藏娇，对我来说简直到了人间天堂。不久我们就到售楼处把房子的首付款交了，实现了我们的美梦。

为了梦丽莎，我已经失去了控制能力，觉得金钱像魔鬼一样缠住我，使我迷失了方向。我不由自主地偏离了阳光大道，慢慢向邪路上奔去。我知道我在本县掌握着重大工程的拍板权，表一个态就能让某商人赚上千万，打一个电话，就能让有关部门免掉某商人几百万元的费用，所以这些商人都对我是竭力奉承，有求必应。

我只是想，权力的力量真大啊！ 在帮这些人享受优惠政策的时候，我脑子里就在盘算，哪一天我有什么事情需要他们时，他们肯定会回报我。 我对王工头是关照的，让他做了不少项目，他从中赚了大把的钞票，所以他对我是有求必应。

一天晚上，王工头来找我，在我居住的房间里谈事。 当领导的就喜欢和这样的人交往，对自己有利。 我慌忙给他沏上毛尖茶，又递上大中华，笑容满面地热情招待。 然后我们并排坐在沙发上。 他发黄的手指夹着中华烟深深地吸了一口，低头悄声说，杨县长，省城修高速公路，途经咱县，您担任征地拆迁协调领导小组小组长，让我们公司拆迁，绝对服从命令，可给九百万元的补偿费太低了，我们太亏了，您看能不能多增加一些补偿费，这样对咱们谁都有好处。

我认为此事是大款项，做成对自己有利，思索片刻，就很爽快地答应了，说我努力协调，不会让你吃亏。

王工头嘿嘿直乐说，杨县长，那是、那是，到时候，我一定感谢您。 他的眼睛眯成了一条缝，眼角出现很多鱼尾纹，笑得合不拢嘴。

王工头知道我忙，又怕别人来了，一碰头就不好了。 他临走时，将装有十万元的黑色公文包递给我，说您买两瓶酒喝。

我尽最大努力从中周旋，结果为王工头获得一千五百万的征地拆迁补偿费。 王工头也给我了感谢费，我觉得这钱来得太容易了，也明白了官商勾结的好处。

很快，我和梦丽莎付清了房款。 梦丽莎生了儿子就在上海豪宅里养子。 我确实喜欢梦丽莎和自己聪明可爱的儿子，母子俩像一根绳子牵着我的鼻子走，一切都为他们服务了。 那套豪宅成了我的又一个新家，工作上一有空闲时间，我就和梦丽莎欢聚，沉浸在幸福快乐之中。我们躺在宽大的席梦思床上，梦丽莎亲吻着我的面容，我感到她的肌肤如绸缎一般光滑细腻，柔软富有弹性，让我舒心惬意。另外，身边还躺着我那几个月的白白胖胖的小儿子，还不会说话，只是看着我俩张着嘴笑，可爱极了，我也感到幸福极了。此时我觉得自己像皇帝一样，享受着嫔妃的快乐，掉入了情感的陷阱。我们正在兴头上，梦丽莎耳鬓厮磨悄悄说，天龙，我想要宝马车，孩子由保姆看着，我在家也没什么事，年轻轻的就这么待着无聊。我想开公司挣钱，这样就减轻了你的负担，你给我弄点本钱行不行。

我把她当成了自己最亲近最信得过的人，可以说我不惜一切代价，把心都给她了，叹口气说，开公司，需要多少钱?

至少得千把万吧!

我惊讶地望着她，胆怯地说，这不是小数，难弄啊!

当地包工头谁不买你的账?

他们都出不少血了，我没法再开口了。我叹口气说。

你就说借用嘛。她为我出主意说。

我沉默了，再也高兴不起来了，目光直直地瞪着天花板，想想为这个女人，我已经不顾党纪国法了，够吃枪子的格了，只是民不告，官不究。如果有一天东窗事发，我就完蛋了。在她身上我花了上千万的费用了，可她还是得寸进尺，无止境地要要要，她是要我的命啊！我心里沉重，忐忑不安起来，如同逍遥法外的罪犯。如果她是个贤淑女子多好哇！那么我们就会舒心平静地过日子。看来男人的好坏是女人塑造的。我隐隐约约有一种感觉，梦丽莎不是在爱我，而是在害我，她不心疼我，不为我着想，只为自己。再想想白雪是个善良的女孩，不要求我做什么，没有那么多花花肠子和奢侈的想法，容易满足。

我从和梦丽莎接触后，就很少去见白雪了，也对她疏远了，冷淡了。偶尔去见她，我们也没有热情劲了。我从上海回到省城家里看望父母和儿子，也顺便给青叶的父母两万块钱，让他们好好生活，注意身体健康。临走时，我也去看看白雪。白雪的打印店在临街的一栋旧楼下的一间门面房里，我本想去打印店看看她就走，不料，她看到我慌忙锁上门，拉着我的手上了二楼。她租住的是一套民房，她说这套房里住着一位老大娘，老大娘叫给她做伴，交的租金低。最近老人被女儿接走了，现在就住我一个人。我们在客厅里说着说着白雪哭了，她说，你不爱我是有原因的。我很惊讶，心里发虚，但她绝不会知道我和梦丽莎的关系。我说，瞎说，啥原因呀？

她说，你有了相好的，我有你的证据。你什么时候打电话，什么时候发短信，我都知道。

我瞪大眼睛怀疑说，活见鬼了，你有特异功能？学会骗人了？

没骗你，真的，你发的短信内容，我都知道。

我非常好奇，像公安民警逼供似的穷追不舍，叫她说明真相，原因是她买了多功能监控手机，这是高科技产品，可以使“手机号码任意显示”，只要在软件设置时随意输入一个号码，这个号码就是被监控的对象。她把我的手机号输到她的手机上，就可以监听我和别人的通话，也可以看到来往短信。天哪！这不是间谍特务吗？让人可怕的手机。后来我想想这绝不是正式公开销售的手机，必有制止办法，不然盗窃私人秘密是小事，盗窃国家机密事就大了。经手机专家一检查，专家说，要监听对方手机，必在对方手机上安有卧底软件，把这个软件拆除就没事了。

白雪说，你不能抛弃我。

我扭头瞪瞪她，我说抛弃你了吗？

可你变心了。

管天管地，还能管住我脑子里想什么吗？

这么下去你会犯错误的。白雪说。

白雪这句话像敲到我的麻骨上，使我浑身一麻一惊，又像刀子似的戳到我的病根上，感到很疼。

我想想，女人真是沾不得，一旦沾上你，想甩掉都难。我给了梦丽莎那么多钱，还给她买了房子，想想，我确实没有给白雪多少钱，觉得对不住她，我说，你想要什么？说吧。我知道当女人对男人不满的时候，只要给她们钱财，她们就会消除一多半气。

白雪说，我的腿走路不方便，也许是因为我的腿我才失去了美丽的姿色，你才抛弃我的。现在我的走姿真是不雅，我也想弥补缺陷，你给我买辆车吧。

你还得考驾照呢。我紧接着说。

我已经拿到驾照了。说着她从自己精致的黑皮包里掏出驾照给我看。

我真把女人看轻了，她们一个个都精明得很哪！我考驾照时，就觉得有难度，可她们都轻而易举地拿到驾照了。我说，你想要什么样的车？

她坐着低着头说，当然越贵越好。

你就不怕我犯错误吗？要买好车，指我的工资，得多少年才能买到？

你给相好的那么多钱，就不怕犯错误？

我怀疑她是真的监听到了我手机里的内容，因为除此之外，她绝对不知道我和梦丽莎的关系。要这样，她就抓住了我的把柄，怎么办？我说，你的手机真的可以监听到我的通话内容？

她低头轻声慢语地说，听到听不到，我也不会告发你，从前你毕竟对我很好，你是我的恩人。

我说，我给你买车，但只能是普通车。

她抬起头看看我笑了，说可以，只要四个轱辘转圈就行。

买辆七八万的吧？

赖好都中，只要你别犯错误。

白雪这句话又让我一惊，像暖流温暖我的心。我觉得她是真心爱我，笑笑说，买 QQ 吧？

行啊。她爽快地说。

我笑了，自我否定，最差也得弄个中档车。我掏八万元给白雪买了一辆雪佛兰全自动白色小轿车。她很高兴。她与梦丽莎相比是截然不同的两种人，白雪唯恐我犯什么错，没有多大贪心。不像梦丽莎心高气傲，贪心不足，是想把我折腾得往犯罪路上走。

入 狱

突然有一天，我被叫进局子了。

老百姓的说法是，叫进去了，出事了，有罪了，逃不了要吃班房苦了。也就是被检察机关叫走，开始对我进行审问了。

平时常出入官场，我算是当地的红人，和市里的领导关系还不错。事情就出在我主管了广播电视“村村通”网络改造工程，这是为了解决广大农民群众听广播、看电视难的问题，1998 年党中央国务院决定启动广播电视“村村通”工程，是一项由国家组织实施的民心工程，国家投资上百亿，而且常抓不懈。

我在实施这项工程中，有人给市纪委投了一封匿名信，信中没有具体事实，只是在讲“村村通”网络改造项目工程中，大搞权钱交易。像这样的一般举报信，没有什么有价值线索是不予受理的。但市纪委领导联想到，广播电视“村村通”网络工程当地投资几千万元，我掌握此权，不排除趁机捞一把油水的可能，这应该是有价值的线索。 但我始终不知道这些举报信息。

那是夏日里的一天中午，天气朦朦胧胧，阴沉灰暗，淅淅沥沥下着不大不小的连阴雨，到处湿淋淋的，让人感到心烦。 我在县委招待所吃过饭，送走客人，刚刚钻进车里，手机响了。 有人通知我下午两点半到市纪委开紧急会议，于是我的车就直奔市里了。 在官场大部分时间就是泡会场，有人说，开会就是领导的工作。 久而久之，对开会就有些麻木了。 但要掌握一点，只要按时报到就行。 我算算时间，可以提前半个小时到会场。

因为天气原因，车速不能太快，我到达通知地点时仅提前十分钟。 我看到对应着走廊的会议室门紧闭着，按往常应该有不少人到会场了，可今天却冷冷清清没有开会的迹象，顿时感到气氛异常，心有凉意。 我直接到办公室报到，刚一坐下，有位中年男子手拿材料本，上面写着几行字，来到我面前说，你是杨天龙吗?

我慌忙站起来回答，是。 下级见了上级都是夹着尾巴做人，为了自己的饭碗和前程，唯恐得罪上司，这又是找干部错误的机关，我乐意当重孙子，为的是自己平平安安。 此人我不熟悉，他阴沉着脸，使我心发慌。

他说，你跟我来。

我跟着他来到一间空屋里，刚进门，他反身将门锁上了。 我看到里面有两张对接摆着的淡黄色办公桌，桌前有一把简易的黄色木椅。 他一脸严肃，伸手指着桌前那把木椅冷冰冰地说，你坐。

顿时我大惊失色，心里一沉，这哪是开什么会呀? 分明是审问人的地方。 我目瞪口呆愣怔地站着，已经意识到要出事了。 我没有猜错，那个中年男子就是审案员。 他站在桌后面将材料本放在桌面上，抬头看我指着木椅生硬地说，坐。

我的腿像千斤石似的拉不动，一步一步挪到椅子旁，腿一软蹲在椅子上，心里的滋味难以表达。

审案员也在办公桌后面坐下了，看着我义正词严地说，我宣布，检察机关对你的问题掌握了不少证据，希望你主动交代，争取从轻处罚。 他开门见山，直入主题。

霎时，我像当头挨了一闷棍，又被浇一盆粉碎的冰块水，让我清醒了，我完蛋了。 我像从天堂一下子坠落到十八层地狱，眼前一片漆黑。 从一个堂堂正正人人敬仰的当地大官员，一下子变成了阶下囚。 群众说，这叫自作自受。 我满脑子在自查自纠，除了私下帮助梦丽莎，我没有贪占任何公款，梦丽莎也已经在当地消失了，谁还追究？

此时，有一位足蹬高跟鞋的年轻女子“嘎嘎嘎”地走来，高鼻大眼，面如桃花。 在这样的场合，再漂亮的女子，我看着也不会顺眼，这与心情有关。 她手拿一个鼓鼓囊囊的档案袋放在桌上，和男审案员并肩而坐。 他们坐在办公桌后面的木椅上，男的负责审问，女的负责记录。 他们以严厉的目光盯着我，像包公一样铁面无私，有一种威严正义的震慑力，使我感到无地自容。 我坐在他们对面距办公桌还有一段距离的木椅上，如泄气的皮球，沮丧地耷拉着头软塌塌地坐着，再没有坐在主席台上那种居高临下夸夸其谈的绅士风度了，再没有调研工作时那种指手画脚的权威了，再不能坐在老板椅上搞一言堂了。 男审案员开腔了，拍了拍桌子上一个装满证据材料的文件袋说，你有没有问题，它说了算。

我摆出从容淡定的神态，联想到市里每年查出几十个科级以上的干部行贿受贿案，我曾嘲笑他们在局外个个都聪明透顶，什么政策法律不懂，谁不知道交代越多，罪行越大，等于给自己加罪上刑，加快了见阎王的步伐，但到了局内怎么个个都成傻瓜了，晕头了，嘴巴松了，像开了机关枪，非把火药打完不可？ 你不知道这是给自己上枷锁呀！ 你不知道这是要你的命啊！ 你不知道这是送你上西天啊！ 有些事你不说谁知道？ 即使权钱交易也没有第三者在场，也没有什么证据，你为何要承认？ 我坚决不犯傻，咬得铁锁断，就没事了。 我想起了家乡的表姐，人家真英雄。 表姐是“文革”前的老牌高中生，毕业后在大队当会计，一干就是近二十年，渐渐成了老姑娘。在她近四十岁时，经人介绍，找到一个自以为比较合适的对象。男方是高级工程师，在某市工作，和前妻离了婚，家里还有一男一女两个孩子，也都大了。表姐和男方结婚后，把自己多年的积蓄和准备的嫁妆都带去了，一心一意过日子，而且对两个孩子特别好，但她不了解男人以前的德行，半年后，男人对她渐渐疏远。儿子劝说，爸，俺这个妈对俺很好，你要好好待她，不要气她。他眼一瞪说，大人的事，用不着你管，滚一边去。儿子知道父亲在外面放荡不羁，和女人乱来，就因为此事，和母亲离了婚。男人觉得表姐土里土气长相一般，性格内向，越来越觉得不如城里甜言蜜语的女人。他看上一个离过婚的女演员，很有浪漫情趣，像中了邪般地迷上她了，但又觉得不能连续离婚，离婚只能带来麻烦和痛苦，便不计后果，心生毒计。有天晚上半夜，表姐突然听到儿子的房间“啊”一声惨叫，便慌忙到儿子房间拉开电灯，看到自己的男人，手里握着一把血淋淋的尖刀，他竟然把亲生儿子杀害了，禁不住毛骨悚然，天底下哪有这样的狠心老子？她感到恐惧、惊愕，这是她万万没想到的事，如此恶毒，是为了什么？不得其解。表姐仅穿着裤头和背心，慌忙去夺男人手里那把刀，并大声嚷嚷着，你这是干啥呀！饿虎还不吃子呢。当她把刀夺过来时，女儿起来却看到这一幕，虽然她看到父亲身上血迹斑斑，但愤恨地怒视着后妈说，好哇！你杀我哥，原来你是吃人的野兽，黑心贼，你不得好死。接着就喊后妈杀人啦……她这么叫喊正遂了父亲的意愿，他就是想这样嫁祸于表姐的。

女儿和父亲及时报了案，公安局当即把表姐带走了。这时候表姐才明白，这结局，是男人为了嫁祸于她，然后达到和那个离婚的女演员结婚的目的。女儿作证，男人一口咬定是我表姐杀了他的儿子。审案员对表姐严刑逼供，有人证、物证，证明她是杀人凶手，可想而知，结局就是要她的命。但是她坚决不承认，只要有一口气，就为自己洗冤。一个月后她已经瘦弱得不像人样了，又将她送到娘家的当地派出所，调查落实她在娘家的情况，当地领导和村民为她叫冤。她在娘家多年平易近人，善待老人和孩子，清清白白做人，受到当地村民的爱戴和好评。两年后，公安局弄清了事件真相，把她释放了，把她男人判刑了。娘家人当即把她接回家，现在仍然独身。我想想表姐在被逼供期间，不知要受多大的折磨和精神痛苦，可她没有松口。如果含冤招供了，她就没命了。人家一个女人都那么坚强，我是个大男人啊！有什么抗不住呢？不说，死都不说，我这样想。我决定用沉默和审案员较量，顽抗到底。

审案员掌握的证据只能证实我贪污十万元。我抬手摸摸额头和鼻子，汗津津的，脸上油亮，阴沉着脸，内心在作激烈的思想斗争。我不知道他们是从哪里弄来的材料。紧接着审案员以具体办事人供述作为“炮弹”，采取引而不发的策略，适当点出几个收受钱物时的细节，真真假假，叫我相信掌握了我的确凿证据，但我知道这些小细节是正常的皮毛事，说明不了任何问题，他们在试探我。

你的银行存款……审案员停顿一下，伸出几个指头打个手势，接着说，你清楚，我们也清楚，具体数额就不说了。这句话切中了我的要害，像一把利剑刺中了我的心脏。我没有想到他们一下子提到这个话题上，想隐瞒事实就很难啊！因为他们在银行里查个人存款是很容易的事。

审案员盯住我又说，五百万哪！不是小数。

突然间，我头上冒出汗珠，心里清楚这个数在当地是很大的，如果仅凭工资收入，一辈子也难存到这个数。

他们也理解我的心情，唯恐问题败露后丢掉大半辈子的事业，自己沦为阶下囚，因此不会很快投降，这只是犯罪嫌疑人“丢车保帅”的做法。审案员沉着冷静地对我进行政策攻心，进行争取从宽处理的法律教育，说按照目前掌握的证据，你的涉案金额为数不少。根据法律规定，贪污十万元可以判五年以上有期徒刑，情节严重的甚至可以判处死刑。如实交代问题，可以从轻处理，你认真考虑一下吧。这语气不软不硬，但很有分量。

听了这话，我感到恐惧不安，拒不交代的牢固心理防线被斩断了，这是明摆的事实，即使不说，也难逃罪责。我提出给一个小时的考虑时间，心里说，我怎么提前就没有考虑过他们查银行存款呢？这时候，自以为聪明的我，也感到太笨了。我心里清楚如果存款超出了正常收入范围，那就是财产来源不明罪，如果当初不存银行，即使放在家里，也不安全哪。想想过去整出的贪污犯，有很多例证，就是因为事情坏到老婆手里了，因为她掌握了男人的受贿证据和赃款，一旦夫妻闹矛盾，尤其是男人提出离婚时，双方就变成了仇敌关系，老婆就成了导火线，一旦告发，人证物证俱在，很容易将丈夫置于死地。但现在我不担心老婆，我担心的是梦丽莎，我死都不能承认与她有什么瓜葛。

第二天，我面对审案员只好供述了，我说，利用职务便利，曾虚开过购物发票、工程款发票，但这是很少的事，你们是可以查到的。

审案员还是昨天那两个，男的说，已经查清了，另外你收没收回扣？

我低头沉思片刻，点点头说，收过。

一共有多少？

我摇摇头说，记不清。但不多，都是人家给点好处费，也就几万吧。

那你的存款大额数字是从哪里来的？

我理直气壮地昂起头说，那是我存了多年的卖画钱，是我劳动所得，与公款不相干。有了它，我就能供养家里那没有经济来源的九张嘴及其他一切费用，还有亲属子女的学费。

审案员冷笑说，有这么多吗？

我说，有的一幅画卖十几万，有的卖二十多万，其中一幅山水画就卖了一百多万。

有发票吗？

有的有，有的没有。但都有出处，你们可以查。

审案员以怀疑的目光看着我，再往下审，我什么都不说了。

我被“双规”了，也就是在规定的时间、规定的地点交代问题。据说因犯罪的轻重被关押的地点也不同，一般选择在城市郊区交通方便、环境清静的小招待所、小旅店。但地点是对外保密的，包括家人都不知道。我被关在郊区一家宾馆楼里，那间房靠近走廊里的一个死角，与普通房间明显不同的是里面的墙壁、桌、椅、床等硬件设施都进行了软包装。我明白这是为了避免被双规人员自残、自杀等行为的发生。因为被双规人员的人身安全由办案机关负责。我被双规期间的主要任务是回忆违纪问题，写交代材料，在闲暇时也能看电视，伙食水平与陪护人员一样。陪护人员名义上是照顾被双规人员的饮食起居，实际上是看守被双规人员防止其与外界联系，或自残自杀等行为的发生。我明白“双规”的后果，被查一段时间，如果没问题就回原单位工作，如果有问题，就按轻重程度进行处理，严重的转检察院提起诉讼，由法院判决。“双规”只是一种审查手段，所以有很大弹性，运作好的话可以全身而退，应对不当下场可悲。

在交代问题时，我首先想到了梦丽莎，我不担心她会供出我，我知道她是个十分狡猾，诡计多端，心眼颇多的女子，也是个靠不住的女人，其目的就是敛财，可能她听说我有风吹草动，或联系不上，就远走高飞了。我也想到家里可能被抄了，这我不怕，因为没有贪公款的证据，有的是朋友帮我卖画的汇款单据。触我灵魂，让我最痛心的是，我多年来追逐的名誉毁于一旦，具有强烈的失落感和耻辱感，再不能夸夸其谈，潇洒地指挥工作，再不能被人们前呼后拥进高档餐厅，再不能办什么事都处处开绿灯。反而成了让人唾骂的阶下囚，由人捧你歌颂你一下子变成了有人踩你谩骂你，这心理落差太大了，太难以承受了，我理解被规人员自杀的原因了，那是精神崩溃了。

有时候，我躺在床上静静地思考，我不该为一个女人犯错，忘记了上任时发自内心的廉洁诺言，对不起领导对我的信任和培养。我白天坐卧不安，夜间辗转反侧，悔恨之情溢于言表。我最担心的是我的家人，那九口人都没有经济收入，他们离开我就没吃没喝没生活保障，以后的日子怎么过？ 他们为我乐而乐，忧而忧，如果知道了我的情况，我父母和青叶的爹娘四位老人的身体就经不住精神打击，我怕他们出现什么意外，弄得家破人亡。 还有白雪为我不找对象，全靠我帮她。 我姐一家怎么办？ 我知道金山金水快大学毕业了，一定要坚持到底呀！ 我也想到了天军，他会不会帮我，我立刻就否定了，再好的朋友都怕受牵连，谁都想保自己的饭碗，谁都明白“树倒猢狲散”的道理。 人在困境中是极少有朋友的，都乐意共幸福，不愿共患难。 我想着想着禁不住失声痛哭，涕泪交流，大叫一声，不该走仕途，悔也晚了。我不知道我的结局如何。

最后经检察机关查清，我一共贪污受贿十万元。 我被判了三年刑，那年八月去了王家山监狱。 那是一个占地二百多亩的劳改农场，四周是两米多高的青砖狱墙。 大门经常紧闭着，高大而厚重的铁大门可谓铜墙铁壁，插翅难飞。 对罪犯而言这就是地狱之门了，进了这门就是人生的下坡路，如果改造好了，出了这门又是上坡路。 大门里面有一个灰色岗楼，里面常有狱警值班，似乎他们的脸色也泛着青色。 岗楼后面左右两边分别有六栋四层高的破落不堪的青砖狱舍楼，每栋楼的外走廊都是铁栅栏，都在三楼的铁栅栏上横挂着蓝色塑料大牌子，写着斗大的黑体字“省悟”。 狱舍里面摆着上下铺铁架子床，一般每间房住四至八人。 院中还有电网、小百货、食堂等。 靠近岗楼那栋楼的一楼有几个房间，是狱警休息和办公的地方。 还有专门惩罚囚犯的地方，叫禁闭室。 那是一排带内走廊的水泥屋，每个房间的铁门上仅有一个书本大小的窗格。 再野的犯人在这里待三天就老实了。 禁闭室里有 5 平方米，往下走几个台阶才着地。 里面除了一个单人床大小的水泥台子、一个马桶外，别无他物。 即使外面阳光明媚，里面也是阴森潮湿。 被禁闭的犯人，一天要待二十三个小时，才有一小时的放风时间，可以想象那囚室里冰凉的水泥台、那孤独、那黑暗、那阴森、那屈辱、那蚊虫叮咬是何等的痛苦滋味啊！ 监舍后面还有两道铁门，里面便是硕大的几个砖窑场了。 犯人一般吃了饭就在窑场里干活，脱坯、翻坯、拉坯、装窑等。 管理人员根据犯人的年龄大小、身体强弱来分包任务，实行承包制。

关在这里的人都是轻犯，一律穿灰色狱服，剃了光头。 管理人员先给每人发两套统一的灰色棉布制服，做工粗糙，穿着肥胖。 狱警穿的是质量上乘的灰色警服，衣袖上带有菱形蓝牌，牌上有两个字：狱警。 最明显的标志就是头上戴的大檐帽，帽檐上镶嵌着精细的红边。 据说犯人的衣服都是女子监狱里的女犯人做的，她们除了做犯人服装，还做走市场销售的绿色军大衣和面料柔软光滑的便衣小棉袄。 根据犯人的贡献大小，每月发给他们零用钱，可以在狱内买日用品。

这里的罪犯都很怕狱警。 如果有狱警蓦地吼一声，瞬时，那些光头都齐刷刷地原地低下头，一动不敢动。 这里有不同的罪犯，不管原来是干什么的，来到这里，叫你蹲下，你不敢站着，都唯命是从。 我看到此情景，就想到这些犯人一定经过严厉的训练和约束，不然昔日脱缰的野马是不可能如此驯服的。 他们的模样是那样的卑微可怜，失去了人格和尊严，这大概是失去自由的人应有的模样吧。

我多年都没干过农活了，难以吃这苦头，再加上天气炎热，身体难以承受。 半月后，我抱着试试看的心理想改变一下自身的处境，便私下里去办公室找到一位面目和善的狱警。 他和我的年龄差不多，中等身材，瘦长脸，鼻梁稍微有点凹陷，眼睛不大，但眼神很和善，听狱友说，他叫杨警官，是个好警官。 我对他印象也不错，悄悄来到他的办公室，贴近他身边畏畏缩缩地站着，看看屋里没有其他人，轻声对他说，杨警官，我是画家，叫杨天龙，您可以在电脑上查查我的资料，或到外面询问我的情况，我画了很多画，而且画得又快又好，卖价也高。 我恳求您帮帮我，买些笔墨纸砚，我就可以画了。 此时我没有必要谦虚了，只有自我宣传，才能实现我的愿望。

他坐在门口窗下办公桌旁的木椅上，转身抬眼看看我，半信半疑，然后低头思索片刻，又抬起头，阴沉着脸说，凡是来这里的犯人都没有搞特殊化的，都是吃一样的饭，干窑上的活，我可没有这特权。

我说，我加班画画，不耽误干活。

他听我这么一说，又抬眼看看我，说那些犯人干完活，累得要死，你还有精力画画？

我有精力画，您放心。我只是想先画几幅画送给狱警，让他们开恩，减轻我的体力劳动，腾出画画时间。

他很严肃地说，你不要骗人。

我紧接着说，哪敢呀！这是什么地方？要骗您，不是自找苦吃，精神有病吗？

杨警官微笑说，谅你也不敢。其实他也喜欢字画，能鉴别字画的优劣，也仿佛听到过大画家叫杨天龙的名字，只是同名同姓的人太多，不敢相信面前站的就是一个大画家。只想看看杨天龙的画到底怎么样。对此事，他很感兴趣。他说，可以，等我轮休时，我可以自掏腰包为你买笔墨纸砚，如果画不出来，小心吃苦头。

我卑躬屈膝，如孙子样，赔着笑脸急忙说，如果画不好，甘愿受罚。

他爽快地说，行，看看你的本领。

我点头哈腰，连声道谢！当一个人沦为阶下囚时，面对的是冷漠歧视、污言秽语，遭万人唾骂，具有很强的杀伤力，使我无地自容，人鬼不如了。此时杨警官的话，让我很兴奋，若他能帮我，我就有一种从趴着跪着到站起来的希望，使我看到了光明。

热辣辣耀眼的阳光洒在杨警官脸上，连针尖似的毛孔和汗毛都清晰可见，他虚眯着眼瞧着我问：你一个画画的，犯什么事啦？

我沮丧地低下头说，栽在仕途上了。

他摇摇头，似乎明白了犯事的原因，谁都知道在仕途上犯罪都是那些事。杨警官疑惑不解地对我说，你要是一个大画家，不缺钱花，追什么仕途啊！

我垂头丧气地说，一时糊涂，鬼迷心窍。现在想起来很后悔。

官场风险大呀！他叹息说。

我想想那些漏网的官员，手中攥着权力，也确实逍遥自在，尝出了甜头，可人往往这时候存着侥幸心理犯糊涂，办事不考虑后果。其实我就是在权力的位置上觉得高高在上，失去了自我控制，放任自由，被狐狸精迷得晕头转向听其指挥，就像她的脑袋成了我的脑袋。我说，现在说什么都晚了，没有如果了。

我看他站起来，准备出去，他说，好好表现吧！

我随着他走出了办公室，又去窑场干活了。

一周后，杨警官给我买来笔墨纸砚让我画画。他笑笑说，我打探了你的情况，你确实是大名鼎鼎的杨画家呀！可惜了，你真不该来这里。

自从受审到现在，我就没有好心情的时候，此时听杨警官这么说，使我很高兴，觉得他确实是好人。我微笑说，谢谢您！警官，我保证将画画好，可我的住室没有画画的地方，麻烦您给我找个地方。我那一间住室里住了八个人，有两位都是厅级官员，其中一位贪污 30 万被判 15 年，在这里已有三年狱龄了，我和他相比，算是宽大处理了。

杨警官说，我值夜班，你就在我办公室里画吧。他办公室里放着两张办公桌，两把木椅，一张单人床。

我高兴坏了，连说，好、好。当晚，他帮我将两个办公桌对在一起，我画出一幅 2 × 3 的牡丹画。杨警官见了哈哈大笑，连声说，天才，天才呀！你就不该进官场，走什么仕途呀！你就画画，名利都有了。

我笑笑说，人有清楚的时候，也有糊涂的时候，不小心就走了弯路。

杨警官想想也是，自古以来人们对当官都很感兴趣。如果不犯错，确实风光潇洒，那些吹喇叭抬轿的，甜言蜜语，把你弄得晕晕乎乎，心里甜甜蜜蜜，幸福得不得了。可一旦倒台了比谁都惨，他们的心腹都跑得无影无踪了。可人只有到了悲惨时，才醒悟走错路了。杨警官理解我走弯路的心理，笑笑说，我非常欣赏你的画，如果你不走弯路，不是更精益求精吗？他知道我的画价值高，也想帮帮我，支持我画画，创造更大的价值，为我创造画画的条件，不白浪费时光。又说，那样吧，我拿着你的画，去找找人，向上级反映反映，试试看能不能减轻你的劳动量，给你画画时间。

我千恩万谢，说您将我的画送给主管，让他们开开恩。

他说，行。

月余时间，杨警官对我特殊照顾，为我找个单间房，就住我一人，而且里面还为我摆了一张大案子，案面像是整块的加厚三合板，让我专业画画。其实人在什么环境里，就会适应什么环境，适者生存嘛，我一个人在那个单间里画画的时候，似乎又找到了家的感觉，忘记一切不适感，这可能是来自我大脑高度集中的缘故。我在狱中的主要任务就是画画了，画出的画，不计其数，全都交给了杨警官，我从不问他将画怎么处理掉，我只把画画当作在窑场里劳动，用来赎罪，能够得到他的尊重和爱戴就足够了。狱中的伙食差，待他轮休了，再上班时就为我带来了好吃的，如牛奶、面包、烧鸡、红烧肉，等等。我非常感动，这是此监狱里任何一个犯人都得不到的特殊待遇。但我身处此景，最牵挂的是我的家人，想我的父母、儿子、青叶的父母、我姐姐的两个孩子、白雪……他们都没有经济来源，会不会先想办法？卖家产，帮人家干个小杂活。我也知道他们都在牵挂着我，希望寄托在我身上，等我早日出狱。

两个月后，也就是十月中旬的一天下午，天高气爽，蓝天、白云、红日头，给人一种眼明心亮的感觉。我午休起来洗洗脸，准备坐下画画时，不料，杨警官领着白雪来了，没走到门口就说，杨画家，家人来看你了，你们说话吧。然后，他转身走了。我知道亲人来探监，不但有规定的时间，而且有规定的会见室，亲人和犯人是隔着一层玻璃打电话交谈。可我和白雪相见却没按规定，我知道这是杨警官的破例安排。

我没想到白雪会来，让我感到意外惊喜，人到难处，最渴望见到家人和挚友，在一起嘘寒问暖，给以安慰。我看着白雪面黄肌瘦，一下子苍老了，大大的眼球似乎失去了光泽，显得干涩无神，心里一定很苦。多年来全靠我帮助她，爱护她，把她当亲人看待。现在她孤孤单单无依无靠。她也直视着我，觉得我的精神状态还可以，看看我住的屋子也不错，给她以心理安慰。她将身上挎着的精致小皮包取下来，放在画案上，将手里拎着的大提包放在床上，转身看着我未开口，先流泪。

我站起来指着画案旁的椅子说，坐、坐，你怎么来了？咋知道我在这里？

她一下子紧紧地拥抱着我哭着说，我找你找得很苦，两个月前，我听说你出事了，我不信，就去纪委、检察院、法院等多地打探你的消息，可人家都不理睬我，一点信息都没有探听到。我不知道你在哪里，就坐卧不安，吃不下饭，睡不好觉。

我也紧紧地抱住她，情感一下子升温了，不愿分开。我也想她疼爱她，说你一个女孩家，就不该找我，他们不定怎么猜想呢。

我们亲密地拥抱一会儿松开手，我用手轻轻擦着她脸上的道道泪痕，像劝说亲女儿似的，说不哭了，不哭了，见到我应该高兴才对。我指着椅子说，你坐、坐。我给你倒水，一定又渴又饿吧？

她破涕为笑说，只要见到你，我不渴也不饿了。

我又问，你怎么知道我在这里？

她坐在木椅上掏出包里的纸，擦着泪说，前两天，我突然患急性肠胃炎，在医院急诊室里输液时，我旁边那个病床上也躺着一个病号，叫杨青。因为你姓杨，我对姓杨的很感兴趣。侍候杨青的是他老伴，头发花白，面目和蔼，觉得长相和你相似。她问我是哪里的，我说是打工的。我问她是哪里的，她说是本市的。我们说了一会儿话，觉得心里亲近，说话投缘，很快就相互熟悉了。我贸然询问，大娘，您知道不知道杨天龙这个人？当时我只是想，如果她认识你，就一定是你的家人和亲戚，就知道你的地址。如果不认识你，她与你也无关系了。因为老人家不会关心政治官员的事。大娘看看房间里没有别人，就悄声问，闺女，你咋知道他？我说，他是好人，我在他单位上过班，他对我很好。大娘说，那是我不争气的儿呀！可他心善人好，是个大孝子。我说，大娘，您告诉我，他在哪里？我去见见他，回来给您说说他在那里的情况。大娘眼里含着泪花说，好闺女啊！那太好了，大娘想他啊！家里没了天龙，像塌了天。我和你大爷腿脚不灵便，就是知道地址，也找不到地方啊！姑娘，你替俺俩看望他，俺打心眼儿里高兴，谢谢你了。两位老人很挂念你，把你的地址告诉了我。

听白雪这么一说，我心里很难受，禁不住眼泪像虫子拱似的从眼里出来了，顺着面颊往下流，急忙问，老爹患的是啥病？现在怎么样？

白雪慌忙从挎包里掏出纸给我，示意让我擦泪，说是胃炎，大娘说，他胃疼，不能吃饭。现在已经没事了，我来时就是从你家来的。

我擦擦泪看着她说，你知道我家的地址？

大爷出院时，是我帮助送回家的。

我提起开水瓶给白雪倒一杯开水放在她身边的桌案上，情不自禁地说，白雪，谢谢你了。我心里放不下的就是老人，你照顾我父母，又来看我，我很感动。以后我还要拜托你代我常去看看老人。

白雪说，那当然，大娘已经认我做她的干女儿了，我可以经常去家里了。

我也笑了，说那好哇！

白雪抬头看着我的面容，悄声说，我还想做她的儿媳妇，将来好好侍候两位老人。

我真不知道怎么回答好，我和梦丽莎已经有了孩子，这是绝密。我心里还想着他们母子，但我感到梦丽莎是认钱不认人，对我不是真情。现在我犯了事，她一定远走高飞了，但是否背叛我，我拿不准，只是给白雪打哈哈。但我觉得白雪是真心对我好，我也非常信任她。我说，白雪，现在我就这样了，即使出去，也遗臭万年，我不值得你留恋了。你年轻轻的正是找对象的好时候，遇着合适的，就嫁人吧！别把自己的大事耽误了。结婚时，我把你当亲妹妹陪送。

白雪两眼一瞪说，打住，打住，不用再说了，这是我自己的事，不用别人管。

家属探监是有时间限制的，最多也就一个小时，可我和白雪交谈了两个多小时，已经大大违反探监纪律了，尽管杨警官没有过来催促，我还是告诉白雪早点回去。白雪临走时，我把刚画好的三张画交给她，并给我的画友写了一封信，让他帮我把画卖了，接济我的家人，让他们好好生活，保重身体，如果急用钱，可卖家产。这一切事情就靠白雪去办了。我还向白雪交代了我的家事，并嘱咐她，一定要照顾好我的父母，还有青叶的父母，青叶是为我死的，她的大恩大爱，我今生今世也还不完。白雪高兴地答应了我的要求，并保证做到。最后我对白雪说，我拜托了，等我出去，一定加倍回报。

白雪走后，我心里很平静很舒服，因为我把心里牵挂的事都交给白雪去办了，我相信她一定会办好。

白雪走了半个月，金山、金水来了。他们兄弟俩在我心中就像两条龙，将来一定会腾飞。因为都是苦水里泡大的孩子，知道人间的酸甜苦辣，人情世故，早早就成熟了。关键还都是清华大学的高才生啊！一旦走向社会，就会龙腾虎跃，一展才华，实现自己的理想和抱负，实现自身价值。我看到他们都长高了，吃胖了，肥头大耳，四方脸，大圆眼，眼珠明亮而有神，让人感到可爱。如今兄弟俩像一个模子里刻出来的，都成顶天立地的大小伙了，我心里特别高兴。金山说，舅，我们俩都毕业了，前一段时间，我们去找工作了。

我慌忙给两个孩子让座倒开水，将杯子放在画案上，然后坐在他们面前，看着他们都生龙活虎，精神焕发，笑容满面，完全忘记我这个地方是监狱了，好像我在这里工作。我说，你们准备到哪里发展？

金水快言快语地说，我和哥商量好了，准备去广州。我们到外地都转了转，重点是北上广，然后作了比较。北京是政治经济文化发展中心，是综合发展地，其实经济发展速度并不快。关键是全国人民都盯住那里，都往那里钻，弄得到处人满为患，打工工资低。还空气不好，整天雾气腾腾，看不见天是蓝的，云是白的，弄得太阳像失去了亮度。到了冬季，天气特别干燥和寒冷。上海可以考虑，但那里的人特别精明，斤斤计较，听不懂他们的语言。关键是人家的公司规模很大，都形成了圈子。要在那里打工是可以，但我们不想打工。广州这个地方的人来自四面八方，虽然治安管理稍差些，但有利于外地人在那里发展，比如个人开办公司，不受当地人歧视和压制，而且气候环境都可以。但那里的文化发展水平较弱，正是我们兄弟俩在那里大显身手之地，觉得有利于我们个人发展。

你们准备干什么工作？我紧接着问。

金山有点激动，坐得好好的，忽然站起来，手一挥说，我们不想给人家打工，想自己开公司，这样发展得快，也是将来社会发展的大趋势。老师曾给我们讲过，在没有改革开放之前，农村都是生产队，家家户户一样穷，有的连温饱都解决不了，为什么穷？就是因为吃大锅饭，村民干活出勤不出力，目的是混工分，到时候多分点粮食，不饿肚子，这就是他们的愿望。可地里的庄稼产量低。常言说，人勤地不懒。都不好好干，粮食从哪里来？“穷”成了恶性循环。我们可以想象，一个大生产队几百号人，天天集中在一起干活，谁想多干？谁不想偷懒？据说上工的时候，男女劳力集中在一起，拿着铁锹往地里一站锹柄顶着下巴，聊天，侃大山。尽管队长喊破嗓子都无动于衷。不用说生产队是这样，即使我们的家庭，人口大了，还都不愿干活呢，结果父母兄弟一分家，劳动积极性都调动起来了。后来农村实行联产承包责任制，把牲口农具一分，调动了大伙的劳动积极性，人人唯恐自家的庄稼长势不好，都把它当成宝，像自己的孩子一样疼爱它，结果当年的粮食都获得了大丰收。再后来，农民进城打工挣钱，盖房、买机器，基本实现了农业机械化，家家户户过上了好日子。事实证明，农村改革成功了。另外就是城市改革，它不像农村改革那么简单，将牲口农具一分各种各的地。如果城市一下子解散了，就乱套了，所以得一步一步来，首先要扭转人们的思想观念，事实证明，自己开公司就比吃大锅饭强。广州人率先垂范开了头，农村办厂，城市人开公司，仅仅几年的时间，广州人都富起来了。因为自己开公司责任心强，干劲足。也就是说，八仙过海，各显其能。谁有能力都可以发挥，埋没不了人才，老老少少都干起来了，都有了致富目标。这样可想而知，社会发展的速度会不快吗？

我觉得金山想得更深刻，经过深思熟虑，找到了奋斗目标。我赞同金山的想法，觉得他分析得有道理，也让我对他刮目相看，我不干涉他们的选择。因为他们都有头脑有思想有新的认识，如果长期给人家打工，靠拿工资，不但浪费时间，而且难以致富，也发挥不了他们的能力。每个单位都是老板说了算，谁也不会采纳他们的建议。若自己开公司，在同样的时间内，不但能发挥他们的聪明才智和管理水平，而且经济收入也会成倍增长。我相信他们能干成事，能干大事，能干好事。我高兴地看着金山一阵滔滔不绝的演说，我说，你坐下，喝点水。我赞同你们的想法，准备开什么公司呢？

金山坐下端着茶杯，兴奋地说，据我们考察，卖钢材、做租赁、搞装修，开办这样的公司，好赚钱。

我明白孩子们的意愿，是想实现个人价值，发挥个人才能，走经济发展的道路。他们的心很大呀！首先搞发家致富，然后为国为民做贡献，这就是他们的奋斗目标。我也知道他们是穷怕了。我说，你们学几年的专业丢掉不可惜吗？

金水也津津乐道，舅，学知识学专业，是锻炼能力和智慧的，和这不冲突。一旦走向社会，就要灵活运用，因地制宜，什么叫开放搞活？想想看，干专业是给人家打工，开公司是自己当老板，有知识有文化有专业的老板，更会经营更会管理，结果是不一样的。

我也赞同他们的想法，也明白造原子弹的不如卖茶叶蛋的这个理，我说，就按你们的想法去干吧。

金山说，舅，您要保重身体，三年后您也去广州，到时候我们就在那里打下一片天地了。要么咱们一起干，要么您还画画，我们给您提供良好的发展环境。

我笑笑说，你们该怎么干就怎么干，不要为我操心。我还是干我的老本行画画。

我看着两个孩子都懂事明理，不愧是高才生，心里很高兴，想想他们四年大学费用全是我供的，包括生活费，我只知道给他们寄钱，却不计具体数字，这算是智力投资吧，将来会得到百倍的回报，无论回报给谁，算是我做了一件大好事。我手上放着十几幅画好的画，主要是山水和牡丹画。我交给金山说，舅现在也无法帮你们，你们刚刚走向社会，步履艰难，但不要怕，苦难可以锻炼你们的才智，让我放心的是，你们相互帮助，共同创业，一定能成功。这十几幅画，你们拿到广州字画市场卖了，算是给你们一点微薄的资助。

他们都知道我的画在市场上售价很高，打算把画卖了开公司。

他们兄弟俩走后，经常给我联系。我终日埋头画画，明白真正拯救我实现人生价值和事业发展的就是画画。月余，金山打电话告诉我，在广州有一位开发商收藏了我五幅画，给了他们一套150平方米的住宅，三幅画卖了五十万，还有八幅在市场上销售。他们得到了开发商的支持，帮他们租房，开办了建材公司。我为他们高兴，为他们默默祝贺！

天军在我入狱的第二年五一放假来看我了。我知道自己的处境，朋友来不来看我，忘不忘我无所谓，只要不给人家添麻烦就行。谁都知道和犯人走得近，对自己无利，说不定还会影响人家的前途，所以我帮不了人家，不能再叫人家受牵连。可天军不顾这些，确实让我感动。我们坐在画室里，仍一见如故。天军说，天龙啊，我找你一年，才知道你在这里，找你真难呀！

我笑笑说，你没有必要来，这不是你来的地方。我慌忙提着带竹子图案的绿色开水瓶给天军倒开水说，我这里没有什么好招待的，淡茶一杯。

天军慌忙站起来从提包里掏出一包茶叶说，送你一包毛尖，请笑纳。

我笑着说，好，我就不客气了。

天军骨碌骨碌眼球环视四周，看看我的画室，觉得我和别人的待遇不一样，就为我高兴，说人才到哪里都是人才。

我说有幸遇到好警官了，对我特殊照顾，不然咱俩就得隔着玻璃打电话说话，你送我的茶叶我也喝不成。因为这里有规定，犯人避免和外人接触，怕发生意外事情。即使家人送些衣物，也要经过检查，才能到犯人手里。

我们坐下先聊一些外面的事情，然后天军说，国家反腐败的力度很大，每年都有大批官员落马，你要想得开，这不是你一个人。

我明白他是劝解我，不要灰心丧气。我低头笑笑，明白身处官场，就像常走河边，没有不湿鞋的，控制能力再强的人，也有亲情、爱情、友情等情感因素啊！所以办什么事情，必有私情在作怪，谁也保证不了事事都办得完全公平正确，就看幸运不幸运了。我说，我想得开，现在没有那么多杂事了，反而心情好多了。

天军又说，天龙啊！我对不起你，我不该帮你走仕途，你是画画的好手，但不是当官的好料，是我害了你。

我说，天军，你不能这么说，我知道你对我胜似亲兄弟，你竭尽全力帮我，为我好。可我官迷心窍，辜负了你对我的希望，是我冲昏头脑，贪心不足，自作自受。我心里清楚如果不遇此事，继续长时间在仕途上走下去，早晚还得栽在梦丽莎手里，那事就更大了，这样也好，算是防微杜渐吧！也算我幸运了。

天军说，你不要悲伤，也不要消沉，人生起伏不定。那么多官员入大狱，他们的罪行更重。可你有出头之日，咱官运不好，还回头画咱的画，将画画进行到底，成为伟大的画家也不错，成功人士走弯路是很正常的。他又看看我的画室高兴地说，天龙，你这哪里是住监，这是在专业画画啊！

我说，是杨警官帮我创造的条件。

天军说，好人处处有啊！我看你在这里不吃苦受累就放心了。我劝你过去的事，就掀过去，不要再提再想，以后就专心画画吧。

我也后悔不该走弯路，但说什么都晚了。我说余生只有走这一条路了。

以后你要注意保重身体，待明年出来，咱还是一片蓝天。

天军问我，画的画给谁了。

我如实地回答，我说，我是在赎罪。

他为我惋惜。

我说，我刚画出两张画，你可以带出去。

你有什么牵挂的事给我说说，我去帮你办。天军真诚地问我，乐意去帮我。

我知道他平时很忙，给县委书记开小车，很少有自由时间。我说，我也没啥事，只是牵挂家里的老人。你有时间了，去看看他们，叫他们保重身体，等我明年出去了，日子就会好起来。

天军说，你放心，我一定照办，会常去看望他们，保证他们衣食无忧，不让他们缺钱花。

我相信天军会说到做到，解了我的忧愁。最后他走的时候，又从提包里掏出为我买的两套衣服，一套灰色内衣和一套黑色西装，并嘱咐我，一定要保重。

我和天军是患难之交啊！关键时刻，他为我跑前跑后，尽力帮我。他没有错，错在我官欲太强，在官场也叫求进步心切。我又自我安慰，当别人知道我犯错时，也知道了我是一位画家，这对我是一种有利的宣传，也算是一种炒作，有利拯救我的书画。

三年的监狱生活快要结束了，我首先感谢杨警官。他不但为我提供了画画的环境，而且还给我生活上关心照顾。我基本上是终日画画，除了吃饭睡觉几乎把所有的时间都用上了，有时一天画一张，有时画两三张，只是大小不等，比在监外的画画效率还高呢，因为没有了杂事和人际交往，更加专心画画了，提高了我的画技和速度，使我的画达到了炉火纯青的地步。我把画好的画交给杨警官，就不管不问了。我万万没有想到，我出狱那天，杨警官把我叫到他的办公室，把我三年来画的画又给了我，他握住我的手亲昵地拍着我的肩膀笑着说，天龙啊！你是大才啊！真了不起，你很勤奋，知道你在这里画了多少画吗?

我摇摇头笑笑说，记不得了。

一千零二十一幅啊！有哪个画家能比过你的画画速度呢?

谢谢您！杨警官，这全靠您帮助我支持我，等于您没让我掏学费，在这里进修了，大大提高了我的画技和速度。

他把提前珍藏好的两大木箱子画从床底下拉出来，打开锁，让我看看，那一卷一卷的画摆得整整齐齐，满满当当，大中小画卷分类摆放，每一卷画的外面还用线绳缠着，保存很仔细。他说，这里还有一千幅画，就物归原主吧，你出去办个画院、画展、售画店什么的，幸福地生活吧。说着他锁上箱子，站起来又说，另外那二十一幅画，有的送人了，我还保存几幅作纪念吧。

我很感动，没有想到他会这样做，瞬间觉得人家的思想真伟大，像这样的好人难寻。我紧紧握住他的手说，杨警官，您破例对我特殊照顾，这深情我还没报答呢，这画，我是坚决不能要。

杨警官站在我面前掰开我的手，将箱子上的两把钥匙放到我手心里，又将我的四指折叠，让我握住精致的钥匙，笑呵呵地说，你是个大画家呀！我很欣赏你的才能，乐意支持你，保护你，希望你今后沿着这条路走下去，将来对国家对社会对个人都有利，但这画我是不能留。他将整整一千幅画全给了我，等于说，我是带着财富出狱的。对杨警官的所作所为我是终生难忘，时刻感动着我，榜样就在身边，似乎瞬间使我大彻大悟，思想急剧升温，人间有好人坏人，好人给人温暖，能使人世间变得阳光明媚，情暖人间，人与人和谐相处似亲人一般，这是多么好的事情，今后我也会将真情洒向社会，帮人走出困境，给人前进的力量。

其次，我要感谢白雪。她多次来狱中看望我，送吃的穿的，把我当亲人，帮我照顾家人。

还有金山和金水，在广州开办的公司，生意很好，赚了大钱，经常给我联系，商议公司里的一些事情。我准备也去他们那里发展。

但让我心寒的是梦丽莎，她是个见风使舵的人，从我出事就失踪了，一点信息都没有了。据说她早有防备，她有个表亲在香港做生意，妻子去世后，没有正式再娶。梦丽莎平时就和他有联系，她知道我在局子里难脱身了，就转脸去香港追表亲，和人家结婚了。她是个狼心狗肺见钱眼开的大骗子。我恨自己当初眼拙看错人了，过于信任她，听她的话。我明白了她对我并非是真情，只是贪恋我的权力和金钱，是在利用我谋个人幸福，成了我贪钱的导火线，使我一步步走向深渊，一发不可收，如今失去她反而对我有利。我深深地感到身处官场，如同站在风口浪尖上，或悬崖峭壁上，让人可怕。我有一种人在江湖身不由己的感觉，被钱权色冲昏头脑，落个可悲可耻的下场。如果有来世，我再不涉足官场，想想还是金山和金水两个孩子的想法正确。

我出狱后，首先办的一件事就是和白雪办理了结婚手续，我们办个家宴庆贺一番。爹娘高兴得合不拢嘴，直夸白雪是个好姑娘，懂事，心善，知道心疼人，跟了我是我的福分。患难见真心，我明白了白雪对我是真情。我和她相处心里有一种幸福踏实安全感，她是本分过日子的人。不久，我就带着白雪去广州了。来到广州，我开办了一个画院。我那一千幅画，占领了很大市场，加上我从前的名气，销售很好。我几乎天天都进钱，买了房，买了名车，可谓是名利双收。另外，我还支持金山、金水干事业。不久，我的儿子毕业也来广州和金山、金水一起干了。我姐姐和我父母住在一起了，她的任务是照管好父母和青叶的父母。青叶的父母身体比我父母好，我经常给他们往卡上打钱，两位老人过着幸福生活。

助 学

我到广州后事业发展很顺利，有了雄厚的经济基础。金山和金水的公司发展很快，每天都大批量地销售建材，有了过亿资产。为了便于和全国各地的朋友商谈业务，比如帮人家卖字画、办辅导班等，还帮助金山和金水承揽业务，我在广州火车站附近的一家豪华宾馆里长期租一个带套间的办公室。有天下午，我开着宝马车来到宾馆，在停车场一角，准备下车时，我发现有位年轻貌美的姑娘，身穿白底红花薄纱套裙，肩挎精致的黑色小皮包，手里拎着鼓鼓囊囊褪了色的蓝布包，红光满面，气喘吁吁地站在我车旁。我车门一闪，她旋即迎上来，看着我微笑，那笑容里饱含着羞涩和爱意，目光频频向我放电。我明白女孩的意思，她并非看上我的相貌。我穿着白短袖，肥胖的黑色薄纱萝卜裤，体形已经发生了变化，有些虚胖，脂肪超标，像个两头尖的线穗子，头尖、脚尖、肚子大，凸起的腹部像扣着一口圆底锅。她猜测我的肚子里深藏着大鱼大肉转化来的脂肪油，是营养过剩的表现，不是大款就是大官，穷人的肚子不生孩子不生病怎么也鼓不起来。我想吸引她的闪光点一定是兜里的钞票。

我只是觉得面前这位靓丽的姑娘美得罕见，感到很可爱，亲切地问，姑娘等人吗？我知道在这样的地盘上轻佻的女孩很多，只要住进宾馆，不管你的职务高低，身份贵贱，就主动打电话相约，不是男人找女人，而是女人主动追男人，交易都是围着一个“钱”字。但我面对这位姑娘并没有动心，也可能是经历了风风雨雨的坎坷路，有了经验教训，再加上我和白雪有了深厚的感情基础，自己的年龄也大了，也不想招惹是非了，其实也就是没有这方面的心劲了。我只是觉得她讨人喜欢，马上意识到她不是本地的女孩，说不定还是老乡呢。

姑娘侥幸的是这种“放电”的方式，以为引我上钩了。她从学校里的报刊上得知，也常听人说，现在的有钱人如鱼得水，“性”福无比，如吃喝玩乐嫖赌抽，有人处处为他们开绿灯，人家像孙子一样点头哈腰为其服务，目的是盯住他们手里的钞票。她忽闪着亮晶晶的大眼睛仰视一下面前三十层的高楼，雄伟壮观，觉得自己如小蚂蚁似的很自卑。又看看我说，大叔，我想卖给您一样珍贵的东西。

此言引起我极大的兴趣，信以为真，忙问，什么东西？宝物吗？

算是吧，是爸妈给的。她不想辱没祖宗和自身，但只想忍辱负重完成学业。她知道知识可以改变命运，也可以提升身价。她明白在困境中挣扎无路可走，唯一能自救的只能卖色相了。

我上下打量她一番转身向楼里走，随口说，好吧，你跟我来。但我没有多想，只是产生了好奇心，想看看她手里究竟有什么宝物。

她随我上了电梯来到 8 楼，走出电梯口便东张西望，对什么都感到新鲜好奇，没有想到这大楼肚子里竟是这般模样，中间是一条长长的走廊，两边基本是等距离的很多同样的房门，只是用门牌号加以区别。我的办公室是阳面房，门口朝北，门号808。我打开房门，她跟我进了办公室。她是第一次走进豪华酒店的房间，那双眼睛被房间里的布局吸引了，看到里面的房间很宽敞，耳房门口敞开着，也可以看到里面的摆设和装修都是经过整体设计好的，桌椅、沙发、床、墙壁等都是统一的朱红色，看起来整洁美观。耳房中央摆着一张席梦思双人床，床头的墙壁上镶嵌着一溜软皮包垫，对着床头又鼓又软向外凸着，如果倚着床头半躺着就会觉得特别柔软舒服。床头两边摆着床头柜，周围有电视机、衣柜、衣架等。外面是客厅，也是我接待朋友谈生意的地方。因为房间光线亮，我把一张卧虎般的深红色老板桌贴近西墙壁摆着。另外还带着稍矮点的套桌，可以抽出来和主桌形成90度角，上面可以放小型打印机和文件。因为主桌面大，既可以当办公桌，又可以当画案。桌子后面贴着墙壁的地方便是老板椅，桌子前还摆两把黑皮沙发椅，是供来人谈生意坐的。窗口上悬挂着柔软下垂的鸭蛋青金丝绒落地窗帘，毛茸茸地闪着幽暗的亮光，如果伸手触摸，就会觉得光滑柔软。一套朱红色软皮沙发在窗口下围着椭圆形钢化玻璃茶几，紧靠东墙并列摆着一对短沙发，中间夹着一个木质茶几便于饮茶。室外的光线透过窗口，将房间里照得亮堂堂的。墙上挂着的冷暖空调发出微弱的声音，使室内保持着适宜的温度。

姑娘靠着东墙坐在低矮的短沙发上，我慌忙在一次性纸杯里放点普洱茶叶，从饮水机接来一杯热开水放在贴近她身边的茶几上，示意给她喝。然后我用自己的专用茶杯，也接来一杯茶水放在面前的玻璃茶几上，顺便坐在她斜对面的长沙发上。透明的玻璃茶几下面放着几瓶雪碧，我随手拿出一瓶打开放在茶几上说，姑娘，先喝点饮料润润嗓子，开水太烫。

她觉得这话说得像父母对儿女那样亲切自然，微笑说，我喜欢喝开水，喝不惯饮料。因为水热，她没有端杯喝水，只是低头看看茶杯，不料，她惊讶地发现那对短沙发中间的茶几上，紧贴墙壁的朱红色长条木盒里装着清洗液、催情药、安全套……这些都是宾馆服务小姐每天打扫卫生时给每个房间备上的。她一下子明白了这里是性开放场所，人家为自由性福和相互联络感情考虑的，还从讲究卫生预防疾病方面去考虑，也算服务到家了，连用具都提供了。她想到特区开放的含义，也想到了自由幸福和谐帮贫的引申意。她认为这些人都是拿钱玩女人的，没有什么感情可言。

姑娘，你叫什么名字？我眼眉一挑瞟一眼她的面容，面颊涨红有几分羞涩。我看到她侧面那只肥硕的耳朵，耳垂特别长而厚，肉乎乎的，略懂面相的我，马上想到这样的耳朵长寿有福相。

她低着头右手轻轻摩擦着沙发扶手微笑说，我叫丁红。

我知道了她的名字才好给她说话。我有点好奇地瞧着她急忙问，丁红，你有什么宝物？快拿来我看看。我的心思全在宝物上，平时喜欢收藏古物、陶瓷之类的物品，在我家的客厅里有存放此物的格子柜，闲暇之时，自我欣赏，陶冶情操，也起到装饰作用。如果丁红真有宝物，我会不惜重金来购买珍藏。

丁红无动于衷，目光痴呆地盯住茶杯，不知道如何应答，沉思片刻似乎难以启齿地说，宝物就在您面前。她的声音低沉。

见此情景，我有点纳闷，难道她是个骗子？我面前有什么宝物？什么意思？当即我想驱赶她走。我脸色一沉恍然大悟，她原来也是一只“鸡”啊！搞色情服务的。我太相信人了，和她素不相识，怎么就相信她的话呢？我有种被骗的感觉，哭丧着脸说，丁红，你年轻漂亮，聪明伶俐，找个工作干干是没问题的，体面的工作，有什么不好？为啥要出卖自身？

她抬起头面无表情地看着我说，大叔，我实在是没办法呀，考上大学了，马上要开学了，可我身无分文，急需要钱，您行行好，帮帮我吧！我想把自己拆卖了，处女 5000 元，大学生再加 5000 元，您一定是大款是老板，帮我渡过难关吧！

我看着她可怜巴巴又无可奈何的样子，心里也酸酸的。她没有猜错，我确实有钱，供十个八个贫困大学生不足挂齿，没必要搞什么色情交换，若如此，不成兽性了？我可以资助她上大学，但广州的骗子多，我怕上当受骗，帮人应该了解人家的情况，一旦出现问题就能找到这个人，这是最基本的常识。我问，你是哪里人？家住哪里？家庭情况怎样？能告诉我吗？

丁红感到口渴，端起杯子小口啜饮几口水，润润嗓子，又轻轻将杯子放下，抬头睁大眼睛瞟我一眼，随即又移开目光，用轻缓的语气说，我家住在河南西部大山脚下的枣树村，那里山清水秀，贫穷落后，还靠着担挑扛、牛耕地劳动，靠喂养家禽家畜维持日常开支。家家户户住着石墙茅草屋，屋里放点杂粮和破旧的杂物，艰难度日。村里村外到处都是坑坑洼洼的小土路，逢天阴下雨就成了很深的泥巴路。脚一踩，就陷进了泥巴窝里很难拔出来，下雨天在村子里走路是很慢很难的。我没想到这城里像画一样美。

我能理解她的话，我也是从农村出来的，知道在农村受苦受穷的滋味，紧接着问她，家里几口人？都有谁？

她回答，我家四口人，有父母，还有个妹妹叫丁梅，比我小三岁。村里人说，我俩像双胞胎，长相一个样。丁红爽快地回答。

我喜欢丁红那双明亮的大眼睛，水灵灵的很有精神，滚动滚动眼球像会说话似的。从她的眼神里便可看出她喜怒哀乐的心情。还有白皮肤高挑个，走起路来利利索索。不由得心说，这真是个光彩照人的女孩。我常听说，深山里飞出金凤凰，没想到今天就亲眼见到了，马上想到人的相貌决定于父母的遗传基因，便想到她父母，脱口而出，你爸妈身体好吧？

不料，丁红忽然脸色一沉，眼内冒出泪花来，然后低头瞧着地面摇摇头说，大叔，刚才我骗你说家里还有父母，其实，我母亲刚去世，是因为我的事跟父亲吵架，被父亲打死了。

我忽然睁大眼睛半张着嘴惊愕地看着丁红，眼球鼓得像蛤蟆似的，颇感好奇，急忙问，怎么会这样？我越发感到她的身世复杂，其父心狠毒辣太凶残，这是不忍目睹的家暴，十分关心此事，想弄明白前因后果。

提起此事，丁红痛不欲生，像严霜酷雪摧残的瓜秧，蔫蔫地耷拉下脑袋，几乎精神崩溃，禁不住泪花闪闪悲悲切切地娓娓道来，今年夏天，我妈知道我考上广州大学了，丁梅考上重点高中了，又喜又愁。她投亲靠友为俺俩借学费，一共借了一百多块钱。我能想象出，她如乞丐一般求别人施舍。因为人家怕没有偿还能力，都不相信大学毕业能赚钱，谁家的钱都来之不易，都不愿意打水漂，所以谁也不愿借。据说大学毕业跟农民一样打工，用不上高深的理论知识，但我不相信，痴心不改大学梦，这事遭到父亲反对。

听此言，我明白一个“穷”字，不知毁掉了多少年轻人的梦想和追求，甚至弄得寸步难行，更容易生是非。我不想打断丁红的讲述，想知道其母是怎么身亡的，颇感兴趣地聆听。

丁红说，有天晚上，夜深人静，我发现父母卧室里的煤油灯还亮着，就悄悄站在门口，将蓝布帘拨开一条缝隙往里瞧，看到父亲穿着白背心蓝裤头倚着床头半躺着，瞪着凶巴巴鸡蛋似的大眼睛，盯住坐在床另一头的母亲恶声恶气地说，女孩家上不上大学都一样，她俩都上，咱一个也供不起，不如牺牲大的，供小的。明天找媒婆，就说谁出聘礼高，就把丁红嫁给谁。我听父亲这么一说，如当头一棒，把我击蒙了，上大学是我多年的愿望与追求，可刹那间变成泡影。我知道平时父母常拌嘴，意见不合，最终母亲总是拗不过父亲，但对此事母亲坚决不同意，怒视着父亲气冲冲地说，把闺女当牲口卖呀？

你不是想供出一个吗？不这样一个也出不来。

就没有别的办法啦？母亲问。

父亲生硬地说，我有啥法？你给二叔下跪，给三舅磕头，有效吗？谁家的日子都不好过，不是你想咋样就咋样。

闺女上了多年学，不容易，红很聪明，从小到大都是班里的尖子生，老考第一名，将来一定是大才，不叫她上学，这不是毁她吗？母亲说。

养闺女没啥用，将来都是人家的人，都是赔钱货，白供她，沾不上啥光。

母亲说，只要孩子能飞出穷山窝，即使不沾光，也有个好前程。再说我养的孩子，我不知道啥样？只要对她好，她不会忘家忘爹娘，比儿子都强。

父亲忽然坐直身子气哼哼地说，你生不出儿子，才这样说。生俩丫头片子有啥用，还供她们上大学，给人家培养哩。要是儿子，我就不让他们上啥大学，咱俩也不会累恁很。现在咱是啥，是人人瞧不起的绝户头。

生男生女怨我吗？母亲说。

不怨你怨谁？难道怨我？父亲的脸阴得想下雨。

母亲说，怨男人。

父亲说，屁话，算我倒八辈子霉了。

母亲说，我想好了，咱就是再穷，也要送红上大学，明天把老黄牛卖了……

父亲硬声硬气地说，你疯了？想去要饭？

母亲躺下呜呜地哭起来。

丁红哽咽着说到这里，眼里噙着泪花抬头看看我说，这才是个开头。她伸手端起茶杯小口啜饮茶水。我被她讲的家事紧紧吸引着，不由得对她产生怜悯。看着她喝开水，马上想到因天热杯子里的热水凉得慢，怕她喝着烫，便慌忙站起来从饮水机旁拿个纸杯，又接一杯热凉掺半的阴阳水，递给丁红喝。这纯净水是新鲜的，不管喝凉喝热都可以。

丁红接着杯子饮了半杯水，放下杯子接着说，那天夜里，我哭了一夜，第二天早上，我的眼睛像红桃似的肿胀着，到父亲面前哀求说，爸，咱贷款行不行？不料，父亲怒吼，贷啥款呀！款，好贷吗？你有东西抵押吗？就这破房子值钱吗？人家叫抵押吗？别做美梦了。

我接着对丁红说，对于贫困大学生，国家有扶贫款，也可以贷款。

丁红抬头看看我说，我们那里偏僻，村里人常年不外出，守着几亩黄土地，什么政策都不懂，谁管这事，到哪里去办，也不知道。

我说，你接着讲你母亲的情况。

丁红说，三天后的一天上午，媒婆来到俺家，说给我找个好媒头，男方愿出五万，还包丁梅上高中、上大学的学费，这在当地来说，娶媳妇都没有出过这么高的彩礼。父亲很高兴，母亲却反对。母亲对我说，那男的就是王二拐。我知道王二拐都五十多岁了，比我父亲还大四五岁，身子短小，头大屁股大，走路时一边凸，一边凹，一说话流口水，恶心人哪！还心狠手毒，脾气暴，打老婆往死里打，据说只等老婆睡了，没有设防的情况下打，打得老婆上吊死了。他儿子娶了三个老婆都跑了。他仗着有钱，父子俩常在家召妓，弄一窝子“野鸡”胡来，家里像狗窝。王二拐有钱是因为他在当地半山坡上开个窑场，每年大批量地卖砖。

我端起茶杯，时而啜饮，时而放下，聆听丁红诉说家事。我被她的话题紧紧吸引着，没想到这么漂亮的女孩，命运却如此糟糕，究其原因是“穷”字害人哪！我很同情她，决定帮她完成学业，走出困境。我追问她，后来的情况怎么样？

丁红边说边默默掉眼泪，从身边的小挎包里掏出纸擦着泪说，我一想到学上不成，父亲逼婚，马上就成了王二拐的后备老婆，而且要转正，还有道德败坏比我大的儿子叫妈，甚至可能糟蹋我，让我背着乱伦的罪名……就浑身起一层鸡皮疙瘩，头皮发麻，直冒冷汗。母亲看我哭得伤心可怜，就等父亲回家，让他改变主意。当天下午，父亲像是在哪里喝了酒，嘴里喷着浓烈的酒气，满脸涨红，目光如红灯泡，凶巴巴的，回到家里径直走进耳房，准备上床休息。中午母亲没有吃饭一直躺在床上生闷气，见到父亲回来，忽然从床上起来，抑制不住胸中的怒火，指着身材高大的父亲说，如果是其他事我就认了，但这门亲事不能成，这是孩子一辈子的终身大事，再有钱也不能跟他们受气，咱不能卖闺女，不顾她死活毁了她。父亲一跺脚也指着母亲大吼，人家养闺女享福，我养闺女遭罪，还不如养牲畜哩，养头猪能卖钱，养只鸡能下蛋，还能吃块肉，可我辛辛苦苦供她们一二十年，都给我带来啥了？到头来，还是个绝户头、绝户头，啥叫绝户头你懂吗？叫我在村里抬不起头。母亲气得浑身颤抖，嘴唇发紫，眼球发红，愤怒地说，你不是人哪！说的不是人话，你咋养她们了？给她们做吃做喝了？我不让丁红进他家门，是有原因的，王二拐是个孬货。母亲心里有一个秘密，几天前，丁梅在山坡上放牛，王二拐路过那里，他说他眼里飞进一个小虫子，眯着眼了，叫丁梅帮他看看。丁梅助人为乐，慌忙帮他扒开眼睛拨虫子，不料，王二拐死死地抓住丁梅的胳膊，猛然将其推倒打算强奸。丁梅大喊大叫，强烈反抗，在搏斗中，俺家的大黄狗阿黄盯住王二拐“汪汪汪”地狂叫，眼看丁梅被压在他身下，丁梅喊阿黄，阿黄猛扑过去照王二拐屁股上猛咬一口。王二拐没能得逞，捂着屁股跑了。母亲说这门亲事我死都不同意。父亲伸出铁齿般的指头“嘭嘭嘭”捣着母亲的额头，恶狠狠地说，糊涂虫，榆木疙瘩。人家样子不俊，可脑子不笨，人家不好，那是因为有钱了。

丁红说，母亲的头被父亲敲得疼痛麻木，她一头猛扑向父亲怀里抵着他的前胸，撅着干巴巴的蒜锤般的屁股，沙哑着声音说，我不活了，不活了，死你手里算了。母亲越来越瘦弱，因长期担负繁重的体力劳动和繁杂的家务，再加上营养不良，还有父亲经常跟她生气，使她的体质下降，食欲不振，浑身瘦得像干柴棒。父亲抓住母亲的头发，一脚将她踹倒在地，压在她身上，然后伸手左右开弓扇她的嘴巴，直打得他自己的手掌也麻疼了，仍不解气，又抱着她的头狠狠地往坚硬的地面上“咚咚咚”地磕，磕着磕着母亲不吭声了。她没有多大力气，经不住狠心的父亲的毒手折腾。

丁红说，当我从外面回来一进屋，看到父亲在耳房里抱着母亲正在疯狂地呼喊，梅她妈、梅她妈，你醒醒、醒醒啊……母亲一头乱发，灰头土脸，面色青黄，闭目不省人事了，浑身像软面条似的，手脚冰凉。我马上猜测到母亲一定是被父亲打成这样了，惊愕地急切地呼唤，妈妈妈您怎么了？醒醒啊！妈……百叫不应。我怒视着父亲吼叫，是你又打我妈了？把她打成这样了？她活不成，我跟你拼了。我又回头瞧着母亲，她奄奄一息，摸摸她的鼻孔还有微弱的气息，但有一种不祥预兆，顾不得和父亲争吵下去，便转身向村医家跑去。当医生来到家时，母亲已经气绝身亡了。我想埋怨丁梅在家怎么不保护母亲，但一看她披头散发鼻青脸肿，想必也挨了父亲的打。母亲的惨死经过就是她哭着告诉我的，当时父亲就像发疯的野虎，乱抓乱咬。我恨透了恶毒的父亲残害母亲，他是罪魁祸首。父亲感到后果严重，是他打死了妻子，他成了六亲不认的凶手，罪大恶极的杀人犯，杀人偿命，天经地义，自古以来法律都是如此。他怕了，怕陪妻子见阎王。当晚我守着妈妈的尸体，坐在旁边的小木椅上，伤心痛哭，哭累了，好像迷迷糊糊睡着了，梦到母亲坐在我旁边说，红啊！你千万别这么想，他吃了枪子，你姊妹俩就没亲人了，妈不想让他伴随，想安静，想放松放松。如果你爸强逼你嫁给王二拐，你就逃出去吧，或许能遇到好心人帮你，妈在上天保佑你。我醒来仔细想想，妈是为我指路呢，她怎么像活着一样，难道她没死？我看着她躺在地上的草苫子上的尸体，慌忙蹲在她面前，掀开覆盖她遗容的白被单，伸手摸摸她的鼻孔，不呼吸了，又摸摸额头，已经凉了。我轻轻翻翻她微闭的眼皮，看到她眼球还很明亮，禁不住连声叫妈，她没有任何反应了，再也不应一声了。

我听了丁红的讲述，心里像驴踢似的难受，为人间上演这样的悲剧而痛心，归根结底都是“穷”字惹的祸，导致了人间悲剧，弄得妻离子散。我觉得室内燥热，拿起空调遥控器看看上面的温度和平时一样都是25℃，又对着往下调到23℃。我估计这是心理作用，痛恨家庭暴力，导致不堪设想的后果。我说，丁红，你走出来是对的。

她说，我走出来时就想，如果没人帮我，上不成学，就靠打工生活。

我点点头说，对，外面的就业机会多，随便找个活干就饿不住。我接着问，后来你爸不会再逼嫁吧？

丁红说，花光了家里的积蓄和借款，埋葬了母亲。但父亲仍不改初衷，逼我马上嫁给王二拐。就在婚期的前一天，我逃了出来。当时我身无分文，是丁梅把家里的老黄狗和五只鸡卖了70块钱，给我当路费。我花5块钱到县城，又花55块钱买了一张到武昌的豪华大巴车票，下车时，我饥饿难忍，又花10元买饭。我的钱花光了，也想到了逃票，可检票、上车、下车出站层层把关，是不可能的。我无计可施只能在火车站售票大厅里转悠，有幸遇到一位老画家，留着齐耳短发，拉着长方形带滑轮的行李箱，看到我东张西望无所事事似的，走到我跟前上下打量着我说，姑娘，你帮我看着箱子，我去买张票。你去哪里？我赶忙说去广州。他说咱们正好一路同行，我去买票。说着他转身去售票窗。一会儿，他买了两张卧铺票出来递给我一张，没有让我掏钱的意思。我拿着票不知所措，哪有钱买卧票？我假装在挎包里扒来扒去找钱，结果难为情地说，大爷，我的钱包找不到了。他温言善语地说，姑娘，不用你掏钱，这是我给你买的，快到点了，咱准备上车吧。我高兴极了慌忙说，谢谢大爷！谢谢大爷！人到穷困潦倒寸步难行时，就没有什么尊严可言了，自感卑微，小得像芝麻籽似的。我们上车后，找到了卧铺位置，他在下铺，我在中铺，我们分别坐在左右两边的下铺上，面对面地坐着。他掏出证件给我看，我知道他是当代著名画家赵老时，很激动，马上想到遇到大贵人和名人了。他叫我当模特画一张素描像，说是参加国际大赛呢，我很高兴。画完像，我没想到他给我三千元的小费，说这是对我的邀请费，反而他还对我表示感谢呢。丁红说着开心地笑了。

我嘿嘿直乐，想到丁红遇到的画家就是我的赵师傅，他是当今的大名人，大画家，有钱人，也是助人为乐的好人。如果他知道丁红的处境，也会资助她的。他是来广州看儿子的。他儿子叫子龙，也在广州开公司，我们都很熟悉。但我没有把这些情况告诉丁红。

丁红说，我们到了广州车站分手了，我先到附近的商场买了一身套裙，穿在身上，就来到这座宾馆大门口，询问保安，找有钱人。保安说，开宝马的、奥迪的，不是老板，就是大官。正巧您开车进来，我就迎上来了。

我知道了丁红的家庭背景。她是苦水里泡大的孩子，这样的孩子讨人喜欢，能吃苦，具有上进心，听话懂事，将来必成大材。现在因她穷得走投无路了，才这么做。但我不认为她是轻佻女孩。人家做这生意的女孩，大多是贫家女子，像王公贵族、富家小姐谁来这样做？我并没有轻看她，对她也没有丝毫猥亵之意，只有怜悯她不幸的遭遇和困境。我端起自己的茶杯吹吹上面漂浮的一层普洱茶叶，喝一小口，又将杯子轻轻放下，温和地说，丁红，你不要有钱色交易的想法，你没学费，我可以资助你，供你上大学，你要保重自己。

她半信半疑抿嘴笑笑，又摇了摇头，想说不可能吧，但灵机一动，想到只有就着我的话往下说，方对自己有利，她故作惊喜地望着我问，大叔，您真的帮我吗？

我点点头说，一定帮你。

她感到出人意料，十分激动，忽然站起来走到我跟前，“扑通”跪在地上说，大叔，您是好人，似亲人，关爱我，帮助我，我给您磕头。

我慌忙搀扶着她说，孩子，不要这样，不要这样，你走出来就好，将来的日子一定会好起来。

她坐回沙发上，惊喜之中还有些忧虑，不敢相信这是真的。难道世间真有这样的好人吗？因为和人家无亲无故啊！但又一想自己已经无路可走了，能遇到好人帮助那是求之不得的事，还考虑那么多干什么。就说，谢谢大叔！我能帮您做些什么哩？她唯恐我听不懂家乡话，尽量说普通话，虽然不太流畅，但我都能听懂。

我很喜欢丁红，觉得她是个难得的好女孩。我想到我的儿子快到找媳妇的年龄了，如果将来她成了我的儿媳妇，那该多好哇！我就心满意足了，算是事业家庭两美满了。但现在不能给儿子和丁红提此事，要做的只能把她当成干闺女，帮她完成学业。退一步说，不管将来事成与否，赞助一个大学生完成学业也是一件大好事，再说自己没有女儿，有个干女儿，也就子女双全了。我沉思片刻抬头看着丁红说，孩子，我很同情你的不幸，你愿意认我为干爹吗？这样以后我就像对待自己的孩子一样照顾你，帮助你。

丁红随机应变笑容满面地说，我愿意，愿意，谢谢干爹，谢谢干爹！你是世上最好的亲爹。

丁红喊得我心里美滋滋的，轻而易举捡来个漂亮懂事的女儿，怎不高兴？ 我脸上荡漾着甜蜜的笑容，心里得意忘形，嘴上连夸丁红，说我有这么个聪明善良的好女儿，感到荣幸，边说边低头从公文包里掏出 5000 元钱递给丁红说，红，这钱你先拿着，一会儿到外面餐馆里吃点饭，回来好好休息，明天早上我来送你去学校，给你交全部学费。 其实，我也想证实丁红说的上大学之事是否属实。

她想起了母亲过去曾说过的话，出门在外，办事难，求人难，嘴巴一定要甜。 当我转身走时，她叫着我说，爹，您的大恩大德，我永远铭记，至死不忘。

我站起来准备走的时候，回头笑笑说，都是自家人了，不用客气，以后需要什么缺什么只管对我说。 我没有女儿，你就是我的亲女儿。

这是丁红没有想到的，觉得世上还是好人多。 其实仔细想想也是如此，平时听到的看到的那些丑恶行为让人深恶痛绝，这毕竟是少数。 但人们得知哪里出现水灾、火灾时，全国人民都伸出援助之手，就像一个大家庭向自己的同胞献爱心，爱的力量是强大的。

我回到家里一屁股坐在沙发上，拿着遥控器调电视节目，这是我的惯例，白雪心甘情愿地侍候我。 白雪从阳台上取下晾干的衣服，抱进屋放在沙发上准备叠起来。 她坐下来观察到我眯着眼想笑的面容，便猜测我心里一定有什么高兴事了，问今天你有喜事呀？

你怎么知道？

我看你很高兴。

我扭头瞟一眼白雪，目光又直视着电视屏幕，即使她不问，我也会告诉她，便随口道，知我心者白雪也。

是卖画、卖建材赚大钱啦？ 她低头伸展着衣服准备叠，接着我的话问。

我说，错，赚钱是常事，已经麻痹了。 可这事你绞尽脑汁也猜不出来。

我猜不出来，你说呗。

我扭头看着她说，是赚个大活人，白捡个漂亮闺女，还是个大学生，信不?

白雪低头叠着衣服“吞”一声笑了，说开什么玩笑，咋能有这事? 又抬起头问，真的?

骗你干啥? 我得意扬扬地说。

白雪马上想到如果是真的，这里面一定有故事。 她手里举着我的白色带蓝条的T恤衫愣怔地看着我问，捡个女儿? 咋回事?

我把下午去办公室发生的事给她讲一遍，她心里像平静的湖面激起了巨大的浪花一般，笑容满面，嘴咧得像一朵绽放的荷花，久久合不拢，高兴地说，太好了，我正想有个闺女呢，到老了有人养咱们。 女孩心细，会体贴关心人。

我随声附和说，对。

白雪乐滋滋地低头叠着我的T恤衫说，你到医院里看看，大部分是闺女侍候爹娘，媳妇就很少。 当然也有好媳妇，太少了。

我原想她不一定同意，没想到她如此高兴。 我喜欢白雪的脾性好，什么事都顺着我，从不跟我吵架磨嘴，是个很懂事的好女人。 她不但对我好，而且对我的儿子，还有我的外甥金山金水及家人包括青叶的父母都一样好，可以说她把全部的爱都献给了我和我的家人。 尤其是对我接触的所有女人，从不歪想，非常信任我。 我有事也乐意跟她商议，分享喜悦。 我说，明天，我送丁红去学校。

白雪边叠衣服边抬头看着我龇牙笑笑说，捡个女儿是件大喜事，该聚一起祝贺祝贺。

这倒不必了。

白雪心里明白认干女儿只是说辞，其实就是供养丁红上大学呢，这也是好事，说我也想去见见咱闺女。

我满口答应，行，咱一起送她去学校。

一会儿，白雪叠好一摞洗净的衣服，整齐地摆在沙发上，那里面多半是我的衣服。她买衣服对自己舍不得花钱，对我却慷慨大方。我的衣服都是白雪买的，那件白色T恤衫八百多元，那件鸭蛋青短袖衫一千五百多元，去年冬天给我买一件毛料半大褂五千多元。我没时间陪她逛商店，她就买回来给我穿，若不合适再去调换。我说衣服贵贱穿在身上谁也不知道。她说人活着只有吃穿身体是自己的，其他终究都是别人的。我笑笑说，这道理谁都明白，可你怎么不顾自己，总是买廉价地摊货呢？她说，我只讲数量，不讲质量，也不登大雅之堂，没赖好。可你是文雅之士，接触的都是有身份的人，咱不能穿得太寒酸嘛。说得我心里美滋滋的。

我看着白雪穿着白底牡丹花图案的丝绸睡衣，宽松柔软舒服，显得皮肤更白嫩，裸露着嫩藕般的胳膊，肉乎乎的富有弹性和光泽。我还喜欢她一头乌黑的披肩发，发丝柔软光亮，还经常散发着洗发膏的清香味。她忙家务时，就把头发扎在脑后像个扫帚把，随着灵活自由的动作晃悠着，闲暇时，它像瀑布似的披在肩上像个贤淑的姑娘。如果头发长长了，自己就拿着剪刀齐刷刷地剪掉一段，然后再拿着剪刀削削发梢，看着尖尖的。还有那双勤劳白净的双手，手指如葱白，手心手背肉肉的招人喜爱。白雪经常洗洗涮涮，拖地抹桌，家务活她一人承包。我回到家什么都不干，吃饭时白雪将饭端到餐桌上叫我吃，吃了饭，白雪说一边去，说得我心里甜蜜蜜的。我想想和白雪结婚是我一辈子的福气。因她温柔善良，家里就避免了很多是是非非磕磕碰碰不愉快的事，就能使家庭和睦快乐地生活。如果当初我选择了梦丽莎，虽然她比白雪长相漂亮，但她自私自利，无事生非，鬼点子一个接一个，会把我折腾得死去活来的，还有什么幸福可言，终会厌恶她白骨精般的容貌和心肠。

第二天早上起床时，我穿上白雪为我洗净烫好的白色真丝短袖衫和宽松的蓝色丝绸裤，觉得轻薄柔软透气飘逸凉爽。我穿夏季衣服，不讲贵贱和款式，只求穿着舒服。白雪穿着乳白色蝙蝠衫，胸前绣着一朵带着绿叶的红牡丹花，宽松的领口和袖口都镶着绿色包边，看上去简单大方很有精神。下穿着蓝色筒裙，看整体效果很时尚，像贵妇人。八点多，我开车带着白雪来到宾馆，白雪给丁红带了早餐，一杯热豆浆，一盒煎包，一块菜盒，两个鸡蛋，这是广州早上的套餐，包装精致，量少，品种多，有利于给身体增加综合营养。我将办公室墙壁上的木质挂板一掀便成了桌面。白雪将手里提的套餐盒放在上面，叫丁红趁热吃。在广州这个地盘上，我觉得精明人很多，办什么事都精打细算，谁都知道广州的房价高，寸土寸金。有的宾馆设计房间很小，但麻雀虽小，五脏俱全。人家把小房间布局得井井有条，恰到好处，充分利用空间。如墙壁上挂精致的形状各异的木板，既当装饰物，又可当桌子使用。墙壁上或门后的挂钩可以当衣架使用。没有衣柜，伸手抓住床尾中间的手扣，掀开钢架席梦思床面倾斜立起来，里面是格子形箱体，就像大衣柜平放于地面上，既当床，又可以装东西。其实，我办公室的房间面积并不小，墙壁上的挂板是宾馆统一装修设计好的装饰物。

丁红瞧白雪站着，不知道她是何人。我慌忙介绍，这是你干妈，来看你呢。她不敢相信面前这位年轻时髦的女士是干妈，马上想到这是干妈吧，微笑说，干妈，谢谢您！

白雪觉得这姑娘真不错，不但人长得俊，也很懂事，看着她笑盈盈地说，你快吃饭吧，别耽误去学校。

我也随口说，快吃吧。

白雪慌忙搬着沙发椅放在餐桌旁，叫丁红坐。丁红面壁坐着吃早餐，说今天是学生报到，不耽误。白雪看着我伸伸大拇指，龇牙眯着眼默默地笑，意思是说姑娘绝对棒，讨人喜欢。

丁红吃了饭，我们一同去学校，白雪叫丁红坐在副驾驶座上，她坐后面，把丁红看得像宝贝似的。我开着车心里特别高兴，就像送自己亲女儿上大学似的。路上正值上班时间，是车来人往的高峰期。丁红的目光像不够用似的东瞅西瞧车窗外的风景，望着路两旁高大的一棵棵四季常青树，在金灿灿的阳光照射下熠熠生辉。翠绿的树叶经微风一吹好像向人们点头微笑，又像亲切地招手。这里的树大多是棕榈树、椰子树、香蕉树等，墨绿色的叶片都很大，有的像芭蕉扇子，有的像硕大的鸡毛，有的像莲藕叶。这算是广州的一大风景，美化着这里的环境，给人一种好心情。还有路两边高大雄伟的楼群，巍然屹立，数不清密密麻麻的格子窗口里栖息着多少市民。这成群结队的高楼大厦是城市的象征，如果要拍照，就是一幅多彩多姿的美丽图画。丁红见此情景激动不已，感到心旷神怡，如入梦境，觉得外面的世界真精彩，如果在这里散步观景，就会观赏到丰富的内容。在惊喜之中她联想到农民工热衷到外面打工的原因了。城里没有泥巴路，到处都是平坦的水泥地坪，不管是天阴下雨还是晴天到处都很干净。如果在室内工作，就会风刮不着，雨淋不着，冬暖夏凉，还能挣钱，出门有车，过着舒心安逸的生活。丁红问我，这里到处都干干净净，经常有人打扫吧？

我目不转睛盯住前方，全神贯注地开着宝马车疾驰前行，说这南方的雨水多，说下就下，说晴就晴，有时出着太阳下着雨，雨不大，呼呼啦啦下一阵子，到处被冲刷得干干净净，当然还有清洁工专门打扫。

我觉得这里真好。丁红说。

白雪接着说，那就好好上学，将来在这里就业。

丁红望着车窗外的风景，脸上始终洋溢着微笑，说我就是这么想的。

我说，这里的环境虽美，但也有不足之处，就是空气潮湿，比如墙壁、地板经常有些湿润，晚上休息时，感到被褥表面潮潮的。刚来这里的人，就会觉得不习惯，睡在湿潮的被窝里不舒服。一旦习惯了，也就无所谓了。还有这里的火车票不好买，一般要提前几天订票，有时提前三五天还不一定买到去北方的火车票。因为这里人多，又是终点站，没有来往过路车，车少人多自然买票紧张。说到这里，我想到了这里的治安管理不是太好，打架斗殴时有发生，甚至会出人命案，还听说出租车司机带着乘客到无人的地段抢劫。我想提醒丁红，对她说，没事不要随便到外面独行，要注意安全。还有这里的骗子多，以后也要提防。

丁红很认真地聆听着我的讲述，说爸，您放心，我一定听您的话。

我认为帮贫解困是个正事，有钱了，衣食住行满足了，事业成功了，钱越挣越多，还要那么多钱干什么？为别人做点贡献，办点好事是有意义的，也是快乐事。我经常捐款，计划每年捐一百万。我说，丁红，你在学校好好安心学习，不用发愁学费的事，将来找份合适的工作，你的日子就好过了。

丁红听着我的肺腑之言心里暖融融的，甜蜜蜜的，觉得自己的运气好，世上还是好人多。她亲切地说，爸，您干什么工作呀？

我禁不住暗自笑笑，说写字、画画的。

是画家？

算是吧。

太让人羡慕了。画家、艺术家太伟大了！

伟大到哪里呀？我故意问。

不图名不图利要走漫长的艺术路吧。

你说对了，不愧是高才生。

她低头嘿嘿笑着说，时间越久，艺术家创造的价值就越高，您的画一定好卖吧？

还可以。

我来广州的路上，如果遇不到老画家给我买票，就难顺利到这里了。

白雪接着问，你就没想到身无分文，出来咋能上学呢？

我是出来碰运气的，万一上不成学，就打工呗。丁红说。

我想想她说的也对，现在年轻人谁还在家守着那几亩黄土地。

丁红问，这里的人都很富吧？

我说，还行。

常听人说南方人富，是怎么富起来的？丁红问。

我说，大部分做生意，开公司，干个体经营。我觉得丁红脑子灵敏，聪明过人，普通话越说越流畅。我有一种预感，丁红将来必是一个出色的人才。聪明人遇到好环境，就像鱼儿得水，鸟儿插上了翅膀，就会充分发挥自身的作用。我一下子想到《西游记》里的孙悟空，压在五行山下五百年，什么作用都不起，也就是一个有生命的活猴子，被唐僧解救出时，破石而出，腾空而起，弄得山摇地动，飞沙走石，发挥了自身无穷的力量。果真如此，孙悟空智慧过人，力大无穷，为民除害，帮唐僧完成取经大业。我觉得丁红的心很细，申报的专业是土木建筑工程，比较适合搞建筑设计，性格内向，能坐下去。

我开车驶进校园后，又给丁红 5000 元，并陪她办完入学手续，安排好住宿才离去。我们临上车时，白雪又从自己挎包里掏出 5000 块钱递给丁红说，爸给钱，妈也给，爸妈都爱你，要好好上学。我看着白雪好像尝到了有亲骨肉的那份亲情滋味。丁红举手左右摇晃说，不要了，不要了，我兜里有钱了。白雪说，拿着，这是妈给你的。记住，要吃好点，加强营养，正是长身体的时候。说着白雪将钱塞到丁红手里。丁红连声道谢。

我拉开车门坐在驾驶座上，摇下车窗玻璃，胳膊搭在窗架上。丁红手里拿着钱慌忙跟到车窗口说，爸，这钱还是您放着吧。我扭头瞧着她说，那是你妈的心意，拿着吧，平时零花，买些日用品什么的。哦！对了，我低头从上衣兜里掏出一张名片递给她说，红，以后有什么困难给我联系。我又嘱咐她，一定要学好文化课，那是本领，等你毕业走出学校大门，全靠你学到的知识工作呢。丁红说，放心吧爸，我从小到大在学校一直都是前几名的学生，在学习上，我有窍门，不会辜负您的希望。说得我心里很甜，觉得她真是个好闺女，说你回吧，休息休息。我对丁红这么好是有点私心的，想到的是养一个孩子多不易呀！投入了父母的全部心血，才能将其养大成人，现在我是白捡个才貌双全的好女儿，这是天大的好事。

丁红站在校园内看着我的宝马车远去，低头看看手里的大额钞票和那张长方形精巧光滑的过塑名片，上面清清楚楚地写着我的详细地址、手机号和经销的业务范围，一下子觉得自己像骄傲的公主，成了富家女、画家女，太自豪了。她猜想画家都有钱吧！又想起来广州时，在车站遇到的那位画家，为她买车票，又给小费，而且出手大方，现在干爹比他还大方。她拿着钱又有一种负罪感，觉得这钱来得太容易了，也没有给人家做什么贡献，甚感愧疚。谢天谢地，难道母亲真的在天上保佑她吗？难道菩萨也在帮她吗？这惊人的顺利，让她感到了人间的温暖和喜悦，使她看到了希望，一切都变得那么美好。她默默地走向宿舍，想大声呼喊，大学，我来啦！却禁不住热泪盈眶。

恩 师

当天晚上，我急忙去子龙家，不出所料，果真赵师傅来了。其实我是特意来见他的，我们几年没见面了。他是我的恩师，自古就有师傅如父母之说，他教我画技，帮我出人头地，使我的事业走向成功，可以说没有他就没有我的今天。我们相见都很高兴，我看出他身体好，精神好，绝不像近八十岁的老人。我知道他是一位心胸开阔、宽宏大量之人，把钱财看得很淡，对朋友和弟子竭力相助。我俩坐在子龙家的客厅里，子龙慌忙出去买了几样菜，我们坐在一起吃晚饭。子龙家的房子一百五十多平方米吧，餐厅和客厅连接，显得室内很空旷。餐厅里摆着橘黄色木质高餐桌高凳子，为了便于亲切交谈和坐着舒服，我提议将酒菜摆在客厅里的大茶几上，那茶几是长方形白色大理石桌面，也不比餐桌小。我们围着茶几就餐，可以坐在沙发上长时间边吃边喝边聊。子龙是去年大学毕业，投资办公司、买房，都是赵师傅为他奠定的经济基础。子龙从卧室里拿出一瓶茅台酒打开，为我们各斟一杯。

我笑笑说，茅台酒十有八九都是假的，就喝普通酒吧。意思是不想让他们破费。

赵师傅嘿嘿直乐，说即使假的，也比赖酒强吧，咱们难得坐在一起，就尽情地喝吧。他询问我近年来的情况，我都如实讲了，果然，他批评我不该走仕途，如果一直搞专业多好，肯定比现在强。

我想想虽然走了弯路，过了三年难熬的铁窗生活，但我没有浪费分分秒秒时光，画出一千多幅画呀！甚至比正常时间获得的成绩还大呢。我说，人生谁不走弯路呢，就现在而言，我已经知足了。

赵师傅看看我，疑惑不解地说，你怎么知道我来广州了？

我把丁红遇到他的事情说了，也向他介绍了丁红的情况。

我喜欢赵师傅的性格，斯斯文文，说话温言善语，即使批评人也像说平常话一样，都是中音平调，像是和你商议问题，让人听着舒服。然后让你琢磨他的话，若有什么不足，自然就改正了。关于我帮助丁红的事，他说，你做得对，做得好，那姑娘不错，是棵好苗子，一定要供她大学毕业。我把她当模特画了一张素描像，还有可能获国际大奖呢。如果获了大奖，不是我帮了她，而是她大大地帮了我。

子龙殷勤地为我们倒酒，碰杯，可他杯子里的酒下得很慢，主要是陪我们喝。他给我碰杯时说，大叔，咱们相距很近，以后还望你多关照。

我当即爽快地说，那是自然，都是自己人，应该哩。不是你爸，哪有我的今天？这深情厚谊，大恩大德是我难以报答的。我真诚地说着肺腑之言，语速缓慢，也很自然。

赵师傅看着儿子说，子龙啊！只要有你这个叔在身边，我就放心了。只要你听他的话，事业就成功了。他可是个不同寻常的出色人才啊！我手下一大群徒弟，谁都没有你这个叔画得好，我没想到他在这里，真是太好了，碰巧了。然后赵师傅对我说，这几年没有你的音信，我很生气，怎么连个电话都不打，没想到你遭难跌倒了。

我说，师傅，犯人身上没有联络工具，如果我想打电话，可以通过那里的杨警官私下里帮我。我也多次想给您打，您一定会问我的情况，可这是给您丢脸的事啊！我怎么说呢？您年龄也大了，再挂念我，受个什么刺激不利健康啊！我也羞于启齿啊！我说这话时，拿着茶几上的中华烟，从盒里抽出一支递给师傅。他双指夹着烟，我慌忙用打火机给他点火。

赵师傅歪着头吸烟，他的头发已经花白了，还是从前的齐耳短发，粗糙松弛的脸皮有了道道细密的皱纹，身板没有从前胖。他抬起头抽着烟说，我确实老了，感觉精力体力不如从前了。

我说，您现在什么都有了，主要任务就是保健身体了。我说这话时，也想到自己老了，时光流逝太快了，眨眼间好时光都过完了，越想越没劲了。

赵师傅说，我每年都检查一次身体，有段时间，我感觉身体状况特别差，走起路来浑身无力酸软，一检查其他也没什么，就是骨质疏松。我明白老人钙质容易流失，体弱可能与这有关。我就向一位老医生寻求良方。他说关键是要注意饮食，主要是多吃含钙量高的食品，你吃的东西含钙量少，怎么不缺钙呢？我想想人家说的有道理，就询问什么食物含钙量高呢？他说多吃些豆制品，里面的含钙量高，比如黄豆、豌豆、花生豆、薏米、红豆等五谷杂粮，再加些百合、莲子等清火、保心脏的营养品，用高压锅或砂锅焖豆粥，如果坚持经常喝，对身体就好得多。我想想平时确实吃豆类少，喜欢吃面食，可米面里面含钙量极少，你吃的东西不含钙，那身体怎么不缺钙呢？然后他又说，每天吃一粒罗盖全，加一片碳酸钙，多吃含钙食物，调整一段时间就好了。医生还说，一般老人血液循环不好，经常喝四物汤，对身体有利，它的功效主要是活血化瘀、造血补血。我一时不懂，问什么是四物汤？他说，您到药店一说，人家就知道。就是地黄、当归、芍药、川芎四样中药，每天各捏一点掺在一起熬茶喝。我对人家医生肃然起敬，要想身体健康，还真离不开医生。我照他说的去做了，现在我确实感到身体好多了。

赵师傅说着，我集中精力听着，觉得人家医生说的，不但适用于老人保健，也适用于经常不活动的坐班族保健，确实是良方，我也该保健了。

赵师傅觉得我对此话题很感兴趣，忙说，天龙，你吃菜喝酒，别只顾听我说。然后又叹口气说人到一定的年龄，就像一台机器，零件都老化了。

我说，人的寿命没病没灾可活 140 岁哩。

赵老笑笑说，吃足撑到一百岁，再大就糊涂了，就拖累人了。

只要注意保健，您过百岁没问题。我鼓励他说。

他知道这是宽慰话，他说生死是由不得自己的，不是你想怎样就怎样，过去的皇帝坐享其成，享不尽的荣华富贵，谁不想长寿？可事实上不是这样，大部分 60 岁左右都上西天了。又说，回首想想我这一生还算可以了，有名有利，物质生活富足，还培养一帮弟子，他们大部分成功了，我也感到自豪和光荣。但也有不尽如人意的地方。我的大儿子子凡的妈，患绝症去世了，钱再多，也留不住她的命啊！她走后七八年我都没有再娶的念头。儿子和媳妇都孝敬我，叫我再娶一个，说将来有人侍候我。他们又为我找个伴，小我十多岁，对我很好，又生了子龙。可她没有福气，孩子大了，该享福呢，两年前，突然遇车祸去世了。家里我就无牵挂了，子凡在北京开着公司，子龙在这里，以后我就两边跑了。

我端起酒杯给赵老碰杯，我觉得他没把我当成外人，不然他是不谈家事的，如果他不谈家事，我还真不了解他的家庭情况哩。我说，您老以后就多来这里，咱就能常见面了，每年都来这里过冬，这里暖和。

对，我也这么想。到了冬天，这南方的气温和北方的相比差别太大了，这里像北方的春秋季节。赵师傅说。

对呀。我们对饮一杯酒，放下杯子，我低头给他斟酒说，现在酒量还可以吧。

他摇摇头说，不行。记得子凡他妈去世以后，我能喝，想借酒消愁，儿子一见我喝醉，他就怕，说爸啊！喝酒多了伤身、减寿啊！我觉得还麻醉大脑，影响记忆力。后来我喝的就少了，少喝点，活血通脉提精神。

我端起酒杯又跟赵师傅碰杯，我们一仰脸，都干了杯。我高兴地说，我这辈子也算幸运，幸运的是做了您的徒弟，您让我功成名就，终身受益啊！

赵老亲昵地乐呵呵地说，你在我那一帮弟子中，是最优秀的，最有才华的，画的画是最好的，我也是最信任你的。你是我最得意的门生，为我增光添彩，让我感到骄傲和自豪。好好干，你的画技突出，将来会胜过我的。

我说，师傅，您过奖了，没有您给我指导，大力帮我，就没有我的今天。

我和赵师傅谈兴正浓，有人给子龙打电话，叫他下楼去交电费。子龙慌忙出去了，赵师傅悄悄地对我说，天龙，我有个密码箱，将来你替我保管着啊，这事不让他们兄弟俩知道，算是我给他们留的遗产吧。

我愣怔地看着他说，这是贵重物品，我放着不合适吧！应该让孩子保管。再说您身体棒棒的，谈啥遗产的事啊！

他说，人总有这一天，谁也躲不过，只是早晚之说。又说，我那两个儿子，我该给的都给他们了。另外我的遗产是要捐献给国家的，国家培养了我，我所有的一切都是国家的。如果给儿子留过多财富，这并非好事，他们会坐享其成，产生惰性，不求上进，久而久之，就成了寄生虫。谁家的老人都不想让儿子碌碌无为，浑浑噩噩虚度时光。望子成龙、望女成凤才是老人对子女的希望。人没有不老的时候，不定哪一天我走了，你再把密码箱交给他们兄弟俩。密码由他们去猜，猜到猜不到都不要紧，你就说这里面是我的全部遗产，免得他们兄弟相互猜疑。

我感到师傅对我是绝对信任，也感到他的思想伟大。我无法估量他的资产有多少，但我就是认为多，将来他离世，完全可以让他的两个儿子继承，但他捐遗产，是我没想到的，也是让我敬佩的。我无法猜测他那密码箱里珍藏的是什么东西，但一定是珍品。或许是他捐献了他的资产和遗物，里面装的是名人的字画，那也是价值连城，不可低估的。我一下子联想到，大人物和普通人的想法不一样，毛泽东闹革命牺牲了妻子、弟弟、儿子等多位亲人，周恩来、邓小平死了连骨灰都不留，他们一生该吃多少，该喝多少，该穿多少，但为劳苦大众做出了毕生的贡献，却什么都不要。听了赵师傅说的话，也让我深受启发，我的思想也随之升华，我不知道怎么回答好。我说，完全听您的，师傅，您怎么说，我就怎么做。

赵师傅又端起酒杯给我碰杯，酒下肚，我觉得此酒醇香、微甜、口感好，但也确定不了真假。我们俩喝得很高兴，脸上都有了红润色，但没有醉意，目的是聊天吃饭。我们俩越聊越觉得心贴得近，说的都是掏心窝的话。他问，天龙，告诉我，你帮外甥开的公司情况怎么样？

提起公司，我很高兴，情不自禁地笑笑说，目前发展势头很好，建材销量很大。

有多少资产？

两个多亿。我很自信地说。

安排多少职工？

五百余人。

赵师傅抬眼看着我关心地问，有没有公益活动？

我很重视这项工作，觉得这才是人生价值的体现。我说在不同时间内，向灾区、向病人、向我的贫困职工捐献一千多万元。

赵师傅温言善语地说，天龙啊！你做得不错，以后还要加大这项资金投入，这是积德行善，帮贫解困的好事，对公司发展对子孙后代都有利。

公司计划每年都有一笔固定扶贫款，在800万左右。

赵师傅嘿嘿直乐，说好啊！普度众生，才具有人生价值和意义。

我想想赵师傅的话，也想明白了，其实金钱在满足了人的欲望之后，存着钱不发挥作用，毫无意义。因为有钱，坐享其成，什么都不干了，如废人一般，生与死有什么区别？

我和赵师傅又谈些其他事，可以说全是知心话。他把我看得很重，就像我是他的接班人似的，什么都说，我们谈得很愉快。似乎他看透了我将来的发展前途，后来我琢磨琢磨他的所作所为，是不是有意在点化我，开导我，让我怎么做人做事。 顿时我恍然大悟。 后来他确实给我一个密码箱，让我给他保存着。

我家距子龙住的小区并不远，就在他小区后面的一条大街旁边。 我家住在十三楼，也是一百五十平方米的大套房，白雪是家里的总管。 自从我带她来广州，她一直就在家里待着，不需要她辛苦工作来挣钱。 她把家里布置得如宫殿一般，既干净又豪华。 屋里的冰箱、彩电、洗衣机、空调、热水器等全套家电都是海尔牌的。 她说海尔家电质量过关，服务态度好，如果坏了，打个电话人家就及时服务上门维修了。 我说现在的电器质量都过关，她说她还是喜欢名牌的。 我说你还喜欢最贵的，她抿嘴笑笑。 买家具时，她喜欢要统一颜色的，看着整洁大方华贵。 我们俩转了几家家具店，她都看不上眼，后来给我商议，叫搞装修房子的设计方案。 其实人家搞装修的都有设计好的室内整体装修效果图。 我看看人家统一布局的设计图案，觉得效果确实不错，我叫白雪挑选一种。 就说我们的卧室吧，在床对面的墙壁上装满粉色壁柜，中间那扇柜门上镶嵌着一块椭圆形精致的穿衣镜，周围还有花边。 如果打开柜子穿好衣服，即可照出个人形象。 床头处镶嵌着粉色皮革包裹着海绵芯，向外松软地凸着，如果倚着床头就感到很舒服。 白雪还特意向室内装修设计师提出，在我们的床头上方墙壁上安装几排书架，上面摆着各种书籍。 当我们倚着床头看书时，伸手可及。

我有个习惯，就是每天晚上睡觉前都要倚着床头半躺着看书，看累了乏困了，就把书丢在一边，很快进入梦乡，根本不存在失眠问题，倒觉得看书就是最好的催眠剂。 我尝到了看书的甜头，觉得看书可以开阔思路，长知识增才干，能使人宽容大度明事理，懂得如何做人。 那些成功人士，无一不是知识渊博者。 我看书很杂，只要感兴趣，就乐意看，看起书来如饥似渴，恨不能一口气看完，睡意全消了。 白雪也跟我有共同的嗜好，爱看书买书，往往买了新书，就先摆在床头上面的壁柜上，好放好取，方便阅读。然后再将看过的书向一边摆摆。

我从子龙家回去已经十点多了。我倚着床头半躺着，看到床头柜上摆着一摞新书还没上架呢，觉得很兴奋，便随便翻起来。白雪在我身边穿着粉色带花睡衣，满头秀发披在肩上，如仙女一般，手里抱着书，正在津津有味地看书呢。

我从那一摞新书中随便抽出一本看看，看着看着被里面的内容吸引了，觉得里面的故事很有趣味。那是 2002 年，姚明首次在美国 NBA 赛场亮相，令人遗憾的是，他一分都没有得到，向观众交了白卷。当时，美国体育脱口秀节目“TNT”正在直播，主持人巴克利在谈及姚明的表现时，轻蔑地说道，姚明就是中国的傻大个，根本就不懂得如何打球。他的搭档史密斯立即反驳道，不，我很看好姚明，他是一位很有潜力的球员，也许在不久的将来他能拿到 19 分。此时巴克利立即当着观众的面说道，如果有一天姚明能拿到 19 分，我就亲吻他的屁股！为了避免激化矛盾，史密斯立即转移了话题。对于广大观众来讲，这可能是一个玩笑；对于史密斯和巴克利来讲，这可能是一个赌注，但是对于姚明而言，这是一个奇耻大辱！因为是直播节目，所以通过电波迅速传遍了全球。巴克利的狂言立即掀起了轩然大波，很多人对他口诛笔伐。而此事的当事人姚明，却选择了沉默。

事隔不久，姚明不负众望，粉碎了巴克利的预言。2002 年 11 月 18 日，美国洛杉矶客斯台普斯中心座无虚席，此场比赛是火箭队客场挑战湖人队。最值得纪念的是，沉默多时的姚明终于爆发了，他在这场比赛中接连得手，在上场 22 分钟之内，共获得 20 分，抢下 6 个篮板，并帮助主队以 93 分比 89 分战胜湖人队。此刻，有人高喊道：让巴克利亲屁股去吧！

为了目睹巴克利的精彩表演，全球数以万计的观众都早早守候在电视机前，等待看“恶汉”巴克利的狼狈相。但出人意料的是姚明对此没有任何回应，这使得很多人深感迷惑。当记者询问姚明的感受时，他笑着说，我觉得巴克利很有意思，其实，他也没有什么恶意，只是想制造点笑料罢了。

我看了此事，想想姚明为何大度地原谅当众贬低自己的巴克利呢？为何在成功之后，没有仇恨的心理呢？他一定懂得，仇恨是一把双刃剑，在伤害别人的同时，也会伤害自己。活在仇恨中的人，又怎能快乐呢？所以他用宽容的心态，原谅别人的失误与错误，多出一份仁爱之心，就多出一份温情。古希腊的一位哲人说过，人如果选择了计较，那么他将在黑暗中度过余生；而一个人选择了宽容，那么他能将阳光洒向大地。其实宽容别人，就是解放自己，与此同时，既换取了心灵的纯净，又赢得了他人的尊重。我明白了一个道理，就是学会宽容，等于善待自己，懂得忍耐，是解决人际冲突的良药。我也想到了成功人士得到人们敬仰和尊重的原因了。

我有点累了，将书盖在胸口，仰躺着眯着眼说，白雪，看的啥？给我讲讲。

白雪放下书，精神十足地笑笑说，保健良药，开心果。

我冷笑说，什么开心果？

看书是我和白雪的共同爱好，正因为此，我们有了共同语言，也增进了我们的亲密关系，学到了很多知识。白雪看书也很杂。她说无论看什么书，都会受益，比如看烹调、养生保健方面的书，就会知道各种蔬菜的功效及营养搭配，还买个养生壶，常熬花茶、中草药，当开水喝。她注意调剂生活，身体很好，几乎不害病，而且随着年龄增长，也不显老。可惜我是常在外面跑，走到哪里吃到哪里。我回到家里就叫她百事通。她说不如叫我万金油，抹到哪里都凉凉的，说到哪里都懂一点，就是学得不深入。我说咱又不去当医生、当科学家。

她问，你喜欢吃柠檬果吗？

我说像甜橙一样，只是颜色有点浅，淡黄色的，吃着酸涩，不好吃。

白雪说，不懂了吧！那可是好果子。它具有杀死癌细胞的神奇功效，比化疗强万倍，只杀癌细胞，不影响健康细胞，而化疗对人体伤害太大。一般吃法是切三四片熬茶喝，或沏茶喝。虽然喝着是酸味，但它使水变成了碱性，常喝有利身体健康。另外血压高了，它可以调节血压。还具有抗抑郁、激活神经功能障碍、调节血液循环、促使钙吸收、治疗骨质疏松、安胎养颜等多方面的功效。

我说，有这么神奇吗？要这样癌症患者就有救了。

至少可以延寿吧！她还说，最好不吃油炸食物、咸菜、过期酱油等，这都是患癌的根源。

因为我不做家务，也不想探讨这方面的内容，还是喜欢听白雪讲故事。

我倚着床头眯着眼半躺着，处于全身放松休息状态，如果再听着故事，这对我来说是一种精神享受，这也是白雪给我惯下的毛病。人家有喝酒上瘾的，有打牌上瘾的，我却听故事上瘾了，因为里面富有人生哲理，增长智慧。我说，白雪，还是讲个故事。

白雪善意地白我一眼，侧下身子噘嘴“啾”一声在我面颊上亲一口，又伸手揽住我的脖颈，头贴在我肩膀上说，我给你讲个秀才进京赶考的事吧。这是我刚才看到的，边学边卖，我给你读读，省劲。

我当即说，好。听故事和看书上的故事是不同的，躺着听故事很轻松，看书累眼，还拿着架势，容易身心疲劳。

白雪的记忆力特别好，会讲故事，讲起来头头是道。现在半躺着拿着书给我读，语速很快，口齿清晰。她读道，过去有位秀才第三次进京赶考，住在一个经常住的店里。考试前两天他做了三个梦，第一个梦是梦到自己在墙上种白菜，第二个梦是下雨天，他戴了斗笠还打伞，第三个梦是梦到跟心爱的表妹躺在一起背靠背。秀才第二天就赶紧找算命的解梦。算命的一听，连拍大腿说，你还是回家吧。你想想，高墙上种白菜不是白费劲吗？戴斗笠打伞不是多此一举吗？跟表妹睡在一起背靠背不是没戏吗？秀才一听，心灰意冷，回店收拾包袱准备回家。店老板非常奇怪地问，不是明天才考试吗？今天你怎么就回乡了？秀才将算命先生说的话重复一遍，店老板乐了，哦，我也会解梦，我倒觉得你应该留下来。你想想，墙上种菜不是高中（种）吗？戴斗笠打伞不是有备无患吗？跟你表妹背靠背躺在一起，不是说明你翻身的时候就要到了吗？秀才一听更有道理，于是精神振奋地参加考试，居然中了个探花。

读完故事，我们就讨论其中的道理。我笑笑说，这个故事好啊！说明算命的说话，怎么说都有道理。

白雪摇摇头放下手中的书说，不单单是说明这个问题，而是说，人的心态是随时随地都可以转化的，有时可以转好，有时可以转坏。如果想好事时，心情立刻就会好起来，如果想坏事时，心情马上就变得糟糕。所以遇事就往好处想。

我听白雪这么说，觉得有道理。我想想我走过的弯路，确实心里不舒服。尤其是和梦丽莎那段见不得光的恋情，我始终没有对任何人讲，深埋在心里，想起来堵心、后悔，那是一场骗局、陷阱，使我色迷心窍，套着了我，难以启齿。如果提起这事，白雪能高兴吗？即使是她往好处想，心里也少不了阴影吧。所以说将不好的往事甩在一边，也就是将这一页掀过去，不再提了。我说，白雪，我绝对赞成你刚才的理解，咱们以后只想好事，来吧，我像秀才一样，要翻身了。我侧身揽着白雪的肩膀，她的头钻进我的怀里咯咯笑。

我试探着问，白雪，你不想要自己的孩子吗？

她说，咱们这样，我觉得很幸福。其实生儿养女是为了防备老呢，我觉得有钱就可以养老。再说咱不缺儿子，儿子对咱也很好。如果我要孩子，咱儿子马上也要找对象了，我抱着孩子，人家会说是你的孙子。

按理说，白雪还年轻，可以要个自己的孩子，将来是她的亲人，但她总是把一切事情都想得那么好。我吻了她的额头，笑笑说，你想得对，也想得好，这样家里就少了很多麻烦事。我还认了丁红做干女儿，其实咱什么都不缺，已经儿女双全了。

白雪说，人心换人心，无论对谁好，他们都知道。我相信他们也会对我好，万一不好，你老了，给我留一笔养老钱就行了，去养老院也不错。

我说，行，绝对不让你缺钱花，相信好人会得到好报。

她笑笑说，到走不动那一天，剩余的时间就不多了，即使别人侍候，也不会有多长时间。

白雪的嗜好就是看书。当家里没有其他人时，白雪将屋里的卫生打扫好，就坐在沙发上，或半躺在床上津津有味地看书，把看书当成了一种乐趣。有时我给她开玩笑说，咱家藏着个研究生、博士生啊！怎么不兴旺发达呢？她抿嘴笑笑说，按学龄，都成博士后的爷爷奶奶了。她也乐于看电视，喜欢看生活片。她习惯晚睡晚起。我曾说，这可不是好习惯。她说不良习惯一旦形成了规律，就不会伤害身体了。我早上起来时，她常常懒洋洋地在被窝里待着，我说你起来自己弄点吃的，也可以去外边买早点。我们居住的小区大门外，有大小餐馆，各种小吃都有，如豆腐脑、煎饼、胡辣汤、煎包、菜馍、粽子等，应有尽有，而且干净卫生。白雪说，喜欢吃自己做的饭。我喜欢吃我家大门外的一家餐馆里做的自助餐，每人每餐四十元，随便吃，想吃什么有什么，饭菜品种多样，营养均衡，有利身体健康。

平时每隔一段时间，我就叫白雪给家里父母和青叶的父母往卡上打钱，让老人在家里幸福地生活，也是我的心愿。我觉得这辈子没有白活，庆幸自己找了两个好老婆，一个是青叶，一个是白雪。

解 困

丁红漫步于校园里绿树成荫的水泥道上，呼吸着新鲜空气，望着一排排高大的教学楼、宿舍楼，有一种步入仙境、一步登天的感觉，感到舒心惬意。但她没有忘记家中的妹妹，她到学校大门的书报亭前，抓起公共电话，给丁梅打电话，询问她的学费情况。 丁梅说学校减免一点，村里补助一点，还差一点。

丁红说，梅，我给你寄 2000 块钱，但不能寄到爸名下。

你寄给桂兰婶，我去取。 桂兰和丁红家是多年邻居，她对丁红和丁梅很好。

丁红说，你告诉兰婶，不要对爸说，把汇款单直接给你。

好。

丁红又问，咱爸呢？ 在家吗？

爸整天泡在王寡妇家，吃住都在她家，就不进自己家了。丁梅回答。

丁红知道这暴露了一个普通人人性的弱点，对妹妹说，你不要管那么多了，要照顾好自己，以后吃住在学校，姐供你上学，要学好功课。

丁梅说，姐，放心，我一定听你的话。

好了，我去给你汇钱，过几天你问兰婶。

不久，白雪给丁红买了手机送到学校，为的是便于联系。到了周末，白雪就给丁红打手机叫她到家里来玩，给她做好吃的，临走再带走点她喜欢吃的食品。我有空闲时间，就开车到学校门口给丁红打手机，叫她出来，有时给她三千、五千，有时给她万儿八千，叫她安心学习，生活上增加营养。所以丁红手里不缺钱，在同学中生活不比别人差。

丁红上大三那年，丁梅也考上了大学。春节丁红回老家和妹妹一起过年，父亲仍吃住在外，丁红觉得和父亲的情感越来越淡化了。过罢年，她送妹妹去学校，给她足够的学费。丁红心里清楚这些学费的来源都是我给的，我不仅帮了她，而且还帮了她妹妹。丁红安排好妹妹，她也返校了。她没有想到在本县火车站一角碰到了同村的马兰。马兰穿着肥大的男式旧蓝袄，袖口已经烂了很多小口，衣襟上脏兮兮的，像是从破烂堆里捡出来的被废弃的旧衣服。焦黄的头发脏兮兮地散乱地披在肩上，有的缠绕在一起形成了小结节，像长时间没有梳洗过头似的。一脸灰土，像是多日没有洗脸似的，那毛孔里隐隐约约星星点点藏着尘灰。她蜷缩着身躯，靠着墙角坐在冰凉的水泥地板上，冻得哆哆嗦嗦，嘴唇发乌，如乞丐一般。如果丁红没有认出她，还真把她误认为精神病人呢。

丁红拉着银灰色旅行箱站在她面前，弓着腰对缩着头的马兰轻声呼唤，兰姑，你怎么在这里?

她抬头翻眼看看丁红，穿着合体收腰的玫瑰红中款鸭绒袄，帽子披在脑后，帽檐上镶嵌着松散的浅棕色皮毛毛。脖里围着柔软的白底红花纱巾，像生长在大城市很出众的漂亮女孩，超凡脱俗，浑身洋溢着优雅的气息。马兰一激灵慌忙站起来，惊喜地说，是丁红呀，我不敢认你了，成大姑娘了，真是越长越漂亮，你去哪儿？

去上学。

在哪儿上？ 她急忙追问。

丁红告诉她地址。

那里好找活吗？ 我想去打工。

丁红首先想到了我，她知道我安排个员工是轻而易举的事，便说，应该没问题。

咱们一块儿去吧。 马兰说。

丁红满口答应，说好。 听兰姑说话，大脑还是清晰的，只要她精神上没毛病就好。 丁红从她的穿戴和精神状况猜测，兰姑一定是遇上什么难事了，或受了大的精神打击和磨难，想帮她走出困境。 如果帮她找到了工作，马兰就有吃住的地方了。

丁红几年都没有见马兰姑了，只是知道她被父母逼迫换亲出嫁了。 在村子里，她和马兰家是多年的老邻居，她小时候常跟着马兰玩。 她在丁红的印象中，常穿一件旧绿格子外褂，又肥又大邋邋遢遢，但她的面容很俊，细嫩白净的圆脸形，樱桃小口，大眼睛，饱满的宽额头，是标准的古代美女相。她常常和村里的小伙伴在一起玩，丁红也围着她转，记得最清楚的是常在村当街旁边的大槐树下玩游戏，唱歌跳舞唱戏。 在一群伙伴中，只有马兰的声音最好听，有时马兰扮演豫剧《朝阳沟》里的银环，有时扮演拴保娘，她无论扮什么角色都和真演员唱的声音很像，那嗓音清亮圆润、悦耳动听，再高的声音都能顶上去，好像她生来就是一块唱戏的料，有一副好嗓音。 只要听到她唱戏声音，村里的大人小孩都围着看，人人夸赞。 马兰上到小学四年级，省剧团到学校招收学员，面试时听她唱两段戏，就敲定要她。 当时一共考上一男一女，女孩就是马兰，她回家告诉家人，却遭到父母坚决反对，父母说，饿死不当唱戏的，谁都知道戏子八辈子不入老坟，就这样一次良好的机遇放弃了。 后来那男孩成了省剧团的名演员，扭转了他的前途和命运，过着幸福生活。 可马兰小学毕业，家人就不让她上学了，在家干活。 马兰姊妹五个，她排行老二。 她家是村里严重的超生户，超生罚款，穷得一无所有。 因为穷困不堪，父母忙生计，让她在家里照管弟弟妹妹，每当走出家门时，常常看到她身上背一个，手里扯一个，后面跟一个。

马兰长到十八岁，父母强迫她为大哥换亲。 一般村里家穷的，或相貌丑陋的，或残疾的男孩，找不到对象就拿妹妹或姐姐换媳妇。 就是张家的闺女到李家当媳妇，李家的闺女到张家当媳妇，或者三家转亲，只要双方老人同意一桩婚事就成了，家里人为了传宗接代，就下嫁女儿。 马兰的大哥又矮又胖又黑，一动三喘气，村里人说是呼噜蛋，还长着两只死板的灯泡眼，看着让人毛骨悚然。 马兰的男人是个刀疤脸，劳改犯，大她十二岁，稍不如意，便对马兰又打又骂。

车站里人来人往，川流不息，熙熙攘攘。 丁红看着马兰冻得肌肉紧缩，嘴唇发紫，便打开旅行箱拿出红围巾和半大蓝毛呢褂给她穿上。 马兰穿上毛呢褂，外面套着自己的旧棉袄，脖子里围着毛绒的红围巾，立刻像换了个人似的，精神起来。 马兰笑笑说，这衣服给我穿就糟蹋了，太洋气，我不称。 丁红说，关键是为了保暖。 她说着转身站在马兰身后，双手将她散乱的头发向后拢在一起，用花手绢给马兰扎着头发。 她们坐在候车室里成排的固定蓝色胶椅上交谈。 丁红看着马兰面黄肌瘦，皮肤干燥，大而无神的眼睛有点痴呆僵硬，像是受了什么刺激似的，就猜测她的家境不佳，便问其家庭情况。

马兰摇摇头说，不能提呀，我不瞒你说，我是出来逃活命哩，他们一家人都欺负我，真叫我没法活了。 我男人刀疤脸心狠手毒哇！ 他经常打我，你看看我脸上的伤疤，就是他打的。 她说着撩起鬓角旁那绺偏长的刘海儿。 丁红看到她太阳穴上方有一寸多长的疤痕，痕迹秃光有点暗紫色，向肌肉外稍微凸出一点，像一条细小的僵硬的死蚯蚓在那里斜趴着。 她说，这是因为我把饭烧煳了，婆婆对我大骂起来，我顶几句嘴，刀疤脸拽住我的头发猛然一脚踹倒，然后拳打脚踢，把我打得鼻青脸肿，浑身是伤，这样还不罢休，他又抓住我的头发，像抓小鸡似的把我拽起来，摁着我的头往门框上磕。我眼冒金星，头发蒙，觉得天旋地转，当我满脸是血时，他才撒手，是邻居把我搀扶到卫生所缝了几针。我躺在床上三天没起来，也没人管没人问。几天后，我回娘家，不想再回他家了，娘可怜我，却不当家。我哥听嫂子的话，逼我回去。我说不回，哥也往死里打我，打伤了我的腿，旧伤没好又添新伤。娘劝我回去，哥用架子车把我拉回婆家。我知道哥怕老婆走了，宁要老婆，不要妹妹。娘也怕哥和嫂子啊！我回到婆家比住监狱还难受。后来，我怀孕了，孩子出生时，家里怕花钱，刀疤脸把我送到小诊所里，他就无影无踪了。在小诊所里，我三天没生下孩子，医生给我打催生针，还是生不下来，折腾得我生不如死。医生叫转大医院，婆婆怕花钱，叫再等等，等到第四天才生下孩子。生了孩子回到家里，才知道刀疤脸因为赌博被派出所抓起来了。我有个同学，在当地派出所工作，家人用三轮车拉着我去找同学，把刀疤脸放了。孩子刚刚满月，他又嫖娼去了，结果又被抓了。我又去找同学，交了罚款，才把他放了。当晚回到家里，我劝说他以后好好过日子。他瞪着鸡屁股眼似的烂眼睛，要吃人哪，大声吼叫，老子想干啥就干啥，谁也管不着。他抓住我的头发将我从床上拉到地上，把我的头发拽掉一把，现在还露着肉皮哩，又在我肚子上连踢几脚，我下身还流着血哩，这不，我偷跑出来了，死都不回去了。

丁红听了马兰的叙说，为她悲伤，怜悯她，心疼她，禁不住鼻子一酸晶莹的泪水流出来，感觉鼻涕也要从鼻孔里蹿出来，便慌忙从身背的挎包里掏出纸，在鼻子上拧一把鼻涕，泪水涟涟地说，姑啊，我给你买车票，咱们一起走，以后永远不要回家了。她知道马兰心地善良，勤快能干，脾气好，要救她出火坑。

丁红将马兰姑带到广州，陪她看病，医生说问题不大。丁红又给我打电话，说明了姑姑的情况。我说你带她来吧。

丁红和马兰来到我办公室，我慌忙给她们让座、倒茶，然后我们都围着茶几坐在沙发上。马兰没有出过远门，身处广州，无论到哪里都感到新鲜好奇，坐在办公室里，仍东张西望，目光痴呆，有点傻气。我理解不常出门的憨厚老实的村民，他们都心地善良，听话，靠得住。我对马兰说，我很同情你的不幸，可以帮你找工作，但以后不要给我惹麻烦。我担心的是你那个蛮横无理的丈夫。

丁红当即说，爸，她可以隐姓埋名。

这时马兰回过神来说，杨老板，您放心，我是死里逃生，是红和您救了我，您是我的大恩人，我坚决和家人断绝关系，因为他们一旦知道我在哪里，把我弄回家，我就没命了。我想在这里长期干下去，永远不回家了。

我看看马兰，理解了她的苦衷，觉得也是个苦命孩子，因为家庭不幸遭了不少罪，受尽折磨，我很同情她，对她说，希望你以后不要对任何人透露你在这里的地址。既然家人都虐待你，也不要对他们抱什么希望了，以后你就善待自己吧。你去金山的公司当售货员吧。

马兰紧接着说，您叫我销售啥？我会吗？人家要我吗？

我靠着沙发背手摁着沙发边，稍微侧着身子很随意地坐着，瞟她一眼微笑说，那是我外甥和我儿子的公司，我可以当他们一半家，这你放心。我心里清楚公司已经帮助五百多人就业了，以后还会发展壮大。去年向灾区捐献了三百多万元，以后每年都会捐献。我又对她说，金山的公司主要对外销售各种建材原料，你的任务就是天天守着仓库门坐着，有客户购材料时，带客户转转看看就行了。如果有客户买材料，你只要给总公司打个电话就行了。

马兰哧哧地笑了，笑得很甜，急忙说，就恁轻松啊，等于我没干啥活呀！

我说，你就是看着货，守住门就行了。每月给你开三千五百元的工资，行吗？

马兰惊呆了，天哪！这么高的工资啊！别说三千，我兜里从来没有装过一百块钱，这是天大的好事啊！忽然间就降临到自己头上了，这不是天上掉馅饼吗？ 她有一种从地狱瞬间升入天堂的感觉，突然见到了光明和阳光，让她欣喜若狂，乐滋滋地说，老板，工资太高吧？ 我也没干啥活，就看着门，不下劲，也不累。

我知道这是没出过门的很实诚的女子，不知道外面的世界多精彩。 如果是常在外打工的女孩，只怕老板给的工资低呢，希望多多益善。 我摇摇头笑笑说，从没听说过员工嫌工资高的，因为这里的消费也高啊。

丁红也没想到兰姑每月能拿几千元的工资，干爸太大方了，顿时羡慕兰姑了，但只是抿嘴笑笑说，爸，我也想到公司看看。 目的是想看看公司什么样的状况。

行啊！ 咱们一块儿去。 我站起来背着手在一边低头慢慢踱步，劝她们都喝点开水，润润嗓子，稍休息片刻，待会儿带她们去公司。 然后我坐回办公椅里，伸手拿着桌上的手机给金山打电话。 公司的名字叫红太阳公司，一般我常说金山公司，业务范围很广，装修、维修、租赁、销售建材等，摊子越来越大，一切都为建筑工程施工服务。 我给他们分了工，金山是总经理，金水和我儿子是副总经理，我算是董事长，他们都听我的。 这里的领导班子成员都是自己亲属，心往一起想，劲往一处使，全力以赴为公司着想。 我对金山说，你给我安排个职员。

他问，舅，是谁呀？

丁红的老乡。

是男是女？

是女的。

她想干什么活？

就叫她看仓库吧。

好。 您叫她来吧。 金山说。

因为房间里静悄悄的，我和金山的对话，她们都听得清清楚楚。 丁红很敬佩我，觉得我很爽快，很果断，就这么几句话把马兰的工作搞定了。 对于无人关爱的人，找工作是何等的艰难哪！ 有的即使找到工作了，人家给的工资寥寥无几，像打发要饭似的，挣的钱难以糊口。 如果找对人了，就一句话的事，叫你一步登天，身价倍增，步入幸福的天堂。 我开车带她们去公司。马兰说，我的行李还在丁红学校里。 我说先放那里吧，到公司重新给你买新的，公司大门口的商店里什么都有。 公司偏离市中心，接近市郊区，那里是全市销售建材的集中地，说不清占地多少亩，大得如海洋似的。 远望四周都是多层楼房，那里是各家公司的办公室。 楼下停着无数辆黑白红等各种颜色的名车。 大院里面是一排排高大的平房仓库，大的如车间一样，整齐地分类垛着小山似的建筑材料，品种多样，货物齐全。 整个大院里的路都是平坦的水泥地，到处干干净净。 一个个蓝铁皮垃圾箱站在路边，接纳人们清理的脏物。 一般购货人都是开着货车，在里面出出进进。 销售建材的有数百家，每个仓库里有两个售货员，以便轮流休息。

我家金山的公司在东边三层楼上，接近大门口，相对整个大院是最繁华的地方。 金山金水懂经营善管理，把好质量关。 每次进材料都要经过仪器测量，杜绝不合格产品进仓库。 久而久之，他们的产品出了名，而且价格低，又占有好位置，每天都要销售大批建材。 我和金山商议将马兰安排在接近公司办公室门口的那个仓库里。 那里有一个和马兰年龄相仿的三十岁左右的安徽女售货员，她们可以相互帮助，比如吃饭时可以换班，想做饭时，仓库里有炊具，想休息时，里面有休息间。 马兰看到这里的场景很满意，在这里像养老似的，不出什么力。 她情不自禁地笑着对我说，谢谢老板，谢谢红，我托你们的福啊！ 这里太好了，我就想在这里干一辈子。

我说，行，到老了，走不动了，叫金山给你雇个保姆侍候你。

马兰哈哈大笑。

我给马兰安置好上班地点和住处，就带她和丁红到大门口商店里为马兰买了被褥和各种日用品。 将她安置在距工作地点不远的宿舍楼 305 房间，和同伴在一起，里面有厨房、卫生间、两张单人床等。 临走时，我又从公文包里掏出五千块钱给马兰，我说，你缺什么买什么，用于日常开销，不扣你的工资。她接着钱说，是不是我给您添包袱了。

不算包袱，像小气球样。我有意开玩笑。

她嘿嘿直乐，说我多年没笑过了，现在我又学会笑了。

我说，希望你以后笑口常开，你既然是公司的员工了，就成了这个大家庭的一员，有什么事大家都会相互帮助的，你就安心工作吧。让她苦尽甜来，我为挽救一个苦孩子而高兴。我也觉得助人为乐是很有意义的事。我将马兰安排好，又开车送丁红回学校，在路上丁红说，爸，开公司真好，赚钱快。

我不想告诉她实情，只是说，还行，比干其他职业强。

我明年毕业了，也来这里干吧。丁红问我。

路上车流成河，开车必须高度集中。我握着方向盘目视前方，开车疾驰前行。我说，你毕竟学了几年专业，而且基础很好，丢掉可惜啊！

丁红坐在副驾驶座上，一边观景，一边给我聊天，她知道如果来公司上班就会待遇很高，一定要比在其他单位工作收入高得多，谁都知道环境是否优越及工资收入的高低是年轻人择业决定去留的关键，谁都想实现自身最高价值，说金山金水都是名校毕业，他们不都丢掉专业了吗？

我说，他们是破小子，能打能跳能闯，不怕吃苦。你一个女孩家有技术，有个稳定的职业，也很好。看发展吧！如果在外面发展不行，可以来公司。我爽快地说。

丁红觉得我真好，不是亲人胜似亲人，这辈子遇上我，感到自己很幸运。她突然冒出个想法，如果她将来进不了公司，可以叫丁梅来啊！

我想，如果丁红愿意来，我热烈欢迎，因为她是懂行的专业人才，可以为公司注入新的活力和新鲜血液。现在之所以我外甥的公司经营这么好，全靠他们兄弟二人聪明能干，管理有方。我相信人才的力量是无穷的。

转 机

丁红大学毕业被聘到一家建筑公司。当初分给她的工作只是一些简单的图纸会审、文件打印、跑腿等杂事，与她真正学的建筑设计专业差距很大，但她不甘心只给工程师当跑腿的设计员。她曾考虑是否去金山的公司工作，可她热爱设计专业，想再等一等，利用业余时间苦练基本功，等待良机的到来。丁梅也大学毕业了，丁红想尽快将丁梅的工作安排了，但唯一能帮她的也就是我了。

时值八月下旬的一天下午，雨过天晴，广州市区的道路、高楼、路边的常青树、川流不息的大小车辆等都被洗刷一新。路边树上茂密的树叶，经微风一吹都欢笑着微微点头，在阳光照射下忽明忽暗地闪动着，释放出氧气，清新着空气。原本高温的天气降了温，觉得凉爽舒心。大约三点，丁红带着丁梅来办公室找我。我刚午休起床，穿着宽松的白底蓝格子图案的丝绸睡衣，觉得轻松飘逸凉爽，不受行动约束，款式也不错，这是白雪给我买的，一下子买两套叫我换着穿。我刚站在办公桌旁，准备伸开纸张画画时，听到“咚、咚、咚”轻微的敲门声和丁红甜甜的叫爸声。我慌忙去开门，顿时眼前一亮，门口站着丁红和一位陌生的俊俏女孩，二人相貌相似，如同孪生。我马上猜测到那女孩可能是丁红的妹妹。我有点睡眼惺忪的样子招呼她们快进屋，丁红看着我笑嘻嘻地说，爸，这是我妹，叫丁梅。我一边让座，一边打开茶叶盒，为她们倒茶。丁红抢先接过杯子去饮水机旁接了三杯开水，杯子里立刻散发出茉莉花茶的香味。我们都围着茶几坐在沙发上。我常常在茶几上的果盘里备一些干果和水果，有西瓜籽、葵花籽、松子、苹果、梨等，还有香烟和饮料，以便招待客户洽谈业务。

丁红穿着白底樱桃图案的丝绸短袖衫，这种布料轻薄柔软不沾身，穿着透气凉爽。下穿蓝色丝绸裙裤，如果站起来走路，就同裙子一般，谁也看不出是裤子。穿裙裤坐站蹲下都自然方便，不用再撩裙子。这是当时比较流行的款式。丁梅穿着得体的绿色连衣裙，显得身材高挑，丰胸、细腰、裙子下摆大，站着亭亭玉立，坐下将裙子下摆往双腿间一搭，坐姿优雅。她脖颈上戴着亮晶晶的白色小珍珠项链，和衣服搭配效果很好。白皙的面容透着红润，水灵灵的大眼睛很有精神。我发现一个问题，好多女人喜欢留着披肩发，可以扎起来，也可以披在肩上，不用去理发店理发，虽然是古朴的发型，但给人的感觉简单自然，也不难看。丁红和丁梅都是这种发型，她们稍有一点区别就是丁梅的红嘴唇肉嘟嘟的，厚一点小一点，似樱桃小口，性格比丁红更温柔一些。

丁红伸手抓几个西瓜子握在左手里，右手捏着一个黑瓜子尖朝上，立在门牙中间磕一下，将瓜子磕开口伸手剥着，那葱白似的手指和鱼鳞似的明亮指甲特别美，低头剥着瓜子说，爸，丁梅也想来南方发展，离我近点，我俩好相互照顾。

我明白她的意思，是想让我说话，叫丁梅跟着金山工作。金山经营的公司，基本是靠我出谋划策，再加上金山、金水脑子灵活，将公司办得红红火火。姊妹俩并肩坐在沙发上，我伸手指一下瓜子盒，示意让丁梅吃水果。

丁梅抬头瞟我一眼微微笑笑，面颊上隐隐约约露出一个浅浅的小酒窝，讨人喜欢。她没有拿水果，只是低头伸手抓了几个小松子。

我端起茶杯喝一口水，然后轻轻放下，问丁梅，学的什么专业？

她眼眉一挑看着我立即回答，中文。然后目光向下一扫，伸手捏着一个松子，轻轻地在嘴边磕一下，用手剥着皮，显得文文静静的。

我当即说，好，去金山办公室上班吧，帮助写个材料，整整文件，就行了。我忽然有个想法，想为金山创造条件，日久生情，如果将来丁梅和金山成亲，岂不是一桩好姻缘？这就看他们有没有缘分，如何发展了。我做每件事，往往就不由自主地想到后果及未来，有人说我走一步看三步。其实是想象力的问题。

丁红和丁梅满面笑容，像盛开的两朵向日葵，又像两朵牡丹花，都连声向我道谢！

有了想法，我自然很高兴，低头拨金山的手机号，电话通了，举着手机吻着耳朵，喂，金山吧。

他说，舅，是您呀？

是。现在公司忙吗？

忙，每天建材销量很大。

我始终没有向任何人透露每天的经济收入情况，这是要保密的，说出来惊人，甚至不可让人相信。我兴奋地说，我准备给咱公司增加力量，增添人才啊！

好啊，公司正需要人力支援呢。金山还蒙在鼓里，不知道是何人，但他绝对相信我选中的人。

我说，我马上过去。

好，来吧。

我放下手机坐直身子，对丁梅说，实习期间，月工资先给你开6000元，等以后还会增加，你看行吗?

顿时，丁梅傻眼了，愣怔地瞧着我，不敢相信这是真话，心说，天哪!我从一无所有到每月拿几千元的工资，这不是白日做梦吧？人人都日思夜想弄到钱，但得钱难于上青天，怎么忽然间，人家一张嘴，上下嘴唇一碰，就给这么多钱？在内地刚毕业的大学生进行政事业单位工作，每月拿不到一千元的工资，现在自己一个月的工资就相当于他们工作半年的收入，真难以置信。她回过神来，那泛红的面颊上飞出笑意，像柔和的阳光在荡漾，情不自禁地柔声说，大叔，给的太高吧?

我哈哈大笑，这笑声抒发了我的喜悦心情。我站起来慢慢地在客厅里走动，发现自己有一种感觉，就是每帮助一个人就业，心里就特别舒服有精神，比喝茅台酒、吸中华烟、吃山珍海味心里都舒服。我在琢磨这个问题，帮了数不清的人就业，是不是帮人帮上瘾了？助人一臂之力，脱离苦海，过上稳定的幸福生活，使我具有成功感和自豪感。我说，你只要好好工作就行。

丁梅嘿嘿嘿笑着说，我每月拿这么多钱啊！她知道我不但供她上学，而且还给她安排了工作，对我尊敬有加。

丁红说，梅啊！我上班两年了，拿三千多块钱，你刚上班，就比我多拿一两千啊！爸真慷慨大方，让我嫉妒妹妹。

我和丁梅哈哈笑。

我觉得出身贫苦的孩子，明事理，能吃苦，知道感恩，也容易满足。我乐意帮这两个才貌双全的姑娘走出困境，一旦走向社会将会发挥更大的作用，做出更大的贡献。我将她们送到金山的公司，向金山介绍了丁梅的情况，并嘱咐他好好关照丁梅。金山满口答应。

丁红对我感激不尽，她很清楚，如果没有我的帮助，她在这个陌生的环境里，就会寸步难行。现在我又给丁梅安排了好工作，等于姊妹两个逃出了苦海，过上了幸福生活。

丁红临走时，还特意去见了马兰。马兰就在金山的办公楼下，一个建材仓库门口坐着。仓库门前撑着一把很大的绿色遮阳伞，为门口撑起一片阴凉。门口立着蓝色落地电扇，不停地摇头旋转，驱赶着热空气。平时马兰上班就坐在门口，若有客户来买材料，就带着人家到仓库看货，人家乐意买，就看着人家装货，她在一边记账。如果没有客户就守着仓库门，可以自由地干些手工活，有时绣个花，编织个小工艺品，织毛衣什么的。她刺绣的大幅山水画，如身临其境，形象逼真，美观大气。金山见了很喜欢，叫她裱裱装在镜框里，挂在办公室的墙壁上，赢得很多人赞赏。丁红看见她就喊，兰姑。她抬头看见丁红，又惊又喜，慌忙站起来迎接说，红啊！你来了，我很想你，正想见你哩。

丁红站在她面前笑盈盈地说，姑，我不敢认你了，面相变了，你白了，胖了，年轻了，这就是人们说的生活条件好的原因吧。

马兰穿着得体的朱红色套裙，长长的马尾烫了发梢，前额上的刘海儿也烫得曲曲弯弯，很洋气。她长着一双杏似的圆眼睛，笑起来像月牙，嘴巴张得似椭圆形，露出一口整齐的白牙齿，完全消失了刚来时的痴呆相，变得机敏起来。她哈哈笑着说，这要感谢你呀！是你救了姑姑出火坑，是大恩人哪！还感谢你干爸、金山、金水，他们把我当亲人看待。我也没干啥活，没出啥力，每月净拿几千块钱。

几千？

马兰悄声说，四千多呀！我有钱啊！花不完呀！都存银行了。

又给加薪啦？

加一千多哩。

你比我的工资还高呢，看来工资高低，不在学问大小，我白上几年学。

马兰笑着说，你有前途啊！头脑聪明，会干很多事。

丁红为她高兴，还想了解她平时的生活，话锋一转说，姑，你咋吃饭呀？

我不想做就买着吃，大门外都是小食堂，想吃啥就有啥，方便得很。想做了，就买点菜自己做，这仓库里有炊具。她伸手往远处一指看着前面的宿舍楼说，宿舍里也能做饭，方便得很。她居住的宿舍楼离仓库不远，她和搭班的住一个房间，里面有热水器、冷暖空调、卫生间、厨房等，样样齐全。

丁红想同样是兰姑，她在这里就享福，在家就遭罪，现在像换个人似的，真是环境改变人啊！同时也改变了心态，心态好了，身体健康精神好，连相貌都变俊了。丁红问，几个人值班？

两个，那个是安徽的大姐，俺俩换班。马兰说。

丁红说，好，这样更轻松些。又问，姑，家里人知道你在这里吗？

马兰直摇头，说不知道，不知道，永远都不能让他们知道。然后看看周围没人，又悄声说，你也要为我保密，不能对老家人说。

放心吧，不能再回家活受罪了。我一定保护你，为你好。

二人先是面对面地站着，亲切地交谈着，有说不完的亲近话。然后马兰慌忙打开门口的折叠椅，叫丁红坐，二人坐下交谈。丁红告诉她，丁梅也来公司上班了，就在楼上，以后你就和丁梅常在一起了，要相互照顾啊！

马兰笑着说，那太好了，你也来吧，来这里比在哪里都强。马兰很高兴，又有个知心伙伴了。

丁红说，我看那边的发展情况，如果不行，我会考虑的。

你再过来，这里就成咱们的天下了。

丁红笑笑说，金山的公司发展很快，现在有几百号人了，咱有几个人呀，只能说咱有好伙伴了。

金山的公司，仍在扩大经营，每年净利润三四千万元，越滚动摊子越大，招人越多。我的画院，也收入颇丰。钱在我这里不是什么问题，如果内部员工家里有什么难事，我专门备了一笔救济款，就可以立即救济。在此，我想起了国家的富帮穷政策。听说我老家邻村的大奎哥，在北京某条大街开个豪华大宾馆，月收入上百万。他把全村大部分中青年村民都安排在那条街上做生意，那条街成了他们村的致富街，家家户户都收入颇丰。 还有在外地的工作人员，一般只要一家有一个人在哪里，就会带一家子亲属在哪里打工。 农民工都有两笔收入，一是家人种地打粮卖粮，二是在外挣工资，甚至总收入超过城里的在职人员收入，渐渐地他们在城市买房定居，这样就会逐步消灭城乡差别。

不久，丁红的公司总经理调离，新上任一位总经理叫张谦，是老牌名校学工民建专业的大学生，资深的内行专家。 公司接到一个投资办公楼与住宅楼连体工程项目，对方要求独创的、新颖的、一流的、颇富有现代化气息的设计方案。 如果方案不被选中，等于劳而无功，一旦选中，不仅为公司增加高额设计费，而且委托本公司施工。

张总叫设计室的三位专业人员都提供设计方案，然后优中选优。 丁红觉得机会到了，就请求张总也让她参加这次设计，让他有机会了解她的能力，张总同意了她的请求。 丁红对这次设计方案很自信，原因是她在学校始终是拔尖学生，所学的基本理论知识烂熟于心，毕业时的设计方案，不但得到老师的表扬，而且也被本市建筑公司采用了，所以现在用她新的思维方式合理布局，发挥超前的想象力完成任务是没问题的。 当他们四个人的设计方案都拿出来后，首先让张总把关，他非常欣赏丁红的设计方案，而且也被对方选中了。

一天上午上班时，张总把丁红叫到他的办公室，热情地为她倒茶让座。此办公室是两间房，紧贴里面的墙壁摆满一排朱红色木质玻璃门书柜，里面整齐地立着厚薄不均的书籍，大多是建筑专业书。 高高大大的满墙书柜及里面的图书洋溢着很浓的文化气息。 凡是成功人士都乐意与书相伴，注重丰富知识，增添他们的智慧和才能。 书籍也是工作中的指导老师，像裁判一样评判你的对与错。 他的朱红色老板桌，摆在书柜前面，桌与柜之间是张总的沙发椅，只要转动一下沙发椅，就可以随手翻阅身后书柜里的书籍，看书很方便。对应门口紧靠墙壁摆着一套黑皮沙发和茶几。整个办公室显得大而空旷。丁红坐在他办公桌对面的黑皮软沙发椅上，看到张总面带微笑，心里特别高兴，坐在办公桌后面的老板椅里，亲切地望着对面的丁红说，我代表公司向你表示感谢！没想到你还没有得到长期锻炼，就一举成功了，我很敬佩你的才华，也发现你是栋梁之材呀！你的这套设计方案，不但我喜欢，而且对方也非常满意，你为公司做出了突出贡献，注入了新的活力和强大的力量，我也没想到一上任就来个开门红。

丁红的面容顿时涨红起来，觉得张总的话语像一股暖流滋润着她多年来那颗饱含着酸甜苦辣和创伤的心，感到舒心惬意。她心里清楚只有从苦水里泡大的孩子，才非常珍惜来之不易的机会，人的能力大小是知识力量在起作用。她看着面前这位五十多岁的张总，面目慈祥，和蔼可亲，在双鬓的短发中隐隐约约稀稀落落夹杂着银针似的白发。他的目光里散发出对丁红无比的信任和敬佩。

丁红喃喃道，我只是有些心急，想干自己愿意干的工作，非常喜欢设计专业，我这是见缝插针，表现一下专业能力，感谢您对我的关照，让我参加这次设计。

张总笑眯眯地说，实践证明了你的能力，有能力，我就大胆使用，决不浪费人才，你可以担当这个项目的总设计师，总指挥，这是再合适不过的人选了，因为只有你最熟悉这个项目的设计情况。

丁红惊讶地瞪大眼睛注视着他，脸色涨红，感到热辣辣的，难以承受张总对她这么高的评价和重任，不敢相信这突如其来的重任，天哪！我初来乍到，一个年轻的女孩，就挡人家从事多年专业、有经验、有能力、渴求进步的老建筑师的道，他们心里会是什么滋味？能佩服我吗？她觉得以后的同事关系不好处，好在是她独立完成的项目设计，方案属个人所思所想。虽然心里很激动，但表面极力镇静。她感到这任务很重，禁不住说，谢谢张总，但我难当重任。

为什么？ 张总也瞪大眼睛瞧着丁红，觉得不可思议，这对别人来说是求之不得的事。

她微笑说，我这么年轻就挡道，别人心理不平衡啊！

这不是讲情面的事，这是硬碰硬的技术问题。 你已经在设计组是最优秀的，难道我任别人挡道，来推翻你的设计？ 你乐意吗？ 他看出丁红是一位事业心很强的聪明女孩，因为她要求参加设计就证明了这一点，他有意追问，你真不愿干？

丁红低头沉默了，这样的好事谁不愿干？ 工作中逢好事，有能力的也争，没能力的也争，可这天大的好事落在自己头上都不干，不是太傻吗？ 如果以后的简历中，我写上担当大型地产总设计一职，首先就比别人多一块厚重的垫脚石，这虽然不是美钻香车，但这是人人梦寐以求的资本，这资本足够使我轻松地拥有想要的一切，这是一笔厚重的永远享不尽的活财富。 然后，丁红感激地抬头望着张总，甜甜地笑了，这是发自内心的高兴。 她仿佛看到自己坐在总设计师的位置上设计的高楼一栋栋拔地而起，人人欣慰的笑容和羡慕的眼光包围着她。 她摇身一变，超凡脱俗。 她知道张总也在观察着她的心态，他绝不相信丁红会犯傻。 丁红说，这事太突然了，是我做梦也想不到的好事。 我只是担心，您打破了论资排辈的惯例，违反常规，对工作不利。

张总收起笑容说，这不是你担心的问题，就因为如此，我才被调到这里，收拾公司状况不景气的烂摊子，是你拯救了公司，咱们拿下这个造价两个亿的大项目，保证公司员工在今后五年内的工资没问题了。 这些道理我会向同志们解释的，还会有谁给你设置工作障碍？ 说着，他抬腕看表，然后对丁红说，好吧，你再考虑几天，下周答复我。

丁红知道他很忙，又有急事，便起身告辞了。

丁红成了赢家自然很兴奋，一高兴逛服装市场去了，想买衣服把自己包装一下。 有人说看穿戴打扮就能看出人的心情，心情好时人们注意仪表仪容，就显得格外精神。心情沮丧悲观时，就不顾及那么多了，穿戴邋邋遢遢，精神萎靡不振，像残兵败将似的。平时丁红繁忙时，也没心思去包装自己，现在是苦尽甜来，为公司做出了突出贡献，而且得到领导的信任，要马上升职了，人逢喜事精神爽嘛，趁着高兴劲到商场转转。她喜欢紫色衣服，到了春秋之际，她常穿着紫色西装褂，里面套着男式白衬衣，紫白搭配高雅靓丽，再加上高挑个儿，白净面，特别吸引人。现在她又买一套紫色套裙，盆领口，还镶着白边，穿着得体，显得腰细了，臀部饱满了，身条顺溜了，越发漂亮了。她发现同志们看她的眼神都变了，一改往日那种漠视黯淡的目光，现在是敬佩的目光，赞赏的目光，亲切的目光，但她心里清楚，应该感谢张总给了她表现的机会，一炮打响了，这就是常说的好运吧。

我了解了丁红的工作情况，心里为她高兴。当初我用微薄的资金培养出一个才貌双全的女大学生，而且是一个优秀的女建筑师，我感到自豪和光荣。我想尽快促成干女儿转正为儿媳妇的愿望，因为女孩家一旦走向社会参加工作就会接触到方方面面的人，时间久了，就会节外生枝。丁红刚毕业时，我曾私下打探过她的口气，我说给你找个好对象吧。不料，被丁红一口拒绝了，说事业不成不谈个人问题。现在不但事业成功，而且也到了谈婚论嫁的好时机，我想尽快把此事挑明，免得夜长梦多。首先要给儿子商议，然后再做丁红的工作，如果她是个知恩图报的女孩，这门亲事或许就成了。吃过晚饭，我叫着儿子说，儿子，走，陪爹出去转一圈散散步。

儿子高兴地回答：哎，好。

时至夏末，天气还有点燥热。我和儿子从家属院里出来，顺着大街走五六百米，便是一个不大不小的绿色公园。我和儿子来到公园，里面有健身器材、假山、湖水、天桥、亭阁、花园，等等，甬道两旁稀稀落落还有石礅和长凳木椅。郁郁葱葱各种各样的树木和甬道两旁被剪成半腰深的相互交织茂密的冬青围栏，成了公园的主要景色。这时候虽然天还亮着，但公园里的灯亮了，每杆灯柱上都有几个或十几个雪白的圆球灯。一柱柱灯光像火树银花似的，遍及整个公园，这是夜晚公园里的一大美景。我和儿子顺着甬道在公园里转圈散步，清凉的微风迎面扑来，给人一种舒适清爽的感觉。我们走着闲聊着，我突然询问儿子是否找到对象的事。

儿子跟我并肩走着，毫不在意地说，爹，这你不用发愁，想找容易得很，你想要什么样的儿媳妇，我都能找来。

我说，别没正经的，找对象可是大事，是一辈子的事，不能随便找。说着我扭头看看他，他满不在乎的样子，目视前方，打着哈哈，加快脚步走到我前面去了。他笑笑说，知道，爹，您不用为我操心。儿子相貌不丑，身高一米八五，老爸还是大款，想找儿媳妇不是很简单嘛。

我甩着胳膊大步跟上去，扭头看看并肩而行的儿子说，咱说正事呢，你也老大不小了，该找对象了，我给你物色一个好女孩，觉得当儿媳妇比较合适，不知你愿意不愿意？

儿子似乎有了兴趣，扭头问我，谁呀？

就是你的干妹妹丁红，你看怎么样？我紧接着说。我觉得这是蛮有把握的事，让人高兴的事，对儿子来说，是求之不得的事。

不料，儿子头摇得像拨浪鼓似的，还摆着手说，不行，不行……好像怕烫着烧着似的。

我没想到被他轻易否定了，禁不住脸一沉，很不高兴，一下子心凉了，急忙问：怎么不行？她哪一点配不上你？

实话告诉您吧，我早就有女朋友了，是我的同学，我们多年常在一起玩。儿子笑着说。

你怎么就没说过？我背着手走，俨然一副当老子的走相，说话也在儿子面前用“怎么、怎么的”书面语气。我是想让他服从我，自以为这是一桩好姻缘，老子的目光是正确的。

儿子笑了，说爸，你怎么怎么的说话，像大官似的。

我说，我是正经问你话哩。

儿子说，恋爱的事给老人说什么。再说谈恋爱是自己的事，与老人无关，都什么年代了，哪还有包办婚姻的事呢。

儿子不听话，我很生气，但又无可奈何，言中了儿大不由爹娘这句古话。我说，儿子和老子啥关系，儿子的大事就不该对老子说，儿子就不能听听老人的意见？不把老人放眼里，就是不尊不敬不孝，你懂吗？

儿子嘿嘿笑笑说，有那么严重吗？

你找的女孩家庭怎么样？我眉头皱着问。

管她家庭呢，就咱的家业几辈子都吃不完。

这女孩的模样怎么样？

儿子漫步走着，仰脸望望墨蓝的天空，虽然天空还亮着，但东边的上空已经出了月牙，只是它的亮度还不强。公园里的人不多，也有在甬道上散步的中老年人，有的慢走，有的快走，走得快的从我们身边匆匆忙忙往前走了，这么走都是为了锻炼身体呢。我的心思主要是和儿子谈事，走得慢。儿子仰望着天空噘着嘴说，长相嘛，一般化，但我觉得我们俩有缘，相处很好。

我又问，她的修养咋样？她比不上丁红吧？

丁红曾经趁周末去过我家几趟，现在我家搬进了复式楼房，上下三百多平方米。丁红到家里帮白雪做家务，打扫房间，每打扫一遍就需要大半天时间。家里一共三口人，儿子大部分时间在公司忙，有几个房间都空着。丁红觉得人少住大套房子也是一种浪费，还不便打扫卫生。我曾私下里给白雪说过，想将丁红转正为儿媳妇。白雪非常满意，说这姑娘不错，勤快、能干，是个百里挑一的好姑娘。儿子也见过丁红，只是感到长相很美，但和她没有什么情分和感觉。我一再夸赞丁红，不但模样俊，而且工作好，是个很优秀的女孩。

儿子说，找对象和选美不一样，情人眼里出西施。我说好，您说不好。

可好与不好她是跟儿子过生活呢，我乐意跟谁在一起，我就觉得幸福，您也知道强扭的瓜不甜，再说这是儿子的自由。

儿子在我的眼里总觉得是个孩子，总想他没有什么主见，考虑问题不周全，没想到儿子会这么说。我的愿望也难以实现了，只是说，儿子，这也是大事，我看准的人肯定比你找的强，我认为丁红这孩子确实不错。

儿子举起左胳膊伸开手，用右手食指捣着左手心，意思是说刹住，不要往下面说了。儿子说，不要说了，丁红只能做您的干闺女，我的干妹妹。但做我的媳妇是不可能的，现在婚姻法是一夫一妻制，不能娶两个，我要了丁红，我的对象怎么办？我们多年都很好，现在我忘恩负义，把人家一脚踢了？

我想想儿子说的也是理，只好放弃自己的想法了。但心里很不是滋味，一下子感到儿子大了，心大了，也不听话了。这是自己最亲近的人哪！刚长成人就给老子的心分开了。我也想到了千家万户的父母，辛辛苦苦把儿子养大，供他上大学、上研究生、上博士，有了足够的面子，提高了心劲。然后儿子工作了，成家了，挣大钱了，爹娘却发现是给人家培养的。儿子爱妻儿及岳父母胜过亲爹娘，为人家造福谋利去了。父母付出的心血，会得到多少回报？委屈窝囊，也得忍着，不然，你想不通，爬烟囱，气死了，与别人无关。我为儿子的婚事，弄得事与愿违，只是觉得可惜，丁红有才有貌，心地善良。她还经常打电话询问马兰的情况，我告诉她不用牵挂，她生活得很好，身体好，精神好，幸福快乐，家里也没有人打扰她。丁红知道是家人伤透了她的心，她是坚决不回去了，在这里过自由自在的幸福生活哩。

丁红任总设计师后，在本科室中独占一间办公室，这时本科室的小杨对她特别关心爱护。每天上班帮她提开水，打扫办公室卫生，下班帮她买来可口的饭菜，天阴下雨帮她备好雨具。不但生活上对她无微不至地关怀，而且工作上帮她出谋划策。她看得出小杨的专业能力也很棒，既有实践经验，又有扎实的专业基础，还有丰富合理的想象力。小杨比丁红早进公司一年，大她两岁。丁红也看得出他一门心思用在她身上，竭尽全力为她服务，她也感到这种关爱超出平常，他是爱上她了。丁红看他身材高大，才貌双全，和她又有相同的专业，也是她理想的人选。恋爱既是件复杂的事，又是件简单的事。复杂是磨人的，中间出些磕磕碰碰、是是非非的事，双方的心情处于摇摆状态，但最终磨合到一起了。简单是一见钟情，两厢情愿，事情很快就成了。他们属于后者。

有天晚上，小杨请丁红吃晚饭，他们来到一家餐馆，在一个封闭的雅间里边吃边聊。小杨的眼神不时地向丁红放光，饱含丰富的爱情内容，具有磁石般的吸引力，时刻观察着丁红的脸色。还殷勤地为丁红添饮料拿餐巾纸，侍候周全。丁红也觉察出来了，但不敢和他对视，如果阴阳两电相遇，就必碰出火花。只是低头咀嚼着美味菜肴。他说，丁红，我很敬佩你的才华，也喜欢你仙女般的容貌，一见到你，我心里就特别高兴，这种说不清道不明的感受就是爱吧。

丁红面对他的强烈进攻，心中也燃烧起一团火。一年多来，她不动声色，也难为他的一片痴情，当丁红默认了他的意图，他高兴得手舞足蹈。小杨也是农村出身的孩子，这对丁红来说不是什么缺点，一般这样的孩子吃苦耐劳，不矫情，对人实在。同是农村出身，也算是门当户对。那晚，他们甜蜜地进入了梦乡。后来这超常的关系也公开化了。

不久，他们设计室主任退休了，不知有多少人盯住这个位置。丁红和小杨正处于热恋幸福之中。有天晚上，二人烈火干柴燃烧一阵后，小杨觉得这是好时机，常听人说，什么都没有枕头风厉害，此时说事，就叫枕头风吧。他亲热地搂抱着丁红，柔情似蜜地说，红，我有个事想对你说。

丁红问，什么事呀？快说。别磨磨叽叽的，男子汉，怎么娘们儿似的。

小杨嘿嘿笑着在丁红的面颊上“啾”亲了一口，说有点不好意思。

丁红嗔怪道：有什么不好意思，咱们未婚同居，可是你主动的，这你就好意思了？

小杨嘿嘿笑着说，老主任退了，我真想接班。

丁红思索片刻，开始觉得这是痴心妄想，不可能的事，小杨有点自不量力，是很幼稚的想法。然后又一想，如果他真在此位上，自己脸上也有光啊！只是说难呀，你年轻，张总肯定不会考虑你。

他说，是的，我一没关系，二没经济实力，可只要有一线希望，我就想争取，这希望只有依靠你向张总举荐了，张总非常信任你，我想你的举荐他会采纳的。

丁红被爱情的火焰烧昏了头，觉得小杨是她唯一最亲近的人，最信得过的人，当然她会极力推荐的。她说，小杨，你放心，我会尽最大努力的，你勤快，能干，业务能力又强，在咱科室中表现最突出。张总是一个很重视人才的领导，再加上咱俩的关系，我想此事有希望。

小杨激动万分，抑制不住内心的喜悦，翻身抱着丁红的头，对着她的面颊和额头，左一口，右一口，“叭叭叭”地亲起来。

丁红笑笑说，好了，好了，拔火罐、打肉板吗？

这不是高兴嘛，失控了嘛，想说权力比女人的吸引力还强，但话到嘴边没出口，怨自己差点口误，有时候一句话是会坏事的，这时真想打自己的嘴巴。他躺下身子，平静下来。但脑子里却思绪万千，浮想联翩。他知道权力的力量大于一切，它能带来财富、利益、金钱、美女，等等，它像一个中心轴，人人都在围着它转。只要有了权力，说话就是真理，说对了，执行，说错了，还得执行，总之是无条件地执行。有了它，你就是最优秀的人才，一切功劳都是你的，也就是一好百好。这是所有男人梦寐以求的愿望，终身追求的目标，把权力看得比什么都重要。有人说，一个人的成功，自身因素占五十分就够了，重要的是另外五十分的人情关系难得。谁都知道关系的获得并不是轻易取得的，是很复杂的，是需要建立在经济基础之上，或特殊隐秘的关系之上的，或经过长期考验有了信任感，或通过人情看人情，如此等等，都是很微妙的，有一种说不清道不明的感觉。丁红一想到小杨忠心耿耿地为她服务，成了她心爱的人，有了这种特殊关系，她就会竭尽全力帮他实现理想。她决定找张总谈此事。

第二天上午，丁红悄悄地推开了张总办公室的房门，他正在办公桌旁低头看文件，抬头看到丁红进来，便慌忙站起来迎接，挥手指着沙发说，丁红，你坐。并且亲自到饮水机旁接来一杯开水放在她面前的茶几上，说品尝品尝我这好茶叶。茶杯里漂浮一层黑褐色普洱茶叶，丁红立刻就闻到了浓烈的茶香，觉得这是好茶，她略知一点茶道知识，普洱茶养胃，想必男人喝高了酒，喝点这样的茶水对胃好。丁红知道一般员工到张总办公室，他是不站起来的，有事说事，说了事走人，而且表情呆板，言语甚少。她来了，张总不但给她倒水，还让她品茶，这是对她的尊重和信任。丁红知道他平时很忙，没事她是不来打扰他的。张总离开了老板桌，坐在丁红斜对面的沙发上，和她拉近了距离。他们坐下来，首先谈到近段的工作开展很顺利，然后便是张总对丁红工作上的一番赞扬。当他询问丁红科室人员表现情况时，丁红迟迟疑疑地诉说了小杨的业务能力和年轻有为的干劲和闯劲，将他说成了一朵花，并表明了她的意思。

张总也知道他们的亲近关系，有些犯难，沉思片刻，叹口气深沉地说，设计室是咱们公司的重要科室，也是公司的顶梁柱，来不得半点马虎。实话告诉你吧，我原打算把这副重担放在老王身上，他是清华大学建筑系的高才生，也有老资格，默默无闻干了多年设计工作，从未出过差错，工作认真细心，人老实，靠得住。小杨年轻，正是锻炼时期，也不是争位的时候，和老王相比，他没有什么资本，我用人历来就是重实绩，重能力，让实绩说话比什么都有说服力。可现在你极力推荐小杨，如果重人情，可就苦了老王。

人是自私的，丁红也是如此，她渴望让小杨坐到主任的位置上，知道名位背后的益处，觉得张总话中有了松动，就说给个人情吧，我们共同合作，今后保证把工作做好。

张总倚着沙发背，目光注视着对面的墙壁，脸色难看，好像在思索着什么问题，沉默片刻，最后说，以后设计室的重担就交给你们两个了，一定要好好干，不要辜负我对你们的希望。

丁红心里清楚，张总能够采纳她建议的主要原因，还是因为她为公司争得了大项目，赢得了大利润，做出了大贡献，否则，她的建议是无用的，因为他是一个很有主见的人，也是一个很果断的人。丁红像吃了蜜枣，脸上乐开了花，并连声道谢。

张总心里也清楚，当官难也在于此，有时候由不得自己，丝丝连连的人情关系搅得你心烦意乱，但又无可奈何。上级官员开口说话你不能得罪，因为他们直接威胁着你的职位；有恩于你的亲朋好友你不能得罪，否则，你心里愧疚不安；同级同事也不能得罪，这关系着你的考评和威信，所以有时候不得不做违心的事，说违心的话，就失去了自己的主见，愧对了公平二字。

后来，小杨如愿以偿地担任了设计室主任，但丁红觉得他们的关系却在发生微妙的变化，他渐渐地在疏远丁红，变得高傲起来。原来那种谦虚做人、勤快能干的优点在悄悄消失，相反，学会了板面孔、拉官腔和摆官架子，这使丁红很反感。

自从丁红为公司拿下那个两亿大项目施工任务后，经常给我打电话，谈建材进货销售问题，非常关心金山公司的业务发展，常帮助销售建材。有一次，她给我打电话说，爸，我已经向我负责的项目工程客户介绍了，全部用咱公司的原材料，他们都欣然同意。

我说，他们已经从咱这里运走了大批建材，谢谢你啊红，我的好女儿。

爸，只有用咱们的材料，我才放心。我担负的责任大呀！工程上不能有半点差错。

我知道，你好好干吧，只要用咱们的材料，就能保证工程质量，绝对出不了任何问题。

她说，我明白。最后嘱咐我，要保重身体，有了好身体，一切财富就会滚滚而来。

在我心里丁红是我的宝贝疙瘩啊！她是个了不起的女孩，常到工地指挥工程施工，是她公司的顶梁柱。

有一天，丁红从工地回来，路过火车站来到我办公室。她坐在我面前，谈了她的工作后，问丁梅的表现怎么样？我说丁梅是个实干家，话不多，很文静，将公司的材料整理得很有条理，还能写会算的，是金山的好文秘，好帮手。她和金山相处很好，金山每月给她开两万元的工资吧，没把她当外人。我看得出，金山每次谈到丁梅就高兴得合不拢嘴，是不是两人有情有义了？

丁红闪动着亮晶晶的大眼睛看着我，龇牙笑了，说太好了，我大力支持他们。

你不傻呀，这是一对难得的好姻缘，郎才女貌，是两个孩子的福分。我笑笑说。

丁红乐滋滋地说，我正为丁梅找对象的事发愁呢，谁都知道姑娘年龄大了不好找对象，人家富家子弟，谁愿意要老姑娘？这事您催催金山，我催催丁梅，找个好日子，把他们的婚事办了吧。

我知道丁红有意催促我撮合金山和丁梅的婚事，我说，他俩的秘密还没有给我摊牌，但我也看出来了。我说实话吧，当初我将丁梅安排到金山身边，就有这个打算，没想到他们还很投缘，水到渠成的时候，我自然会催办他们的婚事。说到这里，丁红慌忙给我递烟倒茶。我本来烟瘾就不大，只是陪客人抽一两支，没人时，我不抽烟。我把丁红递给我的那支烟放在茶几上，说戒烟了。我知道吸烟不但对身体有害，还污染空气，将屋子里弄得烟气腾腾，烟味很浓，使别人不乐意。

丁红站起来给我倒一杯茶递给我说，戒烟好。

我觉得茶水不热不凉，喝了一口，有雪碧味。我明白丁红的聪明，她是怕热水烫嘴，就接半杯开水，又兑半杯雪碧。

在办公室里只有我和丁红，我们一起谈男婚女嫁的事，也算是私事吧。我们都大力支持金山和丁梅的婚事，而且为他们高兴。如果丁红成了我的儿媳妇，我就心满意足了，可儿子的事难以包办。尽管如此，我还算是个幸福的人，感到满足的是丁红和丁梅虽不是我女儿，却胜似亲女儿。我岔开话题说，红，咱们只顾为丁梅着想，可你呢？有对象吗？

丁红坐在我对面的沙发上，嗑着瓜子，羞涩地低下头，龇牙一笑说，谈了，是同科室的小杨。

我看到她喜悦的面容，就知道她对小杨很满意。对于青年人的婚事，当老人的不好管，只能给他们提个建议，摆一摆利害关系，提个醒，让他们做参考，但没有决定权，即使父母给儿女找个各方面条件都很好的对象，儿女不同意，也成不了。即使儿女找个很差劲的对象，父母不满意，但也管不了。因为以后是他们在一起过日子，只要相爱不生气就好，其他方面都是次要的。丁红对自己谈的对象很满意，我也没有什么可说的，只是问这孩子怎么样？

她向我介绍了他的情况，说还可以。

我觉得条件也不错，就说，你也到谈对象的年龄了，该找了，只要你满意就行。

丁红抬起头，向后理一下前额上的头发，甜甜地说，他对我很好。

我说，支持你，等将来结婚了，陪送的嫁妆我全包了。我觉得丁红越发漂亮了，脸白了，也胖了，眼睛更有神了，发型剪成了短发，烫了大卷，蓬蓬松松的像个绣球，显得精神焕发，浑身洋溢着青春的活力。

她嘿嘿笑笑说，我有工资了，该孝敬您呢，不用为我操心了。

我说，有你这个好闺女，要什么，爸给什么。说心里话，每次丁红叫我爸，我心里就甜蜜蜜的，轻轻松松捡了个好闺女。更让我骄傲的是，丁红负责的造价两亿元的建筑工程，全部使用金山公司的建材，仅此一项，她为公司创造了多大利润啊！我给她办多少嫁妆都微不足道。

失 恋

突然有一天，丁红感到心发慌，四肢无力，怀疑自己的心脏不好，便到医院检查病情。她来到内科门诊看到医生身边站着很多病号，当医生打发走一个个病号时，丁红看出了门道，觉得现在的医生好当了，无论年老年少，有经验没经验，都成神医了。他们都是先问病人症状，然后便是开处方，充分利用现代化医疗仪器，把人们的五脏六腑看得清清楚楚，发现病因，对症下药。现在的科技水平代表了医生的诊断能力。丁红也像其他病号一样，首先告诉病情，然后医生开处方，叫她去做 B 超。丁红拿着处方走出门口，突然眼前一亮看到小杨领着一个女孩走来。小杨看到丁红僵着笑脸，回头看看身后的女孩说，这是我的同学来这里看病。丁红上下打量着那个细高挑、单眼皮、大眼睛的女孩，穿戴时髦，漂亮可爱，同学之间互相帮助是很正常的事，她没有在意和多想，只是忙说，你们去吧，这会儿病号少。她的善意是趁病号少可以尽快看病，免得长时间等待，便匆匆忙忙走了。

丁红在一楼交费窗口排队，我站在她前面向后一扭头看见了丁红。我将她的单子要过来，帮她交了费。我们都是做 B 超的，一起来到 B 超室。医生正在忙着为病号做 B 超，护士正忙着做记录。其中一个护士站起来收了他们的单子说，你们都到外面大厅里等着，按顺序编号看病，在门口喊谁谁进来，并告诉了我们的编号。大厅里摆着一排排固定的绿胶椅，像一个布置整洁的小会议厅。对面的墙壁上挂着 62 英寸的长方形超薄彩电，里面闪动着不同的画面。坐在这里等待的病号大都心情不佳，担心自己的病情严重，无心看电视，有的四处张望，有的和家人窃窃私语，有的面无表情默默等候。我和丁红并肩坐着，我们的编号还挨着，只要我做了 B 超，就轮到丁红了。丁红问我，爸，你是哪里不舒服啊？

我说，每年我要做个体检，其中有这一项，没有什么不舒服。我随口问，你呢？

丁红微笑说，估计也没什么大毛病，这几天总感觉心慌无力。

是累的吧？也可能是没休息好。我又说，还经常加班吗？

她说，加班是常事，我确实有点累。反正进医院，医生就让检查，这是一般规律。丁红说。

我说，这样好，检查求个准确，不会误诊，对症下药，病好得快。

丁红说，考大学时报志愿，我就想学医，就是觉得责任大，放弃了。

我说，是这样。当医生一是怕误诊，二是怕用错药。去年夏天，我回老家，当时家里正在收麦，我表妹的儿子感冒发烧，我开车带他们去乡医院看病，护士给孩子打一针，一会儿，孩子就不行了。表妹抱着孩子痛哭流涕，哭得死去活来。我心里酸溜溜的，也很难受，觉得太可惜了。那孩子已经三岁了，长得白白胖胖，浓眉大眼，很漂亮，嘴巴还甜，原本活蹦乱跳的，说没就没了。我也痛恨医生，他们是罪魁祸首，那是一条人命啊！是一个家庭的宝贝，家人怎能承受？这会给一个家庭造成极大的精神痛苦和伤害。

最后弄清了原因，是护士做过敏试验时间短，没测出孩子青霉素过敏，导致孩子死亡。其实人的生命很脆弱，不定哪一天哪一刻说没就没了。

丁红说，像这样的事我也知道好几例，俺村的一位老大爷，也是因为感冒到医院去输水，针没拔，就不行了，也是因为青霉素过敏。

我说，现在医院一般就不用这种药了，即使用也非常谨慎。但心里恨那些不负责任的医生和护士，治死人命给多少家庭造成巨大的痛苦和不幸啊！

我和丁红说了一会儿话，护士站在门口叫我去做B超。我站起来说，红，我去做B超了，下一个就轮到你了。

一会儿，我做了B超出来，对丁红说，身体没什么毛病，我有点急事先走了，你去做吧。以后有什么事，给我联系。

丁红站起来甜甜地答应着，目送我离开那里。然后回过头等待护士叫她去做B超，但没人叫，却突然看到一位白衣大夫领着三个病号匆匆忙忙走进B超室，便马上想到这不是加塞吗？凡是病人看病都不愿在医院等候，它不是游乐场、公园、旅游景区等环境优美的地方，而是各种病人的集中地，一走进那里心情就沉重。可面对众多病号不得不耐着性子等待，在排队等待过程中，谁都反对加塞。可人跟人不平等，关系更重要，谁都没办法。丁红怨恨自己倒霉，抬腕看表已经11点多了，等那三位病号做完B超，就到下班时间了，只能等下午两点半再来了，这不是白跑一趟吗。丁红觉得在大城市生活很不方便，因为人多路程远，在路上浪费了大量时间。为怕耽误时间，她灵机一动，从精致的黑皮包里掏出手机给我打电话，将加塞的事告诉我，问我医院里有没有熟人？

我说，闺女，不急，我给你问问。我给医院里的小金联系。小金是儿子高中时的同学，河大医学院毕业，也来广州发展了，就在那医院里工作。我拨通了小金的电话，小金说，我马上给B超室联系。

果然起到速效作用，片刻，B超室的护士在门口叫丁红的名字。她觉得有权有钱有关系的人办事优越性大啊！都为之开绿灯，可苦的是老百姓，一切规章制度都是约束老百姓的。人与人之间的关系是复杂的，微妙的，千丝万缕的，各有各的交际圈。这时已经到了下班时间，丁红走进B超室看到一位加塞病号还没检查呢，她反而优先于加塞人了。她心里清楚这是关系力量在发挥作用，不然人家对她是毫不客气的。做完B超，结果未发现异常情况。

丁红从医院出来感到心情舒畅，因为身体健康比什么都重要，只要没有什么大毛病，即使有点小病，也会好三分，这是精神力量在起作用。她回家路过菜市场时，兴致勃勃地买些熟牛肉、炸鱼块、冻饺等，准备和小杨共进午餐。她拿有他门上的钥匙，因为平时他们常待在一起吃喝玩乐，亲密无间，如同一家人。丁红高兴地打开房门快言快语地喊，小杨、小杨，我给你买了好吃的，快来，快来，并慌忙将食品放在茶几上，去卧室找小杨，因为他喜欢待在卧室电脑旁。不料，她抬头一看傻眼了，看到床上两个人像剥了皮的动物在蠕动，原来是小杨和他的女同学在做游戏。丁红目睹到那种毫无顾忌放荡的场景，顿时让她“醋火”上涌，脸色大变，如当头一棒被打得头晕目眩。这是她认为情真意切最忠诚她的男朋友啊！没想到他在背后耍她骗她背叛她。她恨人心莫测太阴险，恨自己眼拙太轻信别人，禁不住怒火在胸膛里熊熊燃烧，直冲头顶，怒目圆睁，无法容忍。她冲进卧室抱着他们的人皮猛然扔到了客厅里，两个赤身裸体动物般的男女，结束了狂风暴雨般的交欢场景。丑陋的裸体小杨瞪着老虎眼喷着怒火，翻身下床去客厅拿着衣服恶狠狠地说，你滚，你滚，快滚，这是我的房间，这是我的自由，你无权干涉。

这是他第一次对丁红发火，第一次对她不敬，第一次出口绝情。丁红感到惊愕，感到小杨突然变成了另外一个人，变得那么陌生，不敢相信这是她痴心爱着的小杨。丁红气得浑身颤抖，睁大眼睛瞪着他伸手指着卧室愤愤地说，你告诉我，她到底是谁？

小杨惊慌失措狼狈不堪地穿着衣服，扭头冷冷地盯住丁红说，我实话告诉你吧，她是我大学的同学，未婚妻，正当的恋爱关系。他撕破了脸皮，把丁红当成了仇人。

顿时，丁红的头轰然蒙了，禁不住从牙缝里挤出一句话，原来你在伪装，你在骗我，你在利用我，狼心狗肺，无耻之极。

那女孩光着身子抓住裙腰，不但没有羞耻感，甚至是得意扬扬，很利索地迅速将蓝短裙一蹬，黑底黄花短袖蝙蝠衫一套，不慌不忙大摇大摆地坐在沙发上，俨然一家之主，双手抱臂，翻眼盯住丁红，蔑视冷笑说，无耻二字恐怕套在你头上是再恰当不过了，我高中时的同学和你是大学同学，她最了解你的情况，你给人家当二奶，上完大学，在学校里弄得沸沸扬扬，谁不知道，小杨会要你吗？ 人要有自知之明。 说着她的长睫毛向下一扫，眼睛又一睁，眉毛又一挑，一副嘲弄的神情瞧着丁红，放着恶狠狠的光。

天哪！ 这话像一把锋利的尖刀插进丁红的心脏在不停地搅动，冤也罢，不冤也罢，这隐情是越描越黑，难道女人就不能得到别人的帮助？ 一帮就有问题吗？ 她不想解释，站在客厅里，面对女孩的嘲弄和小杨的翻脸无情，她恼羞成怒，满腔怒火“噌噌噌”往上涌，真想扒他的皮，抽他的筋，撕破他的脸，再狠狠扇他几耳光，但她只是扭头问小杨，你们什么时候恋爱的？

小杨铁青着脸，瞪着吃人的眼说，多年了。

那你为什么还给我演戏？

小杨也坐在那个女孩身边，目中无人傲慢地说，目的很简单，你应该知道权力的魔力吧？ 这是我们男人都愿意追求的，有了权力就有了一切，这是你知道的，怎么不设防呢？

你利用女人往上爬，卑鄙、无耻。 丁红愤恨地说。

我想正因为你和张总有可耻关系，他才能俯首帖耳听你的，来拯救我吧？

放屁，你不是人。 丁红转身开门跑了出来，恨自己有眼无珠看错了人。想到小杨的骗子手腕玩得太到家了，用心太恶毒了，被他假心假意、甜言蜜语、温柔体贴的骗局所迷惑，禁不住愤恨的泪水像泉涌似的往外冒，伪装的爱情骗子，让人感到可怕。她冷静地想想，在小杨面前她显得那么软弱、痴情、犯傻，人家使个小心眼，玩个小手腕，就把自己套牢了，从没把他往坏处想，更没有想到善心会换来恶报，既然他是小人，早早离开，才是聪明之举。

从此，丁红和小杨断绝了恋爱关系，可她满腹苦水和冤屈无处诉。有一天我打电话问丁红，什么时间吃她的喜糖喝喜酒时，丁红才把实情告诉我。丁红想想这么多年来我对她的照顾，如亲人一般，使她深受感动。但这是一种亲情关爱，却没有丝毫的爱情因素，她对小杨是痴情一片，把身心都交给了他，没想到他是那么阴险。丁红感到身边的人更可怕和不敢相信。

据我了解，丁红是一个敢爱敢恨敢闯敢干的女孩，是一个勤奋好学、工作积极的女孩，是一个坚强不服输的女孩，是一个有头脑有思想专业技术精湛的女孩，是一个直爽坦荡的女孩。她把我当成了她的靠山，有什么事总爱跟我商量。她平时一般不对任何人发火，但在工作中，一旦发现图纸有误差，就不留情面，大发雷霆，脾气大得惊人，所以她带的兵，个个都工作认真，不敢有丝毫马虎。因为她长时间坐着工作，我曾提醒她要注意锻炼身体。她说她有个习惯，就是每天早上六点起床，洗洗漱漱，将锅坐在电磁炉上定好时间，便下楼到本小区的篮球场里，时而跑步，时而快步走，转上十几圈，到六点半回家吃早饭，一般是吃包子、鸡蛋、家常咸菜，喝牛奶、豆浆等。匆忙吃完饭，七点出发，八点半到单位，便在电脑上制图或审图，工地有什么技术事故，还要亲自到现场去解决。因为她踏实的工作，赢得了同事和领导的尊重和爱戴，关系相处融洽。

我知道丁红失恋了，她内心一定很痛苦。我想想金山和丁梅正在热恋中，金水也有恋爱对象了，而且和恋人打得火热。因为儿子不同意丁红，我也没办法。我忽然想到了赵师傅的儿子子龙，知道子龙找对象很挑剔，见了好几个，不是胖了，就是瘦了，不是高了，就是矮了，挑了几年也没挑着相中的。为了稳妥起见，我给赵师傅打电话，询问子龙找到对象没有？

赵师傅说，子龙挑剔得很，说了有几个，都不太满意，还在摇摆，现在还没有定住呢。现在的年轻人和咱们的想法不一样，咱们觉得很合适，他们却不满意，他们满意了，咱又觉得不合适，他们爱怎么就怎么吧。

我说，师傅，这是孩子的大事，不能不管，常言说，老姜还比嫩姜辣嘛。这是孩子一辈子的事，找对了对象，他们就会终身幸福，找不对，就会磕磕碰碰一辈子，没有安宁的日子，都不幸啊！

赵师傅说，我不想求人说媒，再说也不好遇到好姑娘啊！

我给您介绍个好媳妇吧？我马上接着师傅的话说。

赵师傅哈哈大笑，说好哇！事成之后，我好好谢谢你，请客、送礼都行。

我什么都不需要，就想为您办好事。

有好姑娘吗？赵师傅追问。

有，而且女孩很优秀，保证子龙满意。

赵师傅急忙问：说说女方的条件。

我紧接着说，我一说，您就知道，就是丁红啊！还记得吗？您给她买车票，画素描。

赵师傅一听，笑了，说我怎么不知道呢，我画她那张素描，还获了国际大奖呢，是她帮了我啊！那姑娘好啊！她现在还没对象？

我说，还没有呢，给子龙说说，行吗？

赵师傅连声说，好、好、好，我很满意。

我开玩笑说，您满意不行，子龙满意才行。

赵师傅嗔怪道，贫嘴。然后又说，我给子龙打电话，叫他们马上见面。你也给子龙打电话，说说姑娘的情况。

当天晚上，我去子龙家。子龙说，大叔，谢谢您为我操心。我爸也告诉我了，说丁红是个好女孩，都定住她了，如果再有别人说，我就拒绝了。

我说，你爸说得对，这姑娘才貌双全，很难寻啊！是我供她大学毕业，还是我的干女儿。这些你爸都知道。我把她的手机号留给你，你去见见她。

子龙高兴地说，行，谢谢大叔，我相信您的话。

一周后，我打电话问丁红。丁红说，子龙对她很满意，她也没意见，正在热恋中。我觉得我这个媒人当得轻而易举，不费吹灰之力，就说成了一桩美满的婚事，成全了一桩好姻缘。

不久，子龙和丁红结了婚，婚后两人过着幸福甜蜜的生活，一年后有了他们的儿子。丁红从内心里感谢他公爹，不但常资助他们，而且也常来看望他们，非常溺爱孙子。

后来，在半年内，我操办了几个孩子的婚事。首先为金山和丁梅办了婚事，婚礼仪式很隆重，家里有奥迪车豪华住房，新家电齐全。其次是为金水和恋人办婚事，婚后过着甜蜜幸福的日子。最后我也娶了儿媳妇。为他们操办婚事，我不偏不向，投资都一样。他们的婚事都是我成全的，只要他们过上好生活，就是我的心愿。

礼 物

每天晚上睡觉前，我和白雪都要倚着床头看书，这是我们多年的习惯。因此谁都没有患过失眠症，这如安神良药，看书看累了，将书放在一边，便进入梦乡。有段时间，我感冒胃口不佳，腹部闷胀，吃了东西恶心呕吐，感到浑身困乏。我以为这是操劳过度所致，或许休息休息就没事了。渐渐地晚上看书的时间也缩短了，有时随便翻翻就眯上眼了。

有天晚上，我和白雪仍是倚着床头看书，白雪下床去卫生间小便，然后回卧室上到床上，她在我对面双手摁着被子，做个起跑动作，抬头呆呆地久久地盯着我，像看稀有动物似的。我感到莫名其妙，不知何因。她穿着宽松的淡粉色樱花图案睡衣，衬得她的肤色白嫩，格外年轻漂亮。平时白雪在家喜欢穿棉布睡衣，她说穿着柔软舒服，不受约束，好干家务活。我也喜欢她这样的穿戴，无论坐在沙发上看电视，还是躺在床上和衣休息，都很方便。此时，她蓬松的散发披在肩上，额前的长发挂在耳后。睁大眼睛盯住我，好像是精神出了毛病。我疑惑不解地问她，你怎么啦？傻啦？没见过我吗？盯我干啥？

她回过神来阴沉着脸轻声问我，天龙，我看你的脸色不对，泛黄，怎么没有一点血色，是患贫血症了？然后起来到我身边，掀开被子贴着我坐下，扒开我的秋衣，看看我的肚皮也泛黄，又抓着我的手看看，越发心里不安，禁不住说，不一样，就是不一样，你看看我的皮肤，说着就掀起自己的睡衣，裸露着细白的肌肤，说，不一样吧？你身上特别黄，黄得不正常。

我苦笑着说，你年轻，我老了，当然我不如你的皮肤啊！

她摇摇头说，不对，是你哪里不舒服吧？

最近肠胃不好，没食欲，啥都不想吃，可能是营养跟不上吧。我确实感到身软无力，懒洋洋的。

我说话时，白雪扭头趴在我脸上闻闻，说你嘴里怎么还有尿臊味呢？

说啥哪！净胡说。我含着笑意瞪瞪她，嗔怪道。

真的，不骗你。白雪很认真地看着我说。

这是嘴，又不是下水道，咋能有这味呢？

我说话时，她又闻闻，说就是有臊味。

我将手里的书放在床头柜上，半躺着虚眯着眼。其实我在仔细想白雪提醒我的话，近日自己的尿量确实减少，不仅尿得不多，也不顺利。从前每天尿量大，次数多，呼呼啦啦一阵子很顺利，这是我的感觉。难道尿真的存到体内排不出来了？尿毒症？我越想越后怕，谁都怕患病，一旦患病，不但病魔折磨你，而且治疗也极其痛苦，可病魔是悄悄找你的，有时会突然降临，让你不敢相信，一旦成了事实，只能早发现早治疗才是好办法。不然那病魔就像坏瓜一样，开始坏一小点，如果立即将它切掉，剩下还是好瓜。否则，对它不理不睬，最终它会使整个好瓜腐烂变质。我说，白雪，明天咱俩去医院吧？我做个体检，看是不是贫血。

白雪翻身揽着我和我头碰头脸贴脸爽快地说，我就是这么想的，这叫心有灵犀，不谋而合。白雪很爱我，平时对我很好，时间没有消磨她对我温柔体贴的爱意。她的嘴接近我的嘴，也不嫌我有臊味了。

平时，我的身体不错，很少患病，甚至感冒发烧的事都很少。我对白雪其他方面的提醒还不在意，就是她说我口中有尿味，引起我的重视。我知道人们每天大量排尿，其实是排体内毒素的，排尿顺利，说明肾功能就好。否则，说明肾脏过滤功能下降。难道我患了尿毒症？这是很难治的病啊！我不敢想下去，禁不住浑身出冷汗。当晚，我久久不能入眠，发现白雪也翻来覆去睡不着。她想的是我可能得了贫血症。每个家庭都怕有病人，只要有一个病号，就弄得家不欢乐，也不安宁，谁都心情不好。

第二天早上，白雪早早起床说，咱早点去医院，晚了，排队挂号，后面的号，当天就看不上病了，现在到处是人满为患，医院里的生意特别好。我也慌忙起床穿着衣服说，行，早点去。平时不愿做早餐的白雪，起来去厨房热了两盒牛奶，馏了几个包子和两个鸡蛋。我不爱喝牛奶，因为有腥味，喝了胃里不舒服。我站在餐桌旁拿着包子准备吃时，忽然想起来体检不能吃饭。

白雪坐在餐桌旁吃着包子，喝着牛奶，抬眼看着我说，你先忍忍饥吧！等体检完了，咱们下饭馆。

我开车来到市人民医院，下车时，我抬头看看天空阴沉沉的，想下雨，还刮着飕飕的冷风，心里有点不爽。天气好坏给人的心情是不一样的。天气好，阳光足，使人心明眼亮，似乎身上有了足够的阳气，感到舒服。天气不好，觉得阴气浓，看到什么都不美，心里沉重，这都是人们对外界的心理感应。我自以为倒霉，来看病遇到个不好的天气，又从兜里看看手机上的日期，这天是九号，按周易数字吉凶预测，九和十九都是不吉利的最大凶数。我知道在十个数字中，一、三、五、六、七、八都是吉利数，我提前没考虑这一点，后悔不如改天来医院。但又一想这是迷信，如果有什么急事，待选好日子办不就耽误了。常言说，信则有，不信则无。不能把自己弄得神经兮兮的。医院里刚刚上班，医护人员迈着不同的脚步，声音此起彼伏，慌慌张张直奔自己的工作岗位，穿白褂，戴白帽，打扫一下室内卫生，便各就各位准备为患者看病。我和白雪一起上楼，在二楼西头有个体检科。平时这里的医生也是很繁忙的，因为现在人们的生活条件好了，也有钱了，都重视身体健康了。有的人有病没病，每年都要体检一次，有病治病，没病也心里安然。

我和白雪直接来到体检科，看到一位白衣大夫坐在窗口下的办公桌旁，正埋头执笔“刷刷刷”熟练地不停地开单子呢。每位体检者都需要一套体检单，如果全面检查，这套单子内容基本都是一样的。不同的是每人的姓名、年龄、性别等身份不同。医生可以提前把单子开好，也可以见到体检者临时开。

我慌忙坐在医生身边的木椅上，医生扭头问我，你做选项检查，还是全面检查？

我当即回答，全面检查。因为这样检查，什么毛病都可以检查出来。

医生就一张一张开体检单子，开了七八张单子，给我说，你是哪单位的？

我说，自开公司。

大老板，大款呀！

我也笑笑，说国家搞经济建设，小家也不例外嘛。

你去交费，交了费，按单子一项一项去检查就行了。

我拿着一把单子站起来很有礼貌地对医生说了客气话，谢谢！便和白雪出来走到门外，白雪说，把单子给我，我去交费，你坐大厅里等我。我看着白雪拿着单子转身离去的背影，身上穿着很得体的新款朱红色毛大衣，看上去身材苗条，也很洋气。虽然她的腿曾因受伤落下小毛病，稍微有点僵硬，但不注意的话也看不出来。足蹬又轻又软的半高跟鳄鱼牌黑色皮鞋，走路一阵风似的淹没在走廊里的人流中。我觉得她很可爱，别看她不常出门，办事却很利索。我看到大厅里有一排排固定的蓝色塑料椅，随便找一个座位坐下等白雪，这时候走廊里陆续来了很多病号，在寻找不同的科室看病。一会儿，白雪交了体检费到我身边对我说，你快去检查吧，争取时间。

我说，多少钱？

她低头看着单子说，一千五百五。

我站起来拿着单子说，两年前，才几百块钱，现在涨这么多。

她说，检查的仪器不同，肯定收费也不一样。快去吧，不是钱不钱的问题，钱和命相比，它算啥？

我笑笑说，没有钱，命也难保啊！

医院里的人越来越多，走廊里、各科室里到处都是人，熙熙攘攘、人头攒动，男女老少皆有。人没病，谁也不愿去医院，可人是凡体肉身，谁也免不了头痛发烧，有个三灾两难的，最后告别人世的时候，大多从医院走。来这里影响人的心情，看病治疗都是痛苦的事，当受疾病之苦时，就会想到无病就是福，其他什么都是次要的。我和白雪一起在大楼肚子里上下穿梭，几乎走遍各科室，当然是按号排队。当我到内科检查时，白雪就拿着单子在外科排号；当我到外科检查时，她就到放射科排上号。我几乎不停地一直在检查身体，没有因等待浪费时间。我和白雪算是老夫少妻，我五十多了，她才三十有余。但我们无论办什么事情，她都会给我配合得很好。在医院里，由于我们紧密配合，不到11点，我就做完了各项检查。体检科医生说，你们一周后来取结果。我和白雪高高兴兴地回家了。

一周后，白雪到医院将我的体检结果取回来了，回到家里，她看到我正在弯腰聚精会神地站在桌案旁画画，急忙说，天龙，你的体检结果出来了，我还没来得及看呢，你先看看吧。说着她从背着的黑皮包里掏出体检报告给我。

平时，我在家里穿戴随便，什么衣服穿着舒服就穿什么衣服，不讲款式。我穿着白雪给我买的那套蓝格子宽松的棉质睡衣，看上去，虽然有点邋遢，但觉得柔软舒服。我将画笔放在砚台上，接着白雪弟给我像一本杂志似的体检报告，慌忙离开画案到客厅里坐在沙发上。我掀开绿色封面，里面是一个纸袋，纸袋里装着装订好的各项检查结果报告书，一共10页。第一页上有体检者的姓名、性别、工作单位、日期。我先看最后两页的总检结论，其中有一项是中度尿毒症。我不敢相信自己的眼睛，盯住仔细看久久地看，还心里怀疑是不是医生写错了，可根据最近自己的身体状况，又意识到这是科学证据，不会错的。我最担心的事终于发生了，这是铁的证据证实了我的病。此结论像一根千斤重的铁棒，对我猛击一棒，将我击倒了，我头发蒙，又感到麻木。我将手里拿着的体检报告放在沙发扶手上，不禁大惊失色，咋能怕啥就有啥呢？真是天不遂人愿哪！

白雪回卧室将身上的挎包取下来放在床上，脱掉外穿的紫色毛料大衣挂在衣架上，慌忙出来坐在我身边，急忙问，有没有问题？是不是贫血啊？

我不敢再看其他项目了，仅此一项，就给我击垮了。我头枕着沙发背，脸色煞白，沮丧地摇摇头，哭丧着脸，浑身像抽了筋扒了骨头似的瘫在沙发里说，中度尿毒症。我声音低沉，面目呆滞。

她不知道这种病的严重性，看着我追问，好治吗？

我知道这是肾衰竭造成的，是难治愈的。霎时，我手脚冰凉，似乎一步一步向死神靠近，禁不住心里呐喊，天哪！我怎么会得这种病？总以为自己的人生路还长着呢，前途一片光明，可突然间阎王来叫我了。我的精神要崩溃了，沮丧地说，不好治。

白雪马上愁容满面，阴沉着脸拿着体检报告翻动着看体检结果，说，再不好治，也得有个治疗方法呀？

只能透析治疗。我说。

怎么透析？透析是咋回事？白雪皱着眉头，也感到惊恐，急切地问。

我说，一般是血液透析，就是将体内的血液排出体外，进行血液过滤，排出体内多余的体液和毒素，以保证基本生存质量。这要花很高的费用，但也不能根治，只是延缓死亡。

不料，白雪“哇”一声趴在我身上大哭起来，进而痛哭流涕哽咽着说，有这么严重吗？你不能死，我不叫你死。你是好人，就能得到好报。

此事让我震惊，我还年轻，总觉得不到走的时候，还有很多事要做，也正是我人生的辉煌期，却遭此不幸。我还画什么画？干什么事呀？霎时，什么心情都没有了。

白雪趴在我身上泪流满面地说，我不信，我要问医生，一定会有好的治疗方法。

我无精打采地说，除非换肾，做肾移植手术，别无好法。

白雪忽然坐起身抹着泪说，用我的肾，我给你肾。

我也坐直身子苦笑着说，傻瓜，那不是随便用的，还要配型，而且配型的成功率是很低的。

如果配型成功，你就没事了吧？

只要手术成功，可能就没事了。我接着又说，不用怕，今晚你收拾收拾东西，让金山金水过来，我嘱咐他们一些事，明天我去住院。多亏你提醒我去体检，如果到了后期，就完了。

白雪鼻涕一把泪一把，拿着纸不停地擦泪，将纸擦湿一团又一团，扔到茶几旁的纸篓里，说天龙，你不能走，你要走了我咋办？

我劝她说，真到了这一步，你放心，我会给你一笔资金，叫你养老的。

我什么都不要，咱们一起走，到了那边，咱们还在一起。白雪说。

我苦笑着说，傻瓜，那是啥地方啊！谁想去啊？

你不能丢下我，只要咱俩在一起就行。

别说傻话了。

当晚白雪私下给我儿子和金山打了电话，告诉了我的病情。儿子、金山、金水来了，丁梅、丁红来了。他们纷纷嚷着，都要为我捐肾。儿子说，爸，不用怕，有儿子哩，儿子身体棒棒的，我给你捐肾。金山为我悲伤，泪汪汪地看着我说，舅，是您把我和金水从苦海里拉出来，培养成才，帮我们开公司，出谋划策，生意火爆，摊子越来越大，我没想到会有今天，您的大恩我都没有回报呢，我为您捐肾，如果真不行，咱不惜重金找到和您匹配的肾，只要做了肾移植，您的身体就没事了。金水手一挥说，舅，您不用怕，捐我的肾，肾移植没有什么风险，这是医院常做的手术。丁红说，捐我的，你们都不要给我争。丁梅说，捐我的，我最年轻，肾功能比你们的好。我看着他们争先恐后地为我捐肾，给我精神上以极大的安慰，难道这就应验了常说的好人有好报这句话，使我看到了生的希望。我心里清楚在这生死关头，多少钱都救不了我，只有人能救我。我说，肾移植配型的成功率很低，不管你们的肾适不适合我，我能听到你们真诚的话，就足够了。心想，这就是爱的回报吧。

翌日，我开车带着白雪和行李来到市医院。白雪跑前跑后，为我办好了入院手续，住到305病房。那间病房里有两个床位，里面很干净。张医生是我的主治医生，他说，每周要做两次透析，每次600元。另外按时服药。这位张医生是门诊医生小金推荐的，小金是我儿子高中时的同学，平时我们都比较熟悉。他说的张医生是医院经验最丰富、技术最精湛的权威医生，曾做过无数例肾移植手术，没有不成功的。我知道人有病一旦住进医院就由不得自己了，患者都会渴望寻到一位好医生，可以说医生决定了病人的生死存亡。因为我的主治医生是张医生，这给我心理上很大安慰。

我做第一次透析时很害怕，只听别人说过，但没有尝试过。当我躺在床上时，心惊胆战，浑身发抖。医生安慰我，没事不要怕。其实就是两个针，一个插入动脉，一个插入静脉，将血液抽出来，在透析机上过滤，将毒素排出后输入体内就可以了，第一次两个半小时，以后每次需要四个小时。

常言说，河里没鱼市上看。平时在生活中听说谁谁谁得了什么病，感到很稀奇，可到了医院患同样病的人却比比皆是，来透析的人排队。我明白了人即使知道自己患了疑难杂症，甚至感到绝望时，但也有极强的求生欲望，哪怕多延长一天，都想去争取。不愿离开阳光明媚的人世，不愿离开自己的亲朋好友，不愿去那阴森可怕的阴曹地府。因此都乐意接受治疗和透析。

在我做透析的时间里，白雪没有和我商议，直接找张医生说，治天龙的病，有没有好方法？

张医生说，最直接有效的方法，就是肾移植。

白雪说，我是杨天龙的妻子，要为他捐肾。

可以，但必须做配型检查。张医生说。

好，您开单子吧，我马上就检查。

张医生说，这要看配型结果怎么样，一般直系亲属做配型，成功率高，但你的肾不一定和他配型成功。不成功，就不能用。

我相信一定能成功，这是直觉。

张医生摇摇头微笑说，不是这回事，要靠分毫不差的科学鉴定。他觉得这女人这么积极主动，是真心实意爱着丈夫啊！这感情的事很难说，看着很般配的夫妻，却貌合神离，看着老夫少妻没有什么基础，也不般配，却爱死爱活。这杨天龙是有福气的人哪！

白雪偷偷做了肾配型检查，结果配型成功。她欢天喜地地拿着结果给我看，说，天龙，你有救了，以后就没事了。就像我的病完全康复似的，为我高兴。

我感动得热泪盈眶，说我最亲爱最亲爱的白雪，是你给了我求生的希望，却苦了你。

她捂住我的嘴说，不要说了，你是我的亲人，我的丈夫，我应该救你，你放心，医生说，手术没什么风险。如果出现意外，要么咱俩一块儿走，要么我死也无憾。

我又捂住她的嘴说，咱不许提这个丧气的“死”字，咱们都好好活着，过幸福日子。

情人节那天做的手术，手术很成功。 此生算我幸运，青叶为我付出了生命，救我一次命，白雪捐肾又救我一次命，她们为了我不顾生死，我有幸遇到了两个真心爱我的女人。 白雪说，这是情人节我送给你的礼物。

我和白雪的身体恢复很快，关键在于白雪看了很多养生保健方面的书籍，学了很多保健知识，比如按摩穴位疗法、一般常见病的预防、多种中药材的功效等都很精通。 她买了一些保健中药，又买了一个养生壶，经常熬茶喝，平时爱感冒嗓子疼的我，喝得也没病了，食欲也增强了。 我知道这是因喝她熬的茶水增强了我的免疫力，有利于身体健康。

大病痊愈后，我又想起了天军。 在治病期间，我没有告诉外地的任何朋友，怕的是他们千里迢迢来看我，给人家找麻烦。 平时，我和天军经常保持联系，但只字不提我患病的事。 他是我最知心最要好的朋友，虽然我们天各一方，相聚机会很少，但我们通过手机聊天无话不谈。 我越来越觉得手机的重要性了，它像贵重的珍宝，我十分喜欢它，怀揣着它走到哪里带到哪里，处处与我相伴。 因为它的功能太大了，不但让我便于与人们沟通，而且还是百科知识全书，我想看什么内容就有什么内容，比如短信、导航、电影、音乐、游戏、文字等各方面的知识应有尽有。 如果没有它，我就会心神不宁，六神无主，如聋哑盲人一般，什么都不知道了。 但有了它可以足不出户，便知天下事。 我的手机使用频率最高的就是通话，常和亲朋好友联系，虽然他们远在千里，但我一打手机听到熟悉的声音，就觉得他们仿佛在我身边，当即亲近感涌进心头。 什么孤独感、相思之苦都消失得无影无踪。 平时我和天军通话最多，我曾打天军的手机说，记住有时间了给我打电话。

天军故意打着哈哈说，那我可攀高枝了。

虽然他看不见我的表情，但我还是翻眼瞪瞪他，说的啥话。

他笑笑说，行，反正我也不掏电话费，空闲时间给你聊聊天散散心舒服。

我每隔一段时间就给天军充一两千元的手机费，用于说话聊天。他了解我这边的发展情况，也为我高兴。现在我又给天军打手机说，天军，最近忙啥啦？

他说，最近县委要搬迁到新区，在新区附近要建职工住宅楼，忙贷款集资呢。

我知道职工贷款买房，每月银行要扣工资，有的被扣得只剩几百块钱，贷多少年扣多少年，剩余的工资就无法养家糊口。我当即问，多少钱一平方米？

他说，算是单位搞的福利吧，一平方米一千三。

我知道当地市场上房价已涨到两千多了。我说总价多少？

得十几万吧！

我说，天军，你最好要个面积大点的房子。

这不是随便要的，这要根据职务高低、工龄长短打分哩。

我爽快地说，我给你三十万，带装修费。

天军知道这是我白给他钱，不需要偿还的，微笑说，天龙，你疯了，不过啦？

我笑着说，咱俩是啥关系呀？当初我啥也不啥时，你对我可是有求必应，全力支持我，现在我这点忙都不能帮你呀？

天龙，我侄子、侄女、外甥都是你安排的，拿着高工资，开着小轿车，都小小年纪混得比我强。这集资的事，你就不用管了，我掏得起。天军满含感激地说。

我转移话题问，天军，儿子的情况咋样？

我给他安排到县劳动局了，整天嚷嚷着工资不够吃饭，要出来干。我说，人家没工作的自己干，因怕吃苦还想到行政事业单位上班呢，你是身在福中不知福。他说大哥、大姐在广州一月的工资比我一年的还多哩。

天军的儿子说的大哥大姐，都在我这里上班，我说，天军，如果孩子想出来也可以，到我这里，我会给安排好的，你看孩子的意愿吧。

天军哈哈大笑说，我退休了也去给你打工算了。

你还是来给我当领导吧！ 我说。

我们通完电话，我出办公室下楼，到一楼大厅的存取款一体机上，给天军转了三十万块钱，让他用于集资购房，也算是我送给他的礼物吧。

吊丧

三年后的一天深夜，我正弓腰站在画案边专心致志画画，突然接到丁红的电话，她十分悲痛，哭着对我说，爸，我公爹去世了。

顿时，我手一颤抖，画笔落在画案上，如雷轰顶，目瞪口呆，一屁股坐在沙发椅里，举着手机，像傻子一般，但心里却思绪万千浮想联翩，怎么可能呢？ 前不久他还来我这里，开心畅谈，多半是谈事业，谈画友。 他的精神很好，没有什么病啊！ 平时身体也不错，怎么说走就走了？ 丁红在电话那端呼哧呼哧地哭泣。 我沉默片刻回过神来，沮丧地问，赵师傅得了什么病啊？

丁红哽咽着说，“脑溢血”。 听大哥说，当时他坐在沙发上正看电视，看着看着，头一歪就不行了。 他也没说哪里不舒服，不疼不痒的，没有任何异常反应，像打瞌睡似的。 大哥迅速将他送往医院，一检查，医生就叫送殡仪馆了。 事情很突然，他没给留治疗时间。

他是我的大恩师啊！ 我的成功是他扶持起来的，这深情厚谊，是我无法报答的。 我当即说，我马上飞过去。

丁红将地址告诉我。

我放下手机，感到浑身无力，双腿酸软，禁不住泪水溢出眼睑顺着面颊流淌，难以抑制心中的悲痛。 想到赵师傅一生受人爱戴和尊敬，无论对谁都献爱心。 我知道他是我们画友的主心骨，谁家有困难，他都乐意资助，向他人捐献了上千万的资金。 更是家里的顶梁柱，把家人视为掌上明珠，为两个儿子买房买车，资助他们开办公司，使他们的事业都干得红红火火。 我要送赵师傅最后一程，因北京天气冷，这又是一个庄重严肃的场合，我特意穿上黑棉袄和厚毛裤，外套防寒黑裤，公文包里还带一条蓝围巾。 这么多年跟随赵师傅，我也学了他的模样，留着齐耳短发，自以为这样的发型是艺术家的标志吧。 我怀着沉痛的心情，火速飞向北京，飞向殡仪馆，飞向赵师傅遗体旁，送他最后一程。

我飞到北京时，天刚蒙蒙亮，下了飞机，感觉天气很冷，冷风一吹透心凉，便慌忙将提包里的围巾掏出来围在脖子里，稍微暖和一点，匆匆忙忙去乘出租车，直奔殡仪馆。 我到达殡仪馆时，天已大亮了，因是早上，殡仪馆里有些冷冷清清，只有家人和他们几个要好的朋友在那里。

丁红和子龙陪着我来到灵堂前。 我看到后面的墙壁上悬挂着黑布白字横幅，上面写着沉痛悼念的大字。 灵堂正中摆放着灵柩，灵柩前头书写着斗大的“奠”字，左右两边挂着黑纱挽联。 前面设牌位、香案、蜡烛、三牲及供品等，供桌上靠近灵柩摆着赵师傅硕大的黑白遗像，胸前挂满数十枚获国际国内大奖的奖章。 那张照片是将他的事迹编入《中国杰出人物史志》书籍时，一位记者照的，也是师傅生前比较满意的照片，后来将它放大保存。 那一枚枚奖章里饱含着他的心血和荣耀，饱含着他的智慧和才能。 桌上燃烧的蜡烛很旺，号称“长明灯”。 古时候的人们相信灵魂不死，认为死亡仅仅是灵魂摆脱了肉体的束缚，必须使灵魂有一个安顿之处，就出现了灵堂。 人死后丧家在家门口搭建灵棚，或在厅堂内设灵堂，使死者灵魂有安息之处，也是亲友吊丧死者的场所，现在殡仪馆里专门设置好了灵堂。赵师傅的灵柩两边紧靠墙壁摆着花圈和花篮，前面两边有几位守灵人。我看着赵师傅的遗像，面含微笑，还是那么慈祥可爱。那双大大的眼睛看着我，像是想对我开口说话似的，不由得悲痛油然而生，鼻子一酸，泪水夺眶而出。我心里像压上一块大石头，脸色霎时木呆起来，感到有一种灵气涌入心头，忽然头皮发麻，像是赵师傅知道我来了，这是对我的暗示？瞬间我脑子里都是他生前的身影。这是名扬全国的著名画家啊！影响了大半个世纪，培养了大批弟子，使他们脱离苦海，实现了人生价值。他活在世上似菩萨心肠，为人们散发着光和热，怎么说没就没了。

丁红和子龙陪着我向赵师傅遗体三鞠躬，然后带着我围着师傅的灵柩转一周。当我走到灵柩前，腿似千斤，脚如磐石，再也挪不动了。我看着水晶棺里师傅的遗体上覆盖着崭新的白底黄花踏花被，下面铺着黄绸褥子，这就是人们常说的铺金盖银吧。而后我看着师傅的遗容，再也移不开了。他微闭双目像熟睡一样安详，只是肤色泛黄，嘴唇发紫，好像脸上的皱纹比平时舒展一些，但仍有刀刻似的印迹，记载着他的风雨历程及辉煌的人生。我想起我们以往相处的时光，想起经常通电话的情景，他的音容笑貌及温和的话语仿佛又在耳边回响。他曾对我说，天龙，努力，加油，你是一颗画星啊，将来就是月亮、太阳，必会光彩照人，万人观哪！青出于蓝而胜于蓝，希望你胜过师傅。我知道这话是表扬我、激励我、鼓励我，坚持就是胜利，不让我泄气。现在我虽然没有师傅的名望高，但也富有了，之所以有今天，是因为师傅的栽培。我抑制不住内心的情感，转身趴在透明的水晶棺上，想和师傅面对面说说话，不然以后再没机会了。我看着师傅的遗容，感到喉头哽咽，泪如喷泉，忍不住倾泻下来。此时我觉得师傅也想跟我说说话啊！尤其近年来，我们是频繁地交谈，我有什么心里话，当即就给他打电话，他有什么事就马上告诉我，可以说亲密无间，无话不谈。我悲痛地说，师傅，您怎么走这么快，这么急啊！ 您在世上像一棵大树，为我遮风挡雨，您像掌舵人，为我保驾护航，才使我的专业走得顺利。 您爱国爱家爱弟子爱朋友，德高望重，温暖着很多人。 我仿佛听到师傅说，不要悲伤，人终归要老的，谁都如此。 你要珍惜生命，珍惜时光，走好自己的路。 师傅走了，我心里一下子空了，感到孤独无助，也感觉自己忽然衰老了。 平时，我在他面前，感到自己永远是年轻的，可现在我真的泄气了，似乎人生路一下子缩短了。 我忽然明白，人生就像一列开往坟墓的列车，路途上会有很多站口，没有一个人可以自始至终陪着你走完，包括亲人、友人、爱人。 你会看到来来往往、上上下下的人。 如果幸运有人陪你走过一段，当这个人要下车的时候，即使舍不得，也毫无办法，只能心存感激，挥手送别。 我想到陪伴我的青叶突然下车走了，让我极其痛苦。 现在赵师傅也突然下车了，又让我悲伤至极，他们都是疼我爱我的人哪！ 我怎舍得？ 面对赵师傅的遗容，我说，师傅，您安心走吧，将来咱们还会相聚的，到那时候，我们就永不分离了。 子龙和丁红搀扶着我说，大叔，不要悲伤，要注意身体。 我爸走了，叫他无牵无挂地走吧。 我直起腰伸手抹一下眼泪，看着师傅的遗体，绕着水晶棺走了一圈，就好像师傅拽着我的腿脚和衣服，不让走似的，感到浑身沉重。

一会儿，灵堂里来了很多亲朋好友和师傅生前的很多徒弟，荡漾着浓郁的沉痛悲哀的气息。 北京的天气有些干冷，还刮着飕飕的寒风，尽管我穿得很厚，还是感觉寒冷，似乎那风穿透力很强，直接往衣缝里钻刺着骨肉。 我看到别人都穿着笨拙的大鸭绒袄，遮盖着下面的厚裤子，我时不时还咳嗽几声。

当时我有点感冒发烧，加上路上折腾，觉得浑身酸疼和无力，丁红将我带到殡仪馆的楼上休息。 一般死者家属都要在楼上开房间，是专供家属休息的。 因为死者遗体一般要在一楼殡仪馆里停放三天，由家人轮换守灵，也是亲朋好友来吊丧的时间。 我在楼上休息，不料，赵师傅的两个儿子在殡仪馆里大闹灵堂了。

大约过了一个时辰，丁红红着眼，哭着到我房间说，子凡和子龙刚才打架了。

我和衣从床上起来，坐在床边，伸手指着沙发，让丁红坐沙发上。 我急忙问，怎么打架了？ 为啥？

丁红泪汪汪地坐下说，我知道公爹多年来，对儿孙很好，但他从不把工资和存折交给任何人，而且师徒们都知道他有许多存折和名画。

我点点头接着说，师傅是有很多名字画，我亲眼见过他有张大千、齐白石、徐悲鸿……的名画，那些名画都价值连城。 我想或许他交给我的密码箱里就是名字画，只是别人都不知道我放着他的密码箱。

丁红说，我和子龙确实不知道父亲的东西在哪里放着，可能大哥大嫂怀疑我们知道，他们看我们的眼神都不一样。 因为公爹走得仓促，什么话都没有留下，如果他有遗嘱，谁得多少都无怨言。 我仍处在悲痛之中，大脑里只是想着公爹的好处，但没有想他的遗产。

我有点不乐意地说，现在不是讲遗产的时候，送赵师傅要紧。

丁红说，院子里来了很多人，我在忙着迎送客人，忽然听到耳房里传出了激烈的争吵声，慌忙过去，看到兄弟俩都怒视着对方。 大哥对子龙怒吼，你不知道爸的名画？ 你他妈的混蛋，谁不知道爸偏向你们，因为你生的是儿子，他说过要把画留给孙子。 子龙气得咬牙切齿，说谁要知道，谁陪爸走。爸和你住在一起，你放着他的所有东西，吃他喝他也肯定偷卖过他的画，你想独吞、独占。 大哥气得脸色铁青，怒火冲天，抓起抽屉桌上的墨水瓶砸向子龙，子龙头一歪，瓶子擦耳而过，由于用力过猛，瓶子一落地便粉碎了，里面的半瓶墨水当即在地上开了花。 那半瓶墨水是供死者家属写哀文、记账单等用的。 我看着他们针锋相对，越吵越凶，感到恐惧，就上前劝子龙，子龙伸手把我推到一边，差点没摔倒，我阻挡不了他们，他们的争吵继续升温。我觉得大哥太自私了。 有一次，公爹在俺家本想多住一段时间，可大哥亲自来把他接走了，说有好多名画家到家拜访，不见爸，都叫人家扫兴走了。 即使爸有画也被他早藏起来了。子龙指着大哥说，你是什么心思，当我不知道？想独吞爸的全部财产，先反咬我一口，可你不要忘了，你是爸的儿子，我也不是从天上掉下来的。

这时候，我想起子凡和子龙兄弟俩是一个爹，不一个妈，子凡是大妈生的，子龙是小妈生的，这也是他们相互怀疑之处。我静静地听着丁红讲述。

丁红说，大哥怒气冲冲，疯狂地给子龙一嘴巴，当即子龙的嘴巴出血了。然后冲向灵堂，把挂在灵堂里几张公爹的画撕下来，掏出打火机当众点了。我知道这是公爹的心血之作啊！禁不住说，大哥，你这是干什么呀？我们全认了，凡是公爹的东西我们丝毫不沾行不行？老人是不愿看到咱们这样的，他既然走了，就让他高兴地走吧，你们不能这样对他呀！子龙怒视着大哥，伸手抹着嘴角上的血说，你太贪心了，你开公司不全指望爸吗？大哥说，那是我拼血汗挣的。他说着如猛虎一般，还要动手脚，被在场的人阻拦。他们这样闹，人家会不笑话呀？老人一生德高望重，临走时丢人了，没想到养了这么一对不孝子。

我听了丁红的哭诉，也感到丢人，他们两个是千不该万不该这样做，本想料理完师傅的后事以后，我再告诉他们，我保存有师傅的密码箱，可现在就得告诉他们，我急忙说，走，红，咱们下楼，我有话要说。

殡仪馆门外两边靠着墙壁摆着很多花圈，院子里远近不一、三两成群站着很多来吊丧的人，都一脸悲伤的表情，或站或蹲窃窃私语，有人说丢人，真给老人丢人，撕破脸，争财产呢，一对不孝子。有人说，真混，再急，也得等老人走了啊！有人说，看来穷富都贪财啊！有人说人心不一啊，儿子怎么不向老子学习呢？尽管我听不清这些话，但绝非良言。来人不断，鞭炮声也接连不断。殡仪馆的大厅是设灵台、放遗体或棺材的地方，左右两边有耳房，是供家属休息的场所，里面有桌子和沙发。我来到殡仪馆的耳房里，特意叫来全家人，叫他们坐下，有的蹲着，有的站着。我坐在窗口下的黑皮沙发上，看着他们都哭丧着脸，似乎带着怒色和悲哀的表情。在这样的场合，谁都心里不是滋味，更何况儿女呢？ 我瞧着坐在沙发上的子凡和子龙说，我给你们说件事。 赵老生前培养大批画家，资助无数需要帮助的人，其中他更偏爱我信任我，可以说我是他的心腹弟子。 他有个密码箱，特意让我保存着，密封完好，谁都不知道密码，我也不知道里面装的是什么。 师傅说，将来他有一天过世了，就把这个密码箱交给你们兄弟。 让你们猜密码，谁猜到就归谁。 以后有机会，我就把它带给你们。

全家人都沉默无语。 我想他们会消除怀疑之心了，接着说，这几天不要再谈其他事，要全力以赴办好老人的事，老人为咱们，也为他人做的贡献太大了，一生受人尊敬和爱戴，咱们要体体面面地送老人最后一程，让老人家无牵无挂地走。 说到这里，赵师傅的家人都想到了老人对他们的爱心了，都呼哧呼哧哭起来。 子凡和子龙也捂着脸抱着头“呜呜呜”地哭出声来，那哭声是发自内心的，也许悔恨自己刚才的行为，对不起老人。 我也满脸是泪，心想一定要办好赵师傅的丧事。 接下来基本按我的设想，家人积极配合，办完了老人的丧事。 虽然老人走了，但他在我心里永存，似乎觉得他在形影不离地跟随着我。

料理完师傅的丧事，我们都各自走了。 我没有想到他们仍存戒心。 子龙觉得大哥大嫂独占了父亲的财产，而大哥认为弟弟家生的是男孩儿，老爸一定提前把名画交给子龙了，不出所料，现在果然冒出个密码箱，这密码，老爸一定会告诉弟弟的，还冠冕堂皇地叫我们猜密码，还猜什么呀！ 从此，兄弟俩再无任何联系。

年关到了，以往过春节，丁红和子龙都会飞到北京去，和大哥家人在一起，其乐融融，这是赵师傅最高兴的时候。 大哥大嫂把吃的用的全备齐，孩子们在一起欢天喜地。 他们一起吃饭，一起做饭，一起逛公园，一起逛商场，热热闹闹其乐融融，难以形容那种愉悦的心情。 大哥亲昵地扯着侄儿闲逛，为他买吃的喝的玩的，尽情地满足侄儿的需求，并且说，这是咱家的接班人，是咱家的根啊！ 将来指望侄儿为我送终呢，对不对呀！ 然后就是哈哈大笑。丁红翻眼瞪瞪大哥，年轻轻的都说些什么话呀。大哥仍是笑，说这是实话，谁不老啊？可今年过春节，丁红觉得家里冷清清的，没有欢乐气氛。儿子哭闹嚷嚷着要去北京，他们都保持沉默，无言以对。子龙多次去北京出差路过大哥家门而不入，大哥也多次来广州都不打招呼。丁红失落难受，也相信子龙心里不是滋味。吃年夜饭时，丁红端起饺子碗看到子龙阴沉着脸闷闷不乐，他一定是想大哥大嫂了，因为从前这个时候都待在一起。丁红不敢再提哥俩的事，唯恐他发火，但她想大嫂，大嫂是好人，对她亲如姐妹。坐月子时，大嫂请假来照顾她，每天洗尿布，换着花样儿给她做吃的，不许她洗头洗澡，怕月子落下病根，知道她爱吃瓜子，就一粒粒剥了送到她嘴里。快满月时，子龙出差了，丁红感冒发烧40℃，可把她吓坏了，她说月子里可不能经病。想接着说身子弱，不容易好，但话到嘴边没有说出口，唯恐给丁红增加心理负担。她想到以前曾听老前辈说，月子里发烧，容易得产后风，死亡率高，有很多产妇死于月子病。她慌忙去拦出租车，将丁红疾速送到医院输液打针，陪伴着她和儿子，用酒精棉球不停地为丁红擦身，说是能快速降温。经大嫂关心爱护，精心照顾，丁红的病很快就好了。

刚出院回家，丁红又大便干结，蹲在便池上站不起来，真要憋死人啊！大嫂焦急万分，在无计可施的情况下，用精巧的小镊子一点一点往外掏。由于大便干结形成了坚硬的干粪蛋，大嫂就像能工巧匠做雕刻似的耐心细致地轻轻向外拨，唯恐丁红感到疼痛。她弓腿弯腰拿架势，一会儿，弄得腰酸背疼，浑身出汗，却没有半句怨言，是她为丁红解决了难题。她说这是用消炎药过量，或是上火造成的原因。她为丁红熬清热泻火的茶水，让她多喝稀粥。又为她买来香蕉，剥了皮在开水里浸泡一会儿，待热了扒到碗里，让丁红用饭勺舀着吃，说香蕉利便，再吃点三黄片，这样就解决了便秘问题。如果没有大嫂在身边，丁红真的就没命了。大嫂像亲娘一样疼爱她，帮助她，她怎能忘记。子龙吃着饺子不吭声，但眼含泪花，一定是想大哥了，多年来，大哥对他如此亲，想要什么东西，只需给他打个电话，便唾手而得，而且买质量最好的，从不讲价钱。

儿子哼哼唧唧，皱眉噘嘴，说过年真没意思，死气沉沉，没有欢声笑语，想到北京找姐姐玩。

丁红试探着问子龙，过节了，要不，给大哥大嫂打个电话拜拜年！

子龙木着脸，没抬头，说不打，凭什么啊！凭什么对兄弟这样？也太绝情吧！还动手打人，我永远不能原谅他。虽然他嘴上这么说，但丁红知道他心里并非这么记恨大哥。

节日的气氛，让人想念亲人。丁红听人们常说，一家子不和睦，关键在媳妇，有好妻子就有好家庭。丁红忍不住偷偷翻出大嫂的手机号，发了四个字：春节快乐！一分钟后，丁红收到大嫂的短信：小妹，嫂子想死你了。一下子丁红泪如泉涌。

丁红和嫂子一次又一次地通话，谁都不提财产之事。

捐遗产

五一放长假，丁红和子龙正准备外出旅游时，子龙的手机响了，他拿着手机接听时，丁红看着他的手在颤抖，脸色突然变得煞白，急切地问，大哥现在怎么样？ 电话回答：他就说一句话，给我弟弟打电话，然后就昏迷了。这电话是从医院打来的，医护人员是从子凡的衣兜里发现了他的手机，从手机保存号里查出来子龙的手机号。

子龙顿时鼻子一酸，满眼是泪，哽咽着说，太突然了，怎能出这事呢？让他难以接受。

丁红也思想紧张，想必是出大事了，看着子龙沮丧的表情很难看，急忙到他跟前轻声关切地问，怎么啦？ 出啥事啦？

子龙鼻子一酸，嘴巴一咧，眼泪往外冒，伸手抹一下泪水哽咽着说，大哥家出事了，全家人去北京郊区旅游，车翻到山下了，一家三口都在医院，刚才是医院打来的电话。他的泪水模糊了双眼，伸手又抹把泪，叫丁红赶快查机场电话号。霎时，丁红看到他浑身软绵绵的没有一点力气了，紧绷着的心弦快要断了，颤动着手拨着手机号，立即订飞机票。恩怨在生死面前都显得那么微不足道。子龙想到大哥在生死关头还想着亲弟弟啊！当他们奔到医院时，三口人全在手术室。外面的走廊两边紧靠墙壁有两排固定的长长的绿色塑椅，是供手术患者亲属坐的。坐在这里的人心里都忐忑不安，焦急地等待，默默地祝愿手术顺利，亲人平安。丁红和子龙也在手术室外的走廊里焦急地等待。子龙坐立不安，在走廊里走来走去，抓耳挠腮，痛苦至极。他最近开了公司，贷一笔款刚到账，他立即给公司助理打电话说，赶快把钱打到我卡上。

助理说，那是进新货的钱，不能动。

子龙急了，哭丧着脸急切地说，你他妈找死啊，快给我打，快、快、快。他心急火燎，难以控制自己的情绪。子龙平时极少对下属发火，助理听他这么说，猜想一定有紧急情况，就慌忙照办。子龙不容对方回答，“啪”一下关了手机。他在走廊里来回踱步，不时地盯住手术室门张望，关闭着的玻璃门头上写着血红的“手术室”三个大字，对开的两扇门上各写一个大红字，组合在一起是“肃静”两个字。望着这道门让人感到恐惧和浮想联翩，不知道里面手术台上的人怎样呢。这道门的内外，就像阴阳两界的分界线，想轻了，人在死亡线上又挣扎回来了，好像阎王爷不收你，叫阴兵把你撵出来，又返回人间了。想重了，好像进了阎王殿，死活难料了。子龙心里像翻肠搅肚般地痛苦，唯恐哥嫂一家遭不幸，默默祈祷上天保佑，菩萨保佑，叫全家人平安无事。他曾悔恨自己，当初和大哥争什么呀！如果大哥家遭不幸，自己无亲无故了，即使拥有再多钱财，还有何意义。想着想着，抑制不住泪水默默往下流，流到下颌，流到嘴角，流到嘴唇上，涩涩咸咸的。这时，子龙看到一位白衣大夫从手术室出来，他像疯了一般迎上去问情况。

大夫摘下口罩，看着子龙说，你大嫂和孩子抢救过来了，你大哥还在死亡线上挣扎。

一向爱面子，自尊心很强的子龙，却“扑通”跪在大夫面前，压抑着内心极度的悲哀，仰着苍白的面容，睁着迷惘失神的泪眼望着大夫说，求求您，救救我大哥，一定要救活他，要多少钱都行。

大夫搀扶子龙说，你们兄弟感情这么深啊！ 世间少有。 你知道你大哥刚才醒来那会儿说了什么吗？

他说什么了？ 大哥说什么了？ 子龙站起来急切地追问。

你大哥断断续续地说，如果全家有什么意外，就把所有财产全给你！

子龙哽咽地叫着大哥、大哥……并拦着大夫的去路说，求求您一定要把大哥救过来。

放心，我们一定竭尽全力。

丁红向前对子龙说，大哥会好的。

大夫深受感动。

他们从广州飞到北京，又静守在手术室门外十几个小时，粒米未进，一口水都不想喝。 手术后，丁红和子龙忧心忡忡地守在大哥身边，等候他醒来。 当清晨第一缕阳光照耀在窗外时，大哥醒来了，睁开眼睛滚着眼球找子龙，轻声说，你们来了？

子龙把头伏在大哥身旁，轻轻地叫着，大哥！ 两手紧紧地握在了一起，和生死情意相比，那些钱，那些画又算什么呀？ 子龙感到自己糊涂透顶，和大哥争什么呀！ 到头来都是身外之物。 好似这时候对什么都想明白了，也看透了。

苍天有眼，大哥一家从死亡线上挣扎着回来了，不过大嫂脸上留下了疤痕，而大哥的一条腿没有了，后半生只能在轮椅上度过了。

子龙说，没事，以后我就是哥哥的“狗腿子”，哥让我上哪儿我就上哪儿。

大哥说，我已经这样了，哥把公司交给你，你也把公司搬到北京来，咱们合在一起吧。今后全靠你经营了。

哥，这样不行，公司是你的血汗啊！

哥眉头一皱，眼一瞪，什么不行？哥就这么打算。

子龙说，哥，我干具体活，公司您说了算。

子凡坐在轮椅上和子龙商量说，子龙啊！都怪哥不懂事，从爸走后，我什么都想明白了，财产算什么呀！当满足了衣食住行，它还有多大用处？人就活那么几十年，两眼一闭，两腿一蹬，都是别人的，你看看那皇宫六院，深宅大院，皇帝身边妻妾成群，金银财宝享用不尽，过着荣华富贵的生活，可一个个皇帝五六十岁都见阎王去了，他们想死吗？绝不想，甚至是想长生不老，永远在人世间享受荣华富贵哩，但自然规律谁也违反不了。他们的财啊物啊皇宫啊，还是他们的吗？人去皆空啊！再到长城上看看，万里长城都还在，却早就不见秦始皇了，有什么能比亲情，比手足情还重哩？咱爸没有把密码告诉你我，那是有他的想法，也许他压根就没想给咱们。我现在才明白，那是他想给国家的，因为他时刻不忘是国家培养出来的著名画家，他是有恩必报，是想回报国家的。可咱们给老爸丢人，咱们和老人家相比，算什么东西。老爸那一箱子画，还在杨叔叔那里放着，他是爸生前最好的弟子，杨叔叔告诉咱们，没有密码，谁也打不开，还贴了封条，做了公证，画是两个儿子的，但是打不开，就等于是死的。杨叔叔也曾对我说过，要把这箱子画给我保管，我说不行，要给，当着我弟面给，因为老爸是给我们俩的。我想和你商量，咱们把箱子取回来，把它捐献给国家吧！这也许是爸的心愿，他老人家会在九泉之下为儿子高兴，老人为我们付出了很多，儿子为他做些高兴的事，算是表表孝心吧。

子凡提到的杨叔叔就是我。我曾给子龙和子凡说过，让他们保存密码箱，二人都说我放着最合适。我想找个适当的时候，将密码箱送到他们兄弟面前。

子龙和子凡都是北方大学毕业生，相比之下，子凡比弟弟脑子更灵活，子龙敬佩哥哥的口才和思维能力，当时子凡大学毕业后，基于父亲的名望，完全可以进国家公务员队伍，但他和父亲商议说，求份安稳的工作是清闲，得到的收入撑不住饿不死，浑浑噩噩度日月没多大意思。如果爸要相信儿子的才能，倒不如自己开公司，若经营不好重新再来，经营好了，也能帮助他人，体现自己的价值和能力。现在不是计划经济时代，而是开放搞活市场的年代，只要你想干，有能力去干，无论是谁，政策都给你开绿灯，何不抓住机遇去干一场呢。父亲觉得言之有理，只要儿子肯干，不怕辛苦，何不放开手脚让他自己去干呢？在当时来说，人们还处在因循守旧传统的思维模式下，子凡的思维已经是超前了，而且认为这是社会发展的大趋势。如果放开手脚各显其能都去干，就会加快社会经济发展，加快国富民强。后来南方已身先士卒，那里的经济迅速发展就是例证。子凡开办的公司也红红火火，后来子龙也效仿哥哥走的路，到南方来发展，老人也很满意儿子的选择，给予大力支持。

子凡又看着弟弟继续说，爸一生为公益事业付出了很多，去世之前一直捐助几十个贫困学生，咱们闹翻了，捐助就停止了。老爸的用心可能就是为咱们做榜样，咱还要联系上那些学生，继续帮他们，不能为老爸丢脸。

子龙说，哥啊！咱和爸相比丢人哪！爸活着已经给咱的够多了，咱们的家都是爸建造的，咱是坐享其成。记得我小时候爸曾对我说，什么叫人才？什么是国家的栋梁之材？那就是为国家做贡献的人。现在我想想，爸是太伟大了。哥，我同意，咱们把画捐给国家，爸在天之灵，也会含笑九泉的。

哥的这种想法，丁红曾提前想到过，私下也给子龙商议过，子龙同意，但没机会和大哥商议，现在大哥提出此事，等于不谋而合，正合丁红和子龙的心意。

后来，我带着密码箱和丁红、子龙一起飞到北京，将密码箱摆在子凡面前。我夸赞他们的决定很好。面对那个密码箱，子龙和子凡用了能想到的各种密码，但它仍像铜墙铁壁一样纹丝不动。

我从子凡家出来去附近的宾馆，准备在那里住宿，走到宾馆楼下左边，有一家建设银行，忽然想到给青叶的父母往卡上打五万块钱生活费，就到汇款机上转款。那是一个独立的玻璃小房子，里面一排摆着四台存取款机，取款的人有五六个，我在操作时，身后有一个小男孩，很有礼貌地站在离我稍远的地方等着。我刚转了款，又取五千块钱，突然我的手机响了，便手忙脚乱地一边接电话，一边把现金放进包里就走了。我刚走下台阶，听到后面有人喊，大伯，等一等。

我回过头，见是那个刚才站在我后面的小男孩。他奔到我面前，把手里的东西往我面前一伸说，您的卡忘记拿了。

我有一点惊愕，不知道怎么回事，他又接着说，是您的卡，您刚才取钱后忘在取款机上了。我这才伸手接过卡，对他说，哦，谢谢！

他龇牙笑笑，说没关系，以后当心呀！

事情发生得太突然，我有点没反应过来。看着乖巧伶俐的小男孩转身离去的背影，我突然意识到一句谢谢，实在是太轻了。心说，真是个好孩子！不然，我麻烦就大了，卡上有三百多万呢。人间自有真情在，孩子的言行温暖人心啊！如果我们都做好人，就遍地生辉，阳光普照，温暖大地了，就是人间天堂了。

第二天是子凡的生日，丁红告诉子龙要给大哥准备一桌丰盛的午餐过生日，给他一个好心情比什么都重要。丁红和嫂子钻进厨房里忙乎大半天，到中午做了一大桌丰盛的菜肴，丁红和子凡打电话叫我一同就餐。中午子凡坐在轮椅上围着餐桌同我们喜气洋洋地就餐时，突然说，子龙，你的生日是多少？

9月10日。

你把我的生日1203，再加上你的生日910，输进密码箱。

枣红色的密码箱就在客厅里摆着，外表伤痕累累，褪了原来的旧红漆色，又沉又笨，这是以前的老式旧木箱，抬着也觉得沉甸甸的，开口的地方是密码锁，四周是封闭严密的牛皮纸纸条，但对他们来说，不把它看作奇石珍宝了，不管是否猜出密码，他们都准备把它交公了。我也等待着打开锁，想看看赵师傅存放的稀世珍宝。我的目光直愣愣地盯住它，看子龙开箱子。子龙按大哥说的去做，不料，密码箱奇迹般地打开了。我们都惊喜地屏住呼吸，目光盯住箱内，顿时，都傻眼了，原来是空箱，箱底躺着一封信。我长叹一口气，不由得心里埋怨师傅，您老叫我为珍藏它操碎了心，唯恐出什么意外。可我万万没有想到赵师傅会这样做，我只想着师傅捐了财物，箱子里一定是价值连城的名人字画。我们相互对视着，不得其解。

子龙迅速拿出信，拆开信封，拿着信念道：儿子，如果你们有一天打开了密码箱，爸爸要恭喜你们，那说明你们兄弟已经把钱看得很淡了，把情分看得很重了，这才是我的好儿子。钱和画都是身外之物，我把它全部捐献给国家了，这是瞒着你们做的，我想，如果你们要靠爸爸留下的钱才能生活，那你们活着的根基是多么脆弱啊！就成了世上的无能之辈，就成了无用的废品，就失去了生存的意义。你们都是聪明的孩子，我知道我儿子不是这样的无能之辈，凭你们的勤劳和智慧，创造财富，人生才有意义，相信你们打开箱子的刹那间就理解了爸爸……

子龙读着读着泪水滴在信纸上，觉得父亲仿佛就在身边，这是他亲口对儿子说的话。读到最后，子龙禁不住说，爸呀！您这是爱儿子呀！

子凡看着信纸，觉得那就是父亲，看着它说，爸呀！您想得开，做得对，儿子惭愧、糊涂啊！现在我们什么都明白了，儿子一定为您争气争光，绝不是无能之辈。

我觉得赵师傅是多么聪明啊！这是他两年前写的。他是想让生活历练儿子啊！我从内心里敬佩师傅，庆幸自己成为他的弟子，他是一个为国家做贡献的人，也是我学习的好榜样。

不久，随着金山公司的业务范围不断扩大，需要招聘大量员工。我家乡的村民也知道我在这里打下一片天地，他们纷纷来找我。我也考虑过这问题，就是要帮家乡村民致富。全公司职工 2000 多人，其中，我安排了乡里乡亲的村民 500 多人。我很敬佩金山金水的智慧和领导才能，不愧是高才生，短短几年的时间，公司经济效益逐年递增，真正实现了他们的自身价值。天军带着全家人也来到我身边了，任副经理，壮大了班子队伍。我的目的是让大伙都有吃有住有车过上幸福生活，已经实现了我的愿望，这是我最高兴的事，也是人生最有意义的事。